OLGA RUDNICKA
Życie na wynos

Prószyński i S-ka

Projekt okładki
Paweł Panczakiewicz
www.panczakiewicz.pl

Zdjęcia na okładce
© fotografstockholm/iStockphoto.com;
shishigami/iStockphoto.com
Zdjęcie autorki Anna Pińkowska

Redaktor prowadzący
Anna Derengowska

Redakcja
Ewa Witan

Korekta
Mirosława Kostrzyńska
Grażyna Nawrocka

Łamanie
Alicja Rudnik

ISBN 978-83-8097-134-9

Warszawa 2017

Wydawca
Prószyński Media Sp. z o.o.
02-697 Warszawa, ul. Rzymowskiego 28
www.proszynski.pl

Druk i oprawa
Abedik S.A.

W życiu zdarzają się gorsze rzeczy niż mieszkanie pod jednym dachem z matką i teściową. Powódź. Tsunami. Czarna dziura w czasoprzestrzeni. Emilia była pewna, że gdyby miała czas pomyśleć trochę dłużej, przyszłoby jej do głowy więcej możliwości, ale kłótnia, która właśnie wybuchła między jej własną prywatną rodzicielką, Adelą, i matką nabytą w drodze małżeństwa, Jadwigą, skutecznie jej to uniemożliwiła.

Kłótnie nie były niczym nowym. Do niedawna obie panie serdecznie się nienawidziły, i mimo zawieszenia broni, specyficznej przyjaźni czy też zdobycia wspólnego wroga – Emilia nie do końca potrafiła sprecyzować łączący je stosunek – awantury były stałym elementem ich codzienności.

Zmierzając do epicentrum życia rodzinnego, czyli kuchni, gdzie matka i teściowa rozpętały wojnę, Emilia z nostalgią rozmyślała o swoim niedawnym, dość monotonnym i nudnym życiu, kiedy to mąż siedział w fotelu i tył, dzieci nie wtrącały się w jej prywatne życie, a Jadwiga i Adela nawiedzały ich dom tylko sporadycznie, jak złe duchy, by wtrącać się w jej prywatne sprawy.

Życie potrafi człowieka zaskoczyć w najmniej spodziewanym momencie. Najpierw nawalił Cezary, własny, prywatny mąż Emilii, który uciekł z kochanką, a ją, żonę, zostawił z niespłaconym kredytem hipotecznym za dwupoziomowy apartament, chociaż nigdy go nie chciała.

Potem wprowadziły się dwie starsze panie, które wynajęły swoje mieszkania, by pomóc Emilii w spłacie kredytu, a dzieci zaczęły czynnie interesować się jej życiem towarzyskim, a raczej jego brakiem. Ukoronowaniem problemów stała się gwałtowna śmierć kochanki, o której zamordowanie śledczy podejrzewali zdradzoną żonę.

Na szczęście zabójca został wykryty i ku uldze całej rodziny nie była to Emilia. Zaraz po rozwodzie z wiarołomnym Cezarym, dowiezionym z aresztu, gdzie oczekiwał na proces o defraudację, obiecała dzieciom, że zacznie chodzić na randki. Wiesi Paluch, swojej agentce literackiej, obiecała też nową powieść, ale cóż zrobić, gdy wokół jest tyle rzeczy rozpraszających uwagę, a akcja... no cóż... utknęła w martwym punkcie.

Z dziećmi zdołała wynegocjować tyle, że zarejestruje się na portalu randkowym, ale dopiero wtedy, gdy włosy jej odrosną, a BMI przestanie do niej krzyczeć ogromnymi literami: NADWAGA!!! Niestety, reszta otoczenia Emilii nie była podatna na ustępstwa. Wciąż ktoś coś od niej chciał i to najlepiej natychmiast.

– Co tu się dzieje? – zapytała teraz z niezmąconym spokojem, zobaczywszy dwie starsze kobiety, wyrywające sobie patelnię. Adela, jej matka, miała na sobie swój ulubiony różowy dres, Jadwiga, teściowa, nawet w domu nosiła nienagannie skrojone garsonki, ewentualnie starannie wyprasowaną koszulę i dokładnie wyprasowaną spódnicę oraz buty na niewielkim obcasiku, kolidującym z kulą, której musiała używać. Adela też powinna używać szwedki, aby odciążyć biodro, ale twierdziła, że nie pasuje jej do dresu.

– To ona zaczęła! – oświadczyła oburzona Adela, odwracając się w stronę córki.

– Ja?! – zaprotestowała oburzona teściowa. – A kto się umówił z Janem?!

– Nie umówiłam się z nim! To on mnie zaprosił!

– Jeden pies! Ale poszłaś! – wrzasnęła Jadwiga, nie bacząc, że podczas szarpaniny kok z siwych włosów rozluźnił się i przechylił niebezpiecznie w lewo.

– I tak gadał w kółko o tobie!!!

– Naprawdę? – zapytała z nadzieją i niedowierzaniem Jadwiga, puszczając patelnię.

Adela zatoczyła się na kuchenkę gazową, gdzie na szczęście nie palił się żaden palnik. Jęknęła cicho z bólu, gdy jej łokieć wylądował na żeliwnej kratce, a różowy dres w miejscu uderzenia zabarwił się na szaro. Zdaje się, że był to ślad po spaleniźnie, której ktoś nie doczyścił, Emilia wolała już nie dociekać kto. Obawiała się, że to mogła być ona. Ucieszyła się, że matka nie ma zbyt zaawansowanej osteoporozy, inaczej po takim uderzeniu łokieć strzeliłby jak nic.

– Co chciał wiedzieć? – Jadwiga potraktowała jęk bólu jako potwierdzenie.

– Chciał wiedzieć, czy się z kimś spotykasz. Powiedziałabym ci, gdybyś na mnie nie napadła – odpowiedziała z wyrzutem Adela, nadal pocierając obolały łokieć. – Dobrze, że nie mam osteoporozy, bo jechałybyśmy zakładać gips – poskarżyła się córce, która tylko przewróciła oczami.

– Nie wpadajmy w przesadę. – Jadwiga z godnością pociągnęła nosem, usiadła z gracją przy stole i rzuciła nonszalancko: – Mam nadzieję, że nie powiedziałaś tej łajzie ani słowa na mój temat.

– Oczywiście, że powiedziałam. – Adela uśmiechnęła się z triumfem i nim tamta zdołała otworzyć usta, dodała: – Powiedziałam mu, że masz dwóch adoratorów, ale trudno powiedzieć, czy jesteś zainteresowana. Jeden to emerytowany lekarz, a drugi architekt. Oczywiście też na emeryturze.

Emilia zmarszczyła czoło. Jak to się dzieje, że jej siedemdziesięciotrzyletnia matka i młodsza zaledwie o rok teściowa mają bardziej urozmaicone życie towarzyskie niż ona? Kto tu jest jedną nogą w grobie? Ona czy one?

– Przecież nikogo takiego nie znam – zaprotestowała zdumiona kobieta.

– Ale on o tym nie wie. – Adela mrugnęła znacząco, po czym zasiadła naprzeciwko swojej współlokatorki – panie od miesięcy dzieliły pokój – i tuląc patelnię do piersi niczym najdroższy skarb, powiedziała konfidencjonalnie:

– Mężczyznę zawsze trzeba trzymać w niepewności, bo przestanie się starać. Należy wyrobić w nim świadomość, że to, iż złapał króliczka, wcale nie znaczy, że króliczek mu nie spieprzy. Nie te czasy, moja droga, gdy kobietom się wmawiało, że jak przysięgać, to do grobowej deski. Teraz już wiemy, że nie należy nic obiecywać.

Gdzie ona była przez całe moje życie? – pomyślała Emilia, patrząc ze zdumieniem na rodzicielkę. Tego jakoś matka jej nie nauczyła.

– Szkoda, że wcześniej mnie tego nie uczyli – przyznała z żalem Jadwiga, niemalże czytając w myślach synowej.

– Nic straconego – pocieszyła ją Adela. – W naszym wieku życie się nie kończy. Jest też sporo plusów.

– Jakich? Endoproteza?

– Nie zajdziesz w ciążę. – Uśmiechnęła się triumfalnie, znacząco stukając polakierowanymi na różowo paznokciami o blat stołu.

Emilia zachłysnęła się powietrzem. Dobrze, że babcia Pelagia umarła na początku powieści, która właśnie ukazała się w druku. Nie zdążyła oszaleć jak jej matka i teściowa. Czy one naprawdę jeszcze uprawiają seks? Czy tylko mówią, że uprawiają? I czy ona naprawdę chce to wiedzieć?

– Czy wy nie jesteście... – zawahała się, nie wiedząc, jak ubrać w słowa to, co miała na myśli, i nie paść trupem pod spojrzeniem dwóch Gorgon. – Ciut przeterminowane?

– Ależ Emilko! – Jadwiga aż sapnęła ze wzburzenia. – Jak możesz... Jak... Ja dla ciebie... Ja...

– Uspokój się, Jadziu – poleciła stanowczo Adela, przyzwyczajona do egzaltacji przyjaciółki. – Nie czas na histerie. Emilka nie miała na myśli nic złego, czyż nie?

Ostatnie słowa zabrzmiały tak groźnie, że singielka z odzysku, matka dwójki nastoletnich dzieci i znana pisarka, mierząca się z problemami życia codziennego niczym Atlas dźwigający na swych barkach niebo, znów poczuła się jak mała dziewczynka.

– Oczywiście, że nie, mamo – powiedziała potulnie. – To bardzo niefortunny dobór słów. – Uśmiechnęła się półgębkiem, obiecując sobie solennie, że to ostatni raz.

Nigdy więcej nie wtrąci się w sprawy staruszek, chyba że odejdą z tego świata jednocześnie, i to na nią spadnie brzemię organizacji pogrzebu. A wtedy zamiast standardowej *Barki* każe kapeli zagrać kankana.

– Czyżby? – zapytała nieufnie starsza pani Przecinek.

Od czasu, gdy zrozumiała, że tylko jej syn jest czymś byłym w życiu Emilki, a ona, jako babcia i teściowa, pozostała stałym elementem jej egzystencji, poczuła się znacznie pewniej, niemniej jednak nerwy miała w kiepskim stanie.

Na horyzoncie pojawił się bowiem były mąż Jadwigi, zbyt dobrze wyglądający jak na siedemdziesięcioparolatka, a w dodatku jej syn lada moment, zamiast w areszcie, wyląduje w prawdziwym kryminale, jak poinformował ją Kropeczek.

Wnuk nie przebierał w słowach, a ona nie miała odwagi zapytać, jaka jest różnica między aresztem a tymże kryminałem. Sądząc z intonacji nastolatka – ogromna.

Przed oczami stanął jej napakowany osobnik z tatuażami zaczynającymi się na czubku łysej głowy, a kończącymi na dużym palcu stopy. Wzdrygała się na tę myśl, zwłaszcza że tamten miał twarz jej syna, który z tego, co wiedziała, dotąd nie zrobił sobie ani jednego tatuażu. Uznany za trwale niezdolnego do służby wojskowej nie miał pojęcia o samoobronie, toteż Jadwiga na wszelki wypadek przestała oglądać wszystkie seriale kryminalne, by nie wyobrażać sobie losu jedynego dziecka.

Nie, żeby nie zasłużył. Omal nie zniszczył jej życia.

– Właśnie tak – przytaknęła Adela, nie dopuszczając Emilii do słowa, by więcej niefortunnych słów nie wypłynęło z ust córki. – Kochanie – zwróciła się do niej szybko – lada moment zrozumiesz, że fakt, iż twoja macica straci termin ważności, nie oznacza jeszcze, że ty również.

– Niech mnie ktoś zabije – żałośnie poprosiła Emilia w nadziei, że Bóg w końcu ukarze ją za ateizm i razi piorunem, przebijając się przez dach i kilka pięter, które miała nad głową.

Chyba że już mnie pokarał, stwierdziła w nagłym olśnieniu, spoglądając na matkę i teściową.

A zatem ma poczucie humoru, uznała.

Jeśli istnieje, dodała jeszcze w myślach, a potem obróciła się na pięcie i wyszła z kuchni.

Miała dość własnych problemów, bez ingerowania w cudze. Kredyt na szczęście spłacał się w terminie. Od czasu jej niefortunnego występu w telewizji, gdy wszem wobec, a nawet w poprzek oświadczyła, że jest jedną z owych statystycznych żon porzuconych dla młodszej kobiety, popularność jej książek wzrosła, co przełożyło się na sprzedaż, a to z kolei przełożyło się na uruchomienie jakiegoś przedziwnego mechanizmu u jej agentki, który zmuszał Wieśkę do nakazywania jej, autorce, by stała się zwierzęciem medialnym.

Emilia wytrzymała już występ w telewizji śniadaniowej, gdzie lampy świeciły w oczy, nad głową wisiał mikrofon, a dookoła jaśniały czerwone światełka, informujące, że facet za tą czarną skrzynką wszystko nagrywa. Przeżyła kilka rozmów w rozgłośniach radiowych, gdzie nikogo nie interesowały jej książki, za to ona sama bardzo. Do tego przez przypadek została ikoną feministek, nie tych zagorzałych, uważających, że mężczyźni to słaba płeć, lecz tych normalnych, które chcą tego, co im się należy, i na mniej się nie zgodzą.

Udzieliła również wywiadu na blogu kulinarnym ze zdrową żywnością i sfotografowała się z tym czymś z czerwonej soczewicy, co ugotowała Kropka, bo sama nadal nie nauczyła się gotować nic zdrowego, choć już od dawna nie widziała na oczy białej mąki ani smażonego mięsa, a smak cukru stał się dla niej tylko odległym wspomnieniem. Oblizała bezwiednie usta na wizualizację bezy z kremem.

– Zgiń, przepadnij, siła nieczysto – wyszeptała ze zgrozą, czując napływ śliny do ust.

Wpadła do sypialni, otworzyła szafę, wyjęła czarną sukienkę i wpatrywała się w nią zachłannie, wciągając głęboko powietrze nosem, a wydychając ustami.

Sukienka była śliczna – z miękkiego materiału, z odsłoniętymi ramionami i dekoltem ukazującym rowek między piersiami. Spódnica łagodnie zwężała się ku dołowi, podkreślając zarys bioder i talię. Sukienka sięgała jej do kolan, ukazując smukłe łydki, które Emilia w końcu zyskała.

Rok na siłowni to całkiem sporo w życiu kobiety. Sukienka miała rozmiar trzydzieści osiem, w który Emilia zmieściła się po raz pierwszy od dwudziestu lat i chciała, by tak pozostało. Mierząc sto pięćdziesiąt sześć i pół centymetra, do niedawna nosiła rozmiar czterdzieści dwa, w porywach zdarzało się, że czterdzieści cztery.

Odłożyła sukienkę na miejsce, czując, jak wizja bezy z kremem odpływa, a w jej miejsce pojawia się arbuz.

– Hu... – odetchnęła głęboko. – Jestem uratowana.

Jeszcze raz przełknęła ślinę, spojrzała na sukienkę i zamknęła drzwi szafy, a potem usiadła przy biurku, gdzie czekał już ukochany laptop, który stał się sensem jej życia, zaraz po dzieciach oczywiście. Ale była świadoma, że dzień, kiedy jej pociechy wyfruną z gniazda, zbliża się nieubłaganie – w końcu jedno z nich jest już pełnoletnie, a drugie lada moment będzie. Może jeszcze przez studia uchowają się w swoich pokojach na piętrze, ale chwila, gdy Emilia zostanie w pustym gnieździe z dwiema wiecznie handryczącymi się harpiami, sama jak palec, nadchodziła sporymi krokami.

Zimny dreszcz przebiegł jej po plecach. Babcie wprawdzie miały swoje lata, lecz znając ich upór i zapalczywość, wiedziała, że doczeka dnia, gdy odśpiewa im sto lat, albo te dwie zatańczą na jej grobie, do którego, rzecz jasna, same ją wpędzą.

– Muszę mieć własne życie – jęknęła, logując się na portalu randkowym, gdzie się zarejestrowała jakiś czas temu, a następnie ukryła profil, żeby przypadkiem nikt jej nie znalazł.

Wczoraj go uaktywniła, przy okazji aktualizując o nowe zdjęcie, gdzie wyglądała całkiem ładnie i znacznie młodziej, niż jej się to zdarzyło od momentu, gdy ukończyła trzydzieści lat. Krótkie, kasztanowe włosy ładnie podkreślały widoczne od niedawna kości policzkowe, a brązowe oczy wydawały się jakieś większe w tej nowej, szczuplejszej twarzy.

W poczcie miała kilka wiadomości, których sam widok spowodował szybsze bicie serca, a następnie lekkie zadziwienie. Zaczynały się następująco:

Hej.

I tak też się kończyły.

Do tego kilka oczek.

Emilia nie wiedziała, co znaczą te oczka; zdaje się, że było to coś w rodzaju wirtualnej zaczepki. Jej umysł już wizualizował osobnika w tupeciku i z nerwowym tikiem w kaprawym oku.

– No cóż, jak facet nie ma nic do powiedzenia, to nie warto zawracać sobie nim głowy – zadecydowała głośno, wrzucając wszystkich mrugaczy do jednego worka, a dokładniej – kosza. Miała już męża, z którym nie mogła rozmawiać, bo nie interesowało go to, co ona chciała mu powiedzieć. On też nie udzielał się dialogowo, uważając ją, Emilię, za istotę niższej kategorii, niegodną, by zapytać ją o zdanie. Można by rzec, że wyprzedził swoje czasy, bo wtedy był to tylko mąż, który miał w głębokim poważaniu opinię swej małżonki, a teraz przykład z niego wziął aktualny rząd.

Przeczytała kolejną wiadomość, która była wiadomością, a nie oczkiem:

Lubię kobiety, które lubią mężczyzn. Czy jesteś jedną z nich?

– Jak mam odpisać na coś takiego? – zdziwiła się Emilia.

Facet nie zamieścił zdjęcia, a jego profil – na który weszła – nie zawierał nawet podstawowych informacji. Internet z gruntu rzeczy jest anonimowy, ale to zdecydowana przesada. Już miała skasować wiadomość, lecz wrodzona uprzejmość zmusiła ją do udzielenia odpowiedzi.

Witam serdecznie, dziękuję za wiadomość, ale nie jestem zainteresowana. Życzę powodzenia w dalszych poszukiwaniach. Pozdrawiam. Emilia P.

Nie zdążyła skasować wiadomości, gdy otrzymała odpowiedź.

Jesteś aseksualna i zimna. I tak bym się z tobą nie umówił.

– Ooookeeeej – powiedziała sobie Emilia, dziwiąc się jeszcze bardziej.

Czy z jej zdjęciem jest coś nie tak, czy to jeden z tych przypadków, o których uprzedzała ją Kropka? Miała nadzieję, że raczej to drugie. Skoro do niej napisał, to zdjęcie musiało być w porządku. Pewnie nie spodobała mu się odpowiedź. Kropka mówiła, żeby nie wdawać się w dyskusje z wariatami i zboczeńcami, tylko od razu wpisywać ich na czarną listę, toteż od razu to zrobiła. Została jeszcze jedna wiadomość.

14

Cześć, lalka, lubisz czuć coś dużego między nogami?
Motocyklista.

– O… mój… Boże… – jęknęła Emilia, czując, jak czerwień zalewa jej twarz. Wrzuciła wiadomość do kosza, nie kłopocząc się odpowiedzią.

Zamknęła pokrywę laptopa. Co jeszcze mówiła Kropka? Że ma się nie zniechęcać, tylko zrobić przesiew? Normalni też piszą, ale wariaci są w sieci odważniejsi i dlatego lepiej ich widać. Czy właśnie o to jej chodziło? I skąd jej siedemnastoletnia córka wie takie rzeczy?

Dzwoniący telefon zmusił ją do zmiany toku myślenia. Wieśka. Czyli trzeba będzie albo uruchomić się twórczo, albo medialnie. Szlag!

– Cześć – rzuciła krótko do aparatu.

Ich współpraca opierała się na dwóch filarach – przyjaźni i zaufaniu, co nie zmieniało faktu, że Emilia równie często chciała zabić, jak uściskać swoją agentkę, czasami zaś jednocześnie. W tej chwili nie odczuwała potrzeby zrobienia żadnej z tych rzeczy, nie miała też nastroju na kolejne wywiady, spotkania albo postulaty, które Wieśka zgłaszała, dotyczące tekstu.

Od czasu pogrzebu babci Pelagii pisarka czuła irracjonalny żal do swojej agentki, gdyż ta kazała jej wyeliminować starszą panią jako niekompatybilną z oczekiwaniami czytelników. Dla wyjaśnienia, babcia Pelagia istniała wyłącznie w głowie Emilii, była postacią fikcyjną, ale autorka zżyła się z nią tak bardzo, że na wyimaginowanym pogrzebie płakała rzewnymi łzami.

– Potrzebujemy seksu – oświadczyła Wieśka bezceremonialnie, jak to miała w zwyczaju.

– No wiesz... – Emilia skuliła się w sobie. – Ja tam nic nie potrzebuję, a twoje potrzeby...

– To nie są moje potrzeby, tylko czytelniczek. Nie piszesz powieści historycznych. Świece mają się palić jasnym płomieniem.

– Jakie świece? – zdumiała się.

– Te świece, które zawsze gasisz, gdy twoi bohaterowie idą do łóżka, a do tego jeszcze szczelnie zamykasz za nimi drzwi.

– Seks to sprawa osobista i intymna – broniła się Emilia.

– Już nie. Teraz to produkt.

– Nie zamierzam pisać powieści pornograficznych – zaprotestowała.

– Uchowaj Boże, jeśli istniejesz – żachnęła się Wieśka. – Jesteś powieściopisarką romantyczną, a nie erotyczną. Masz to zrobić ze smakiem, namiętnością, czułością i co tam jeszcze potrzebuje statystyczna kobieta.

– I ja mam to wiedzieć?!

– A kto? – zdziwiła się Wieśka.

– Nic nie wiem o seksie! – wysyczała scenicznym szeptem Emilia, rozglądając się dokoła, czy nikt nie podsłuchuje. Ta rozmowa była coraz bardziej krępująca.

– Jak to, nic nie wiesz? Dwójkę dzieci z tego masz! Przecież nie znalazłaś ich w kapuście!

– Ale to było dawno!

– Nie mów, że robiliście to tylko dwa razy. – W głosie Wieśki zabrzmiała zgroza.

Była od Emilii starsza o dziesięć lat – przynajmniej tak sądziła jej przyjaciółka, bo prawdziwy wiek Wieśki stanowił tajemnicę porównywalną z istnieniem strefy pięćdziesiąt jeden – ale nadal aktywna seksualnie, a jej ostatni chłopak miał trzydzieści dwa lata. Starsi za Wieśką nie nadążali. I co tu kryć – dzięki siłowni, aerobikom, botoksowi i kilku innym zabiegom, do których się nie przyznawała, co roku obchodziła trzydzieste piąte urodziny. Nikt tego nie negował, choć zdaniem Emilii wyłącznie dlatego, że się nie odważył.

– Oczywiście, że nie. Tylko że... No wiesz... Moje pokolenie nie było tak śmiałe jak teraz i do tego... – Emilia zapomniała zupełnie, że Wieśka jest od niej o jedno pokolenie starsza, a na brak śmiałości nie narzeka. – No wiesz... To nie stanowiło priorytetu w naszym życiu i... A ostatnie parę lat to była pustynia i... Cezary też jakoś szczególnie...

– Zaraz, zaraz, chcesz powiedzieć, że doświadczenie seksualne czterdziestolatki sprowadza się wyłącznie do byłego męża?! – Tym razem w jej głosie nie zabrzmiała zgroza. Wieśka wydawała się wstrząśnięta.

– No... Tak jakby... Masz rację – przyznała Emilia, ciężko wzdychając i myśląc, jak to się stało, że w tej chwili odczuwa wstyd, bo nigdy nie zdradziła męża i przed ślubem nie sypiała z kim popadnie.

– Emilko, ja... Nie wiem co mam powiedzieć...

– A co tu mówić?

Dotąd nie wiedziała, że można być aż tak zażenowaną, a powodów po temu miała sporo. O, choćby owa pamiętna sytuacja, gdy przy tym przystojnym policjancie, Damianie Żurkowskim, który nie był wymyślonym przez nią strażakiem – choć powinien! – zahaczyła bransoletką o perukę i jego oczom ukazało się to coś rudawego na jej głowie, co sterczało we wszystkie strony. Teraz na szczęście włosy odrosły i miały piękny kasztanowy odcień, ale cóż z tego, skoro tamtą wersję widział cały świat, a przynajmniej region, bo na szczęście kablówka miała ograniczony zasięg.

Ale wpadka przy policjancie zdecydowanie bardziej ją dręczyła niż zasięg kablówki. Emilia pocieszała się tylko, że facet był gejem i nie obchodziło go, co ona ma na głowie.

– Tak mi przykro... – Wieśka chyba pociągnęła nosem.

– Ty... płaczesz? – Teraz to Emilia była wstrząśnięta.

– Nie, nie... Ja... Och, kochana, nie miałam pojęcia... Tak bardzo ci współczuję.

Gdyby ktoś widział teraz minę Emilii Przecinek, powiedziałby, że jest bezcenna. Była zmieszana, zawstydzona i godna pożałowania. Ostatni raz tak się czuła, gdy przyjaciółka po raz pierwszy zaciągnęła ją na fitness. Nie przetrwała nawet rozgrzewki, a kobiety po pięćdziesiątce wymachiwały nogą wyżej niż ona.

– Zaraz, zaraz – oprzytomniała. Wieśka coś powiedziała, ale na pewno nie to, co ona usłyszała. – Co mówiłaś?

– Musisz to nadrobić! – powtórzyła agentka.

– Co nadrobić?

– Seks.

– Mam to nadrobić? Jak zadanie domowe?

– O, właśnie tak!

– Mam nadrobić... seks?! Seks???!

– Właśnie to powiedziałam.

– Wiem, co powiedziałaś. Ale nie wierzę, że to usłyszałam – wysyczała Emilia, nie wiedząc, czy zaczyna się denerwować, złościć, czy też przygniata ją jakieś wielkie brzemię.

– Jesteś to winna swoim czytelniczkom.

– Że co? – Nowy argument zbił ją z tropu.

– Kobiety w ciebie wierzą. Jesteś ikoną nowego życia, które rozpoczęłaś po czterdziestce.

– Przecież ja jeszcze nie mam czterdziestu lat! – zaprotestowała pisarka.

– Rany, ale się czepiasz. Pół roku w tę czy w tamtą, co za różnica.

– Powiedział facet siedzący na krześle elektrycznym – zadrwiła Emilia. Zdecydowanie jestem zła, pomyślała. Tylko wtedy wyostrza mi się dowcip.

– Że co? – zdziwiła się Wieśka. – No nieważne, ważne jest tylko to, że musisz zapalić swoim czytelniczkom kaganek.

– Oświaty? – zbaraniała Emilia.

– Nie, takie światełko do nieba.

– Czy jedna z nas jest idiotką? Możesz mówić jaśniej? Co ja właściwie mam im dać?!

– Seks masz im dać! – Wieśka się zdenerwowała. – Musisz odkryć go na nowo, przeżyć, posmakować, a potem przelać na papier!

– Nic z tego nie będzie. – Emilia zdała sobie sprawę, że jej słowa wcale nie zabrzmiały wojowniczo. Raczej żałośnie.

– Za pierwszym razem może nie, ale to nawet i lepiej. Musisz przeżyć rozczarowanie, żeby potem wznieść się na wyżyny...

Emilia się rozłączyła. Doszła do całkiem słusznego wniosku, że jej uszy mogą nie wytrzymać dalszego ciągu monologu, do którego właśnie przymierzała się agentka. Brak uprzejmości zamierzała zrekompensować dobrym tekstem.

Bez seksu.

Agata złamie nogę, a przecież żaden przyzwoity facet nie będzie napastował kobiety w gipsie. Odetchnęła z ulgą, pełna podziwu dla swojej fantazji. Wieśka nie będzie mogła

19

się przyczepić, jeśli Emilia da czytelniczkom opiekuńczego mężczyznę, który potrzeby ukochanej przedłoży ponad swoje. Będzie się nią opiekował, gotował jej i przynosił kwiaty. Zrobi pranie, umyje podłogi...

Zaraz, zaraz, zreflektowała się. Skoro niesie kaganek, to nie może kobietom takich bzdur wciskać. A może to nie są bzdury? To, że jej mąż palcem w domu nie ruszył, nie znaczy, że inni mężczyźni nie są zdolni do pomocy. Może młodsze pokolenie jest bardziej partnersko nastawione i wcale nie wymaga całodobowej obsługi. Bez zastanowienia wybrała numer swojej siedemnastoletniej córki.

– Kropka, dziecko ty moje kochane, skup się – poprosiła.

– Jeśli babcie coś sobie zrobiły, to dzwoń pod sto dwanaście – rezolutnie poradziła córka. – Reanimacji nie musisz już robić. Wystarczy sam fakt, że wezwałaś pogotowie, żeby nie oskarżyli cię o nieudzielenie pomocy.

– Nie wiem, dlaczego miałabym nie reanimować babć, ale nie w tej sprawie dzwonię. Potrzebuję konsultacji.

– No dobra, wal. Ale masz dwie minuty, bo zaraz skończy się przerwa, więc nie czytaj mi całego tekstu, tylko go streść. – Kropka ciężko westchnęła.

Niełatwo być córką pisarki, ale bywają znacznie gorsze sytuacje. Matka mogła być zwyczajną wariatką, a tak, to jest po prostu ekscentryczna.

– Agata złamała nogę i Marek się nią opiekuje. Robi jej zakupy, gotuje, sprząta, pierze, prasuje i...

– Od kiedy piszesz fantastykę? – przerwała jej Kropka.

– Akcja dzieje się współcześnie i...

– Średniowieczne romanse wyszły z mody, ale nawet wtedy facet wsiadał na konia i pędził upolować smoka.

– No właśnie... – Emilia westchnęła. – Tak sobie myślałam, że to zbyt piękne, żeby było prawdziwe.

– Mamo, musisz zejść na ziemię – poradziła jej stanowczo Kropka. – Nie możesz wmawiać kobietom takich rzeczy, bo jeszcze gotowe w to uwierzyć. Czy ty wiesz, co mogłabyś zrobić z moim pokoleniem, wmawiając im takie bzdety?

– Twoje pokolenie, dziecko kochane, nie czyta książek tylko E – SE – ME – SY – oświadczyła buntowniczo Emilia i zakończyła rozmowę. – No dobra – spojrzała ze złością na laptop – skoro ma być seks, będzie seks. Dziś wieczorem idę na randkę. Od czegoś trzeba zacząć.

Ogłoszenie było miłe, zwyczajne, zdjęcie odrobinę mdłe, niemniej jednak miała dobre przeczucia. Nie oczekiwała wielkich uniesień, miłość do grobowej deski zakończyła się rozwodem, a Emilia była już w tym wieku, w którym doskonale wiedziała, że różowe okulary zostawia się w domu, a nie zabiera na randki.

Mężczyzna, który siedział naprzeciw niej w niewielkiej kawiarence, gdzie można zamówić desery dla diabetyków i super ekstra kawę, jak zapewniała chuda jak patyk, a umięśniona jak kulturystka Wieśka, wyglądał prawie jak na fotografii.

„Prawie" robi wielką różnicę, uznała Emilia, powtarzając w myślach slogan reklamowy, choć w tym momencie nie bardzo potrafiła powiedzieć, jakiego produktu właściwie dotyczył. Bogdan, bo tak właśnie mężczyzna się przedstawił, mniej więcej przypominał siebie. Określenie „mniej więcej" doskonale oddawało sytuację. Mniej włosów, więcej podbródków. Więcej lat, mniej zębów. Średnia wypadała... średnio.

Tylko się nie zniechęcaj, nakazała sobie stanowczo Emilia. Ty sama rok temu też miałaś wszystkiego więcej. Kilogramów, kompleksów, mężów.

– Lubię babki z wyobraźnią – powiedział Bogdan, uśmiechając się szczerbato.

– Tak? – zapytała, odwracając wzrok. Na litość boską, dlaczego ludzie nie dbają o zęby? A może zostawił je w domu?

– Jasne. Podawać się za pisarkę to trzeba mieć luz do siebie.

– Że co? – zdziwiła się.

– No pewno, co to za zawód? Jedne cinżko na chleb harujom, a takie nie wiadomo co napisze byle co, a ludzie wychwalajom pod niebiosa.

– Czyżby? – Z trudem zdobyła się na uśmiech.

– Pewno. To czym się zajmujesz? Fryzjerka? Sprzedawczyni? Na hali robisz?

– A mógłbyś mi przypomnieć, czym ty się zajmujesz? – zapytała uprzejmie, postanawiając nie dyskryminować nikogo z powodu wykształcenia, ale na inżyniera, za którego się podawał, to jej nie wyglądał.

– Ja? Robie jak inżyner – roześmiał się rechotliwie. – Złota rączka jezdem, ale mamy takiego jednego na hali, niby inżyner, ale powiem ci, kobito, że ten papier, co go ma, to do dupy chyba tylko, bo wincej wim niż łon. A ta knajpa to jakoś oszukano. Golonki tu ni ma ani piwa. Skądżeś ty ją wzina?

Adela z uwagą spoglądała w okno. Na jednej z klatek sąsiedniego bloku pojawiło się ogłoszenie. Z daleka nie mogła dojrzeć jakie, ale jak wnioskowała z grafiki, musiał to być nekrolog. Wyjęła z torebki okulary, jednak niewiele pomogły.

– Jasna cholera! – zaklęła zupełnie nieelegancko. – Trzeba było kupić lornetkę.

– Jaką lornetkę? – Wchodząca do pokoju Jadwiga usłyszała tylko ostatnie zdanie.

– Tę w tym sklepie, gdzie kupiłam nóż sprężynowy.

– Po co ci nóż sprężynowy?! – pisnęła Jadwiga.

– Teraz to po nic, bo mamy maj, ale jak w październiku będę wracała z jogi, to będzie już ciemno. Przezorny zawsze ubezpieczony – odpowiedziała tamta, na powrót przyklejając się do szyby.

Jadwiga zasznurowała usta na znak zdegustowania, co nie odniosło zamierzonego efektu, jako że Adela nie miała oczu z tyłu głowy. Teściowa Emilii otworzyła usta, by wygłosić odpowiedni komentarz, jednak po chwili namysłu zrezygnowała. Po pierwsze – nie dyskutuje się z posiadaczką sprężynowego noża i początków demencji, po drugie – zainteresowała się powodem, dla którego jej współlokatorka właśnie w tej chwili potrzebuje lornetki.

– Co tam jest? – zapytała, stając obok przy oknie.

Za blokiem kompletnie nic się nie działo. Nikogo tam nie było. Dochodziła dziewiętnasta, ale w maju to zbyt wczesna godzina, by młodzież zaczęła okupować klatkę schodową.

– No właśnie nie mogę dojrzeć.

– Ale czego nie możesz dojrzeć?

– Nekrologu.

– Czyjego? – Zainteresowanie Jadwigi gwałtownie wzrosło.

– No właśnie nie wiem czyjego – zdenerwowała się Adela.

– Ślepa jesteś. Pokaż!

– Co mam ci pokazać?

– Nekrolog mi pokaż.

– No tam jest!

– Tam to gdzie?

– Na drugiej klatce.

– A od której strony liczysz?

– A co za różnica?! Tamten blok ma tylko trzy klatki!

– Przecież widzę!

– To po co pytasz?!

– Bo nekrologu nie widzę!

– I to ja jestem ślepa?! Okulary włóż!

– O! – zawołała bynajmniej nieurażona Jadwiga. – Tak myślałam, że czegoś mi brakuje.

Emilia cicho zamknęła drzwi sypialni. Handryczące się staruszki przyprawiały ją o zawrót głowy, niemniej czuła się w obowiązku zaglądać do nich za każdym razem, gdy słyszała podniesione głosy. Już raz się pobiły.

Wreszcie usiadła przy laptopie i spokojnie czekała, aż otworzy się plik. Westchnęła z żalem. W końcu bardzo lubiła Marka. Ale… skoro idealny mężczyzna nie istnieje, Agata zostanie idealną kobietą.

Marek z niedowierzaniem słuchał słów lekarza.

– Złamana noga? – zawołał z irytacją. – Mówił pan, że to tylko stłuczenie!

– Mówiłem, że będzie miał pan szczęście, jeśli to tylko stłuczenie – z niezmąconym spokojem odpowiedział lekarz.

– I jak ja mam pracować w takich warunkach – zirytowała się, słysząc dźwięk telefonu. – Słucham! – warknęła, nie patrząc, kto dzwoni.

– Cześć, mamo, tu Kropka.

– O, dziecko moje kochane – ucieszyła się Emilia, po czym równie szybko zmartwiła. – Dlaczego ty do mnie dzwonisz? Nie ma cię jeszcze w domu?

– Jestem, jestem, tylko mam maseczkę i nie mogę chodzić.

– Aha... – bąknęła lekko zmieszana rodzicielka.

– A gdzie ty masz tę maseczkę, że nie możesz chodzić?

– Na stopach, mamo – odparła poirytowana Kropka.

– Przecież mówię, że nie mogę chodzić!

– No tak...

– Rany, mamo, pozbieraj się, proszę, bo mam ważne pytanie. Zostaw tego Marka czy Agatę i to, co tam robią czy też czego nie robią, i skoncentruj się, proszę.

– No dobra, to już – oświadczyła stanowczo Emilia.

– Teraz mów, bo bardziej skoncentrowana nie będę.

– Jutro zadzwoni do ciebie moja wychowawczyni.

– O mój Boże! – jęknęła Emilia, czując, jak włosy jeżą się jej na głowie.

– Jak na ateistkę to dość często go przyzywasz – zauważyła kąśliwie córka.

– Do brzegu, dziecko, do brzegu, zanim dostanę zawału – ponagliła ją Emilia.

– O cokolwiek cię poprosi, powiedz: nie!

– Nie?

– Nie!

– A jak mnie wezwie do szkoły? Co będzie ze mnie za matka, jak...

– Mamo kochana, uczę się dobrze, zachowanie mam wzorowe, udzielam się i biorę udział w konkursach. Nie ma po co wzywać cię do szkoły – poinformowała ją Kropka tonem pełnym urazy. – To, że mam siedemnaście lat,

25

nie znaczy, że mam pstro w głowie. Nie piję, nie palę, nie biorę narkotyków, nie uprawiam seksu, nawet nie żądam wysokiego kieszonkowego. Do tego jestem odpowiedzialna indywidualnie i zbiorowo.

– Zbiorowo? – zdziwiła się Emilia.

– Owszem, bo jestem odpowiedzialna za twoje zdrowe odżywianie i moje zdrowe odżywianie, dodaj do tego cholesterol babci Jadwigi i podwyższony cukier babci Adeli – to są już cztery sztuki. Zbiorowość jak nic. Kropeczka nie liczę, bo on się żywi indywidualnie i nieodpowiedzialnie, ale jest dorosły, więc za niego odpowiedzialności brać nie mogę. – Fakt, że osiemnastoletni Kropeczek jest mniej dorosły niż jego matka i babcie, nie stanowił dla Kropki argumentu. – To co będzie?

– Z czym?

– Mamo, prosiłam cię o odrobinę koncentracji. Co ty tam robisz?

– Marek złamał nogę, więc nie będzie seksu.

– A w czym mu przeszkadza złamana noga? – zdziwiła się siedemnastoletnia, odpowiedzialna, nieuprawiająca seksu córka.

– Nie przeszkadza? – Emilia wbrew sobie poczuła zawstydzenie.

I to wcale nie dlatego, że rozmawia na intymne tematy z własną siedemnastoletnią latoroślą, lecz z powodu własnej ignorancji.

– Facetowi? Nigdy w życiu – zapewniła ją Kropka z taką stanowczością, że matka nie mogła jej nie uwierzyć.

– Skąd ty wiesz takie rzeczy? – zapytała nieufnie.

– Mamo, na jakim świecie ty żyjesz? Może w latach twojej młodości pralka Frania była przełomowym osiągnięciem cywilizacyjnym, ale ja żyję w społeczeństwie informacyjnym. Świat jest globalną wioską!

– No tak – potwierdziła niepewnie pisarka. – Więc mówisz, że ta noga to żadna przeszkoda?

– Żadna. Musiałby chyba mieć wstrząs mózgu połączony z paraliżem. I do tego zaawansowaną osteoporozę.

– Aha. No dobrze, to może będzie lepiej, jak już skończę tę rozmowę. Przypomnij mi tylko, proszę, po co ja właściwie do ciebie dzwoniłam?

– Po nic, mamo, bo to ja do ciebie dzwoniłam. Piłaś?

– No wiesz! – oburzyła się Emilia. – Raz mi się zdarzyło, jak twój ojciec mnie porzucił, i tamten kac wystarczy mi na całe życie. Musiałabym chyba doznać amnezji, żeby znów się narąbać!

– No dobra, niech będzie. Wierzę ci – oświadczyła łaskawie Kropka. – Pamiętaj tylko powiedzieć NIE, gdy nadejdzie właściwa chwila.

– Co? Za kogo ty mnie uważasz?

– Za moją kochaną, choć zdziwaczałą matkę. Zaraz, o czym my właściwie mówimy? – Teraz to Kropka była zdezorientowana.

– Nie o randce? – zapytała niepewnie jej matka, której pierwsza po rozwodzie randka zakończyła się ucieczką przez kuchnię w kawiarni, bo toaleta nie miała okna. Rachunek zapłaciła, więc Bogdan Mniej-Więcej nie powinien mieć pretensji.

– O jakiej randce? – Podejrzliwość Kropki zaczęła wzrastać. – Byłaś na randce?

– Ja? Nie wydaje mi się. – Nie skłamała. Taka randka to nie randka.

– Jak to ci się nie wydaje?

– Zalogowałam się na tym portalu, na którym mi kazałaś, i w końcu pójdę na jakąś randkę. Sama powiedziałaś, że to dobra opcja dla każdego wieku, a współczesne społeczeństwo...

– Tak, tak – przerwała jej Kropka. – Pamiętam, co powiedziałam. A teraz ty, proszę, zapamiętaj, że jak zadzwoni moja wychowawczyni...

– Mam powiedzieć NIE. – Emilia przypomniała sobie właśnie, o czym wcześniej rozmawiały.

– Właśnie, na opiekuna wycieczki to ty się, mamo, nie nadajesz. Kocham cię, ale kończę, bo muszę zmyć maseczkę. Pa!

– Pa – odpowiedziała Emilia do sygnału w telefonie.

– Jakiej wycieczki? – zdziwiła się jeszcze, gdy dotarły do niej słowa córki, po czym uznała, że lepiej będzie, jeśli wróci do tekstu i go poprawi. Nie może załatwić Markowi osteoporozy, za to może mu złamać coś innego.

Marek z niedowierzaniem słuchał słów lekarza.
– Dwa złamane żebra? – zawołał z irytacją. – Mówił pan, że to tylko stłuczenie!
– Mówiłem, że będzie miał pan szczęście, jeśli to tylko stłuczenie – z niezmąconym spokojem odpowiedział lekarz.

– No! – Emilia pisnęła z zadowolenia. – Teraz próbuj coś kombinować. A Wieśka niech się... – Nie zdążyła dokończyć, gdy telefon zadzwonił ponownie.

– Emilia Przecinek. Z kim mam przyjemność? – zapytała uprzejmie, w duchu zaklinając wszystkie plagi egipskie, aby spadły jej uprzejmie na głowę zamiast plagi telefonów.

– Zgłupiałaś? Wieśka mówi!

28

– To ty… Myślałam, że ktoś inny – oznajmiła z zawodem.

– Randka? – ucieszyła się agentka.

– E, nie, na randce już byłam.

– Jak to byłaś? Byłaś i ja nic nie wiem? I jakim cudem byłaś? Rozmawiałyśmy ze trzy godziny temu na temat seksu, a ty zdążyłaś już zorganizować sobie randkę? Nie mów tylko, że w czymś ci przeszkodziłam? – z nadzieją zawiesiła głos.

– Nie, skąd. Już jestem po.

– Naprawdę? Ale jazda! Nawet ja nie jestem taka szybka! Ale zaraz, zaraz, jak to, po? Emilia, ty jesteś znana kobieta. Pisarka. Feministka. Matka dwójki dzieci. Ikona porzuconych kobiet. Ty nie możesz w trzy godziny załatwiać randki, seksu i wracać do domu! Ty musisz się szanować! Wiesz, co by było, gdyby to trafiło do gazet?!

– Oszalałaś?! – zdenerwowała się Emilia. – Na kawie tylko byłam!

– O, no tak, jasne. Wybacz – zawstydziła się agentka.
– I jak było?

– Kawa super. Reszta niekoniecznie – odparła enigmatycznie jej ulubiona autorka.

– No cóż… – Wieśka westchnęła. – Najważniejsze to się nie zniechęcać. Pierwsze koty za płoty i tak dalej. Możesz być wybredna, byle nie za bardzo. Znajdź sobie jakiegoś miłego, fajnego faceta i rób z nim te wszystkie rzeczy, o których zawsze marzyłaś, żeby zrobił je facet i…

– A mogę najpierw skończyć rozdział? – zapytała z ironią Emilia, dokonując zarazem wizualizacji miłego, fajnego faceta, wynoszącego śmieci i zrywającego się wczesnym rankiem z łóżka, by kupić jej na śniadanie ciepłe bułeczki. Ale zdaje się, że nie tego rodzaju rzeczy tamta miała na myśli.

– Piszesz?! Dlaczego nie mówisz od razu?! A ja ci przeszkadzam! Pisz, kochana, pisz! – pisnęła agentka i rozłączyła się bez pożegnania.

– I jak jej nie kochać – westchnęła Emilia, z niechęcią spoglądając na swój tekst. Właśnie sobie uprzytomniła, że złamane żebra nie biorą się znikąd. Trzeba je jakoś połamać. Tylko jak?

– Co to za logika, żeby kupić nóż sprężynowy, a lornetki nie – narzekała Jadwiga, wsuwając stopy w buty ortopedyczne. Dziś biodro dokuczało jej tak mocno, że musiała zmienić buty na obcasie na te zalecone przez lekarza. – Teraz muszę iść i sama przeczytać, bo ta umyła głowę i boi się przeziębić. Jakby nie mogła zaczekać do jutra. – Zamaszystym ruchem otworzyła drzwi i wyszła na korytarz.

Za nic w świecie nie przyznałaby się, że przez ten cholerny nekrolog sama też do rana nie zmrużyłaby oka. Obstawiała tę kobietę z pierwszego piętra, którą trzy razy w tygodniu karetka zabierała na dializy, a Adela faceta z parteru. Ważył dobrze ponad stówkę, więc aż się prosił o zawał.

– Zamknij się, jak do ciebie mówię!!!

Jadwiga podskoczyła nerwowo. Krzyk dobiegał gdzieś znad jej głowy.

– Ile razy mam ci powtarzać, że w tym małżeństwie od myślenia to jestem ja! Ty masz tylko wykonywać!!!

Nie rozpoznawała głosu. Wahała się między chęcią identyfikacji nieboszczyka a krzykaczki. Przecież się nie rozerwie, a musiałaby się udać w dwóch różnych kierunkach.

– Jak to, każdemu się zdarza?! Ty ofermo jedna! Ty bęcwale!!! Zgubiłeś karton z serwisem od mamusi i jeszcze masz czelność się tłumaczyć?!

Chyba nowi sąsiedzi, pomyślała z rosnącym zaciekawieniem Jadwiga.

– I co z tego, że to nie była prawdziwa porcelana?! Prezent był! Z serca mamusia nam dała, a ten jeszcze będzie wybrzydzał, że nie porcelana! Patrzcie go, jaki pan szlachta się znalazł! Z filiżanki porcelanowej kawę będzie pił!

W tym momencie podjęła decyzję. Nieboszczyk nie zając, nie ucieknie, a nowi sąsiedzi i owszem. Nekrolog może przeczytać później. Trzeba szybko się dowiedzieć, kto tam jest.

Bez chwili wahania zaczęła się wspinać po schodach. Dotarła ledwo na półpiętro, gdy usłyszała zbliżające się w jej stronę kroki. Na złodzieju czapka gore – zgodnie z powiedzeniem ludowym, jakże słusznym, Jadwiga wpadła w panikę. W końcu nie wybierała się do nowych sąsiadów, żeby pożyczyć cukier, lecz podsłuchać ich, podejrzeć i oplotkować w zaciszu sypialni wraz z Adelą. Zamiarów nie miała wypisanych na czole szkarłatną literą, ale zadziałała podświadomość i instynkt ucieczki z miejsca przestępstwa, doskonale znany osobnikom mającym nieczyste sumienie.

Starsza pani obróciła się na pięcie i usiłując pośpiesznie zniknąć z pola widzenia nowych sąsiadów, nim ci się domyślą, że piętro niżej mają dwie kule-szpiegule, jak nazywała je Kropka, niefortunnie postawiła stopę na krawędzi stopnia. Efekt mógł być tylko jeden. Nie zdążyła krzyknąć, gdy uderzenie o schodek pozbawiło ją tchu. Z jej ust wydobyło się tylko zdławione westchnienie. Trzeba było wziąć kulę, pomyślała jeszcze, nim zapadła ciemność. Nie słyszała już odgłosu zjeżdżającej windy, zatem nie wiedziała, że jej paniczna ucieczka była zupełnie niepotrzebna.

Zniecierpliwiona Adela krążyła przy oknie, ale Jadwiga nie pojawiła się na zewnątrz. Zła jak osa, wymaszerowała z pokoju, wbiegła – jeśli można użyć tego słowa wobec sposobu poruszania się siedemdziesięciotrzylatki – po schodach i z impetem wpadła do pokoju Emilii.

– Ta stara wariatka się zgubiła! – oświadczyła zirytowana.

Córka westchnęła ciężko. Na jej twarzy nie było śladu zainteresowania tematem, co już zupełnie wyprowadziło Adelę z równowagi.

– Nie zamierzasz nic powiedzieć?!

– A cóż tu można powiedzieć? – Emilia wzruszyła ramionami. Właśnie obmyślała spektakularny upadek z drzewa, na które Marek wspiął się, by zdjąć kotka Agaty, gdy matka, zupełnie niewyczulona na niuanse pracy pisarskiej, wytrąciła ją z natchnienia. Oczami wyobraźni widziała, jak mężczyzna, tuląc kotka do piersi, by go uchronić przed skutkami upadku, ląduje na ziemi.

Musi jeszcze się zastanowić, czy można złamać żebra, padając na plecy, a nie na klatkę piersiową, bo jeśli nie, będzie musiała złamać mu coś innego. Nie można dopuścić do zmiażdżenia kotka. Agata musi mieć oczy pełne łez wdzięczności i troski o Marka, a nie zgrozy na widok krwawej plamy rozmazanej na torsie mężczyzny.

– Ty wcale mnie nie słuchasz!

– Oczywiście, że cię słucham. Zaginął stary kot.

– Jaki kot?! Czy ja mówiłam coś o kocie?! Ta stara wariatka wyszła i znikła!

– Kot zwariował? – zdumiała się Emilia. – To w ogóle jest możliwe?

Adela zdębiała.

– Cześć, mamo. – Do pokoju wszedł Kropeczek, przygładzając zmierzwione włosy. – Słyszałaś ten huk?

– Marek spadł z drzewa, a co?

Chłopak spojrzał badawczo na matkę, dostrzegł jej lekko nieobecny wyraz twarzy, z ubolewaniem pokręcił głową i zaczął mówić wolno i wyraźnie, nieco podnosząc głos, jak Kropka, gdy zwracała się do babć:

– Ma-mo, na klat-ce scho-do-wej był strasz-ny huk! Coś spad-ło! Sły-sza-łaś?!

– Na klatce? Przecież tam nie ma drzewa...

– Jadwiga! – pisnęła przerażona Adela, która pomimo wieku błyskawicznie kojarzyła fakty.

Czasami tylko zdarzały jej się dziwne rzeczy, jak próba ściszenia telewizora za pomocą telefonu komórkowego. Ale pilot czarny, telefon też, a i to, i to ma guziki, każdemu może się zdarzyć.

– Babcia Jadwiga? – wystraszył się Kropeczek. Odwrócił się na pięcie i błyskawicznie wyskoczył z pokoju.

– Huk? Schody? Babcia Jadwiga? – Emilia dopiero teraz wkroczyła obiema nogami w rzeczywistość jej domowego piekiełka i niemal taranując Adelę, stojącą jak słup soli, pognała za synem.

Adela szlochała bez opamiętania. Emilia nie przypominała sobie, by matka zachowywała się w podobny sposób po śmierci męża, a jej ojca, a tym razem nawet nikt nie umarł. Jadwiga leżała bezwładnie u szczytu schodów, ale zdaniem lekarza, sądząc po obrażeniach, spadła najwyżej z kilku stopni.

Niestety, upadek był na tyle nieszczęśliwy, że uderzyła głową o kant schodów i straciła przytomność, do tego noga spuchła jak bania. Na razie nikt nic nie mówił, ale Kropeczek obstawiał złamanie z koniecznością operacji, a Emilia leczenie w szpitalu dla nerwowo chorych, tyle że siebie, nie teściowej. Jej własna osobista matka była kłębkiem emocji, co do których Emilia nie podejrzewała, że ta jest zdolna. Jadwiga, unieruchomiona w mieszkaniu, zatruje życie im wszystkim. Będzie jak czad – bezwonny, ale zabójczy.

– Przestań, mamo! – zwróciła się stanowczo do Adeli. – Jadwidze nic nie będzie. Odzyskała przytomność, zanim przyjechała karetka. Pewnie nie zostawią jej nawet na oddziale, tylko oddadzą nam do domu.

– Naprawdę? – Mina Kropeczka nie wyrażała ulgi ani nadziei, lecz skrajne przerażenie.

Chłopak nie był całkowicie pozbawiony instynktu samozachowawczego, a ten ukazywał mu dalszy ciąg zdarzeń, tak jakby ktoś postawił przed nim kryształową kulę. Widział w niej siebie w roli służącego, biegającego na każde wezwanie babci. Kropka wyjdzie z tego wszystkiego obronną ręką, bo poza szkołą uczęszcza jeszcze na jakieś kółka tematyczne, a po powrocie do domu wkuwa jak najprawdziwszy kujon. Zostawią ją więc w spokoju, ale on? Przecież nikt nie uwierzy, że musi się uczyć i nie może być podnóżkiem dla babci!

– Tak myślisz, córciu? – Adela już trochę spokojniej zwróciła się do Emilii.

Chciała jeszcze coś powiedzieć, gdy przeszkodziła jej czkawka. Pociągnęła więc tylko nosem i ścisnęła córkę za rękę. Emilia z trudem powstrzymała syk bólu. Matka wbiła jej długie hybrydowe paznokcie w miękką skórę przedramienia.

– Jasne, mamo.

W końcu złego diabli nie wezmą, pomyślała w nagłym przypływie złośliwości. Dwie czarownice przeżyją ich wszystkich, łącznie z Kropką i Kropeczkiem. Jak skończą ze dwieście lat, będą dzielić się okiem i zębem niczym wiedźmy z *Makbeta*. Charaktery już miały odpowiednie.

– Dziękuję ci, Emi... Emilko. – Czkawka przeszkadzała Adeli w mówieniu. – Myślisz, że możemy do niej... zajrzeć?

– Lekarz nie kazał wchodzić – wtrącił Kropeczek, co nie było dobrym pomysłem, bo starsza pani, której stan emocjonalny wracał do normy, syknęła ze złością:

– Jeszcze tego brakowało, żeby jakiś mężczyzna mi tu rządził!

O dziwo, czkawka minęła natychmiast, gdy podpierając się kulą, która zdaniem Emilii nie była jej do niczego potrzebna, Adela wmaszerowała raźnym krokiem do pokoju na SOR-ze, gdzie leżała poszkodowana.

– Mamo, chyba ucieknę z domu – poinformował Emilię syn.

– Naprawdę myślisz, że się przed nimi schowasz? – Spojrzała na niego z politowaniem.

Może i był dorosły, może przerósł je wszystkie, jako że miał niemal sto dziewięćdziesiąt centymetrów wzrostu, i bezczelnie patrzył na nie z góry, ale mentalnie był naiwny jak nowo narodzone dziecię.

Wiesława Paluch z piskiem opon zaparkowała na szpitalnym parkingu, zajmując miejsce dla niepełnosprawnych. Nie pierwszy raz zresztą, ale tylko te najczęściej były wolne. Stukając niebotycznie wysokimi obcasami, ubrana w obcisłe spodnie imitujące skórę i dopasowany czerwony żakiet, wbiegła na oddział.

– Nic się nie martw! Wszystkim się zajmę! – Dopadła do siedzącej na plastikowym krześle Emilii. – Powiedz mi tylko od razu, głowa w porządku?

– Czekamy na wynik tomografu, ale powinno być okej – odparła ta, zdziwiona przybyciem agentki i przyjaciółki w jednej osobie. – Skąd wiesz, co się stało?

– Nie mogłam się do ciebie dodzwonić, więc zadzwoniłam do Adeli. Wszystko wiem. Nic się nie martw. Pomogę ci we wszystkim – zapewniała ją gorąco.

– Dziękuję, ale na razie…

– Jak głowa cała, to resztę pal licho.

– No wiesz, upadek w tym wieku…

– Nie przesadzajmy z tym wiekiem. Ludzie teraz dożywają setki, i to w zupełnie niezłym stanie.

– Nie życzę jej źle, ale setka? – Emilia wzdrygnęła się na myśl o mieszkaniu z dwiema staruszkami przez kolejne trzy dekady.

– Komu nie życzysz źle? – zdziwiła się agentka.

– Jadwidze.

– A co ma do tego Jadwiga? Majaczysz? – Wieśka zdenerwowała się jeszcze bardziej. – Dlaczego nie leżysz?! Kazali ci tu siedzieć?! Już ja z nimi porozmawiam! Gdzie tu jest jakiś lekarz?!

– Siadaj! – Emilia złapała ją za rękę i zmusiła do zajęcia miejsca tuż obok.

– Siedzieć? Jak ja mogę siedzieć, wiedząc o twoim stanie?! – Wieśka z trudem łapała powietrze.

Przyciskała do piersi malutką torebkę na złotym łańcuszku i oczami pełnymi najprawdziwszych łez spoglądała na swoją ulubioną autorkę.

Zafascynowany Kropeczek przysłuchiwał się tej nieskładnej wymianie zdań. On jedyny zorientował się co do natury nieporozumienia.

– To nie mama spadła ze schodów, tylko babcia Jadwiga – poinformował agentkę.

– Jadwiga? – zdziwiła się Wieśka. – Adela nic nie mówiła o Jadwidze. Powtarzała tylko, że jesteś w szpitalu i... Jadwiga spadła ze schodów? – Dopiero teraz dotarła do niej pomyłka. – A niech to szlag! Muszę odwołać maszynistkę! I niech to diabli, zaparkowałam na miejscu dla niepełnosprawnych! Zaraz mnie odholują! Wpadnę wieczorem, to pogadamy! – Równie nagle, jak wbiegła, tak wybiegła ze szpitala, pozostawiając zdumioną Emilię i rozbawionego Kropeczka.

– Jaką maszynistkę? – zapytała syna.

– Skąd mam wiedzieć? – Wzruszył ramionami. – Długo będziemy tu czekać? Jestem głodny.

– To weź taksówkę i jedź do domu. Powiedz Kropce, co się stało. Będzie się denerwować, jak wróci do domu i nikogo nie zastanie.

– No właśnie, a gdzie Kropka? O tej godzinie powinna być już dawno w domu. – Uruchomił się w nim starszy brat.

– Nie mam zielonego pojęcia – przyznała Emilia. – Dzwoniła do mnie, ale... – Przerwał jej sygnał telefonu komórkowego. – Czekaj, muszę odebrać. Tak, słucham?

– ...

– Witam panią.

– ...

– Tak, Emilia Przecinek przy telefonie.

– ...

– Aha...

– ...

– Tak?

– ...

– To miło.

– ...

– Absolutnie się nie zgadzam. Życzę miłego wieczoru. Do widzenia – pożegnała się krótko nad wyraz zadowolona z siebie. – A co! Jednak potrafię być asertywna! – zwróciła się do syna.

– Ja smerdolę*, jak powiedziałaby Kropka! – jęknął w tym momencie Kropeczek, zupełnie nie pod adresem matki, lecz krzyczącej wniebogłosy kobiety, którą sanitariusze właśnie przewozili korytarzem. Za nimi szedł wysoki, barczysty lekarz, z irytacją przeglądając dokumentację.

– Po jaką cholerę ją tu przywieźliście? Na położniczy ją zabierzcie! A pani niech się przestanie drzeć! Trzeba było nogi trzymać razem, to teraz nie byłoby sprawy! Co za ludzie! Za grosz odpowiedzialności!

– No wiecie co... – wymamrotała zaskoczona słowami lekarza Emilia. – Ty to słyszałeś? – zwróciła się do syna.

– Nic nie słyszałem. Ogłuchłem.

– Nie bądź taki mądry! Jak ciebie rodziłam, to mi założyli dwanaście szwów! Głowę miałeś jak arbuz!

– Rany boskie! – jęknął przerażony Kropeczek. – Tylko nie to! Ja chcę żyć w przeświadczeniu, że zostałem

---

* Stephen King, *Historia Lisey*.

znaleziony w kapuście! Wierzyć w bociany i Świętego Mikołaja! Błagam, nie odbieraj mi dzieciństwa!

– Masz osiemnaście lat i chcę wierzyć, że wiesz, skąd się biorą dzieci – powiedziała surowo jego matka. – Bo jak coś zmalujesz, to wylądujesz tu ze swoją dziewczyną, a ja osobiście dopilnuję, żebyś nie opuścił sali porodowej nawet na chwilę!

– Kropeczek będzie ojcem? – wstrząśnięta Adela złapała się za serce i z wdziękiem osunęła po ścianie na posadzkę szpitala.

– Nie do wiary! – warknął na widok stojącego przy windzie mężczyzny. – Mówiłem, żebyś tu nie wracał!

– Spokojnie, kolego, nic do ciebie nie mam. – Machinalnie dotknął obolałego policzka. Kość policzkowa zaczynała puchnąć. Facet musiał być jakimś furiatem. Przecież on tylko chciał się dowiedzieć paru rzeczy, a ten uderzył go w twarz, kopnął w żebra i zabronił tu przychodzić. Powinien się cieszyć, że nie zgłosił pobicia na policję. – Musiałeś mnie z kimś pomylić.

– Czyżby? Może ja mam coś do ciebie? – warknął, sięgając do kieszeni.

Ostrze błysnęło w świetle żarówki, gdy szybkim ruchem przyłożył je do szyi przestraszonego mężczyzny.

– Wypierdalaj stąd, bo zatłukę, zrozumiałeś? – zapytał groźnie.

– Okej, wychodzę.

Cofnął się i obchodząc dużym kołem wysokiego, mocno zbudowanego mężczyznę z nożem w ręku, zmierzał w stronę drzwi wyjściowych. Napastnik nie ruszał się z miejsca.

Miał już otworzyć drzwi i wybiec, gdy poczuł silny ucisk na tętnicę. Próbował się odwrócić, chciał walczyć, ale zabrakło mu tchu, a przed oczami pojawiły się mroczki. Osunął się na kolana.

Sapał ciężko, wlokąc ciało do piwnicy. Facet ważył siedemdziesiąt parę kilogramów, ale bezwładne ciało jest znacznie cięższe niż jego rzeczywista waga. Wrzucił go do schowka, gdzie nie sięgało światło z korytarzyka. Nieprzytomny mężczyzna oddychał powoli, ale równo. Starannie przeszukał jego kieszenie. Facet nie miał portfela. Tylko kluczyki od auta i telefon komórkowy.

Kluczyki schował do wewnętrznej kieszeni kurtki, telefon komórkowy starannie przejrzał, przede wszystkim sprawdzając listę połączeń i wiadomości tekstowe. Zaklął, gdy nie znalazł tego, czego szukał.

Nieznajomy zaraz odzyska przytomność. Co mu powiedzieć? Że się pomylił? Niemożliwe, przecież facet wypytywał o jego żonę. Może wcale go nie zdradzała? Może ten gość tylko się przypłątał i ją śledził? Otworzył drzwi od swojej piwnicy, ze skrzynki na narzędzia wyjął młotek. Przez chwilę ważył go w ręku, zastanawiając się nad konsekwencjami tego, co chciał zrobić. Pobił człowieka, a właściwie go uprowadził. Mógłby go tu zostawić, ale poszkodowany na pewno pójdzie na policję i to zgłosi. Jestem idiotą, pomyślał zrozpaczony. Uklęknął przy leżącym mężczyźnie. Zawahał się, lecz uznał, że nie ma innego wyjścia. Wiedział, jak uderzyć, by tamten umarł szybko i nie ochlapał go krwią.

W środku nocy na moście było pusto. Mimo to wolał nie ryzykować. Zbiegł schodami w dół i skręcił pod filar.

Wziął szeroki zamach i wrzucił do wody wszystko, co mogło naprowadzić policję na jego ślad. Zakrwawiony młotek, telefon, kluczyki od samochodu. Do domu wrócił pieszo. Wszedł cicho do mieszkania. Żona spała jak zabita. Spojrzał na leżące na komodzie leki nasenne. Brała je koło dwudziestej drugiej, zaczynały działać po kwadransie, więc zazwyczaj spała, gdy wracał z drugiej zmiany. Dziś też tak było. W przeciwnym wypadku siedziałaby tu zła jak osa, wydzwaniając do niego bez przerwy.

W razie potrzeby potwierdzi, że tę noc spędził w domu. Dlaczego miałaby tego nie zrobić? Wszedł pod gorący prysznic. Zabił człowieka. Czy tamten ją nękał? Czy był jej kochankiem? Nieważne, ma jego krew na rękach. Najgorsze, że musiał zostawić ciało w piwnicy. Zbyt mocno by ryzykował, próbując przenieść gdzieś trupa. Mógł tylko mieć nadzieję, że nie zostawił żadnych śladów.

Emilia z niesmakiem spojrzała na leżącego w piwnicy mężczyznę. Znaczna część jego korpusu znajdowała się za rogiem krótkiego korytarzyka, więc właściwie widziała tylko zaprasowane na kant spodnie i eleganckie skórzane buty, teraz mocno przybrudzone. Pewnie Olejniczak, pomyślała.

Nie interesowała się za bardzo sąsiadami, ale niejednokrotnie słyszała, jak Adela wraz z Jadwigą komentują życie innych mieszkańców bloku. Nie pamiętała, czym ci Olejniczakowie się zajmują, ale narzekania Adeli, że znów widziała pijanego sąsiada, utkwiły Emilii w pamięci. Nazwisko również. Swego czasu kilka razy musiała omijać go na schodach, ale zawsze leżał twarzą w dół, więc nie miała szansy zobaczyć, jak wyglądał, a na trzeźwo nigdy

41

go nie widziała. To znaczy nie widziała Olejniczaka w stanie trzeźwości, bo sama była praktykującą abstynentką.

Przeszła nad wystającymi nogami leżącego mężczyzny i skierowała się do własnej piwnicy, skąd wzięła kilka małych słoików z kiszonymi ogórkami, które na szczęście wolno jej było jeść, i wróciła tak samo jak przyszła, robiąc duży krok nad zawadzającymi kończynami w spodniach z kantem.

– Wyobraźcie sobie, że pijany Olejniczak zawadza – poinformowała siedzące przy kuchennym stole starsze panie.

Jadwiga siedziała na wózku inwalidzkim, który wypożyczono im ze szpitala. Poza złamaną nogą nic jej się nie stało. Nie doznała nawet wstrząsu mózgu, ale została zamknięta w czterech ścianach, co głośno i z niezadowoleniem komentowała, gdy tylko miała ku temu okazję. Adela tylko doświadczyła omdlenia na wieść o rychłym ojcostwie Kropeczka. Pomocy udzielił jej młody lekarz, który na swoje szczęście miał wystarczająco dobre maniery.

– Komu zawadza? – zapytała bez większego zainteresowania Jadwiga. Pijany sąsiad był widokiem tak częstym, że nie wzbudzał już sensacji.

– Zawadza komuś poza żoną? Wydawał się zupełnie nieszkodliwy – zauważyła równie obojętnie Adela.

– Może i nieszkodliwy, ale zdecydowanie zawadza. A dokładniej mówiąc, to mnie osobiście zawadza. – Dosiadła się do matki i teściowej, które piły kawę z małych filiżanek, i dodała: – Zajmuje tyle miejsca, że jeszcze pół metra, a nie otworzyłabym drzwi od naszej piwnicy.

– Zaraz, zaraz. – Adela spojrzała bystro na córkę. – A gdzie on tak dokładnie zawadza?

– W piwnicy. Leży pijany jak bela.

– Dziwne, nigdy tak mocno się nie upił...

– Czy ja wiem? Kiedyś czołgał się po schodach...

– Jakie czołgał? Na kolanach szedł, barierki się trzymał.

– Ale na półpiętrach się czołgał. Widziałam przez wizjer.

– Przecież przez wizjer nie widać półpiętra – wtrąciła się Emilia.

– Ale jak się drzwi uchyli, to widać – wyjaśniła jej Jadwiga.

– Aha... – Emilia postanowiła nie zgłębiać działalności starszych pań. Lepiej żyć w błogiej niewiedzy. – No to tym razem najwyraźniej mu się udało – skwitowała krótko.

– Kierunki pomylił? – zastanawiała się głośno Adela. – Zamiast w górę to w dół poszedł?

– Może żona go nie wpuściła.

– Może masz rację, Jadziu. Ja na pewno nie wpuściłabym takiego pijaka do domu.

– I słusznie. Pijaka trzeba trzymać krótko – poparła ją Jadwiga.

– A po co w ogóle trzymać pijaka w domu? Nie lepiej wystawić go za drzwi? – Emilia wbrew sobie wzięła udział w dyskusji. – Pożytku z niego nie ma żadnego.

– Jak to, nie ma? Finansowy jest – zaprotestowała Adela.

– Przecież wszystko przepija! – sprzeciwiła się Emilia.

– Olejniczak całkiem dobrze zarabia – poinformowała ją Jadwiga.

Adela potwierdziła jej słowa, kiwając głową.

– On dopiero po pracy się upija, a przecież wszystkiego nie przepije, bo tyle się w niego nie zmieści – dodała jeszcze.

– Hm... To dziś chyba przekroczył granicę opłacalności finansowej. Jest dziewiąta rano. Czy nie powinien być w pracy?

– No tak, Emilko, a ty wiesz, że możesz mieć rację? Jeśli on już teraz jest tak pijany, że zaniedbuje pracę, to aspekt finansowy przestaje wchodzić w grę.

– Wręcz przeciwnie, Jadziu. Tym bardziej wchodzi w grę, tyle że inaczej. Trzeba wystawić go za drzwi, nim przepije oszczędności. Przecież lada moment straci pracę.

– Masz rację, Adelo. Powinnam to wziąć pod uwagę, tylko, wiesz, ja nigdy nie miałam pijaka w domu. Jan się ze mną rozwiódł, zanim się rozpił, ale ręka boska by go nie obroniła, gdyby próbował popijać, będąc moim mężem.

– Alojzy nie odważyłby się zaglądać do kieliszka – oświadczyła pewnym siebie tonem Adela.

Obie zgodnie i z zadowoleniem pokiwały głowami. Oto, co może silna kobieta. Za chwilę dojdą do wniosku, że Olejniczakowa trzyma męża na zbyt długiej smyczy, zamiast założyć mu kolczatkę i kaganiec, pomyślała Emilia.

– Taki elegancki mężczyzna, a po piwnicy się szlaja – powiedziała głośno. – Powinien się wstydzić – dodała jeszcze, nim z miską pełną kiszonych ogórków wyszła z kuchni, by schronić się w swojej samotni i w końcu złamać coś Markowi.

Nadal nie wiedziała, co zrobić z tymi żebrami. W szpitalu jakoś się nie składało, żeby zapytać. Zamieszanie z Jadwigą, potem Wieśka, na koniec zemdlona Adela, która oprzytomniawszy, zażądała od wnuka, by przysiągł, że przynajmniej do trzydziestki zostanie prawiczkiem, bo ona umrze, jeśli będzie musiała powiedzieć koleżankom z koła emerytek, że w wieku siedemdziesięciu trzech lat została prababcią.

– Elegancki? – zdziwiła się Adela. – Od kiedy to Olejniczak jest elegancki? Przecież on zawsze w dżinsach chodzi i adidasach.

– Może jakieś spotkanie miał, to się odstawił.

– Widziałaś ich rzeczy, jak się suszą na balkonie? Nigdy nic eleganckiego tam nie wisiało. Najwyżej koszula w kratę. Te wszystkie marynarki i żakiety to jej są przecież.

– Zupełnie zapomniałam – przyznała Jadwiga. – Myślisz, że to przez ten upadek? – Popukała palcem w gips.

– Ależ skąd! Przecież nic ci nie jest!

– Skutki wstrząsu mózgu mogą się pojawiać do siedemdziesięciu dwóch godzin po upadku.

– Przecież ty nie masz wstrząsu mózgu, tylko guza! – zaprotestowała Adela. – Najwyżej demencja ci się zaczyna.

– No wiesz – obruszyła się Jadwiga. – Zaraz demencja! Ja po prostu nie jestem taka wścibska jak ty, i nie robię sąsiadom spisu inwentarza!

– Ja jestem wścibska? A kto lazł po schodach, żeby nowych sąsiadów podejrzeć?!

– Sama mnie wysłałaś, bo z ciekawości ślepia ci się do szyby przykleiły!

– Jakbyś poszła czytać nekrolog, to nic by się nie stało, a teraz go zdjęli i nadal nie wiem, kto umarł!

– Jakbym poszła czytać nekrolog, to mogłabym spaść z całego półpiętra, a nie tylko z kilku stopni! Wtedy nie tylko nogę miałabym złamaną!

– To niby ma być moja wina?! – zdumiała się rozeźlona Adela. – Gdyby nie twój synalek, to mieszkałabyś u siebie i nic by się nie stało!

Jadwiga zamierzała tak odparować, żeby tamtej w pięty poszło, lecz nie mogła nie przyznać jej racji. Rzeczywiście, gdyby nie zdrada Cezarego i dokonana przez niego defraudacja, nie musiałaby wynajmować własnego mieszkania, żeby pomóc synowej w spłacie kredytu hipotecznego. Tam, gdzie mieszkała, wszystkie nekrologi wieszano na słupie ogłoszeniowym przed spożywczakiem, a sąsiadów w kamienicy miała od trzydziestu lat tych samych i nie było sensu ich podglądać, bo kompletnie nic się u nich nie działo.

– Masz rację. To zdecydowanie wina Cezarego. Nie kłóćmy się – powiedziała pojednawczym tonem.

– I słusznie. – Udobruchana Adela poklepała ją po ręce. – Nie chciałam na ciebie krzyczeć. To wszystko przez Kropeczka. Wyobraź sobie, że wciąż jestem roztrzęsiona, odkąd usłyszałam o tym jego ewentualnym ojcostwie. Nie powinni tak sobie ze mnie żartować.

– Ale tej Jance to ja bym się jednak przyjrzała. Mam wrażenie, że ostatnio jakby trochę przytyła.

– Czy ja wiem? To chyba przez te spodnie, nie wygląda w nich zbyt korzystnie.

– No właśnie. Nie wygląda korzystnie. Tylko dlaczego? – zapytała konfidencjonalnym tonem Jadwiga.

Adela, zastanawiając się, zmrużyła oczy.

– Ty masz rację, Jadziu. Trzeba zbadać sytuację. Kropeczek to tylko mężczyzna. Młody, bo młody, jednak mężczyzna. Te samcze geny już dają o sobie znać. A pamiętasz, jakim był słodkim maluszkiem? Te złote loczki na głowie... – rozczuliła się.

– To Kropka miała loczki – sprzeciwiła się Jadzia.

– Kropeczek też, tyle że krótko, bo Emilia zaraz, jak włoski zaczęły mu się kręcić, zaczęła go obcinać na krótko, żeby nie wyglądał jak dziewczynka.

– I ja to przegapiłam? Gdzie wtedy byłam? – zirytowała się Jadwiga.

– Hm... A czy ty się wtedy nie obraziłaś na Emilię, że mnie pierwszą zaprosiła na swoje imieniny? Nie przychodziłaś chyba ze trzy miesiące...

Dwanaście wiadomości? – zdumiała się Emilia, gdy weszła na swój profil randkowy. Zaczęła czytać je kolejno, zaczepki i oczka wrzucając od razu do kosza. Zostały tylko dwie.

Witaj, jestem spokojnym, pogodnym człowiekiem, ojcem czwórki dzieci. Chętnie poznam lubiącą domowe ognisko kobietę. Możesz mieć własne dzieci, pokocham je jak swoje.

– O rany! – Pociągnęła nosem, lekko wzruszona. Samotny ojciec, szukający matki dla dzieci i drugiej połówki dla siebie.

Witaj, miło mi, że napisałeś, ale nie jestem dla Ciebie właściwą osobą. Życzę powodzenia w dalszych poszukiwaniach i trzymam kciuki za Ciebie i Twoje dzieci.

Odpowiedź przyszła natychmiast.

Wal się, ty stara raszplo!!!!

– O rany – powiedziała głośno, tym razem już nie pociągając nosem. Zamrugała kilkakrotnie, ale tekst nie znikał. – No dobra, Emilka, schowaj naiwność do kieszeni i nie daj się więcej nabierać na łzawe teksty, bo nie wiesz, kto tam siedzi.
Kolejna wiadomość wyglądała całkiem sympatycznie.

Cześć. Mam na imię Krzysztof. Lubię czytać, gotować, kocham spacery, choć nie w świetle księżyca. Jeśli szukasz romantyka, to nie ja. Ale jestem solidnym, uczciwie pracującym mężczyzną. Szukam kobiety, która będzie dla mnie przyjaciółką, chętnie pójdzie ze mną do kina, niekoniecznie na horror, która lubi tańczyć i się śmiać. Jeśli to Ty, odpisz, proszę.

– I tego właśnie mi potrzeba – uznała Emilia.

Witaj, Krzysztofie. Mam na imię Emilia. Kocham książki i dobre filmy. Chętnie pójdę z Tobą do kina i na spacer. Dawno nie tańczyłam, ale z tańcem podobno jak z jazdą na rowerze, tego się nie zapomina. Jednak na początek proponuję kawę w uroczej kawiarence. Co Ty na to?

– Jejku jej! – pisnęła zarumieniona, wysławszy swoją odpowiedź. – Ależ jestem odważna!
Naprawdę była pod wrażeniem. W dawnych czasach nigdy nie odważyłaby się pierwsza zaprosić chłopaka na randkę. Lata robią swoje. Nie jest już nastolatką, ostatnie przejścia zrobiły swoje. Nabrała pewności siebie. Z uśmiechem czekała na odpowiedź.

Hej, super, że się odezwałaś. W tym tygodniu mam już cztery randki. Odezwę się po weekendzie. Buziaki.

– Piszesz? – W uchylonych drzwiach pojawiła się głowa Adeli.
– Nie. Właśnie się zastanawiam, jakim cudem mogę być autorką tylu powieści romantycznych. Kompletnie nie znam się na mężczyznach – wyznała Emilia.
– Rzeczywistych mężczyzn to kobiety mają na co dzień. Czytają twoje książki, bo chcą pomarzyć – poinformowała ją matka. – Zejdziesz do nas na chwilkę?

– Pewnie. W końcu cóż innego mam do roboty? Odrobina spokoju w tym domu to zdecydowanie za dużo – odpowiedziała zgryźliwym tonem.

– Jeśli to taki problem pomóc połamanej kobiecie, to siedź tu sobie. – Obrażona Adela wyszła, trzaskając drzwiami.

– No tak, teraz załatwcie mnie wyrzutami sumienia. – Emilia z niechęcią zeszła po schodach.

A tak liczyła, że dwupoziomowe mieszkanie zapewni jej odrobinę spokoju, gdyż staruszkom nie będzie się chciało wciąż biegać po schodach, a unieruchomiona aktualnie Jadwiga będzie musiała siedzieć w swoim pokoju. O święta naiwności!

Weszła do kuchni, gdzie odbywały się wszystkie nasiadówki, i obronnym gestem skrzyżowała ręce na piersiach.

– O co chodzi? – zapytała wojowniczo.

– Przeszkodziłyśmy ci? – spytała potulnie Jadwiga, niezwykle dumna ze znanej synowej. Wszystkie emerytki i rencistki z kółka teatralnego jej zazdrościły.

– A skąd! Zamiast pisać, użalała się nad sobą, że jak ma pisać romanse, skoro nie zna się na mężczyznach! – Adela nadal była obrażona.

– Nic się nie martw, kochana. Kobiety wcale nie chcą czytać o prawdziwych mężczyznach – pocieszyła ją teściowa.

– Powiedziałam jej to samo. Jak byłam w łóżku z twoim ojcem, to wyobrażałam sobie, że to Sean Connery jako James Bond. Chociaż w prawdziwym życiu nawet James Bond puszczał wiatry i...

– Błagam! Ja naprawdę nie chcę tego wiedzieć! Chyba nie po to mnie tu ściągnęłyście?

– Ależ skąd. To znacznie ważniejsza sprawa niż twój świętej pamięci ojciec – żachnęła się Adela.

– Bo nam chodzi o tego Olejniczaka. Przedyskutowałyśmy to z Adelą i doszłyśmy do wniosku, że to nie może być on – poinformowała ją Jadwiga.

– Jak nie on, to kto?

– Tego właśnie nie wiemy, ale wiemy, że to nie on.

– Mamy więcej pijaków w klatce?

– W tym rzecz, że nie mamy! – oznajmiła z triumfem Adela, jakby pozostawanie w stanie trzeźwości znacznej części męskiej populacji było jej osobistą zasługą.

– A bez klucza lub kodu nikt obcy tu nie wejdzie, a przynajmniej nie powinien, więc zasadniczo chodzi o to, że to jakaś tajemnicza sprawa.

– Może ten pijak jest z klatki obok i nie dość, że pomyliły mu się kierunki pionowo, to również poziomo? Wlazł do piwnicy zamiast do domu i do tego przedostał się korytarzem do naszej klatki? – podsunęła rozwiązanie Emilia.

– W tym właśnie rzecz, że od czasu do czasu popija jeszcze ten Piperzyk spod dziesiątki, ale on tylko piwo. Nigdy się nie upija, a przynajmniej nie za bardzo. Adela zeszła do piwnicy, żeby obejrzeć tego pijaka, jednak widziała tylko wystające nogi, bo światło z korytarza nie dociera za róg, a tam w głębi żarówka się przepaliła tydzień temu i sprzątaczka jeszcze jej nie zmieniła, a mówiłam jej o tym ze dwa razy! – gorączkowo tłumaczyła Jadwiga.

– A te nogi to nie jest Olejniczak! Nogi mają spodnie od garnituru i buty ze skóry! W rozmiarze czterdzieści sześć, a Olejniczak nosi najwyżej czterdzieści trzy. To nie jest Olejniczak! W dodatku te nogi wcale się nie ruszają!

– A czemu miałyby się ruszać? – zdziwiła się Emilia, postanawiając nie roztrząsać kwestii, czy te dwie kule-szpiegule mają szczegółowy wykaz rozmiarów wszystkich mieszkańców, łącznie z wahaniami wagi żeńskiej części lokatorów przed miesiączką i po.

– Bo trąciłam je kulą, a potem jeszcze dwa razy kopnęłam, a one nie drgnęły. Nawet o milimetr! – zawołała wzburzona Adela.

– Facet zalany jest w trupa – starała się zbagatelizować sprawę Emilia, za wszelką cenę chcąc wrócić do Marka, który nie puszcza wiatrów, nie trzeba po nim wietrzyć toalety, prać cuchnących skarpet ani przepoconych koszul, bo Marek się nie poci, nie śmierdzi i nie wydaje z siebie żadnych nieprzyzwoitych dźwięków.

– Emilko, ty chyba nie zrozumiałaś. Te nogi nie jęknęły ani nie burknęły, nie mamroczą, nie chrapią, słowem nie robią zupełnie nic, a kopnęłam je naprawdę mocno. I to w kość piszczelową – wyjaśniała Adela.

– Dwa razy! – powiedziała z naciskiem Jadwiga. – One się nie zalały w trupa. One muszą być trupem!

Chciała to zignorować. Naprawdę chciała odwrócić się na pięcie, wrócić do siebie i zapomnieć o pijanych nogach. Ale nie mogła. Zakiełkowało w niej nasionko wątpliwości, podejrzeń i obawy, że dwie harpie mogą mieć rację.

– Albo są nieprzytomne i potrzebują pomocy – dodała Adela.

– No dobrze. – Emilia się poddała. – Zejdę tam jeszcze raz i sprawdzę.

– Tylko nie idź sama.

– Weź Kropeczka.

– I latarkę.

51

– I, nie daj Boże, nie reanimuj go, żebyś się czymś nie zaraziła. Kto wie, gdzie taki pijak się szlajał.

– Weź telefon i od razu dzwoń pod sto dwanaście. Samo wezwanie pomocy wystarczy. Widziałam w telewizji.

– Możesz najwyżej spróbować uciskać mu klatkę piersiową, ale żadne usta-usta!

– Na litość boską! – zdenerwowała się Emilia. – Czy wy choć raz możecie mnie potraktować jak dorosłą, rozsądną kobietę? Mam prawie czterdziestkę na karku, dwójkę dzieci i rachunki do płacenia! Czy to nie wystarczy na dowód, że nie jestem już nastolatką?!

Matka i teściowa jak na komendę zasznurowały usta i spojrzały na nią z dezaprobatą. Podziałało. Emilia znów poczuła się jak mała dziewczynka, która zrobiła coś bardzo, bardzo złego. Mimo to, by przynajmniej poczuć, że ma ostatnie słowo, prychnęła z irytacją i ostentacyjnie wyszła z kuchni.

– Jak się pani nazywa?

– Jak się nazywa? – odpowiedziała pytaniem na pytanie, mrugając gwałtownie. Obraz przed oczami rozmazywał się jeszcze chwilę, nim zaczął odzyskiwać ostrość. Już ktoś ją o to pytał, ale potem coś jej podali, bo pamiętała ukłucie, a potem zasnęła. Chyba.

– To ja się pytam, jak się pani nazywa!

– A dlaczego chce pan wiedzieć? – Była lekko oszołomiona, ale podejrzliwość rozszalała się w niej na dobre. Twarz mężczyzny wydawała się znajoma, jednak Emilia nie potrafiła jej teraz umiejscowić w czasie. Czyżby umówiła się z tym facetem? Dosypał jej czegoś? Dlaczego nic nie pamięta? – Byliśmy na randce? – zapytała słabym głosem.

– No tak, nie dość, że wpiera kobietom bzdety i jej za to płacą, to jeszcze do tego nimfomanka. Gratulacje, droga pani. Dzieci są pewnie dumne. Ich ojcowie pewnie też, jeśli któregoś w ogóle znają.

– Że co? – wymamrotała.

– Pamięta pani, jak się nazywa?

– Emilia Przecinek – odparła.

W głowie trochę jej się przejaśniło, choć nie miała pojęcia, co się stało i dlaczego jest tu, gdzie jest. Sufit był biały, a po lewej stronie widziała jakąś zieloną kotarę.

– Czy to szpital?

– Zgadza się, pani pisarko. Ludzie trafiają tu, kiedy zachorują, a niektórzy histerycy mdleją z nadmiaru fikcji i zajmują miejsce potrzebującym pacjentom. Jaki mamy dzień?

– Koszmarny – burknęła.

– Pytam, jaki mamy dzień tygodnia.

– Jaki? Czy ja wiem? – Mimo chamstwa lekarza, nie wiedziała, wrodzonego czy też nabytego, usiłowała odpowiedzieć na pytanie, a także sobie przypomnieć, skąd się tu wzięła.

– A miesiąc?

– Maj. Mamy maj – poinformowała go triumfalnie.

– Szczęśliwi czasu nie liczą, co? No, a dzień tygodnia?

– Piątek?

– Pani pyta czy odpowiada?

– Nie wiem. – Wstyd jej było się przyznać, że czasami dni umykały w takim tempie, że zaczynał się poniedziałek, a potem nagle pytała Kropeczka, dlaczego nie jest w szkole, syn zaś odpowiadał zdziwiony: – W sobotę?

53

– A to ma znaczenie, jaki dziś dzień? W poniedziałek ma pan jeszcze dobre maniery, a im bliżej końca tygodnia, tym ich mniej? – zaatakowała.

Może nie zawsze stała dwiema stopami na ziemi, ale żaden facet nie będzie jej skakał po głowie, pomyślała zirytowana. O Boże, zamieniam się we własną matkę! – uświadomiła sobie.

– Proszę, jaka wygadana. Upadek najwyraźniej nie zaszkodził.

– Jaki upadek? – pytała zdezorientowana. – Spadłam z czegoś?

– Tak, z konia.

– Z konia? Przecież ja nie jeżdżę konno – zdziwiła się.

– Co pamięta pani jako ostatnie?

– Nogi – odpowiedziała automatycznie. Tak, nogi pamiętała doskonale. Nogi w spodniach od grafitowego garnituru w prążki i czarnych skórzanych butach. – Skarpetki nie pasowały. A może i pasowały. Sama nie wiem.

– Panie doktorze. – Męski głos zabrzmiał znajomo. – Czy możemy porozmawiać z pacjentką?

– Chwila. Nie skończyłem badania.

– Z tego, co usłyszałem do tej pory, wynika, że jeszcze go pan nie zaczął – odparował ten sam głos.

Mężczyzna stał za parawanem i Emilia nie mogła dostrzec, kto to, ale miała przeczucie, że go zna. Był to piękny baryton. Taki, od którego robiło się ciepło na sercu, a nawet przechodziły ją ciarki.

– Nie jest pan w komendzie, tylko w szpitalu. Tutaj ja podejmuję decyzje – warknął rozeźlony lekarz.

– To proszę je podejmować szybciej. Mogę porozmawiać z pacjentką? – Głos nie wydawał się zrażony, wręcz przeciwnie, słychać w nim było rozbawienie.

– Boli panią coś?

– Nie.

– Głowa?

– Tak jakby, ale nie jestem pewna.

– Nawadniamy panią, dostaje pani środek przeciwbólowy. Najwyraźniej działa – stwierdził lekarz. – Może pan rozmawiać z pacjentką, ale musi tu zostać, żeby obejrzał ją neurolog. I tak jedyne, co pamięta, to męskie gatki – rzucił wzgardliwie, nim odszedł.

– Dzień dobry, pani Emilio. Jak się pani czuje?

Męski głos objawił swoją twarz i była to twarz Damiana Żurkowskiego, policjanta, który prowadził dochodzenie w sprawie defraudacji dokonanej przez teraz już eksmęża pisarki oraz późniejszej śmierci jego kochanki. Albo odwrotnie. Emilia nie miała pewności, co było pierwsze, defraudacja czy śmierć.

Pamiętała za to doskonale, że uznano ją za podejrzaną w tej sprawie, choć cała rodzina dała jej alibi. Rodzina też ją podejrzewała, ale wykazywała pełne zrozumienie dla ewentualnego zabójstwa, dokonanego przez nią na niszczycielce uświęconego związku małżeńskiego.

Do Emilii właśnie dotarło, że chociaż od tych wydarzeń minęło z półtora roku, to chyba powinna przeprowadzić jakąś rozmowę uświadamiającą na temat dobra i zła, bo jej dzieci miały jakąś własną wersję moralności, co w dzisiejszym świecie... Hm, chyba może być całkiem przydatne.

– To pan! – zawołała.

Tych brązowych oczu też nie zapomniała, ani lekko ochrypłego, męskiego głosu, który przyprawiał ją o przyjemny dreszczyk. Aż szkoda, że tego faceta nie interesowały kobiety.

– Tak, to ja. Chyba. Nie jestem pewien, co oznaczał ten okrzyk. – Policjant uśmiechnął się ciepło, siadając na taborecie przy jej łóżku.

– Komisarz Damian Żurkowski. Pamiętam pana – zapewniła go z entuzjazmem, choć także z nutą lekkiego zawodu w głosie. Nie dość, że facet jest gejem, to w dodatku nie jest strażakiem. Tego drugiego za nic nie mogła zrozumieć. W jej wyobraźni był strażakiem.

– Aspirant. Na razie aspirant – poprawił ją. – To jak się pani czuje?

– Dobrze. Tylko za nic nie wiem, skąd się tu wzięłam. Ten lekarz mówił coś, że spadłam z konia, ale ja w życiu nie wsiadłabym na konia. Mają wielkie zęby.

– Doktor Perełka ma trochę... hm... jak by to ująć... specyficzny sposób bycia. – Oględnie rzecz określając, pomyślał Żurkowski. Wieczny malkontent.

– Aha... Można to i tak ująć, ale perełka to z niego zdecydowanie nie jest. – Emilia jakby czytała w myślach policjanta.

– No dobrze. Skoro pani nie wie, jak się tu znalazła, to nie wie też pani, dlaczego ja tu jestem... – zawiesił głos, więc nie była pewna, czy to pytanie, czy stwierdzenie. Uznała, że bezpieczniej będzie nie odpowiadać.

Oglądała całkiem sporo seriali kryminalnych i wiedziała, że jak nie wiadomo, o co chodzi, to lepiej trzymać buzię na kłódkę. Wszystko, co masz do powiedzenia, i tak wykorzystają przeciwko tobie, a milczenie jest złotem. Co za pomieszanie z poplątaniem, pomyślała, dziwiąc się myślotokowi, w który wpadła. Co za obłęd. Mieszam przysłowia, czy właśnie je tworzę?

– Zaraz, zaraz! – Doznała tak nagłego olśnienia, że aż się wystraszyła. – Skoro ja jestem w szpitalu i policja jest w szpitalu, to znaczy, że albo ja zrobiłam coś komuś, albo to mnie ktoś coś zrobił. Nie mam żadnych przestępczych skłonności, zatem musiał to być wypadek. Niech pan tylko nie mówi, że zginęła moja matka albo teściowa. Nikt nie uwierzyłby, że skrzywdziłam je przypadkiem. One naprawdę potrafią dać w kość, rzecz w tym, że ja wcale im źle nie życzę. To znaczy, jak śpiewam im sto lat, to cierpnie mi skóra, ale ja nigdy z premedytacją nikogo bym... To znaczy, Cezarego i owszem, ale wtedy, nie teraz. Po co mi go by teraz było...

– Nikomu nic się nie stało – przerwał jej Żurkowski. – Przynajmniej nikomu z pani bliskich.

– O mój Boże! Zrobiłam coś komuś obcemu? Przejechałam kogoś? – Wystraszyła się jeszcze bardziej, jakby skrzywdzenie kogoś zupełnie jej nieznanego było czynem gorszym niż krzywda wyrządzona bliskiej osobie.

– Nic nikomu pani nie zrobiła. – Chyba, pomyślał Damian. W końcu trup sam się nie ukatrupił. Patolog już na miejscu wykluczył śmierć z przyczyn naturalnych, ale jak komuś wgnieciono tył głowy do wnętrza czaszki, to nie ma co gdybać nad zawałem serca.

– Czyli to mnie coś zrobiono? Zostałam napadnięta? Okradziona? Zgwałcona? Dlaczego nic nie czuję poza bólem głowy? – Emilia denerwowała się coraz bardziej. – Ktoś mnie uderzył w głowę?!

– Pani Emilio! – przerwał jej zdecydowanie. – Nikt pani nie napadł. Zemdlała pani!

– A to karalne? – zdziwiła się tak nieoczekiwanie, że Żurkowski parsknął śmiechem.

Nie powinien jej przesłuchiwać w tym stanie, liczył jednak, że Emilia Przecinek przypomni sobie coś istotnego, co pozwoli im dowiedzieć się czegokolwiek o denacie. Autorka romansów odzyskała przytomność jeszcze w karetce pogotowia, ale nafaszerowali ją lekami, więc teraz była oszołomiona. Od pielęgniarki dowiedział się, że czekają na wynik tomografu, który zrobiono poszkodowanej zaraz po przyjeździe, lecz podczas badania pacjentka tak się kręciła, że musieli dać jej coś lekkiego na uspokojenie.

– Zemdlała pani w piwnicy. Czy to coś pani mówi?

– Hm... Rano poszłam tam po kiszone ogórki, ale przysięgłabym, że wróciłam z nimi do mieszkania. – Emilia, uspokoiwszy się, że nie jest ani ofiarą, ani sprawcą przestępstwa, próbowała sobie przypomnieć ostatnie wydarzenia. Nie pamiętała, by straciła przytomność, ale czy ktoś, kto mdleje, pamięta ten moment? – Tak, nawet na pewno wróciłam z nimi do domu. Przypominam sobie, że rozmawiałam z matką i teściową na temat nóg Olejniczaka. Miały na sobie spodnie od garnituru i eleganckie buty, a Adela je kopała.

– Nie rozumiem... – zdziwił się aspirant Żurkowski.

– A ja i owszem. Bo widzi pan, w tym był pewien sens. Olejniczak popija, ale w dżinsach i adidasach, a nie w garniturze i wyjściowych butach. Numer stopy też się nie zgadzał.

– Pani matka kopnęła pijanego mężczyznę za to, że... Właściwie nie rozumiem, za co...

– Nie, nie, ona nie kopała mężczyzny, tylko nogi, bo te nogi były na widoku, a reszta kryła się w półmroku... O proszę! – zachichotała jak nastolatka. – Zrymowało mi się!

Nagle Żurkowski pojął, o czym mówi Emilia Przecinek. Autorka romansów znalazła denata i wróciła do domu przekonana, że to pijany Olejniczak – zaraz dojdą do tego, kim jest ów obywatel – a następnie wdała się w rozmowę z dwiema harpiami aktualnie sterczącymi na korytarzu. Jedna z nich – założył, że ta bez gipsu i wózka inwalidzkiego – zeszła na dół, skopała trupa, wróciła do domu i... Co dalej? Kazała córce kopnąć go mocniej?

– O której godzinie zeszła pani do piwnicy po raz pierwszy? – zapytał.

– Około dziewiątej rano... Zaraz, jak to, po raz pierwszy? Byłam w piwnicy tylko raz... Czy nie raz? – dodała strapiona, widząc minę policjanta.

– Obawiam się, że wróciła tam pani i zemdlała. Upadając, uderzyła się pani w głowę. Syn panią znalazł i wezwał pogotowie.

– Biedny Kropeczek – rozczuliła się. – Wie pan, on taki delikatny...

– Hm... – mruknął Żurkowski.

Jego zdaniem wiele można by powiedzieć na temat młodego Przecinka, ale delikatny? Czy ta kobieta nie zauważyła, że chłopak jest pełnoletni, ma przynajmniej ze sto osiemdziesiąt pięć centymetrów wzrostu i dawno się goli?

– Najpierw Jadwiga, teraz ja. Jeszcze się nabawi traumy...

– Pani Przecinek...

– I pomyśleć, że to wszystko przez te nogi. Potknęłam się o nie? Nie, niemożliwe, powiedział pan, że zemdlałam, tylko że ja nigdy nie mdleję. Dziwna sprawa. Co ja robiłam w tej piwnicy? Poszłam po kolejne ogórki? Nie przypominam sobie, żebym zjadła poprzednie...

Żurkowski zerknął na kroplówkę podłączoną do przedramienia pisarki. Nie miał pojęcia, co tam jest, lecz sądząc po zadowolonej minie kobiety i zezie, który robiła, najwyraźniej usiłując się skoncentrować na ostatnich wydarzeniach, uznał, że dalsze przesłuchanie nie ma sensu.

– Pani Emilio – dotknął delikatnie jej ramienia, by zwrócić na siebie uwagę – wyjdę na korytarz i przyślę do pani kogoś z rodziny, dobrze?

– Świetnie! – rozpromieniła się. – To ja poproszę Kropkę. Ona się wszystkim zajmie. Wie pan, jaka jest dojrzała?

– Z pewnością. – Uśmiechnął się na pożegnanie i wyszedł szybko, słysząc jeszcze, jak autorka romansów mamrocze coś pod nosem.

Doktor Perełka podszedł do wołającej go pielęgniarki i wyrwał jej z ręki wydruk.

– Głowa czysta – powiedział głośno, komentując wynik tomografii komputerowej. – Dobra wiadomość, chociaż można się było tego spodziewać. Jak głowa pusta, to nie ma się co zepsuć. Niech ją jeszcze obejrzy neurolog i won do domu, żeby mi tu jakaś pisarka nie kręciła się po szpitalu. Mam ważniejsze sprawy na głowie niż...

– Moja synowa zemdlała, upadła i doznała wstrząsu mózgu, a pan mówi, że to nie jest poważne? – wysyczała Jadwiga, dźgając go kulą oddaną jej na przechowanie przez korzystającą z toalety Adelę. Kula nie mieściła się w kabinie, a zostawienie jej przy umywalkach było zbyt ryzykowne. Okazja czyni złodzieja. I co z tego, że szpital? Im wciąż czegoś brakuje.

– Auć! – jęknął głośno, łapiąc się za udo, w które dźgnęła go starsza kobiecina na wózku inwalidzkim, z nogą zapakowaną w gips. – Stara wariatka!

– Wariatka?! Ja ci dam wariatkę ty... ty... konowale jakiś!

– Niech ktoś wezwie ochronę! – polecił pielęgniarce, która za wszelką cenę usiłowała zachować neutralny wyraz twarzy.

– Adela! – krzyknęła Jadwiga w kierunku wracającej z toalety sojuszniczki. – On obraża naszą Emilkę!

– Jak to, obraża? – zapytała gniewnie tamta, stając u boku przyjaciółki.

– Powiedział, że ma pusto w głowie! – poskarżyła Jadwiga, łypiąc złowrogo okiem zza grubych szkieł okularów.

– Pusto? Moja córka? Moja córka ma wyobraźnię, proszę pana, a nie pustą głowę! Ma taką wyobraźnię, że nawet z pana zrobiłaby Adonisa ty... ty... nędzna imitacjo mężczyzny!!! – wykrzyknęła pogardliwie Adela, podciągając za łokcie rękawy różowego dresu. Ktoś postronny mógłby pomyśleć, że starsza pani szykuje się do walki.

– Dwie wariatki! – syknął doktor Perełka i szybko odskoczył, by ta w gipsie nie uderzyła go ponownie kulą.

– Wystarczy! – Żurkowski z trudem powstrzymywał śmiech. Perełce należało się jak nic, ale Damian nie mógł dopuścić, by na jego oczach lekarz padł ofiarą dwóch staruszek. – Panie doktorze, proszę wracać do pracy. Zajmę się paniami.

– A pan to kto?! – zapytała gniewnie Adela.

– Nie pamiętasz? – Jadwiga rozpromieniła się w uśmiechu. – To ten przystojny policjant od afery z Cezarym.

Żurkowski ukłonił się uprzejmie, choć niepewnie. Pierwszy raz matka przestępcy nie złorzeczyła na śledczego, który zamknął jej syna.

– Oczywiście, że pamiętam, panie Kolanko. Jak się pan miewa?

– Dziękuję, doskonale, ale nazywam się Żurkowski.

– Co pan powie? Niemożliwe, aż tak się pomyliłam?

– Moja koleżanka nazywała się Rzepka. Może stąd to skojarzenie?

– Pańska koleżanka? Nie przypominam sobie, a ty, Jadwigo?

– Nie, nazwisko Kolanko nic mi nie mówi – odparła po chwili zastanowienia starsza pani Przecinek.

– Rzepka, proszę pani – poprawił ją uprzejmie Damian.

– Też nie znam. – Jadwiga wzruszyła ramionami i popatrzyła groźnie za oddalającym się szybkim krokiem lekarzem.

Żurkowski zrezygnował z prób wyjaśniania, co kto i dlaczego.

– Pani Emilia czuje się już lepiej i prosi córkę, by do niej zajrzała – powiedział tylko.

– A nas nie? – stropiła się starsza pani Przecinek.

– Zgłupiałaś? Jesteśmy na SOR-ze. Nie wpuszczą nas wszystkich, a dziecko jest pierwsze – zganiła ją Adela, choć sądząc po niezadowolonej minie, również nie była zachwycona tym, że to nie one mają wejść do Emilii.

– Tak tylko zapytałam… – odburknęła teściowa pisarki, poprawiając okulary, które zsunęły się na czubek nosa.

Spojrzała krzywo na Kropkę, siedzącą obok brata na korytarzu. Oboje głowy mieli spuszczone, wzrok utkwiony w telefonach komórkowych. Palce rodzeństwa poruszały się z godną pozazdroszczenia zwinnością.

– Przestań! – syknęła Adela, jednocześnie uśmiechając się do przystojnego policjanta. – To twoja wnuczka!

– Przecież wiem – burknęła Jadwiga. – Zawieziesz mnie do niej czy mam sama pchać ten wózek?

– Ja mam go pchać? – zdumiała się Adela. – Mężczyzna stoi tuż obok, a ja mam się męczyć?

– Ale to nie jest nasz mężczyzna. Nie można nim dyrygować – oburzyła się Jadwiga.

– No tak, jak zwykle masz rację, Jadziu – stropiła się Adela. – Kropeczek! – wrzasnęła piskliwym głosem.

Chłopak podskoczył nerwowo, zerwał się z miejsca i bez chwili zastanowienia podbiegł do babci Adeli.

To się nazywa tresura, pomyślał ze współczuciem Żurkowski. Dzieciak ledwo skończył osiemnaście lat, a już czekają go lata terapii.

– Zawieź babcię Jadwigę do Kropki! – poleciła leciwa dama, dystyngowanym ruchem poprawiając leżący idealnie kosmyk krótkich blond włosów, rzecz jasna niefarbowanych, jak twierdziła, w co nikt nie wierzył.

– Po co ma mnie tam wieźć? Niech jej po prostu powie! – zirytowała się Jadwiga.

– Jasne, babciu, już lecę – odparł posłusznie Kropeczek, robiąc na pięcie zwrot, którego pozazdrościłby mu niejeden poborowy.

– Wiesz chociaż, co masz powiedzieć? – zadrwiła bezlitośnie Adela. – Nie masz wrażenia, Jadziu, że ten rodzaj męski jest tak jakby felerny? – zwróciła się do przyjaciółki.

– A wiesz, Adelo, że ty możesz mieć rację? To by wiele wyjaśniało. Naprawdę wiele.

Żurkowski zdecydował się przejąć inicjatywę.

– Powiedz siostrze, że matka was prosi. Oboje – zaakcentował ostatnie słowa, mrugając jednocześnie do chłopaka.

– Dobra. – Kropeczek z ulgą pomknął w stronę siostry. Wolał nie zwlekać z wykonaniem polecenia. Babcie były wystarczająco trudne osobno. A razem nie do zniesienia.

Na szczęście rzadko do niego zaglądały, uznawszy, że jako przedstawiciel rodzaju męskiego nie może być dla nich zbyt interesujący. Co nie znaczy, że nie musiał się jak najszybciej usamodzielnić, bo inaczej do końca swojego krótkiego życia zakończonego samobójstwem będzie chyłkiem przemykał po schodach, w nadziei, że żadna z nich go nie usłyszy.

Damian podejrzewał, że gdzieś tam głęboko w środku chłopak kochał te dwie stare czarownice, ale był wystarczająco dorosły, by rozumieć, że czasami miłość na odległość jest najlepszym, co może człowieka spotkać.

– Pozwolą panie, że zadam im kilka pytań? – Wskazał ręką na krzesła, na których jeszcze przed chwilą siedziało rodzeństwo.

Adela ruszyła pierwsza, Jadwiga spojrzała na niego wymownie. Uśmiechnął się lekko, po czym złapał za uchwyty wózka i zawiózł staruszkę na miejsce.

– O co chodzi, panie policjancie? – Adela uśmiechnęła się ujmująco.

– Pani Emilia została znaleziona w piwnicy. Co tam robiła? – Postanowił na razie nie wtajemniczać starszych pań w szczegóły.

– Och – stropiła się matka pisarki – to taka żenująca sprawa.

– No chyba nie dla nas? – spytała zdumiona Jadwiga.

– Oczywiście, że dla nas. Nie chcę, żeby ktoś pomyślał, że jesteśmy wścibskie czy coś takiego. – Adela nie kryła wzburzenia.

– No wiesz, moja droga! – Jej przyjaciółka zdziwiła się szczerze. – Dlaczego ktoś miałby tak o nas pomyśleć? Przecież nie wciskamy nosa w nie swoje sprawy.

– Oczywiście, że nie, ale rzecz w tym, że to taka niecodzienna sytuacja, iż ktoś mógłby tak pomyśleć, a to nie była żadna ciekawość, tylko sąsiedzka interwencja podyktowana życzliwością.

– Interwencja? – Z tego, co mówiła Emilia, Adela kopała zwłoki. Jeśli tak wygląda sąsiedzka interwencja, to strzeżcie mnie, ludzie, przed sąsiedzką nieżyczliwością.

– Właśnie tak – przytaknęła gorliwie Adela. – Emilka natknęła się na tego pijaka.

– Olejniczaka.

– Ale to nie był Olejniczak.

– A kto?

– Tego właśnie nie wiemy.

– Powiedziała pani, że pani Emilia natknęła się na TEGO pijaka, jakby miała pani na myśli kogoś konkretnego.

– No miałam. Właśnie Olejniczaka.

– Tyle że to nie był Olejniczak – ponownie wtrąciła się Jadwiga.

– Emilka powiedziała, że taki elegancki mężczyzna, a leży w piwnicy pijany, a my przecież doskonale wiemy, że Olejniczak nie jest elegancki.

– To po pierwsze – dodała starsza pani Przecinek.

– Tak, to po pierwsze. Po drugie, nie zgadzał nam się numer buta, bo Olejniczak nosi najwyżej rozmiar czterdzieści dwa, może trzy, a buty miały napisane na podeszwie czterdzieści sześć.

– A po trzecie, on zawsze leży na parterze albo na półpiętrze, ale nigdy w piwnicy – uściśliła Jadwiga.

– Czy któraś z pań widziała leżącego w piwnicy mężczyznę?

– A właściwie dlaczego pan o to pyta? – zainteresowała się Adela.

– Mężczyzna znaleziony w piwnicy nie miał przy sobie żadnych dokumentów. Próbuję się dowiedzieć, kim on jest – odparł Damian zgodnie z prawdą, choć nie całą.

Na razie nie wyprowadzał staruszek z błędu, jakim było założenie, że mężczyzna był pijany, a nie martwy.

– A on sam tego nie wie? – Adela z pogardą zmarszczyła nos.

– Zalany w trupa, własnej matki by nie poznał – z niesmakiem wyjaśniła jej Jadwiga.

– Mogę prosić o odpowiedź na pytanie? – nalegał Żurkowski.

Obie panie wymieniły spojrzenia.

– Ja go widziałam – po chwili wyznała Adela.

– Rozpoznała go pani?

– Mówiłam, że to nie Olejniczak.

– Tak, dziękuję, już wiem, że to nie Olejniczak, ale nadal nie wiem, kto to. Czy pani go rozpoznała?

– Po samych spodniach i butach? – zdziwiła się matka Emilii. – Niby jak miałam to zrobić?

– Mam rozumieć, że nie widziała pani twarzy?

– A jak miałam ją widzieć? Od tygodnia nie pali się żarówka w tamtym korytarzyku. Tylko nogi wystawały.

– Dlatego poprosiłyśmy Emilkę, żeby wzięła latarkę i poszła zobaczyć, kto tam leży – tłumaczyła dalej teściowa pisarki.

– Żeby sprawdzić, czy nie potrzebuje pomocy – dodała szybko Adela.

– Oczywiście, że tylko po to – gorliwie potwierdziła jej towarzyszka. – Chyba pan nie sądzi, że kierowała nami próżna ciekawość?

– Nigdy bym się nie ośmielił, szanowna pani – zapewnił ją Żurkowski.

Komisarz Rzepka długą chwilę przyglądała się pokiereszowanej twarzy mężczyzny. Nie dość, że wbito mu znaczną część czaszki do środka głowy, to jeszcze na jego twarzy widać było ślady uderzeń. Kostki dłoni wydawały się nietknięte, podobnie jak garnitur, w którym znaleziono denata. Na żebrach rozlał się duży siniec. Pobieżne oględziny nie ujawniły żadnych śladów obrony. Wyglądało to tak, jakby ktoś pobił tego człowieka, a kilka godzin później go zabił, w tym czasie zaś napadnięty czekał spokojnie, aż ktoś dokończy robotę.

Jedno rozsądne wyjaśnienie to takie, że sprawców było dwóch. Jeden działał niezależnie od drugiego, czyli jeden chciał tylko pobić, natomiast drugi – zabić.

Potem przyszło jej do głowy drugie wyjaśnienie – sprawca był jeden, tylko uznał, że samo pobicie to za mało, więc wrócił i zamordował swoją ofiarę.

– Zwłoki zostały przeniesione? – Magda zapytała patologa, który bezceremonialnie zamknął jej przed nosem czarny worek.

– Pojęcia nie mam. Dowiem się, jak go rozbiorę. Zabierzcie – polecił czekającym technikom.

– Okej, dziękuję. Znaleźliście coś przy nim? – zapytała policjanta, który pierwszy przyjechał na miejsce zdarzenia.

– Nie. Kieszenie były puściutkie. W piwnicy są tylko rozłożone trutki na szczury. Latarka należała do tej kobiety, która znalazła zwłoki.

– No i znów spotykamy się z Emilią Przecinek. – Magda westchnęła ciężko.

Pamiętała doskonale zeszłoroczne przesłuchania. Autorka romansów żyła we własnym świecie, a komisarz Rzepka nie liczyła na to, by coś się zmieniło.

– Notowana?

– Nie, świadek.

– To ta pisarka? – zainteresował się jeden z techników.

– A co? Czytasz romanse? – zakpiła Magda Rzepka.

– Moja żona ją uwielbia.

– To masz przesrane.

– Żeby pani wiedziała, pani komisarz – odparł z przygnębieniem. – Za każdym razem, kiedy zapomnę wrzucić skarpety do kosza, patrzy na mnie z takim wyrzutem, jakbym na jej oczach zamordował szczeniaka, a potem go ugotował i zjadł.

– Jak się, chłopaki, postaracie, to może wreszcie opisze jakiegoś faceta z krwi i kości, a nie te wychuchane wydmuszki. – Mrugnęła do nich wesoło i wyszła na światło dzienne.

Nie lubiła ciemnych, wilgotnych, stęchłych pomieszczeń, a piwnice, w bloku czy w pałacu, śmierdziały dokładnie tak samo. Damian pojechał do szpitala, żeby pogadać z pisarką. Komisarz Rzepka sama nie miała cierpliwości do świadków. Nie tylko do tych żyjących z wyobraźni, ale ogólnie do świadków. Albo nic nie pamiętali, albo im się wydawało, że coś pamiętają, a najgorsi byli ci, którzy co chwila zmieniali zdanie na temat tego, co zapamiętali.

Trup jest jednak trupem, trzeba nie tylko namierzyć zabójcę, ale przede wszystkim samą ofiarę. W sensie fizycznym ofiara już była, lecz w sensie personalnym mieli pospolitego Jana Kowalskiego czy też Jana Nowaka, ewentualnie Johna Smitha.

Na widok dzieci Emilia uśmiechnęła się szeroko. Czuła się wręcz absurdalnie szczęśliwa jak na kogoś z bolącą głową i mdłościami. Ostatnim razem miała takie objawy podczas ciąży z Kropeczkiem, tym razem jednak było to fizycznie niemożliwe. Wprawdzie Matce

Boskiej się udało, tylko że tamta była od niej młodsza. Zresztą chyba nie o to chodziło z tym Nowym Testamentem, uświadomiła sobie Emilia. Na religię chodziła, lecz średnio uważała. Do kościoła nikt jej nie ciągnął, a gdzieś tam po drodze nabawiła się ateizmu i tak jakoś jej pozostało. Co nie znaczy, że *Pasja* to kiepski film. Wręcz przeciwnie.

– Jak się czujesz, mamo? – Kropka nie kryła troski.

– Zadziwiająco dobrze, zważywszy na okoliczności – odparła wesołym tonem Emilia.

– Super – ucieszył się Kropeczek. – Bo już się martwiłem, że nabawisz się jakiegoś odchyłu przez tego trupa.

– Jakiego trupa? – spytała zdziwiona. – Kropka, o czym on mówi?

– Nie pamiętasz, mamo? – Trąciła brata łokciem, gdy ten otworzył usta, by udzielić bardziej szczegółowych informacji.

– Ten policjant wypytywał mnie o tamte nogi, co to je znalazłam w piwnicy, a potem powiedział, że zemdlałam. A może najpierw zemdlałam, a potem pytał mnie o nogi? – zastanawiała się głośno Emilia, nie widząc spojrzeń, jakie wymieniło między sobą rodzeństwo.

– Masz amnezję? – zdenerwował się Kropeczek.

– Ależ skąd, doskonale wiem, kim jestem! – sprzeciwiła się dziarsko.

– Uderzenie w głowę może powodować krótkotrwały zanik pamięci. Wiele ofiar wypadków nie pamięta okoliczności, w których doszło do urazu, a nawet wcześniejszych wydarzeń – z politowaniem wyjaśniła bratu Kropka.

– Co się właściwie stało? Znalazłam trupa? – Emilia zaczęła powoli składać wszystko w całość. Szło jej opornie, ale gdyby miała bardziej logiczny umysł, pisałaby kryminały z krwi i kości niczym Heninng Mankell czy Stieg Larsson.

– Tak jakby – odparła niechętnie Kropka.

– Na końcu nóg był trup?!

– Raczej na początku – sprostował Kropeczek.

– Mamo, nogi należały do trupa. Nie były czymś odrębnym. Skoncentruj się, proszę, bo policja na pewno będzie cię przesłuchiwała. Znalazłaś ciało.

– Martwe? – upewniła się autorka romansów.

– Owszem, mamo, martwe.

– Dziecko kochane! Ja chyba zabiłam człowieka! – zdenerwowała się Emilia, usiłując usiąść na łóżku.

– Jakim cudem? – Kropka wzniosła oczy ku szaremu sufitowi domagającemu się malowania.

– Jak znalazłam te nogi po raz pierwszy, to może on jeszcze żył? Gdybym wezwała pomoc, może by je odratowali? – Emilia miała spory kłopot z dobraniem właściwego zaimka, ale jakoś nie mogła sobie wyobrazić całego nieboszczyka. Cały czas widziała tylko wystające z korytarzyka nogi.

– Mamo, facetowi ktoś rozwalił czaszkę, a krew już dawno zakrzepła. Nie ma szans, żebyś to ty go załatwiła – pocieszył ją Kropeczek.

– Skąd wiesz? – zapytała Kropka.

– Że matka go nie załatwiła?

– Skąd wiesz, jak zginął?

– Babcie kazały mi zejść do piwnicy po matkę, bo nie wracała, więc go widziałem. Zadzwoniłem pod sto dwanaście. Zgłosiłem omdlenie i trupa, a nawet straż pożarna przyjechała, chociaż nie wiem po co. – Wzruszył ramionami.

– Kiedy nie ma wolnej karetki, to wysyłają strażaków jako pierwszą pomoc – wyjaśniła Kropka.

– Skąd wiesz? – zainteresowała się jej matka.

– Mamo, nie mam dziesięciu lat. Wiem sporo rzeczy.

– Jak się spadnie z drzewa na plecy, to można sobie złamać żebra? – zapytała z nadzieją Emilia, zupełnie odrzucając wizję siebie znajdującej zwłoki. Własna podświadomość chroniła ją przed tym wspomnieniem, więc czy jest sens jej się sprzeciwiać?

Wieśka z troską spoglądała na wylegującą się wygodnie na sofie Emilię.

– Powiesz mi, kochana, dobrze się czujesz?

– Jeśli wziąć pod uwagę okoliczności, całkiem nieźle – odparła pisarka ze spokojem, którego nie czuła.

Nadal bolała ją głowa, raziło światło w lodówce – plus taki, że przynajmniej przestała tam zaglądać. Do tego wciąż miała mdłości.

– Znalezienie trupa to spora trauma.

Wieśka wyglądała na jeszcze bardziej zatroskaną niż przed chwilą. Bardzo ją niepokoiło zachowanie Emilii. Przyjaciółka powinna być wstrząśnięta, zrozpaczona, ździebko rozhisteryzowana, jak na delikatną kobietę przystało.

– Podświadomość zaoszczędziła mi tego widoku, fundując amnezję – wyjaśniła, uśmiechając się szeroko.

Z całej gamy możliwych zagrożeń, od krwiaka w mózgu poczynając, na zostaniu świadkiem w sądzie kończąc, wstrząs mózgu był całkiem niewinną przypadłością.

Nie licząc opinii doktora Perełki, który uważał, że ona, Emilia, jest pustogłową nimfomanką uzależnioną od konfabulacji. Nie, żeby jej zależało na jego zdaniu, ale

71

od wczoraj nie zajrzała do karty informacyjnej, obawiając się, że tak właśnie może brzmieć postawiona przez lekarza diagnoza.

– Nie wiem, czy lepiej, że jest lekarzem, a nie policjantem. Brak mu umiejętności logicznego wyciągania wniosków, więc za kratkami siedzieliby wyłącznie niewinni ludzie, pewnie kobiety. Ale co będzie, jak nie odróżni migdałków od hemoroidów?

– Kto? – Agentka zdębiała.

– Doktor Perełka.

– Kim jest doktor Perełka? Czy Marek nie jest przypadkiem... Właściwie, kim jest Marek?

– Jeszcze nie zdecydowałam.

– Emilia, masz termin za dwa miesiące, a ty nie zdecydowałaś, kim jest Marek?! – syknęła agentka.

– Ej! – jęknęła pisarka, dramatycznym gestem przykładając dłoń do czoła. – Ciszej! Chcesz, żebym umarła?

– Nie, no co ty... Ale wiesz co, na ból głowy najlepszy jest seks – poradziła jej rozpromieniona przyjaciółka.

Emilia doskonale znała ten drapieżny uśmiech. Tamta miała pomysł. Jej pomysły zaś kończyły się bólem, cierpieniem i jękami udręczonej duszy, bo ciało nie miało już siły na nic. Dokładnie tak było, gdy Wieśka zaciągnęła ją na fitness. Emilia padła po rozgrzewce. Wprawdzie teraz „wymiatała" na zumbie, niemal tańcząc kankana, czego nie udało jej się dokonać w wieku dwudziestu paru lat. Odrobina diety, trochę aktywności, mnóstwo potu i łez, i proszę – druga młodość. Niemniej w tej chwili nie zamierzała dokładać sobie żadnych cierpień, choćby na końcu miał ją czekać orgazm przez duże O.

– Ktokolwiek to jest, nie jestem zainteresowana. Sama sobie poradzę. – Starała się mówić stanowczo, ale nie była pewna, czy jej się udało. – Żadnych randek w ciemno – dodała jeszcze.

– Założyłaś sobie konto na portalu randkowym. Jeśli to nie są randki w ciemno, to nie wiem, co to jest – odparowała zgryźliwie Wieśka.

– To nie to samo! – zaprotestowała Emilia.

– Tak? Więc oświeć mnie, proszę, w czym tkwi różnica. Naprawdę chcę wiedzieć. W moim pięćdzie... czterdzie... trzydziestopięcioletnim doświadczeniu życiowym jakoś mi to umknęło.

Emilia tylko uniosła brwi. Wieśka mogłaby wreszcie dojść do czterdziestki. Ile razy można obchodzić trzydzieste piąte urodziny?

– A proszę cię bardzo. Różnica jest taka, że jak umawiam się przez internet, to statystyka przemawia na moją korzyść – wyjaśniła.

– Jaka statystyka? – zdumiała się agentka, odgarniając czerwone włosy za ucho.

– Umawiając się z nieznajomym przez internet, mam większą szansę, że tego faceta jeszcze nie przeleciałaś, niż gdy spotkam się z kimś poleconym przez ciebie. Miałabym wtedy niemalże pewność, że to jakiś twój były albo jednorazowy kochanek.

– Spoglądając na to w ten sposób, możesz mieć rację. Ale... patrząc na to z mojego punktu widzenia, po prostu dostajesz sprawdzony towar! – Tamta uśmiechnęła się z satysfakcją, przekonana, że w tej dyskusji zwyciężyła przez nokaut.

Absolutnie nie czuła się urażona opinią Emilii. Prawda jest tylko prawdą i niczym więcej, a ona, Wieśka, będzie mieć dość czasu na platoniczne przyjaźnie z mężczyznami, gdy jej pochwa stanie się wysuszona jak wiór, a menopauza będzie już tylko odległym wspomnieniem.

– Nie chcę towaru, tylko miłego faceta.

– Kochana, ty piszesz o miłych facetach. W życiu znajdź sobie ogiera. Dzieci już masz, niezależność finansową zdobywasz, na co ci miły facet?

– Możesz już sobie iść? – poprosiła Emilia. – Odnoszę wrażenie, że coraz bardziej boli mnie głowa.

– Aha! Bo prawda do niej dociera, ot co! Ale jak tam sobie chcesz, kochana, lecę, bo ważne sprawy nie pozałatwiają się same. – Posłała Emilii w powietrzu całusa i kołysząc mocno biodrami na lewo i prawo dla lepszego złapania równowagi, wyszła z salonu. Przez chwilę z korytarza i schodów dolatywał stukot niebotycznie wysokich obcasów.

Pisarka odetchnęła z ulgą. Lubiła Wieśkę, ceniła ją, ale nie w tym momencie. Jako agentka sprawdzała się doskonale, jako przyjaciółka... no cóż... Emilia czasami potrzebowała solidnego kopniaka w tyłek, a Wieśka była w tym niezrównana.

Ale teraz chciała trochę pobyć w ciszy i samotności. Zdobycie tych dwóch deficytowych dóbr byłoby znacznie łatwiejsze w zaciszu sypialni, jednak z salonu miała bliżej do kuchni.

Wieśka nie miała fizycznej możliwości opuszczenia mieszkania. Drzwi wejściowe zatarasowała jej siedząca na wózku Jadwiga, za nią stała Adela, trzymając przed sobą kulę inwalidzką w pozycji: „Stój, bo strzelam!".

– O co chodzi?! – spytała agentka, bynajmniej nie wystraszona.

Starsze panie nie przewidziały jednego. Wózek miał kółka, a Wieśka była chuda. W każdej chwili mogła ominąć Jadwigę, zasłonić się wózkiem, a nawet wykorzystać go jako ruchomą zaporę przed matką Emilii. Nie z nią takie numery, z lepszymi od tych dwóch dawała sobie radę. Pytanie tylko, czy będzie musiała.

– O co chodzi z tym całym seksem? – chciała wiedzieć Adela.

– Zgłupiałyście do końca? Nie wiecie, co to seks? A dzieci skąd niby macie? Że Jadwiga znalazła swojego syna w kapuście, to jeszcze mogłabym uwierzyć, bo prawdziwy z niego głąb, ale ty? Sroce spod ogona wypadłaś?

– Nie udawaj głupiej! Wszystko słyszałyśmy! – Jadwiga podjechała bliżej i spoglądała na Wieśkę groźnie zza okularów.

– Egoistki i hipokrytki. Emilia ma prawo ułożyć sobie życie – powiedziała tamta ze wzgardą.

– Ale nie byle jak i z byle kim. Same jej kogoś znajdziemy.

– Mój Boże! – Agentka wzniosła oczy ku niebu, ale Bóg jak zwykle nie zareagował, dając w ten sposób znakomitą pożywkę wszystkim ateistom. Walnąłby raz czy drugi piorunem i zaraz kościoły byłyby pełne po brzegi. No, chyba że o to właśnie chodzi. On też nie jest za tym systemem. – Jeszcze tego brakowało! Zawrzyjmy umowę – zaproponowała.

– Jaką?

– Jak ja dam jej spokój, to wy też.

– Nigdy w życiu!

– Jak sobie chcecie. – Wieśka z udawanym zainteresowaniem zaczęła oglądać szponiaste paznokcie. – Ale wizualnie nie przebijecie żadnego z moich kandydatów.

– Ładna miska jeść nie daje.

– Może i nie, tylko Emilia ma co jeść, a nie ma kogo bzykać.

– Emilia taka nie jest! – zaperzyła się Jadwiga.

– Czyżby? Zbliża się do czterdziestki. Hormony szaleją. Nie jest zaharowaną po łokcie wyrobnicą z dziewiętnastowiecznej manufaktury. Ciało ma swoje potrzeby. Co jest, dziewczęta? Nie pamiętacie, jak to było w tym wieku? Możecie udawać święte, ile wlezie, ale ja wiem swoje. Więc jak będzie? Umowa stoi?

– Stoi! – warknęła rozeźlona Adela.

– Stoi – potwierdziła z niezadowoleniem Jadwiga.

– I, dla twojej wiadomości, zawsze byłam porządną kobietą.

– No cóż, kwestia możliwości, a nie chęci – mrugnęła kpiąco agentka.

Jadwiga niemal zachłysnęła się z oburzenia. Wiszącą w powietrzu awanturę zakłócił dźwięk dzwonka przy drzwiach.

– Ktoś otworzy? – zapytała uprzejmie Wieśka, widząc w tym szansę na wyjście z mieszkania Emilii.

– Proszę bardzo. – Jadwiga z szerokim uśmiechem zjechała na bok, przy okazji z mściwą satysfakcją przejeżdżając agentce po palcach.

– Auuu! – wrzasnęła tamta piskliwie. – Ty stara wariatko!

– Z tą starością to bym się tak nie wychylała. Menopauza na karku – odpowiedziała jej dobrodusznie Adela.

Agentka zacisnęła usta i szeroko otworzyła drzwi. Zobaczyła przed sobą tego przystojnego policjanta, który podejrzewał Emilkę o zabójstwo kochanki męża. Stojącej obok niego kobiety nie znała.

– Pani Paluch, witam. – Nieznajoma wyciągnęła do niej rękę.

– Znamy się? – spytała zdziwiona Wieśka.

– Owszem, poznałyśmy się przy okazji poprzedniego śledztwa – wyjaśniła policjantka.

– Proszę wybaczyć, nie mam pamięci do kobiet.

Wieśka w najmniejszym stopniu nie była zawstydzona. Jak nieraz powtarzała, prawda jest tylko prawdą, a człowiek i tak musi w życiu tyle nakłamać, że jak już koniecznie nie musi, to nie powinien, by nie zaśmiecać sobie pamięci.

– Witam, panie Żurkowski. Miło mi pana ponownie widzieć. – Uśmiechnęła się uwodzicielsko.

Zaraz, zaraz, pomyślała, pamiętam tego przystojniaka, ale nie pamiętam, żebym się z nim przespała. Żonaty? Dyskretnie zerknęła na jego lewą rękę, potem na prawą. Ani śladu obrączki.

– Taakkk… – mruknął zmieszany Damian. Ta kobieta patrzyła na niego z tak drapieżnym błyskiem w oku, że poczuł, jak kurczą mu się jądra.

– Nie śliń się. To ten gej. – Dobiegający zza jej pleców pełen satysfakcji głos należał do Adeli.

No tak, to wszystko wyjaśnia, pomyślała Wieśka.

– Na mnie już pora. Żegnam.

Minęła ich szybko i nie oglądając się za siebie, zbiegła po schodach. Jak zwykle zostawiła samochód w niedozwolonym miejscu, a policja w pobliżu, choćby kryminalna, to nie była dobra wróżba.

– Nic do pana nie mamy – poinformowała go starsza pani Przecinek, próbując podjechać bliżej wózkiem. – To dla pańskiego bezpieczeństwa.

– Nam nic a nic pan nie przeszkadza – poparła ją matka pisarki.

– Nie jesteśmy fobami – zapewniła go Jadwiga.

– Homo – poprawiła ją Adela.

– Tak, Adelo, tym też nie jesteśmy.

– Nieważne. – Adela machnęła lekceważąco ręką. – Niech pan lepiej wejdzie. Nie przystoi, żeby taki przystojny mężczyzna stał na progu. Pani też może wejść – poprawiła się szybko, uświadomiwszy sobie, że przystojny policjant nie jest tu sam.

– Dziękuję najuprzejmiej – powiedziała z przekąsem komisarz Rzepka, dodając w myśli: – że jednak nie jestem niewidzialna.

Owszem, jej partner był przystojny, i to bardzo. Nie na sposób macho z siłowni czy jak playboy w stylu Greya. Gdyby nie kochała męża, sama dałaby się oczarować.

Twarz miał wyrazistą, szczupłą, duże, brązowe oczy, które – gdy spoglądał na człowieka – sprawiały wrażenie, że ta osoba jest dla niego najważniejsza w świecie, podobnie jak wszystko, co ten ktoś ma do powiedzenia. Na mężczyzn ten typ urody nie działał, ale podczas rozmów z kobietami Damian był niezrównany. I wcale nie dlatego, że tak doskonale opanował techniki przesłuchań.

Tylko z rodziną Przecinków kiepsko mu szło, chociaż to akurat nie jego wina.

– Co pana do nas sprowadza? – zapytała uprzejmie Jadwiga, gdy już wszyscy znaleźli się w przedpokoju.

– Wczoraj w państwa bloku znaleziono zwłoki. Prowadzimy dochodzenie – wyjaśniła komisarz Rzepka, z trudem ukrywając zaskoczenie.

Większość ludzi nie jest w stanie wymazać tak szybko z pamięci zdarzeń tego typu. Nie co dzień w miejscu zamieszkania, które kojarzy się przede wszystkim ze spokojem i poczuciem bezpieczeństwa, znajduje się nieboszczyka.

– Ach, o to chodzi! Jak mogłam zapomnieć? – Adela klepnęła się dłonią w czoło.

– To wszystko z powodu Emilii – westchnęła Jadwiga. – Tak się martwimy jej stanem zdrowia, że ten trup zupełnie wyleciał nam z głowy.

– Jak się czuje pani Przecinek? – zapytał uprzejmie Żurkowski.

– Doskonale, panie policjancie. To miło, że pan pyta. Tylko ta nieszczęsna noga...

– Noga? Myślałem, że pani Emilia ma wstrząs mózgu – zdziwił się Damian.

– A to o tę panią Przecinek pan pyta – zreflektowała się Jadwiga. – No tak, oczywiście, w końcu dlaczego miałoby pana interesować moje zdrowie.

– Wygląda pani kwitnąco. – Żurkowski pośpiesznie starał się naprawić popełnioną gafę. – A zważywszy na wczorajsze wydarzenia, uznałem za właściwe spytać o stan zdrowia poszkodowanej.

– Jakiej poszkodowanej? – zdziwiła się Jadwiga.

– Emilii, Jadziu, Emilii! – wtrąciła się zirytowana Adela. – Co się z tobą, u licha, dzieje?

– Chyba zaczęły działać te tabletki przeciwbólowe, które zapisał mi lekarz – wyjaśniła zażenowana Jadwiga. – Powinien był wspomnieć, że nie działają od razu, to wzięłabym tylko jedną – dodała z urazą, próbując zawrócić wózek w korytarzu.

– Widzi pan, co ja tu mam? A pan mi zawraca głowę trupem. – Adela złapała za wózek i próbowała go pchnąć we właściwym kierunku. Efekt był taki, że wózek się zaklinował. Jadwiga usiłowała skręcić w lewo, Adela zaś ciągnęła go w prawo.

– Może ja spróbuję? – zaproponował Damian. Jego koleżanka nie kwapiła się z pomocą, raczej wyglądała na rozbawioną.

– Mógłby pan? – Adela się rozpromieniła. – Najlepiej niech ją pan wywiezie na korytarz – poradziła scenicznym szeptem.

– Mam niesprawną nogę, a nie uszy – syknęła Jadwiga, starając się pokryć złość sztucznym uśmiechem. – Ciekawe, jak by sobie poradziła Emilka z tym kredytem, w który wpakował ją Cezary, gdyby nie czynsz za nasze dwa mieszkania.

– Nie powinnaś o tym mówić przy obcych – zganiła ją Adela. – W dodatku wszystko to sprawka twojego syna, więc na twoim miejscu tym bardziej bym się nie wychylała.

– Sama wychwalałaś go pod niebiosa!

– Tak, dopóki siedział z rozporkiem we własnym domu i zarabiał. Niech jej pan nie słucha – zwróciła się do Damiana, ponownie ignorując towarzyszącą mu policjantkę.

– Emilia bardzo dobrze zarabia. W końcu jest już kilka ładnych lat na rynku. Gdyby nie ten ogromny kredyt, mogłaby jeszcze trochę zaoszczędzić, ale zaraz dzieci pójdą na studia, więc nasza pomoc tym bardziej jest potrzebna.

– Tylko Kropka pójdzie, Kropeczek skończył zawodówkę. Zanim pójdzie na studia, czeka go jeszcze długa droga. Nie rozumiem, dlaczego Emilka od razu nie posłała go do szkoły średniej.

– Z jego ocenami z gimnazjum?! – Adela złapała się za głowę.

– Babciu i babciu – w korytarzu zmaterializowała się Kropka – przestańcie wynosić z domu wszystkie prywatne sprawy.

– To niby ja?! – zawołały jednocześnie, po czym dodały z irytacją: – To ona zaczęła!

– Nie interesuje mnie, kto zaczął, ale mama potrzebuje spokoju! – Kropka tupnęła nogą dla zaznaczenia swojej przewagi. – Może wreszcie wydostaniemy się z przedpokoju i przejdziemy dalej? – zaproponowała, zwracając się do Żurkowskiego, który utknął za wózkiem Jadwigi Przecinek i nie miał pojęcia, co właściwie ma z nią dalej zrobić. Propozycja wypchnięcia starszej pani na korytarz była kusząca. Rozdzielenie tych obu mogłoby mieć zbawienny wpływ na jego nerwy.

– Bardzo dobry pomysł – odezwała się Magda, zauważając z rozbawieniem, że nawet ta nastolatka ją ignoruje i zwraca się wyłącznie do Damiana. Facet ewidentnie minął się z powołaniem. Powinien być agentem ubezpieczeniowym. Zostałby już milionerem, zamiast żyć z policyjnej pensji. – Czy pani Przecinek, to znaczy młodsza pani Przecinek, czuje się lepiej? – Dopiero po chwili, słysząc pełne oburzenia sapnięcie starszej pani Przecinek i zjadliwy chichot jej towarzyszki, uświadomiła sobie, że właśnie przestała być niewidzialna.

– Bóg jest okrutny. Czasami pozwala nam żyć[*]. – Kropka uśmiechnęła się szeroko.

Emilia przyciemniła ekran monitora i zalogowała się na swoim profilu. Nie miała głowy do pisania. Do tego nadal nie wiedziała, czy można połamać żebra, spadając na plecy. Czas płynął nieubłaganie, może jakaś randka – oczywiście nie dziś, ale jak poczuje się lepiej – da jej punkt zaczepienia, by ruszyć z miejsca. Przez moment nasłuchiwała dolatujących zza drzwi głosów, ale skoro nikt się nie pojawiał, by zawracać jej głowę, doszła do wniosku, że to przyszedł ktoś do Kropki albo Kropeczka, na wspólną naukę w przypadku córki albo na wspólną walkę z zombi w przypadku syna.

---

[*] Stephen King, *Desperacja*.

Znalazłam trupa, a jedyne, o czym myślę, to randkowanie. Uderzenie w głowę upośledziło mnie emocjonalnie, jestem potworem, czy też może mój umysł szuka tematu zastępczego, by nie myśleć o tragedii? – zastanawiała się w oczekiwaniu na moment, gdy laptop przestanie się usilnie zastanawiać, czy może jej udostępnić swoje tajemnice czy też nie. Na razie kółeczko kręciło się i kręciło, a strona się nie otwierała. Może to znak?

Nie, nie ma znaków. Gdyby były, rozwiodłaby się z mężem jeszcze przed zaciągnięciem kredytu i byłaby samotną matką z dwójką dzieci, ale bez bankowych obciążeń. I bez dwóch harpii na karku. No, chyba że mieszkałaby z jedną z nich.

– Dalej, Emilio, skup się, bo masz rój pszczół w głowie i nic więcej – odezwała się do pustego pokoju, który jednak nie był już pusty, gdyż właśnie w tej samej chwili w wejściu pojawiła się grupa podsłuchiwaczy. A dokładnie trójka. Jej dziecko płci żeńskiej, Żurkowski i nieznana jej kobieta.

– Dzień dobry pani Przecinek. Komisarz Rzepka. – Policjantka przedstawiła się leżącej na kanapie pisarce, całkiem słusznie mniemając, że ta też jej nie pamięta. – Mojego kolegę z pewnością pani zna.

– Dzień dobry – odpowiedziała Emilia, uśmiechając się niepewnie. – Oczywiście, co państwa sprowadza?

– Rozmawialiśmy wczoraj krótko w szpitalu. Przypomina sobie pani? – zapytał łagodnie Żurkowski. Nie czekając na zaproszenie, przysunął dwa krzesła bliżej kanapy i wskazał Magdzie, by zajęła jedno z nich, a sam usiadł na drugim.

– Oczywiście, że tak.

– A pamięta pani, o co dokładnie pytałem?

– O dużo rzeczy? – odpowiedziała pytaniem na pytanie, uśmiechem próbując pokryć zakłopotanie.

– Owszem, pytałem o kilka rzeczy – potwierdził współczującym tonem.

W tym momencie większość kobiet zapragnęłaby swoistego oczyszczenia duszy i wypłakała przed nim wszystkie żale, ale Emilia nie mogła wypłakać czegoś, czego nie pamiętała, więc odparła dość enigmatycznie:

– Aha.

– Co tu się dzieje? – Kropeczek zdecydowanie wkroczył do pokoju.

Na ogół nie interweniował, ale babcia Adela zadzwoniła do niego, że przyszedł bardzo nieuprzejmy i napastliwy policjant, odesłał je do pokoju, nie pozwolił brać udziału w rozmowie i jakby tego było mało, uparł się, by przesłuchać biedną mamę, a przecież Emilka tak źle się czuje. Adeli wtórowała równie oburzona Jadwiga, choć Kropeczek słyszał raczej jakieś mamrotanie niż słowa.

– Policja przyszła porozmawiać z mamą, a co się ma dziać? – Kropka trąciła go łokciem, żeby się za bardzo nie wychylał, bo inaczej oni też zostaną wyproszeni, a wtedy żadne nie będzie wiedziało, co się dzieje.

– W tym stanie? Mama ma wstrząs mózgu! – zaprotestował chłopiec.

– Ale bardzo lekki – sprostowała Emilia.

– Nie powinna się denerwować! – Kropeczek obstawał przy swoim.

– Mówiłam, że coś z niego będzie – szepnęła Adela, podsłuchująca rozmowę przez uchylone drzwi sypialni, która znajdowała się tuż obok salonu.

– Może jednak nie odziedziczył zbyt wiele po ojcu – uznała zadowolona Jadwiga. Od czasu, gdy pogodziła się z faktem, że jej syn ma podły charakter, było jej znacznie łatwiej.

– Przecież wcale się nie denerwuję, a przynajmniej nie denerwowałam do tej pory. Chyba że jest jakiś powód, dla którego nie powinnam rozmawiać z policją? – zastanowiła się nagle Emilia.

Może amnezja wyparła z jej umysłu nie tylko traumatyczne wspomnienia znalezienia zwłok. Może to ona zrobiła zwłoki z całkiem żywego mężczyzny w spodniach od garnituru i skórzanych butach?

– Nie, mamo, nie ma, chyba że to ty zabiłaś tego faceta – wtrąciła swoje trzy grosze Kropka.

– Nie wydaje mi się, ale nie mogę tego wykluczyć. Myśli pan, że to mogłam być ja? – Emilia nie kryła zakłopotania.

Magda nie wierzyła własnym uszom. Jak można być tak naiwną? W jakim świecie ta kobieta żyje?

– Nie, nie mogłaś – ponownie zabrała głos Kropka. – Pamiętasz moment znalezienia tego człowieka w piwnicy, nie pamiętasz tylko chwili, w której odkryłaś, że nie żyje.

– Racja! – ucieszyła się Emilia. – Kropka ma rację. Ten człowiek już tam leżał, a przecież nie mogę mieć amnezji wybiórczej, w której co chwila zapominam to, co dla mnie niewygodne, prawda?

– Nie wydaje mi się. – Żurkowski uśmiechnął się szeroko.

W normalnych okolicznościach nie dopuściliby do tego rodzaju rozmowy z ewentualnym sprawcą zbrodni, lecz ani on, ani Magda nie podejrzewali pisarki o morderstwo. Liczyli raczej na to, że może zobaczyła coś jeszcze poza nieboszczykiem, którego nadal nie zidentyfikowali. Denat nie figurował w ich bazie danych. Ślady pobicia lekko zniekształciły mu twarz, trudno więc powiedzieć, jak wyglądałaby identyfikacja na podstawie zdjęcia czy portretu. Żadnych znaków szczególnych również nie miał.

Mogli liczyć tylko na to, że ktoś zgłosi jego zaginięcie i w ten sposób ustalą tożsamość zabitego, albo rozpozna go ktoś z sąsiadów, chociaż w to ostatnie Damian raczej wątpił. Nikt nie przyznał się do znajomości z mężczyzną, żadnego mieszkańca bloku też nie brakowało.

Portfela brak, dokumentów brak, telefonu komórkowego brak. Ktoś tak dokładnie wyczyścił kieszenie denata, że pyłków też było brak, gdyby uparli się ich szukać. Ale to Polska, a nie USA, więc nikt nie zawracał sobie tym głowy. Damian od lat pracował w policji, ale nawet nie miał pojęcia, czy gdzieś znalazłby się odpowiedni sprzęt. Zresztą tymi sprawami zajmowali się technicy i laboratorium. On walczył z przestępczością, biurokracją i głupotą przełożonych.

– Babcie mają amnezję wybiórczą – wtrącił się Kropeczek – ale ty chyba jesteś na to za młoda.

– O, dziękuję ci, dziecko ty moje kochane. – Emilia rozpromieniła się, zapominając o bólu głowy, niezbyt mocnym, za to uporczywym.

– Pojęcia nie mam, w kogo on się wdał! – westchnęła Jadwiga.

– Wykapany ojciec. Jak chorągiewka na wietrze – skomentowała kwaśno Adela.

– Chyba masz rację, Adelo – przyznała smutno matka rzeczonego ojca.

– Dobry policjant i milczący policjant to pewnie jakaś nowa strategia? – zapytała uprzejmie Kropka, uznając całkiem słusznie – przynajmniej we własnym mniemaniu – że dobroduszność Żurkowskiego może kryć jakiś podstęp, a milczenie komisarz Rzepki ma wywoływać u przesłuchiwanego obawę, że policjantka wie coś, czego nie wie jej kolega, a o czym nie chce powiedzieć podejrzany, czyli w tym wypadku Emilia. Może nastawienie Kropeczka było całkiem słuszne. Może zanadto się pośpieszyła z wyciągnięciem wniosków.

– Słucham? – zdziwiła się Magda.

Młodsza latorośl Przecinków była zbyt wygadana jak na swój wiek i zbyt sarkastyczna jak na jej gust. Matkę przypominała tylko kolorystycznie. Te same ciemne włosy, choć u Emilii jakby bardziej kasztanowe, a mniej czekoladowe; ogromne brązowe oczy, ładnie zarysowane usta. Zdecydowanie nie odziedziczyła po tamtej niskiego wzrostu, roztargnienia ani naiwności. W porównaniu ze znanymi Magdzie nastolatkami zaskakiwała stanowczością charakteru i zdecydowanymi poglądami.

– Pytam, czy to jakaś nowa metoda przesłuchań?

– To nie jest żadne przesłuchanie, tylko rozmowa. Przesłuchania odbywają się w mniej komfortowych warunkach – odpowiedziała z irytacją komisarz Rzepka.

Braku poszanowania dla władzy, jak również umiejętności unikania wyraźnej obrazy czy pogardy wobec przedstawicieli tejże władzy przemądrzała nastolatka również nie odziedziczyła po matce. Asertywność Kropki drażniła Magdę jak mało co.

– Pani Przecinek nie jest bardziej podejrzana niż którykolwiek mieszkaniec tego bloku, dzielnicy, a nawet miasta.

– Pani Przecinek prawdopodobnie jest cennym świadkiem – poinformował dziewczynę uspokajającym tonem Żurkowski, choć po prawdzie autorka romansów nie tylko nie była cennym świadkiem, lecz biorąc pod uwagę jej amnezję, okazała się wyjątkowo marnym świadkiem.

Jego głos na ogół świetnie działał na starsze panie, na nastolatkach go jeszcze nie wypróbował, ale sądząc po powątpiewającej minie Kropki – tym razem czar nie zadziałał.

– Człowiek w czerni uciekał przez pustynię, a rewolwerowiec podążał w ślad za nim*. – Ton dziewczyny przyprawił Damiana o ciarki.

Zimny dreszcz przebiegł mu po kręgosłupie. Odniósł wrażenie, że Kropka kogoś cytuje, choć nie miał pojęcia kogo. Na klasyka mu to nie wyglądało, lecz cokolwiek miała na myśli, lepiej, by to nie chodziło o niego. A może jednak? Czyżby porównała go do rewolwerowca?

Magda wydała z siebie zduszony chichot. W życiu by się do tego nie przyznała – przynajmniej nie głośno – lecz na widok miny partnera poczuła satysfakcję. Na ogół to ona miała głupią minę, gdy Damian robił swoje hocki-klocki z kobietami. Gdyby te wszystkie kobiety wiedziały, że tylko na służbie jest taki odważny. Prywatnie? Szkoda słów.

– Niech jej pan nie słucha – poradził Kropeczek. – Ona tak zawsze. Wie pan, co wczoraj powiedziała o zwłokach?

---

* Stephen King, *Roland*.

Pełzną robaczki, cieknie ropa, wczoraj był chłop, dziś nie ma chłopa*. Auć! – jęknął, gdy Kropka z całej siły wbiła mu piętę buta w palce stóp. Miał szczęście, że nie weszła jeszcze w wiek obcasów i nadal kochała baleriny.

– Zdolność do zadawania bólu to największa siła miłości** – poinformowała go Kropka, po czym zwróciła się do matki: – Mamo, tylko do niczego się nie przyznawaj. Mimo że chętnie bym została, przypomniało mi się właśnie, że muszę być gdzieś indziej. Kropeczek, pilnuj, żeby nie męczyli mamy! – poleciła mu groźnie.

– Dlaczego ja? – zapytał żałośnie, na wszelki wypadek cofając się poza zasięg obuwia siostry.

– Bo mnie już tak jakby tutaj nie ma. Referat mam do napisania, sam się nie zrobi.

– Nie możesz ściągnąć z neta?

– Po pierwsze, nie zamierzam korzystać z cudzej pracy, a po drugie, ja napiszę go lepiej – oświadczyła z wyższością i wyszła z pokoju.

– Wie pan, panie Żurkowski, gdyby nie to, że sama ją urodziłam i wychowywałam, to zastanawiałabym się, czy ona kiedykolwiek była dzieckiem – powiedziała w zadumie Emilia, poprawiając ciepły koc, którym miała okryte nogi. Maj tego roku był wyjątkowo ciepły, jednak absolutnie jej to nie przeszkadzało.

– Mnie ona też czasami przeraża, mamo – poskarżył się Kropeczek.

– Mnie przeraża ten ogromny zombi, który stoi w twoim pokoju – odparła mu ze stoickim spokojem rodzicielka.

– To nie zombi, tylko Wiedźmin, mamo – sprostował.

---

* Stephen King, *Ręka mistrza*.
** Stephen King, *Ręka mistrza*.

– Może przejdziemy do rzeczy? – Ich wymiana zdań bawiła Magdę, lecz nie na tyle, by chciała spędzić tu resztę dnia. – Mamy do pani kilka pytań, pani Przecinek.

– Nie rozumiem, dlaczego przy rozwodzie nie zmieniła nazwiska – szepnęła Adela.

– Bo czytelnicy ją znają jako Przecinek, a nie jako... Jak ty się właściwie nazywasz? – zadumała się Jadwiga.

– Oczywiście, chętnie pomogę, tylko że nadal mam amnezję – pogodnie oświadczyła Emilia.

– I mama nadal bierze te przeciwbólowe pigułki od doktora Perełki – dodał Kropeczek.

Czuł wewnętrzną potrzebę usprawiedliwienia doskonałego humoru matki. Doznał olśnienia; w jego głowie pojawiła się myśl, że psychopaci tak mają. Bawią się w gierki z policją, podświadomie chcą być złapani, więc popełniają głupie błędy albo gubi ich nadmierna pewność siebie. Lepiej, żeby matkę uznano za niepoczytalną. Nie żeby ją podejrzewał, ale tamci mogą. No i jest pisarką. Kto wie, do czego mogła się posunąć, by zdobyć informacje do książki?

– To nie ma być żadne przesłuchanie, tylko rozmowa. Wczoraj nasi współpracownicy rozmawiali z państwa sąsiadami...

– Na pewno wie, jak się nazywa ta para z drugiego piętra! Wiesz, ta herod baba i jej mąż – miękkie jajo! – Jadwiga nie kryła ekscytacji.

– Ciszej, bo się zorientują! – Adela bezceremonialnie dźgnęła ją palcem.

Jadwiga stłumiła jęk, niestety, chyba niewystarczająco, bo w salonie nagle zapadła cisza.

– Coś się stało? – zapytał Damian, widząc reakcję koleżanki. Magda urwała w pół zdania i zaczęła nasłuchiwać.

– Wydawało mi się, że coś słyszałam.

– Och, to pewnie matka i teściowa. Na pewno podsłuchują – powiadomiła ich radośnie Emilia.

– Ach, tak… – Policjantka zmarszczyła brwi.

Ta Przecinkowa jest albo naćpana, albo walnięta, uznała. Ona sama osobiście zamordowałaby takie baby, a nie hodowała je we własnym domu. A radość zdecydowanie byłaby ostatnią emocją, jaką by odczuwała. No, chyba że byłaby to radość po bardzo pomysłowym pozbyciu się zwłok, ale doświadczenie policyjne mówiło jej, że trup zawsze wypadnie z szafy w najmniej spodziewanym momencie.

– Proszę sobie nie przeszkadzać. Przynajmniej nie będę musiała im powtarzać, o czym rozmawialiśmy – dodała Emilia.

– Właściwie to dlaczego chcecie rozmawiać z matką? Babcia i babcia i tak wszystko wiedzą lepiej. – Kropeczek doznał kolejnego olśnienia.

– Mądry chłopak – pochwaliła wnuka Adela.

– Ujdzie – łaskawie zgodziła się Jadwiga.

– Wiecie, babcia i babcia uprawiają kuken-szpuken. – Zamachał długimi rękami dookoła głowy, nieudolnie naśladując... Właściwie nikt nie wiedział, co Kropeczek naśladował. – CIA mogłoby się od nich uczyć. Nikt nie wie lepiej od nich, co się dzieje w tym bloku – zapewniał.

– Że co uprawiamy? – oburzyła się Jadwiga.
– Kuken-szpuken? To po niemiecku? – Adela była zdezorientowana.

– Zapewniam, że z panią Przecinek i panią Twardowską porozmawiamy sobie w następnej kolejności. Nie zamierzamy umniejszać ich roli jako doskonałego źródła informacji opartego na perfekcyjnej zdolności obserwacji i umiejętności wnikliwego wnioskowania – głośno oświadczył Damian, by mieć pewność, że obie go usłyszą.

On sam nie miał amnezji wybiórczej i dobrze pamiętał, jak potrafią mataczyć, kłamać i manipulować. Bez drgnienia powieki zdołałyby oszukać wykrywacz kłamstw.

– Pani Emilio, to pani znalazła zwłoki, dlatego pozwoliliśmy sobie rozmawiać z panią na osobności, aby samodzielnie spróbowała sobie pani przypomnieć to, co pani zdoła.

– Aha. – Emilia była dość zaskoczona definicją wścibstwa autorstwa Żurkowskiego. A sądząc po minie jego partnerki, nie tylko ona. Komisarz Rzepka z jawnym zdumieniem patrzyła na partnera. Tylko Kropeczek nie wydawał się zdziwiony.

– Ma pan refleks jak prawdziwy rewolwerowiec – szepnął do Żurkowskiego.

Ten w odpowiedzi tylko mrugnął okiem w nadziei, że starsze panie nie są na tyle nowoczesne, by wszędzie zainstalować kamery, i używają wyłącznie staromodnej metody, jaką jest korzystanie z własnych uszu.

– Mój kolega ma rację – powiedziała głośno Magda, którą wymiana spojrzeń między mężczyznami – jeśli można już tak nazwać Kropeczka – naprowadziła na właściwy trop. – Pani Emilio, bardzo pani współczujemy, ale czy przypomina sobie pani cokolwiek z momentu znalezienia zwłok? To, że wcześniej nic nie zwróciło pani uwagi, już wiemy, może jednak zapamiętała pani jakiś szczegół, który pozornie wydaje się nieistotny, a nam mógłby pomóc.

– Pamiętam tylko to pierwsze znalezienie, tylko że wtedy nie wiedziałam, że znalazłam zwłoki. Myślałam, że facet jest zalany w trupa, a nie, że jest trupem. Tego drugiego razu, kiedy znalazł mnie Kropeczek, nie pamiętam. Tego, że on mnie znalazł, też nie pamiętam – wyjaśniała Emilia. – Uprzedzam, że nie zamierzam sobie przypominać tego drugiego razu. Wolę nie pamiętać. Jedyny raz, kiedy widziałam zwłoki, było to podczas pogrzebu mojego ojca, ale nieboszczyk wcale nie wyglądał na martwego, tak dobrze się spisała pani z zakładu pogrzebowego. Powiem państwu, że nawet przysunęłam mu lusterko do twarzy, by mieć pewność, że naprawdę nie oddycha.

– Co takiego? – oburzyła się Adela. – Co ona sobie myślała? Że chciałam jej ojca pochować żywcem?

– Nie takie rzeczy się zdarzały – filozoficznie stwierdziła Jadwiga.

– Rozumiem. – Damian uśmiechnął się do niej, choć po prawdzie nie rozumiał, jednak nauczył się już przyjmować pewne rzeczy na wiarę. Ludzie są różni, przeróżni i nie jemu ich sądzić. Od tego są inne instytucje. – Widziała pani coś lub kogoś?

– Nic. Nikogo. Nie spotkałam nikogo ani na klatce schodowej, ani w piwnicy – powtórzyła Emilia.

– Ja też nikogo nie widziałem – wtrącił Kropeczek.

– Może gdzieś w piwnicy paliło się światło? – podpowiedziała Magda.

– Myśli pani, że morderca schował się w kącie i sam sobie świecił, bo bał się ciemności? – zapytał rozbawiony Kropeczek. Zbyt wiele gier zaliczył, by popełnić tak głupi błąd, i nie podejrzewał, by morderca mógł takowy popełnić. No, chyba że był kompletnym idiotą.

– Raczej wykluczam możliwość, by sprawca schował się w kącie i sam sobie świecił, jak powiedziałeś, lecz nie wykluczam, że ktoś inny był w piwnicy w tym czasie co pani Przecinek. Być może ten ktoś widział coś, z czego nie zdaje sobie sprawy, nie miał bowiem pojęcia, że obok znajduje się ofiara zabójstwa. – Magda nie dała się wyprowadzić z równowagi.

– To jest myśl – przyznał z zakłopotaniem Kropeczek. Może powinienem trochę odpuścić strzelanki na rzecz strategii, pomyślał.

– Nam, policjantom, zdarza się czasami pomyśleć – poinformowała go komisarz Rzepka. – Więc jak? Świeciło się coś? – ponownie zwróciła się do świadka.

– Nie mam zielonego pojęcia. Nie rozglądałam się. – Emilia z roztargnieniem podrapała się po głowie. Ten nawyk pozostał jej od czasu, gdy była zmuszona nosić perukę, i jakoś nie mogła się go pozbyć, mimo że włosy miała teraz własne, i to całkiem ładne.

– A ty? – zapytała chłopaka Magda. Kropeczek miał ciemne włosy, trochę za długie i lekko kudłate, aż dziw, że któraś ze starszych pań go nie ostrzygła.

– Nie. Jestem pewien, że wszędzie było ciemno – odpowiedział.

– Ach, tak… – mruknęła z zawodem w głosie policjantka. Przyjęła za pewnik, że Przecinkowa będzie kiepskim świadkiem, liczyła jednak, że dzięki jej pomocy znajdą kogoś bardziej spostrzegawczego.

– Wiedzą już państwo, kim był ten człowiek? – zapytała Emilia.

– Niestety, nie. Nie miał przy sobie żadnych dokumentów. Z pewnością nie był to ktoś z państwa budynku. Sprawdziliśmy wszystkich, nikt nie zaginął. Rozmawialiśmy z mieszkańcami, ale nikt nie przyznaje się do znajomości z denatem. Sam opis nic nam nie dał. Zdjęcia dostaniemy dopiero jutro, wtedy obejdziemy wszystkich ponownie, chociaż nie liczymy na zbyt wiele – przyznał Żurkowski.

– Mężczyzna, wiek trzydzieści cztery – czterdzieści lat. Sto osiemdziesiąt centymetrów wzrostu, brunet, lekko szpakowaty na skroniach. – Magda z nadzieją spoglądała na pisarkę. Nie liczyła na wiele, ale Emilia potrafiła zaskoczyć, więc może i teraz się uda.

– Bardzo mi przykro, ja właściwie nie rozpoznaję sąsiadów. Nikt o takim rysopisie nie przychodzi mi do głowy. Proponuję, żeby państwo porozmawiali z moją matką i teściową. Jeśli kręcił się tu ktoś obcy, na pewno go zauważyły. Są bardzo wścibskie.

– Moja córka to żmija wyhodowana na łonie – dramatycznym tonem oznajmiła Adela.

– Emilka ma wstrząs mózgu. Nie powinnaś brać do siebie niczego, co teraz mówi – powiedziała z wyrzutem Jadwiga.

– Lepiej bym tego nie ujęła – mruknęła pod nosem Magda. Tym razem instynkt samozachowawczy zadziałał prawidłowo.

– Chciała pani powiedzieć: spostrzegawcze – poprawił ją głośno Żurkowski.

Kropeczek zachichotał pod nosem. Emilia tylko lekko uniosła brwi. Ból głowy nie był tak dojmujący, by nie zdawała sobie sprawy z tego, co właśnie palnęła.

– Przecież właśnie to powiedziałam – oznajmiła z wyższością, mrugając porozumiewawczo do policjanta.

Wyglądało to bardziej jak tik nerwowy i tym razem wywołało uśmiech na twarzy komisarz Rzepki, która rzadko pozwalała sobie na takie reakcje w pracy.

– A nie mówiłam? To przez ten wstrząs mózgu. – Jadwiga z zadowoleniem kiwała głową.

– Hm... – Adela nie wydawała się przekonana, postanowiła jednak nie drążyć tematu, dopóki Emilia nie poczuje się lepiej. Co innego Kropeczek. Z nim porozmawia, jak tylko wyjdzie policja.

– Nie będziemy pani więcej przeszkadzać. Proszę odpoczywać. – Magda wstała i podnosząc głos, niemal krzyknęła: – Gdzie znajdziemy panią Jadwigę i Adelę? W kuchni?

– Jak je znam, to w przedpokoju, ze szklanką przyciśniętą do ucha – szepnął Kropeczek.

Odniósł wrażenie, że nieopatrznie mógł powiedzieć kilka słów za dużo.

– Dziękuję za pomoc. Tobie również. – Magda udawała, że nie słyszy zamieszania za drzwiami. Wymienili z Damianem porozumiewawcze spojrzenia.

Kropeczek wychylił głowę za futrynę. Dostrzegł jeszcze babcię Adelę, pchającą wózek z babcią Jadwigą, spod pachy wystawała jej kula inwalidzka. Obie zniknęły w kuchni, gdzie udając, że nic nie widziały, nic nie słyszały, usiądą spokojnie przy stole i odegrają zaskoczenie na wieść, że policja chce z nimi rozmawiać. W tym czasie zamierzał przemknąć na górę i zabarykadować się w pokoju. Liczył, że po rozmowie z policjantami babcie będą na tyle zadowolone, że o nim zapomną.

– Kropeczek, dziecko kochane, zrób mi, proszę, herbatkę z cytryną i imbirem – odezwała się Emilia, nieświadomie rujnując plan ratunkowy jedynego syna.

– W maju? – jęknął chłopak, rozpaczliwie przeczesując palcami włosy.

Jadwiga wraz z Adelą siedziały przy kuchennym stole. Usta miały ułożone w ciup, splecione jak do modlitwy dłonie spoczywały na blacie. Damian był przekonany, że starsze panie nie odmawiały modlitwy, choć ich pokorna poza mogłaby to sugerować.

– Mamy kilka pytań – oświadczyła Magda, wchodząc do kuchni.

– Gdyby były panie tak uprzejme, by udzielić nam pomocy – dodał szybko Żurkowski.

Z jego partnerki wyszła policjantka, a to mogło zaszkodzić porozumieniu z upartymi staruszkami.

– Właśnie. – Uśmiechnęła się szeroko, siadając naprzeciw nich. Damian oparł się o kuchenną szafkę, by mieć wszystkich na oku.

– Oczywiście, że chętnie udzielimy panu pomocy – z ledwo skrywanym zadowoleniem oświadczyła Jadwiga.

– Pani oczywiście też – wtrąciła swoje trzy grosze Adela, zerkając na komisarz Rzepkę.

– Dziękujemy bardzo. Pani Adelo... – Urwała, widząc, że kobiety ją ignorują i wbijają oczy we wnuka, który niepewnie wszedł do kuchni.

Kropeczek udawał, że nie widzi zjadliwych spojrzeń. Z pochyloną głową dopadł do elektrycznego czajnika, wcisnął przełącznik – czajnik na szczęście był pełen – i nie spuszczał z niego wzroku.

– Spokojnie, młody, nie zamienisz się w kamień – szepnął Żurkowski i pocieszająco poklepał go po ramieniu.

– Tego nie może mi pan zagwarantować – odszepnął chłopak, garbiąc się jeszcze bardziej. Jego plecy przypominały teraz paragraf.

– Wyprostuj się! – syknęła Jadwiga takim głosem, że komisarz Rzepka aż podskoczyła na krześle.

– To nie do pani. Pani może siedzieć, jak pani wygodnie. – Adela uśmiechnęła się uprzejmie.

– Oczywiście, że tak. Nigdy nie ośmieliłabym się zwrócić pani uwagi. Pani garb to pani sprawa – sprostowała Jadwiga.

– Co nie znaczy, że ma pani garb – dodała Adela.

– Przecież nie powiedziałam, że pani ma garb, tylko że jak chce go mieć, to nie nasza sprawa. Nie musisz mnie poprawiać. Wiem, co mówię – oburzyła się teściowa pisarki.

– Oczywiście, Jadwigo. Nigdy tego nie kwestionowałam.

– Czego?

– Że wiesz, co mówisz. Nawet jak mówisz od rzeczy, to robisz to świadomie – zapewniła ją tamta.

– Mówienie od rzeczy nie może być świadome! Co ty pleciesz? – zdenerwowała się Jadwiga.

– Proszę pań! – Żurkowski postanowił ingerować, nim rozpęta się kłótnia. – Bardzo proszę. Zadamy tylko kilka pytań. Mam nadzieję, że informacje uzyskane od pań okażą się pomocne.

– Jestem tego pewna, panie komisarzu. – Adela starannie poprawiła kołnierz cytrynowego dresu, który pośpiesznie włożyła, uważając, że podkreśla malinową szminkę znacznie lepiej niż ten różowy.

– Mamy znakomity zmysł obserwacji – zapewniła uroczyście Jadwiga, głębiej wsuwając na nos okulary. Jej starannie upięte w kok włosy wyglądały wprost idealnie.

– Wrodzona spostrzegawczość zmusza nas do zauważania rzeczy, które mogą umykać innym – zaznaczyła Adela.

– To kwestia doświadczenia życiowego.

– I znakomitej pamięci.

– Umiejętności logicznego myślenia.

– I błyskawicznego wnioskowania.

– Tak, Adelo, masz rację. Wnioskowanie jak najbardziej się przydało. W ten właśnie sposób odkryłyśmy, że człowiek w piwnicy to nie Olejniczak. A jak nie Olejniczak, zadałyśmy sobie pytanie, to kto?

– Tak, Jadziu, właśnie tak było. Skoro to nie Olejniczak, to kto? Nikt więcej tak się nie upija.

– Nie w naszym budynku.

– A z cudzego nikt nie dostanie się do tej piwnicy, bo trzeba mieć klucz.

– Z naszego domu nikogo nie brakuje, co znaczy, że trup jest cudzy.

– Ale morderca musi być nasz. Tutejszy – zaznaczyła jeszcze Adela.

– A ci nowi sąsiedzi? – Jadwiga znacząco popukała palcem w zagipsowaną nogę.

– Masz całkowitą rację, Jadziu. U nich może kogoś brakować.

– Nie wiemy, ile tam jest osób, ale na pewno małżeństwo. Słyszałam kobietę.

– I mężczyznę – dodała Adela.

– Tak naprawdę to nie słyszałam mężczyzny, bo mówił zbyt cicho, lecz jego żona kilkakrotnie zwróciła mu uwagę – ciągnęła Jadwiga. – Sądząc jednak z wypowiadanych przez nią słów, musiała to być rozmowa, ponieważ żona komentowała jego nieszczęsne wypowiedzi.

– Skąd panie wiedzą, że wypowiedzi były nieszczęsne? – Magdzie udało się wtrącić pytanie.

– Przecież to oczywiste! – wykrzyknęła Adela. – Gdyby mąż mówił sensownie, nie byłoby potrzeby ich komentowania.

– Pani nie jest mężatką, prawda? – zapytała współczującym tonem Jadwiga.

– Daj pani spokój, Jadwigo. Nie każda kobieta ma ochotę dźwigać taki krzyż. Nie w dzisiejszych czasach. Gdybym urodziła się dzisiaj, zdecydowałabym się na samotne macierzyństwo – oświadczyła matka Emilii.

– Ależ, Adelo, przecież sama mówiłaś, że Alojzy nie był złym mężem.

– Bo nie był, lecz moje życie zostało ograniczone w sposób, który nie doskwiera współczesnym kobietom. – Pociągnęła nosem, a było w tym tyle godności, że podobnego cudu mogłaby dokonać wyłącznie Beata Tyszkiewicz.

– Samotnej kobiecie nie jest łatwo znaleźć właściwego mężczyznę. Co przystojniejszy to gej, co poczciwszy to fajtłapa życiowa, a jak jest solidny, pracowity i do rzeczy, to impotent.

– Skąd ty to wiesz? – zdziwiła się Adela.

– Dużo czytam – oświadczyła Jadwiga.

– Proszę pań... – Żurkowski podjął nieudolną próbę naprowadzenia rozmowy na właściwe tory, jednak staruszki nie zwracały na niego uwagi.

– Rozmawiałyśmy ostatnio w kółku emerytalnym o kimś, kto by się nadawał dla naszej Emilki. Mówię ci, Adelo, że nie ma w czym wybierać. Co lepsza partia to zajęta i nic dziwnego, bo jak już kobieta trafi na przyzwoitego mężczyznę, którego nie ma ochoty zabić po tygodniu wspólnego mieszkania, to strzeże go jak skarb – i trzyma pod kluczem.

– Dlaczego szukałaś kogoś dla Emilki? – oburzyła się matka pisarki. – Przecież sama miała sobie poradzić.

– Oj, Adelo, przecież jak znajdzie mężczyznę, to będzie miała kolejną teściową. Musimy trzymać rękę na pulsie. Nie wiadomo, jakie babsko wejdzie nam do rodziny!

– A wiesz, Jadziu, że ty masz rację? Tak się skupiłam na Emilce, że zupełnie zapomniałam o tym aspekcie sprawy.

– Dlatego najpierw zrobiłam listę koleżanek z kółka, z którymi da się dogadać, a potem wypytałam je o synów. Porażka, Adelo, porażka. – Starsza Przecinkowa z ubolewaniem pokręciła głową.

– Może branie używanego towaru nie jest dobrym pomysłem... A właśnie! Lista! – zawołała Adela. – Proszę państwa, zrobiłyśmy listę osób, które miałyby motyw zabójstwa!

– Co proszę? – wyjąkała zaskoczona Magda, wytrącona z równowagi najpierw kierunkiem, w którym potoczyła się rozmowa, a następnie nagłym zwrotem akcji.

– Zrobiłyśmy listę ewentualnych zabójców – wyjaśniła niecierpliwie Adela. – Wprawdzie nie wiemy, jak się nazywają nogi z piwnicy, ale możecie zacząć prowadzić dochodzenie od drugiej strony.

– Jak będziecie mieć zabójcę i jego potencjalną ofiarę, to sprawdzicie, czy ta ofiara żyje – pouczała ich Jadwiga. – Jak nie natraficie na ślad żywej osoby, to może okaże się, że to nogi z piwnicy są ofiarą, i wtedy będziecie mieć zabójcę na talerzu.

– A nie przyszło wam do głowy – do rozmowy wtrącił się Kropeczek, który słuchał, zafascynowany dialogiem, zupełnie zapomniawszy, że on sam też jest na liście do odstrzału – że zabójca nie będzie trzymał trupa na własnym podwórku?

– Oczywiście, że tak. Wychowałam się z Agathą i tajemnica zamkniętego pokoju nie jest mi obca – oświadczyła z pogardą Jadwiga.

– Prababcia miała na imię Agata? – zdziwił się chłopak.

– Agatha Christie! Królowa kryminału!

– Nie znam… – wymamrotał zawstydzony.

– Herkules Poirot! Panna Marple! – wykrzyknęła Adela, równie zniesmaczona ignorancją wnuka.

– Też nie znam… – wyznał dzielnie Kropeczek, ze wstydu zapadając się pod ziemię.

– No wiecie państwo… Co ta młodzież teraz czyta? Czy w ogóle czyta?! – denerwowała się Jadwiga. – Bo jak młodzież nie czyta, to co zrobi Emilka, kiedy umrze pokolenie jej czytelników? Młode nie nadejdzie, bo jest skazane na analfabetyzm!

– Nie denerwuj się, Jadziu, przecież Emilka będzie wtedy na emeryturze.

– Joanna Chmielewska pisała do samego końca. – Ten argument był nie do pobicia.

– Joanna Chmielewska... No proszę cię! Kocham moją córkę, ale gdzie jej do Joanny Chmielewskiej!

– Jak zawsze masz rację, Adelo. Nasza Emilka nie jest Joanną Chmielewską.

– Pani Adelo, pani Jadwigo, lista. – Damian starał się mówić łagodnym tonem.

Od ubiegłego roku sporo się zmieniło. Starsze panie były nie do opanowania. Wówczas znacznie łatwiej było się z nimi porozumieć. Kropeczek umknął z kuchni gdzieś w okolicach przyszłej emerytury matki, oni musieli jednak pozostać. Służba nie drużba, a zastrzelić nieuzbrojonej staruszki nie wolno.

– A, tak, lista! Jadziu, podaj, proszę...

– Ja? Przecież to ty ją masz!

– Ja? Nic podobnego! Sama oznaczałaś iksem naszych nowych sąsiadów!

– Ale ty potem dopisałaś tego... Jak mu tam było... No, tego, co chodzi do Nowaczykowej, jak nie ma jej męża...

– Jego dopisałam już wczoraj, a ty iksowałaś dopiero dzisiaj! Mówię ci, że ty miałaś listę ostatnia!

Godzinę później Magda wraz z Damianem siedzieli w przytulnej kawiarence nieopodal komisariatu. Komisarz Rzepka zamówiła kawę z cynamonem i pączka, Damian najchętniej zamówiłby herbatę z „prądem", niestety, nie tylko prawo było przeciw niemu, ale i dobre obyczaje. Poprzestał więc na podwójnym espresso i rogaliku z dżemem. Oboje czuli potrzebę osłodzenia sobie życia po wizycie u Przecinków.

– Nie mam pojęcia, jak ta pani Emilia to znosi – westchnął Żurkowski, sypiąc solidną porcję cukru do kawy.

– Jej to chyba wszystko jedno. Kobieta żyje we własnym świecie – uznała Magda. – Zastanawiam się tylko, jak dzieciaki to wytrzymują.

– Nie mają na co narzekać. Chciałbym, żeby wszystkie nastolatki miały tylko takie problemy rodzinne jak stetryczałe babcie.

– A wiesz, Damian, że ty masz rację – powiedziała Magda, mrugając do niego.

Oboje parsknęli śmiechem. Chwile radości w ich pracy rzadko się pojawiały. Satysfakcja i owszem, zdarzała się nawet często, gdy dobrze wykonali swoją pracę i przestępca trafiał za kratki, ale radość? Ta zazwyczaj połączona była ze smutkiem, bo za każdym przestępcą stał sznur pokrzywdzonych, a w ich nowej sprawie zginął człowiek. Dla nich wprawdzie to tylko NN, lecz dla kogoś innego mógł być całym światem.

– Wiesz, że babcie mogą mieć rację? Sami zakładaliśmy, że któryś z mieszkańców miał coś wspólnego z naszym NN. Jakie są szanse, że ktoś obcy porzucił ciało w piwnicy tego budynku, nie mając dostępu do tej piwnicy?

– Może jakiś były lokator? – zasugerowała Magda. – Mógł mieć dostęp do kluczy i liczył, że nikt go nie powiąże z zabójstwem.

– To jakiś pomysł – przyznał Damian, rozkładając na stoliku napisany starannymi literami wykaz potencjalnych sprawców, który w końcu znalazły staruszki.

Leżał sobie w przedpokoju i czekał, aż ktoś go zobaczy. Zgubiła go jedna ze starszych pań i gdy opuszczali mieszkanie, właśnie rozgorzała nowa kłótnia, tym razem o to, która z nich zawiniła. Zdaniem Damiana ta, co miała kartkę ostatnia, ale jako że kłótnia nie została rozstrzygnięta, uznał, że lepiej się nie wychylać i po prostu zwiać, nie ustalając szczegółów.

Magda poparła go bez słowa, za to dała mu solidnego kuksańca w plecy i popchnęła go w kierunku drzwi wyjściowych. Żadne z nich nie pożegnało się z właścicielką mieszkania. Uznali, że Emilia Przecinek powinna się wykazać zrozumieniem w tej kwestii. Kropeczek patrzył za nimi żałośnie, gdy wychodzili, ale cóż, przecież nie adoptują chłopaka.

– Ciekawe, na ile nam się to przyda. – Magda dźgnęła łyżeczką listę przygotowaną przez staruszki.

– Ostrożnie! – Damian przesunął kartkę bliżej siebie. – Muszę przyznać, że ten spis ma ręce i nogi, pod warunkiem że to prawda, a nie ich wymysły czy też pobożne życzenia.

– Tak? Wiedzą, kto zabił Kennedy'ego?

– Tak, wiedzą, tylko każda ma inną teorię, więc nie będę pytał, bo rozpętam trzecią wojnę światową – zażartował, minę jednak miał poważną.

Magda wprawdzie pokpiwała ze staruszek, ale oboje nieraz się przekonali, że takie ciche, nieszkodliwe starsze panie są doskonałym źródłem informacji.

– No dobra, co tam masz? – Poddała się teraz.

I tak nie mieli lepszego punktu zaczepienia. Żadnego z mieszkańców nie brakowało. Nikt też nie przyznał się do znajomości z NN, czyli denatem. Dopóki nie ustalą, kim był zabity mężczyzna, nie mogą prowadzić śledztwa przeciwko wszystkim osobom, które miały klucz do piwnicy.

– Na liście są trzy nazwiska z klatki, w której mieszkają Przecinkowie: Olejniczak, Storczyk, Nowaczyk. I ogromny X. Z klatki obok mam dwa nazwiska: Koperek i Kopidłowski.

– Stawiam na Koperka. Jest najmniej podejrzany. – Magda nie mogła sobie darować ironii.

– Rozmawiałaś z patologiem? Mamy czas zgonu?

– Żurkowski z jakiegoś powodu brał listę całkiem poważnie, więc komisarz Rzepka odpuściła sobie kolejne żarty. Sięgnęła po pączka.

– Tak, między dwudziestą drugą a pierwszą w nocy. Dokładniej się nie da. W piwnicy jest chłodno, więc...

– Wiem, wiem. Ale to nam wystarczy.

– Nie mów tylko, że coś masz... – powiedziała z pełnymi ustami, więc Damian nie był pewien, czy jego partnerka rozkaszlała się z powodu zaskoczenia czy też zachłyśnięcia.

– Z notatek wynika, że Olejniczak został uznany za podejrzanego, ponieważ jest pijakiem, a takiemu nie wiadomo co się może uroić pod wpływem alkoholu. Storczyka nie było w domu, bo nie widziały jego samochodu, a zawsze stawia wóz przed budynkiem, żeby widzieć auto z okna. Jeśli wrócił do domu, musiało to być po dwudziestej trzeciej, bo o tej godzinie poszły spać, więc nie wiadomo, co robił w nocy.

– Co takiego?! Pokaż! – Chciała mu wyrwać kartkę, ale Damian był szybszy. Odchylił się na krześle i czytał dalej: – Nowaczyk ma rogi, mógł się o tym dowiedzieć, ale rysopis nie pasuje do ofiary, więc zrobiły tu znak zapytania. Żona zdradzała go z monterem, więc garnitur nie pasuje. Nie wiedzą nic o X, więc nie mogą tamtego wykluczyć.

– Zmyślasz...

– Niestety, nie. Koperek siedział w więzieniu. Nie wiedzą, za co, ale z takim, cytuję: „Nigdy nic nie wiadomo".

– Wzięły pod uwagę, że same mają w rodzinie przestępcę?

– Pewnie dlatego wpisały biednego Koperka na listę. Kopidłowski jest bardzo nieuprzejmy, krzyczał na żonę, burknął na Adelę, gdy zwróciła mu uwagę za plucie na chodnik.

– Fuj! – Magda się skrzywiła. – Ja też nie znoszę tych charczących, plujących...

– Spróbujmy pokazać babciom zdjęcie naszego NN. Z opisu mogły go nie poznać, ale ze zdjęciem sobie poradzą. – Żurkowski był tego pewien.

– Jeśli go widziały.

– Jeśli był tam wcześniej, jestem przekonany, że tak. – Parsknął śmiechem. – Słuchaj teraz: pozostali sąsiedzi po dwudziestej drugiej byli w domu. Widziały ich wracających lub ich samochody były zaparkowane pod budynkiem w widocznym miejscu. To nie wyklucza, że są podejrzani, ale ich żony powinny wiedzieć, co robili mężowie, bo czujna żona zawsze wszystko wie, więc radzą nam porozmawiać z żonami.

– Zmyślasz! – Magda oblizała palce.

– Niestety, nie. Dobrze, że w tym apartamentowcu są tylko dwie klatki.

– I tak podejrzanych mamy całkiem sporo, bo, niestety, choć nasze panny Marple uważają inaczej, nie możemy wykluczyć kobiet. Facet dostał w głowę młotkiem, a w dzisiejszych czasach panie też potrafią wbijać gwoździe.

– Może powinniśmy poprosić, żeby poszerzyły listę?
– Na razie nie. Wystarczy zdjęcie. Nie potrzebujemy, by panny Marple odwalały za nas całą robotę. Czekaj, coś mi przyszło do głowy... – Magda z kieszeni spodni wyjęła notes w czarnej oprawie, wertowała go chwilę. – Mam! Storczyk. Zeznał, że cały wieczór spędził w domu. Żona to potwierdziła, a zdaniem naszych babć wrócił bardzo późno. Myślę, że możemy od tego zacząć. Od tego felernego alibi.

Emilia znowu nie miała nastroju do pisania. Tego dnia nie mogła zrzucić winy na ból głowy, bo ten minął bezpowrotnie. Mdłości też zniknęły jak kamfora, a światło nie porażało swoją jaskrawością. Staruszki jak na złość siedziały cicho jak mysz pod miotłą, Kropeczek poszedł do szkoły i nawet nie trzeba było go zmuszać. Kropka... no cóż, Kropka jak zawsze żyła swoim życiem.

– Hm. Chyba czuję się porzucona – mruknęła do siebie, z nieskrywaną niechęcią pod własnym adresem. – Co z ciebie za człowiek, Emilio – mówiła dalej. – Prawie że w twojej piwnicy znaleziono trupa. Doznałaś traumatycznego przeżycia, którego nie pamiętasz, ale powinnaś być emocjonalnie rozbita, bo to jednak trauma, i sam fakt, że jej doznałaś, jest powodem, dla którego powinnaś być kłębkiem nerwów, a jedyne, na co cię stać, to obgryzanie paznokci? Co z tobą jest nie tak, kobieto?

Rozmowa z samą sobą z definicji jest monologiem, toteż Emilia nie spodziewała się odpowiedzi. Doskonale ją znała, ale póki nie wypowiedziała jej na głos, mogła

107

udawać, że wcale nie jest śmierdzącym leniem, a także ograniczoną emocjonalnie mimozą, tudzież nie ma natchnienia i już nigdy nic nie napisze.

– Okej, jestem śmierdzącym leniem – zdecydowała głośno.

Nie był to powód do dumy, tylko że pozostałe opcje nie odpowiadały jej jeszcze bardziej.

– Nie chce mi się pisać. A dlaczego mi się nie chce? Przecież zawsze mi się chciało. Nawet jak jadę autem, to w mojej głowie dzieją się różne rzeczy. Teraz też się dzieją, choć zupełnie nie te, których potrzebuję. Może powinnaś się skoncentrować, Emilio? – zaproponowała, uznając to za całkiem rozsądne rozwiązanie.

Tylko jak tu się skoncentrować, gdy jest się samotną kobietą z trupem w piwnicy?

– Aha! Jednak czuję się rozbita emocjonalnie – oświadczyła z triumfem, dokonawszy analizy swojego stanu duchowego.

Zamknęła laptop i pomaszerowała do matki i teściowej. Nie potrafiła jednoznacznie sprecyzować, dlaczego nogi ją poniosły w tym, a nie innym kierunku, ale podświadomość przejęła nad nią kontrolę.

Obie starsze panie siedziały w kuchni, gdzie urządzano większość nasiadówek. Z kuchennego okna miały najlepszy widok na klatki schodowe, parking, a i herbata była pod ręką.

– Co porabiacie? – zapytała pogodnie, biorąc kubek z szafki nad zlewozmywakiem.

Zajęła miejsce za stołem, na którym stał dzbanek świeżo zaparzonej herbaty. Adela i Jadwiga nie uznawały innej, co było jednym z nielicznych plusów mieszkania pod jednym dachem z matką i teściową.

108

– Fuj! Rumiankowa! – Skrzywiła się, wziąwszy do ust pierwszy łyk.

To był jeden z licznych minusów mieszkania pod jednym dachem z matką i teściową. Nigdy nie wiedziała, co znajdowało się w dzbanku. Rumianek. Melisa. Czystek. Pokrzywa.

– Jest bardzo zdrowa. Pij – poleciła jej surowo Adela.

Tego dnia miała na sobie turkusowy dres. Emilia musiała przyznać, że z tymi jasnymi włosami matce do twarzy było w takich kolorach, choć wydawały się dość jaskrawe. Ona sama miała na sobie beżowe haremki i koszulkę z krótkimi rękawami, w geometryczne wzory, oraz klapki. Była w domu i chciała czuć się swobodnie, w przeciwieństwie do Jadwigi, która – choć miała złamaną nogę – siedziała na swoim wózku w spódnicy i rajstopach naciągniętych nawet na gips, oraz starannie odprasowanej różowej bluzce ze stójką.

– Co robicie? – Emilia usiłowała odwrócić od siebie ich uwagę.

– Nie powinnaś pracować? – zapytała Jadwiga, uśmiechając się ciepło.

Emilia przestała oddychać. Teściowa uśmiechała się do niej na różne sposoby. Jadowicie – kiedyś. Z dumą – obecnie. Najczęściej jednak podstępnie. Prawdziwy, ciepły uśmiech zdarzał jej się wyłącznie, gdy patrzyła na wnuki. Zatem dwie harpie uknuły coś strasznego. Przynajmniej morderstwo.

– Co zrobiłyście? – zapytała, nerwowo rozglądając się dokoła, jakby zaraz miał się tu zmaterializować zawodzący duch i wskazać ją palcem jako główną winowajczynię.

– My? – zdziwiła się Adela.

– W jakim sensie zrobiłyśmy? – dociekała Jadwiga, tym razem uśmiechając się jakby niepewnie.

Emilia zajrzała pod stół. Tam trupa nie było. W szafkach by się nie zmieścił.

– Nie wiem, w jakim, ale wiem, że coś kombinujecie. Ostrzegam, że… – urwała. Jadwiga patrzyła na nią z niebotycznym zdumieniem, Adela z nieskrywaną irytacją.

– Wyjdę za mąż i się wyprowadzę!

– Też mi coś! – Matka prychnęła wzgardliwie. – Ucieczka z domu w małżeństwo jeszcze nikomu nie wyszła na dobre. Za stara jesteś na takie numery.

– Na twoim miejscu nie pchałabym się drugi raz w małżeństwo. Dziś modne są wolne związki. Musisz iść z duchem czasu, Emilko – poradziła jej teściowa.

Teraz miała pewność. Uplotły pajęczą sieć, w którą zaraz ktoś wpadnie.

– Obiecuję, że nie będę się denerwować. – Spróbowała podejść je z drugiej strony. Skoro nie pomogła groźba, zostało przekupstwo. Na prośbę nie ma co liczyć, to nigdy nie działało. – Nie mam głowy do pisania. Muszę czymś zająć myśli. Jak mi powiecie, co wymyśliłyście, to zabiorę was na kolejne spotkanie autorskie – obiecała.

Oczywiście ani drgnęły, ale Emilia zbyt dobrze je znała, by uwierzyć, że propozycja nie zrobiła na nich wrażenia. Całkowity brak reakcji świadczył o tym, że w ich głowach rozpoczęła się właśnie szaleńcza gonitwa myśli połączona z próbą telepatii. Adela sięgnęła po dzbanek, Jadwiga przysunęła bliżej niej swój niemal pełen kubek herbaty…

Tak! Dokładnie w tym momencie nastąpiła szybka wymiana spojrzeń. Jednocześnie matka delikatnie uniosła brwi, a teściowa na chwilę zacisnęła usta.

Miała je! Tak się to robi! – chciała krzyknąć, lecz, rzecz jasna, nie mogła.

– Tak jakby prowadzimy własne dochodzenie – wyjaśniła z westchnieniem Adela, dając córce do zrozumienia, że sam fakt, iż z nią rozmawiają, stanowi zaszczyt, którego ona, Emilia, nie potrafi docenić.

– Dochodzenie?

– Niezupełnie dochodzenie. Nie takie policyjne. Tylko takie... nasze. – Łaskawie zabrała głos Jadwiga.

– Dochodzenie? W jakiej sprawie? – dociekała Emilia.

Staruszki ponownie wymieniły spojrzenia, tym razem zupełnie otwarcie.

– Jakie dochodzenie?

– Kochanie, pamiętasz tego trupa, na którego natknęłaś się w piwnicy? – zapytała bardzo łagodnie Adela.

Ostatni raz zwróciła się do niej w ten sposób, gdy zmarł ojciec i zawiadomiła ją o jego śmierci. Z tego, co Emilia pamiętała, matka powiedziała mniej więcej tak: „Kochanie, pamiętasz, że tata ma urodziny za dwa tygodnie? Mam nadzieję, że nie kupiłaś prezentu, bo za trzy dni mamy pogrzeb. Lepiej kup ładne kwiaty".

Emilia rozumiała, że matka była w szoku, głównie dlatego, że ojciec zmarł w sposób wyjątkowo bezczelny, nie pytając o pozwolenie. Niemniej trudno jej było wówczas zdobyć się na wyrozumiałość. Tym razem nic nie uzasadniało tego tonu. Adela nie była w szoku, przecież nie miała ku temu żadnego powodu. Nie miała, prawda? Prawda? Niech ktoś powie, że prawda! – Czuła, że robi jej się słabo.

– Zaraz zemdleję. Znowu. Nie mówcie mi tylko, że moje dzieci miały coś wspólnego z tymi martwymi nogami – błagała.

111

Jej oszołomiony umysł doszedł do wniosku, że skoro Adela jest w szoku, musi chodzić o wnuki. To jedyne wyjaśnienie.

– Emilio! Ty się weź w garść! – surowo poleciła Jadwiga.

– Jak mogłaś choć przez chwilę pomyśleć, że moje wnuki zrobiłyby coś tak potwornego!

– A co miałam pomyśleć? Matka mówiła takim łagodnym tonem, że aż...

– No tak... Jestem w stanie zrozumieć twoją konsternację. Adeli nie zdarza się to zbyt często. Dzieci nic nie zrobiły, o to możesz być spokojna – zapewniła ją uroczyście teściowa.

– Nie wiem, w kogo ty się wdałaś. – Adela doszła do wniosku, że nie ma co się roztkliwiać nad córką. Matczyna czułość jej szkodzi. – Dobrze, że nie piszesz powieści kryminalnych, bo pewnie zapomniałabyś stworzyć postać mordercy. Prowadzimy własne dochodzenie w sprawie tego anonimowego trupa!

– Ale dlaczego? – zdziwiła się Emilia.

– Jak to, dlaczego? – oburzyła się Jadwiga. – W naszym apartamentowcu mieszka morderca, a policja przyszła, popytała, nikt się nie przyznał, więc sobie poszła. My nie możemy żyć w takich warunkach! Czyż można wiedzieć, kto będzie następny! Strach wyjść z domu!

– Przecież ty nie wychodzisz z domu. – Emilia wskazała na gips.

– Już wiem, w kogo się wdałaś. W ojca – podsumowała krótko Adela. – Po pierwsze, Jadzia nie ma gipsu dożywotniego, tylko kilkutygodniowy. Po drugie, w tym budynku mieszka morderca! To może być nasz własny sąsiad! Czy ty to rozumiesz?!

– Nie jestem pewna – przyznała dzielnie Emilia. – Dlaczego to musi być nasz własny sąsiad? Może cudzy?

– To jak tu wszedł? – zapytała Jadwiga. – No jak? Policja też uważa, że to ktoś z nas. Wszyscy jesteśmy podejrzani.

– Czy to nie tytuł jakiejś książki? – zadumała się Emilia.

– Owszem, ale z tego, co widzę, nie dla ciebie. Ty, dziecko, lepiej idź i sobie pisz. – Adela machnęła ręką, odganiając ją jak nieznośną muchę.

– Jakbym mogła pisać, tobym z wami nie rozmawiała – odparła Emilia, nie zważając na to, jak mogą być odebrane jej słowa. – Zgadzam się na wszystko. Jak sąsiad, to sąsiad. Pytanie, który?

– Gdybyśmy wiedziały który, nie zawracałybyśmy sobie głowy prywatnym dochodzeniem. – Adela nie była przekonana, czy jest sens dopuszczać córkę do konspiracji.

Jadwiga nic nie powiedziała. Nadal powtarzała w myślach słowa synowej, gotowa się obrazić, ale skoro Adela tego nie zrobiła, może nie było w nich nic obraźliwego, a ona tylko się czegoś takiego dopatruje jak koszmarna teściowa z dowcipów.

– Nie lepiej zostawić to policji? – zasugerowała Emilia.

– Taki zabójca może być niebezpieczny. Jak się domyśli, że go podejrzewamy, to może nam coś zrobić.

– Aha! I właśnie o tym mówimy! – Adela uderzyła kulą o podłogę dla podkreślenia wagi swoich słów. – W tym domu, może tuż za ścianą, mieszka niebezpieczny przestępca, a ty to chciałaś zostawić policji. Policji, dobre sobie!

– No przecież mają jakieś sukcesy – broniła się dzielnie Emilia. – Cezarego złapali.

– My go złapałyśmy. My. Nie policja. Złapałyśmy i wydałyśmy w ręce policji. Dokonałyśmy obywatelskiego zatrzymania – uściśliła Jadwiga.

113

– Niby tak… – przyznała Emilia. Tyle tylko, że zamknięcie własnego, skacowanego męża w piwnicy nie było osiągnięciem, którym warto by się chwalić. – Polowanie na mordercę przypomina próbę schwytania skorpiona za ogon.

– Tygrysa – poprawiła ją Jadwiga.

– Nie widzę różnicy.

– Dziecko, jeśli ty nie widzisz różnicy między tygrysem a skorpionem…

– Mamo – Emilia przerwała jej stanowczo. – Dobrze wiesz, o co mi chodziło. Oba są tak jakby śmiercionośne. Lepiej powiedzcie, kogo podejrzewamy. – Poddała się.

– Więc nam pomożesz? – ucieszyła się teściowa.

– Skoro nadal tu siedzę i biorę udział w tej absurdalnej rozmowie, to widać tak. Kogo podejrzewamy?

– I tu mamy problem. Dałyśmy listę temu Żurkowskiemu. Ale jest tak jakby niepełna.

– Niepełna – potwierdziła uroczyście Jadwiga.

– Nie uwzględniłyśmy kobiet.

– Nie uwzględniłyśmy – zawtórowała jej Jadwiga.

– A powinnyśmy.

– O tak, zdecydowanie powinnyśmy.

– Czy ja też jestem na tej liście? – zapytała niepewnie Emilia.

– Nie. Ty byłaś w domu. Po tej nieudanej randce. Masz murowane alibi – zapewniła ją teściowa.

Adela twierdząco kiwała głową. Emilia wolała nie wnikać, skąd harpie mają pewność, że randka była nieudana. Odnosiła niejasne wrażenie, że mogła coś o tym wspomnieć, jednak nie miała pewności. Wstrząs mózgu, środki przeciwbólowe, nie wiadomo, do czego jeszcze mogła im się przyznać albo co powiedziała. Zdawała sobie sprawę, że jej zachowanie w ostatnich dwóch dniach mogło tak jakby odbiegać od normy, co nie byłoby problemem, gdyby nie ten przystojny policjant. Na szczęście jest gejem, więc nie warto się przejmować relacjami damsko-męskimi. A szkoda. Z nim chętnie by się umówiła, gdyby ją zaprosił na randkę. Ale nie zaprosi, bo niby po co? Znajomych kobiet to on ma pewnie na pęczki, a ona potrzebuje seksu. Do książki, rzecz jasna. Tylko do książki. Wprawdzie nie ma pośpiechu, bo w tej chwili problem się rozwiązał dzięki złamanym żebrom Marka, była jednak pewna, że przy kolejnej Wieśka jej nie daruje.

– Co mówiłyście? – Emilia uświadomiła sobie, że odpłynęła myślami, a usta matki i teściowej poruszają się w tym samym rytmie.

– Tak jak myślałam. Emilia, ty w naszym dochodzeniu będziesz zupełnie bezużyteczna! – stwierdziła Adela.

– Niekoniecznie… – zaprotestowała słabo jej córka.

– Zależy, co miałabym robić.

– Myśleć! – wysyczała Jadwiga.

– Z tym rzeczywiście może być problem – przyznała się dzielnie Emilia. – Moje umiejętności dedukcji nie są na najwyższym poziomie. Jestem raczej typem kreatywnym.

– Jakim? – zdumiała się teściowa.

– Ona żyje z wymyślania, a nie z myślenia – wyjaśniła zjadliwie Adela. – Córcia, doceniam twoją umiejętność wykorzystywania tak niecodziennego talentu, ale ty się nam nie przydasz. Ty lepiej idź i sobie pisz. Jak nie masz natchnienia, to je znajdź. – Poklepała ją po głowie jak psa i dodała: – A herbatkę możesz sobie zabrać.

Kilka minut później Emilia siedziała na powrót przy swoim biurku, zachodząc w głowę, jak to się stało, że w wieku niemal czterdziestu lat znów została wyprawiona przez matkę do pokoju jak czteroletnie dziecko. Tym razem przynajmniej nie kazano jej przemyśleć swojego zachowania.

Chyba zawsze będziemy dziećmi swoich matek, pomyślała nostalgicznie. Spojrzała z żalem na tekst powieści, potem jeszcze raz, z wyrzutem, następnie otworzyła swój profil na portalu, by sprawdzić, czy przypadkiem nie napisał do niej jakiś zwyczajny, miły facet, który będzie ją lubił taką, jaką jest. Ikona feministek nie wpadła jeszcze na to, że wcale nie musi czekać, aż ktoś do niej napisze, czy też zaprosi ją na randkę. Przecież sama mogła zrobić pierwszy krok.

Żurkowski wraz z Rzepką czekali, aż pani Storczyk otworzy drzwi. Oboje wiedzieli, że czepiają się brzytwy, jednak z raportów techników kompletnie nic nie wynikało. Na miejscu znalezienia zwłok nie wykryto żadnych śladów. Patolog, poza widocznymi na ciele obrażeniami, nie dostrzegł żadnych oznak przenoszenia czy przeciągania zwłok, tudzież wykonywania innych czynności poza tymi, które doprowadziły do śmierci mężczyzny.

Ślady pobicia określił jako powstałe kilka godzin przed zgonem. Nie był jasnowidzem, nie mógł więc stwierdzić, czy zostały zadane przez tę samą osobę, która potem solidnie przywaliła facetowi młotkiem. Żurkowski cieszył się, że przynajmniej tego młotka był pewien, ale dla policjantów określenie narzędzia zbrodni byłoby rzeczywiście pomocne, gdyby pozwolono im sprawdzić wszystkie piwnice. Żyjemy w państwie prawa i sprawiedliwości – podobno, chociaż coraz więcej osób ma co do tego wątpliwości – toteż nie mogli tak po prostu bez uzasadnionej przyczyny przeszukać wszystkich piwnic i mieszkań. Jedyne, co mogli zrobić, to prosić o dobrowolne okazanie młotka.

– Witam panią – przywitał się uprzejmie Żurkowski z kobietą, która otworzyła drzwi.

Storczykowa miała około czterdziestu lat. Z tego, co wiedział, nie pracowała, a sądząc po wyglądzie, nie robiła zupełnie nic, zwłaszcza ze sobą. Jeśli to jej mąż był sprawcą piwnicznego zabójstwa, na pewno nie chodziło o zdradę małżonki. Pani Storczyk nie należała do atrakcyjnych kobiet. Żurkowski na ogół nie oceniał ludzi po wyglądzie, ale skoro ktoś około jedenastej rano chodzi w poplamionym szlafroku, ma tłuste włosy z odrostami, a zapach potu jest raczej nieprzyjemny, to trudno nie pokusić się o ocenę.

– Aspirant Żurkowski, a to...

– Pamiętam państwa. O co chodzi? – przerwała mu niegrzecznie kobieta, opierając się o futrynę.

– Zeznała pani, że mąż w dniu zabójstwa wrócił do domu około dwudziestej.

– Tak było, a co?

– Mamy świadków, którzy twierdzą, że po godzinie dwudziestej drugiej pani męża jeszcze nie było.

– Tak? – zdziwiła się. – A skąd niby mieliby to wiedzieć?

– O której mąż wrócił do domu? – zapytała komisarz Rzepka. – Pouczam, że może pani odmówić odpowiedzi...

– Niby czemu? – zdziwiła się jeszcze bardziej. – Mąż wrócił do domu, jak powiedziałam. Chyba pani nie myśli, że w nocy latał po piwnicy i ludzi mordował?

– Świadkowie twierdzą, że po dwudziestej drugiej samochodu pani męża nie było na parkingu.

– Bo był w warsztacie, a mąż wrócił do domu taksówką. Jeśli te dwie stare wariatki go przegapiły, to nie moja wina. – Wzruszyła ramionami.

– Aha… – bąknęła Magda. – Skąd pomysł, że…

– Że to te dwie coś nagadały? A niby kto inny?

– Nie możemy zdradzać źródła informacji – łagodnie poinformował ją Żurkowski.

– My spokojnie żyjemy, więc niech sobie gadają, co chcą.

– Może byłaby pani uprzejma spojrzeć na to zdjęcie? – Żurkowski wyjął z teczki fotografię martwego mężczyzny. Jeśli go znała, powinna rozpoznać. Ślady pobicia na twarzy nie zniekształcały rysów.

– Czemu nie? – Wyciągnęła rękę po zdjęcie. Przyglądała się chwilę uważnie, po czym oddała je, mówiąc: – Nie, nigdy go nie widziałam. Coś jeszcze?

– Na razie to wszystko. Dziękujemy. – Magda skinęła jej uprzejmie głową i pociągnęła Damiana za sobą.

– Nie sprawdzamy pozostałych sąsiadów? – zapytał, gdy szli po schodach.

– Na razie nie. Zacznijmy od Jadwigi i Adeli. To, że przegapiły powrót Storczyka, nie znaczy, że nie widziały naszego NN. I tak nie mamy żadnego punktu zaczepienia – oświadczyła.

Tak jak jedna jaskółka nie czyni wiosny, tak samo nie uważała, by jedna wpadka przekreślała sąsiedzkie źródło informacji.

– Hm… – Emilia z silnie zmarszczonym czołem przeglądała profil Tadeusza K.

Tadeusz K. wydawał się miłym, sympatycznym mężczyzną. Twierdził, że ma czterdzieści dwa lata i na zdjęciu rzeczywiście wyglądał na tyle, co było miłą odmianą po panu Mniej-Więcej, jak nazywała w myślach swoją pierwszą internetową randkę. Lubi sport, film, książki. Wysportowany i kulturalny, pomyślała, ale kto może wiedzieć, jak to jest w rzeczywistości?

Ja też lubię sport – jazdę figurową na lodzie, a na pospolitych wrotkach nie potrafię się poruszyć. Może powinnam z nim porozmawiać, nim się spotkamy? – zastanawiała się. Zrobić wstępną selekcję? Kurczę pieczone, zżymała się, tak to jest, jak się pochodzi z pokolenia, które spotykało się z ludźmi w realnym świecie, a nie na Facebooku. Jak chciałam pogadać z koleżanką, to umawiałam się na kawę, a nie na Skypie.

Koniec końców Emilia doszła do wniosku, że nie stać jej na marnotrawienie czasu. Powinna pisać książkę, a nie listy przedmiłosne. Świadoma swojej naiwności uznała, iż lepiej rozczarować się natychmiast, i to osobiście, niż nabić sobie głowę złudnymi nadziejami i dopiero potem rozczarować się osobiście. Pierwsza opcja będzie znacznie mniej rozczarowująca niż ta druga. Im mniejsze oczekiwania, tym mniejszy żal, a większa niespodzianka, pomyślała.

Witam, Tadeuszu, ja również preferuję osobiste spotkania. Gdzie i kiedy chcesz się spotkać? Pozdrawiam. Emilia.

– Tak to się robi! – oświadczyła głośno wszem wobec, odnosząc wrażenie, że kogoś cytuje. Jasna ciasna, czy człowiek popełnia plagiat nawet wówczas, gdy mówi sam do siebie? Czy można wymyślić coś, czego jeszcze nie wymyślono? Artyści mają przerąbane.

Wieśka przeskakiwała po dwa stopnie. Sporo ludzi przemieszcza się w ten sposób, ale niewielu robi to z takim wdziękiem na dwunastocentymetrowych obcasach. Większość nie potrafi również w takich butach prowadzić auta, ale Wieśka i w tym osiągnęła pełną perfekcję. Z parkowaniem jedynie miała kłopot, chociaż nie za sprawą obuwia, tylko ograniczonej liczby miejsc parkingowych w mieście. Ludzie narzekają na biedę, a samochód za samochodem w korku stoi, pomyślała, i jeszcze miejsce mi zajmuje.

– Skarbie ty mój najukochańszy!

Wpadła do kuchni jak torpeda, a tam zatrzymała się jak słup soli na widok dwóch harpii i towarzyszących im znajomych policjantów. Zakołysała się na obcasach, odzyskała równowagę i oświadczyła radośnie:

– To nie o was ani do was. Ja do Emilii! Dlaczego nie zamykacie drzwi na klucz?

– Drogę znasz. – Adela z kwaśną miną dźgnęła palcem w kierunku sufitu. – A upiory przenikają przez ściany, więc zamknięte drzwi i tak nie pomogą.

– No to pa! – krzyknęła Wieśka i pognała dalej.

– Proszę wybaczyć. – Jadwiga uśmiechnęła się do Żurkowskiego.

– Przecież nie miałam na myśli ich, tylko ją! – powiedziała Adela.

– Przecież wiem, że nie nazwałaś policji upiorami. Nie przepraszam za ciebie, tylko za to nagłe najście Wieśki. Ona zawsze pojawia się w nieodpowiedniej chwili i nawet nie potrafi się zachować! – zirytowała się urażona posądzeniem Adeli Jadwiga.

– Och – stropiła się Adela. – Wybacz, proszę, źle cię zrozumiałam.

– Jak zawsze – burknęła bynajmniej nieugłaskana Jadwiga. Wyprasowanie koszuli, siedząc na wózku inwalidzkim, nie jest łatwe, do tego wlazł jej jakiś przykurcz szyi. Jeszcze godzinę temu było to jedynie lekkie podrażnienie, a teraz mogła głowę odwracać tylko w lewo, co było wyjątkowo irytujące, gdy jej rozmówca siadał po prawej stronie.

– No teraz, Jadwigo, to zdecydowanie przesadzasz. Drobne nieporozumienia traktujesz bardzo osobiście!

– Szanowne panie wybaczą, ale mamy pilną sprawę – przerwał im zdecydowanie Żurkowski. Z doświadczenia wiedział, że takie wymiany zdań między staruszkami mogą trwać w nieskończoność i osiągać różne natężenie emocjonalne. Im bardziej się rozkręcą, tym trudniej będzie je opanować, toteż interweniował, póki jeszcze była na to szansa. – Mieliśmy nadzieję, że okażą panie pomoc.

– Pomoc? – nieufnie zapytała Adela. – Wczoraj nie byli państwo zainteresowani naszą pomocą.

– Wręcz przeciwnie – odezwała się równie zdecydowanie Rzepka. – Z całą uwagą przestudiowaliśmy listę podejrzanych otrzymaną od pań i porównaliśmy z naszymi notatkami. Przed chwilą rozmawialiśmy z panią Storczyk.

– Aha! – wykrzyknęła triumfalnie Adela.

– Bardzo chętnie pomożemy policji – łaskawie oświadczyła Jadwiga, zezując w kierunku tego przystojnego policjanta siedzącego po jej prawicy. W końcu skupiła wzrok na komisarz Rzepce, która siedziała naprzeciwko niej, i dodała: – Pani również.

Magda nie była pewna, jak ma interpretować te słowa.

– Przyznała się do kłamstwa? – dociekała zaciekawiona Adela.

– Pan Storczyk wrócił do domu w okolicach dwudziestej. Samochód był w warsztacie – wyjaśnił Damian. Zasadniczo nie dzielił się ze świadkami informacjami, ale odrobina uprzejmości nie zaszkodzi.

– Och – stropiła się Adela. – Jadwigo, co my wtedy robiłyśmy?

– Nie jestem pewna… Już wiem! O dwudziestej piętnaście emitują ten serial o…

– Masz rację, Jadwigo! To wszystko przez serial! Mam nadzieję, że nie gniewają się państwo, że wprowadziłyśmy was w błąd? Jeśli to ułatwi państwu pracę, jedna z nas może oglądać powtórki – zaproponowała.

– Dziękuję, nie ma takiej potrzeby – pośpiesznie zapewniła je Magda.

Nie chciałaby prowadzić dochodzenia w sprawie śmierci jednej z nich. Mogłaby nie wypełniać należycie swoich obowiązków, solidaryzując się ze śledzonymi, podsłuchiwanymi i nagabywanymi sąsiadami.

– Mamy zdjęcie ofiary. Może panie rozpoznają naszego NN. Czy u kogoś bywał?

– Tak, liczymy na panie. – Żurkowski wyjął zdjęcie z teczki i położył je na stole.

Obie staruszki natychmiast rzuciły się na fotografię, ale Adela była szybsza. Jadwiga zmierzyła ją złym spojrzeniem, oczy jej się zaszkliły. Nie dość, że była unieruchomiona przez złamaną nogę, to jeszcze ten przykurcz szyi. Zdjęła okulary i zaczęła przecierać je chusteczką wyjętą z kieszeni spódnicy. Nikt nie zwrócił uwagi, gdy ukradkiem otarła łzę, po czym na powrót włożyła okulary na nos. Adela niczego nie zauważyła. Wciąż miała utkwiony wzrok w zdjęciu.

– Zawiesiłaś się? – zapytała zgryźliwie starsza pani Przecinek, by odreagować nagłe poczucie osamotnienia, które zupełnie niespodziewanie ją dopadło.

Nie do końca wiedziała, co oznacza to wyrażenie, ale Kropeczek często używał go w odniesieniu do stanu zapaści, niekiedy zdarzającej się jego komputerowi. Uznała, że będzie adekwatne, gdyż Adela wyglądała teraz, jakby zamarły jej wszystkie funkcje życiowe.

– Myślę – odwarknęła, spoglądając na Jadwigę ze złością.

– A co tu myśleć? Albo go widziałaś, albo go nie widziałaś! Lepiej mi pokaż! – Wyciągnęła rękę, ale tamta nie zamierzała oddać zdjęcia.

– Myślisz, że taki poobijany umarlak wygląda tak samo jak żywy człowiek? Muszę się dobrze przyjrzeć – odparowała, nerwowo mrugając do Jadwigi okiem.

– A tobie co? – zdziwiła się Jadwiga.

– Mnie?

– Oko ci lata.

– Mnie nic nie lata, a tobie język bezustannie – odcięła się Adela. – Zdenerwowałaś mnie i tyle.

– Ja? – zdumiała się Jadwiga.

– A widzisz tu kogoś innego?! – zaperzyła się matka pisarki.

Zdumiona Jadwiga spojrzała na siedzącą naprzeciw niej komisarz Rzepkę, po czym próbowała zerknąć na Żurkowskiego, ale się nie udało, więc po prostu wskazała na niego palcem.

– Innego poza tobą, kto by mnie irytował? – uściśliła Adela. – I nie pokazuje się palcem. To niegrzeczne.

– Nie mogę odwrócić głowy, kretynko! – wysyczała wściekle Jadwiga, rozzłoszczona na dobre. – Gdybyś wyprasowała mi koszulę, jak prosiłam, nie musiałabym tak wysoko podnosić ramion! Mam jakiś przykurcz!

– Drogie panie… – próbował się wtrącić Damian, ale żadna ze staruszek nie zwróciła na niego uwagi.

– Masz! – Adela niespodziewanie wyciągnęła zdjęcie w kierunku Jadwigi. – Ja nigdy go nie widziałam! Jestem tego pewna! Teraz ty dobrze się zastanów, czy kiedykolwiek widziałaś tego mężczyznę!

Jadwiga śpiesznie zabrała zdjęcie i wbiła wzrok w twarz NN. Zmarszczyła brwi. Adela miała rację. Twarz umarlaka faktycznie wygląda zupełnie inaczej niż żywego, niemniej jednak jakim cudem tamta go nie rozpoznała?

– Przecież to… – Urwała nagle.

Oczywiście, że Adela go rozpoznała. Widziały oboje przez okno – tego mężczyznę i kobietę, z którą przyjechał. Komentowały głośno ich zachowanie, gdyż było dość nieprzyzwoite. Nie obnażali się ani nic z tych rzeczy, niemniej w cywilizowanym świecie okazywanie niektórych emocji powinno być ograniczone do sypialni, a ręce powinno trzymać się w kieszeniach własnych spodni.

– Tak? – podchwycił z nadzieją Żurkowski.

– Przecież to zdjęcie wygląda fatalnie. Czy można na nim kogoś rozpoznać? – zapytała z udawanym zawodem.

– Twarz wygląda, jakby była zrobiona z gipsu.

– Bo jest martwa – odparła Adela, z trudem ukrywając ulgę w głosie.

Jej towarzyszka zrozumiała delikatną sugestię, że ma się dobrze zastanowić, zanim cokolwiek powie głośno, choć akurat rada była raczej w formie przekazu telepatycznego niż werbalnego.

– No i owszem, ale żeby aż tak? – Jadwiga pokręciła głową z udawanym rozczarowaniem. – Nie da się jakoś poprawić zdjęcia?

– Na bardziej żywe? Nie sądzę. – Magda również nie kryła zawodu. Przez moment miała nadzieję, że staruszki coś widziały, ale praca policjanta nie jest taka prosta.

– Na razie dziękujemy paniom. Obejdziemy pozostałych mieszkańców. Może ktoś coś zauważył.

– Może warto przesłuchać panią Emilię – zasugerował Damian. Partnerka spojrzała na niego kpiąco. – A może i nie – poddał się.

– Tak, nasza Emilka jest bardzo roztargniona.

– I jak na pisarkę mało spostrzegawcza.

– Nie znaczy to, że brak jej inteligencji.

– Och, nie, wręcz przeciwnie. Czasami nawet sama nie wie, skąd tyle rzeczy wie.

– Ale tego akurat nie wie.

– Tego, to znaczy NN. Ona nie ma pamięci do twarzy.

– Uwierzy pan, że na jednym ze spotkań po raz trzeci w ciągu kwadransa przedstawiła się tej samej osobie?

– A jak daje autograf, to na każdej książce jest inna data, i to nie tylko kwestia daty dziennej.

– O nie, nawet rok potrafi wpisać nie ten.

– Taki jej urok.

– O tak, nasza Emilka jest zdecydowanie urocza.

– I wolna.

– Jadziu, tego pana nie interesują kobiety.

– No tak, zapomniałam, pan jest tym... no...

– Gejem.

– O właśnie, gejem. Czy jest pan szczęśliwie zakochany?

– Jadziu, nie wypada pytać o takie rzeczy!

– Dlaczego? Przecież nie jesteśmy fobami.

125

– Homo.

– Tym też nie jesteśmy – odparła z urazą Jadwiga. – Nie rozumiem, dlaczego wciąż mnie poprawiasz!

– O Boże! Wie pan, czasami nie mogę uwierzyć, że Emilka jest moją córką, a nie jej.

– Byłabym dumna!

– Od kiedy zaczęli ją wydawać!

– A co komu z autorki piszącej do szuflady?

– Nie mogę uwierzyć, że jesteśmy spokrewnione!

– Spowinowacone! A to nie to samo!

– Niby czym się różni spowinowacenie od spokrewnienia?

– Krewni nie mogą się pobierać, a powinowaci i owszem!

– Ale nie wszyscy! Tylko niektórzy!

– Za taką jędzę i tak bym nie wyszła, choćbym mogła!

– O czym my właściwie rozmawiamy? – zdumiała się nagle Adela.

– Nie wiem, ale to ty zaczęłaś!

Adela zgoła nieelegancko podrapała się po głowie. W tym momencie mimo różnicy w kolorycie wyglądała jak starsza wersja Emilii. To samo roztargnione, zagubione spojrzenie, co u córki, gdy ktoś odrywał ją od pisania i zmuszał do wkroczenia w świat rzeczywisty. Oko niby przytomne, ale umysł jeszcze jest tam, a nie tu.

– Myślę, że na nas już pora. Bardzo paniom dziękujemy. – Komisarz Rzepka otrząsnęła się pierwsza. Korzystając z chwili ciszy, która nagle zapadła, zwróciła się surowo do swego partnera, nadal wyglądającego na nieprzytomnego. – Aspirancie Żurkowski, proszę zabrać zdjęcie i wychodzimy.

126

– Tak jest – odparł służbiście, wykonując polecenie starszej stopniem koleżanki.

– Odprowadzę państwa – zaproponowała uprzejmie Adela.

– Proszę się nie fatygować. Miłego dnia. – Magda wreszcie poczuła, że przejęła kontrolę nad sytuacją.

Chwilę później za funkcjonariuszami policji kryminalnej zamknęły się z trzaskiem drzwi.

– Rany boskie! Czy to… – Jadwiga nie poznawała własnego głosu.

– Tak. – Adela również miała kulę w gardle.

– Jesteśmy debe coś tam – oznajmiła z podziwem Jadwiga.

– Że co?!

– Tak mówi Kropka, jak widzi w telewizji kogoś wyjątkowego, ale zapomniałam zupełnie, co było dalej.

– Aha… no to jesteśmy debe – przyznała zdławionym głosem Adela. – I co teraz robimy?

– Nie mam pojęcia… Musimy… Nie możemy…

Dezorientacja na twarzy Jadwigi zmusiła Adelę do podjęcia decyzji.

– Nie mamy wyjścia. Musimy powiedzieć Emilce. Ta decyzja należy do niej.

– Jesteś pewna? Czy nie mogłybyśmy same…

– Nie tym razem, Jadziu, nie tym razem. Życie Emilki może się zmienić w ułamku sekundy. Musimy działać natychmiast, zanim ktoś powie tej Kolanko prawdę.

– Może nikt go nie widział?

– Nie możemy się opierać na nadziejach, Jadziu, tylko na faktach. Musimy działać natychmiast. Idę do Emilki!

– A ja? – zapytała żałośnie tamta.

– A ty, Jadziu, nie możesz chodzić po schodach. – Uświa-
damiając sobie, jak obcesowo i bezdusznie to zabrzmiało, Adela uśmiechnęła się przepraszająco i powiedziała:
– Poproszę Emilię, żeby zeszła do nas, dobrze?
Tamta tylko pociągnęła nosem w odpowiedzi. Cóż tu
dużo mówić, była wzruszona.

Wieśka wyciągnęła się wygodnie na podwójnym łóżku
w sypialni Emilii. Było to centrum pisarskiego wszech-
świata autorki, która siedziała teraz przy biurku i czytała
umowę, sporządzoną przez agentkę.
– Kochana, jest dokładnie taka sama jak poprzednia.
Stawka identyczna, a doskonale wiesz, że jestem warta
każdego centa, jaki mi płacisz, a nawet więcej. Staję dla
ciebie na rzęsach i mrugam uszami. Jestem doświadczona,
zaangażowana i...
– Sama kazałaś mi dokładnie czytać wszystko, co
podpisuję, i to zanim podpiszę. Więc tylko stosuję się
do twojej rady – odparła spokojnie Emilia, nie patrząc
w stronę przyjaciółki.
– Jak tam sobie chcesz, kochana, jak chcesz. Wiedz,
że chociaż naprawdę śpieszę się niebotycznie, mam dla
ciebie ocean czasu, jeśli jest taka potrzeba. A jest?
– Im szybciej przestaniesz gadać, tym szybciej to prze-
czytam.
– No tak, jasne. To oczywiste. Jak tam najnowszy tekst?
Mamy seks?
– Nie mamy seksu.
– To niedobrze – zmartwiła się Wieśka. – A nie mamy
seksu, bo...?
– Marek złamał kilka żeber.

– To niedobrze... – Agentka cmoknęła. – Ale kiedyś mu się zrosną, prawda?

– Tak jakby... – Emilia się stropiła, bo problem seksualny pozostał nierozwiązany.

– Aha... Może chociaż jakiś epizodzik na koniec?

– Może... Niczego nie wykluczam. Gdy tylko Marek poczuje się lepiej...

– Kochana, odnoszę wrażenie, że problem nie tkwi w połamanych żebrach.

– Nie? – bąknęła autorka.

– Przecież sam z siebie się nie połamał.

– Spadł z drzewa, ratując kotka Agaty.

– Hm... A kto wysłał tego biednego kotka na drzewo?

– Hm... Sam wlazł? – Emilia doskonale wiedziała, dokąd zmierza Wieśka. – Właściwie nie mam zastrzeżeń do umowy. Zaraz ją podpiszę i...

– Dajmy sobie spokój z umową, teraz interesuje mnie tekst. Tekst, gdzie jest seks, a nie oferma ratująca kotka.

– Nie lubisz kotków? – spytała żałośnie Emilia.

– Lubię seks. Twoje czytelniczki też lubią. One chcą seksu, Emilio! Po co rycerz zabijał smoka?

– Żeby uratować dziewicę?

– Żeby ją zaliczyć! Nie wiem, jak to zrobisz, ale Marek ma natychmiast poskładać się do kupy i przelecieć Agatę!

– Ale ja...

– Chociaż nie, masz rację. Muszę to przemyśleć. Mamy inne czasy...

– Dzięki. – Pisarka odetchnęła z ulgą.

– Kobiety nie czekają już, aż mężczyzna walnie je maczugą w łeb i zawlecze do jaskini. Teraz to kobiety mają maczugi!

– Nie jestem pewna, czy rozumiem...

– Agata musi zrobić pierwszy krok.

– Że co?! – zdumiała się.

– Agata musi przelecieć Marka – zadecydowała Wieśka.

– Nie może! – zaprotestowała Emilia.

– Oczywiście, że może. Co ja mówię! Może? Powinna to zrobić! Kobieta ma prawo do seksu, Emilio! Ona ma prawo go chcieć, domagać się, żądać!

– To niemożliwe! – kategorycznie oświadczyła autorka romansów.

– Jak najbardziej możliwe. Agata jest nowoczesną kobietą, która...

– Agata jest wrażliwa i na pewno nie przeleci faceta z połamanymi żebrami! Niby jak miałaby to zrobić?!

– Delikatnie? – zasugerowała stojąca w drzwiach Adela.

Żadna z nich nie zauważyła, kiedy starsza pani pojawiła się w pokoju, toteż przez chwilę obie milczały, a potem nagle parsknęły śmiechem.

– No widzisz, nawet Adela uważa, że to możliwe – powiedziała Wieśka, gdy już ochłonęła i ostrożnie wytarła oczy.

– Nie zamierzam dociekać, co oznacza to „nawet" użyte pod moim adresem, ale mamy ważniejsze sprawy niż nieznana mi Agata i jej problemy seksualne.

– Agata jest bohaterką mojej najnowszej powieści – wyjaśniła Emilia.

– To cudownie, kochanie, że jakaś twoja bohaterka zamierza w końcu uprawiać seks. Powiem ci, że moje koleżanki z jogi uważają, iż twoim książkom przydałaby się odrobina pikanterii.

– No widzisz? Nawet siedemdziesięciolatka chce seksu! – zawołała rozpromieniona Wieśka.

– Gdybyś wiedziała, z czym przychodzę, tobyś się tak nie cieszyła – oświadczyła ponuro Adela. – Właśnie okłamałyśmy tego przystojnego policjanta.

– A co? Pytał, ile macie lat czy ile ważycie? – ironizowała agentka.

– Emilio, proszę, abyś zeszła na dół. Musimy porozmawiać. Właściwe byłoby, gdyby ta twoja przyjaciółka – owo „przyjaciółka" wypowiedziała z takim niesmakiem, jakby to było brzydkie słowo – dołączyła do nas, bo sprawa w sporej mierze jej właśnie dotyczy.

– O rany... Czuję się, jakbyście zaraz miały mnie postawić do kąta – jęknęła Wieśka.

– Mamo, czy to nie może zaczekać? – zawtórowała jej Emilia.

– Skoro chcesz, żeby nas zamknęli za składanie fałszywych zeznań, to bardzo proszę, siedź tu sobie. Żebyś ty wiedziała, co przed chwilą dla ciebie zrobiłyśmy... – Ostatnie zdanie wypowiedziała płaczliwym tonem, pociągnęła suchym nosem, otarła równie suche oko i wyszła z sypialni, szurając butami ortopedycznymi.

Emilia westchnęła ciężko, spojrzała na Wieśkę i powiedziała:

– Lepiej chodźmy. Nie wiem, co one wykombinowały ani co nagadały temu policjantowi. Ostatnim razem stworzyły mi fałszywe alibi, chociaż nic nie zrobiłam. Do tego musiałam kłamać, żeby nie wyszło, że to one nakłamały. Dzieci też nie mogłam wsypać. Kropeczek pewnie z dumą wpisałby do CV pobyt w poprawczaku, ale Kropka byłaby zdruzgotana.

– Chyba wskazały na kogoś palcem, ale co ty masz z tym wspólnego? Jakiś facet, o którym nie chcesz mi powiedzieć? – zapytała z nadzieją Wieśka, w najmniejszym stopniu nie przejmując się dramatycznym tonem Adeli, do którego właściwie była przyzwyczajona.

– Niestety, nie, chociaż niewykluczone, że właśnie z kimś się umówiłam – odparła Emilia. – Ale zaraz, zaraz, powiedziały, że to dotyczy ciebie…

– Racja… Pewnie zamierzają na mnie nagadać, ale zazwyczaj robiły to za moimi plecami, a teraz chcą w twarz? A wiesz, że sama już jestem ciekawa, o co chodzi. – Wieśka zerwała się z łóżka niemalże w biegu, wsunęła stopy w czółenka i pierwsza pobiegła do drzwi. Emilia tylko pokręciła głową, sprawdziła, czy przypadkiem nie ma odpowiedzi od Tadeusza, i z żalem – gdy jej nie znalazła – powlokła się za przyjaciółką do kuchni, gdzie zapewne urządziły sobie nasiadówkę obie harpie.

Tamta czekała na nią u dołu schodów. Miała dość instynktu samozachowawczego, by nie wchodzić w pojedynkę do jaskini smoczyc. Emilia spojrzała na nią rozbawiona. Agentka wzruszyła ramionami i uśmiechnęła się niewinnie, jakby chciała powiedzieć: Ale o co chodzi?

– No to o co chodzi? – zapytała wprost matkę i teściową, gdy weszła do kuchni. Wieśka deptała jej po piętach.

Starsze panie wymieniły spojrzenia, żadna jednak nie otworzyła ust.

– Ludzie płacą za mój czas, więc skoro stoję tu za darmo, to radzę się pośpieszyć. – Wieśka jak zwykle nie owijała w bawełnę.

– Myślałam, że tylko prostytutkom płaci się za czas – zgryźliwie odparowała Adela.

– Zarabiam lepiej niż one i nie muszę zdejmować majtek, więc dalej, panienki, mówcie, zanim włosy na nogach mi odrosną. – Wieśka miała równie cięty język.

– I na domiar wszystkiego jesteś wulgarna. – Jadwiga westchnęła. – Rozmawiamy z tobą tylko dlatego, że dbasz o naszą Emilkę, w przeciwnym wypadku nie naraziłybyśmy dla ciebie nawet małego paluszka lewej nogi.

– Ty jej powiesz czy ja?

– Mów, Adelo, bo jestem zbyt zdenerwowana, by należycie przedstawić sprawę.

– Jak sobie życzysz, Jadziu.

– Na litość boską, czy wy możecie chociaż raz powiedzieć wprost, w czym rzecz? – zirytowała się Emilia. – Wciąż ktoś mi zawraca głowę jakimiś duperelami. A to trup! A to wstrząs mózgu! A to umowa! A teraz jeszcze wasze fanaberie!

– Rozumiem twój ton, choć nie jesteś świadoma przyczyny – oświadczyła łaskawie Adela, składając ręce na stole, jakby szykowała się do długiej przemowy.

– Matko Boska... – jęknęła Emilia.

Wieśka z chęcią by jej zawtórowała, gdyby nie to, że była ateistką. I tak przyzywała świętą trójcę częściej, niż wypadało osobie niewierzącej. Oto, co potrafią zrobić z człowieka wyniesione z domu nawyki.

– Przed chwilą był tu Żurkowski i ta Kolanko.

– Rzepka – odruchowo poprawiła matkę Emilia.

– To akurat nie ma znaczenia. Rzepka czy Kolanko, liczy się odznaka policyjna. Pokazali nam zdjęcie tego denata.

– I co w związku z tym? – Emilia nadal nie rozumiała problemu.

– No cóż, jak by to powiedzieć, rozpoznałyśmy go – uroczyście obwieściła Adela.

Jadwiga z zapałem kiwała twierdząco głową. W tym kierunku kark działał całkiem składnie.

– Tylko po to mnie zawołałyście? – zdziwiła się autorka.

– Znam go, czy o co właściwie chodzi?

– Ty niekoniecznie, ale Wieśka zna go bardzo dobrze.

– Tym razem odezwała się Jadwiga, wyjątkowo wzgardliwym i zjadliwym tonem.

– Naprawdę? – zdziwiła się agentka.

– A i owszem – potwierdziła Adela. – Wszystko widziałam.

– Ja też.

– Tak, Jadzia też.

– Obie wszystko widziałyśmy.

– I to bardzo dokładnie.

– Nie może być mowy o pomyłce.

– Nie, zdecydowanie nie może.

– Nie wyprzesz się, choćbyś chciała.

– Jesteśmy świadkami.

– A ty masz szczęście, że jesteś agentką naszej Emilki.

– O tak, niebywałe szczęście.

– I tak go nie doceni, Adelo.

– O, jestem tego więcej niż pewna, że nie doceni, ale cóż robić. Taki już los matek.

– Tak, masz rację, Adelo, tylko druga matka byłaby w stanie docenić nasze poświęcenie.

– Żebyś wiedziała, Jadziu. Jest tak, jak mówisz.

Emilia wyglądała na totalnie zdezorientowaną, Wieśka również.

– Czy one widziały, jak zabiłaś te nogi z piwnicy? Właściwie czego były świadkami? – zapytała pisarka.

– Nie mam zielonego pojęcia – oświadczyła zdumiona Wieśka. – Naprawdę nie mam pojęcia, o czym te wariatki mówią.

– Wolałabym, żeby zwariowały, przynajmniej wtedy potrafiłabym zrozumieć niektóre z ich działań. Obawiam się jednak, że są całkiem zdrowe na umyśle.

– Dziękuję ci, Emilio... chyba... – Adela nie była do końca przekonana, czy córka stanęła w ich obronie czy też niekoniecznie.

Jadwiga również nie była tego pewna, sądząc po podejrzliwym spojrzeniu, jakim obrzuciła synową.

– Myślicie, że co ja właściwie zrobiłam? – Koniecznie chciała wiedzieć Wieśka.

– Och, już ty dobrze wiesz. Brak ci przyzwoitości i tyle.

– Zabójstwo jest nieprzyzwoite? – zdumiała się Emilia.

– Ależ, Emilko, chyba nie sądzisz, że przyzwoity człowiek zostaje mordercą?! – zawołała zbulwersowana Jadwiga.

– W życiu są różne sytuacje. Gdyby ktoś skrzywdził moją Kropkę albo Kropeczka, to nie wiem, do czego byłabym zdolna.

– W takich sytuacjach dopuszczamy wyjątek, ale tutaj nie może być mowy o żadnych okolicznościach łagodzących.

– O czym wy właściwie mówicie i co wam się zdaje, że widziałyście? – Wieśka nie kryła złości.

Nie była lunatyczką, nie miewała zaników pamięci ani świadomości, morderstwo z pewnością by zapamiętała. W swoim pięćdziesięcio... trzydziestopięcioletnim życiu nikogo nie zabiła i oby tak pozostało, choć teraz nie ręczyła za siebie. Obu harpiom może coś zrobić, i to zaraz.

– Jak to, co?

– No wiecie państwo, jeszcze się wypiera!

– Może robi to tak często, że sama nie wie, o co chodzi.

– A może być, że masz rację, Adelo, to do niej podobne.

– Powinna się wstydzić!

– Gdyby miała poczucie wstydu, nie robiłaby takich rzeczy.

Magda wraz z Damianem zakończyli odwiedziny – jeśli ich wizyty można nazwać w ten sposób – u wszystkich sąsiadów rodziny Przecinków. Niestety, nikt nie rozpoznał mężczyzny ze zdjęcia.

– Obiad? – zaproponował Damian, w końcu przerywając milczenie.

Od wyjścia z mieszkania pisarki nie odezwał się słowem. Magda sama przepytywała ewentualnych świadków, tudzież podejrzanych. On zaś obserwował uważnie reakcje rozmówców, zastanawiając się, co mu nie pasuje i z czym. Ludzie przyglądali się fotografii z uwagą lub lekkim wstrętem – świadomi, że oglądają zwłoki – po czym kręcili przecząco głową i oddawali zdjęcie.

– Później. Przepytajmy jeszcze mieszkańców sąsiedniej klatki.

– I tak musimy tu wrócić po południu. Niektórzy są jeszcze w pracy.

– Zmiana kończy nam się o czternastej. Nie zamierzam nigdzie wracać. Mam wizytę u dentysty.

– No to załatwię to sam – zaproponował Żurkowski.

– Jak chcesz. – Wzruszyła ramionami.

Sprawa była z gatunku tych upierdliwych. Jak mają znaleźć zabójcę, skoro nawet nie wiadomo, kogo zabito? Jak na drogi apartamentowiec, zainstalowano tu stosunkowo mało zabezpieczeń. Nie licząc ogrodzenia, przez które musiałby się przedostać ktoś, kto chciałby wejść na teren enklawy z placem zabaw, i domofonów przy wejściach do klatek schodowych, nie było tu nic więcej, nawet monitoringu.

– Wiesz co... – Damian zatrzymał się przed drzwiami Przecinków.

– No co?

– Sam nie wiem, ale mam jakieś przeczucie, że... babcie zrobiły nas w konia – uświadomił sobie przyczynę dziwnego nastroju.

Tak się śpieszyli, by wyjść, nim dojdzie do awantury między starszymi paniami, że nie zwrócili uwagi, w którym momencie obie przesłuchiwane zaczęły tę swoją absurdalną paplaninę. Damian przypomniał sobie także uwagę Adeli, że Jadwiga ma się dobrze zastanowić, czy zna denata.

– Porozmawiajmy z panią Emilią – zaproponował.

– Może po prostu powiedz jej, że nie jesteś gejem, i zaproś ją na randkę. – Koleżanka mrugnęła do niego kpiąco.

– Co takiego? – zdumiał się Żurkowski.

– Przecież wiem, że ją lubisz.

– Ciebie też lubię, ale nie proponuję ci randki.

– Bo ja jestem szczęśliwą mężatką, która nie zdradza męża.

– Właśnie, takie kobiety nie są w moim typie.

– Emilia nie jest mężatką i dobrze wiem, że lubisz małe kobietki. A ona jest naprawdę mała – dokuczała mu Magda.

– I tak uważam, że trzeba z nią porozmawiać. Jeśli babcie nas okłamały, to na pewno chodziło o nią.

– Myślisz, że to jakiś jej absztyfikant? – Spoważniała nagle.

– Nie wiem, ale to by mogło uzasadniać szok, którego doznała.

137

– Żeby walnąć go w głowę, musiałaby najpierw wejść na stołek.

– Nie podejrzewam jej, ale może go znać. – Damian obstawał przy swoim,

Kwestię przesłuchania rozwiązała Kropka, gdyż właśnie pojawiła się na korytarzu. Pod pachą niosła kilka książek, które nie zmieściły się w torbie na ramię.

– Państwo do nas? – spytała zasapana.

– Owszem. Mamy kilka pytań do pani Emilii – szybko odpowiedział Damian.

– Mama nadal nic nie pamięta – oświadczyła natychmiast dziewczyna.

– Nie szkodzi. Nie zamierzamy pytać o zdarzenie w piwnicy.

– Tak? A o co?

– Mamy fotografię denata. Może go gdzieś tu widziała – wyjaśnił.

– Mama? Widziała? I zapamiętała? Niech jej pan po prostu powie, że nie jest gejem, i zaprosi ją na randkę. Na pewno się zgodzi – odparła rozbawiona i weszła pierwsza do mieszkania, zostawiając otwarte drzwi.

– Ale numer! – zachichotała Magda, idąc za Kropką.

– O co wam chodzi? – Zażenowany Damian przeczesał palcami krótkie ciemne włosy. – Przecież ja nic nie… – Uświadomił sobie, że mówi sam do siebie, bo Magda zniknęła już w mieszkaniu. – Nic nie mówiłem – burknął z lekką urazą, nie wiadomo do kogo.

– Jakich rzeczy? – zapytała Kropka, wchodząc do kuchni, skąd dobiegały podniesione głosy.

138

Babcie zwykły handryczyć się ze sobą, jak określała to matka, i dziewczyna musiała przyznać, że to wyrażenie doskonale oddaje wzajemne relacje staruszek. Dwa trudne charakterki nie mogły żyć w ustawicznej zgodzie, ale harpie – jak nazwała je kiedyś Wieśka i słowo to weszło do rodzinnego użytku – najzwyczajniej w świecie lubiły swoje kłótnie na równi z matactwami, których się dopuszczały.

Kropce czasami było żal brata, bo kompletnie nie radził sobie z babciami.

– Córcia, dziecko kochane, a ty nie w szkole? – zdziwiła się Emilia.

– Nie mieliśmy dwóch ostatnich lekcji, bo ktoś zadzwonił, że bomba jest w szkole.

– Jezusie Przenajświętszy! – Jadwiga przeżegnała się szybko.

– Spokojnie, babciu. Fałszywy alarm.

– Dlaczego ludzie robią takie rzeczy? – dziwiła się Adela.

– Z głupoty, babciu, z głupoty – wyjaśniła Kropka.

– Mamy jakiś obiad?

– Dzień dobry! – zawołała Magda, wkraczając do kuchni.

– To znowu pani? – zdziwiła się Wieśka.

– Tak, znowu ja. A właściwie my. – Pokazała palcem na partnera, który właśnie do niej dołączył.

Adela otworzyła usta, by pouczyć policjantkę, że nieładnie jest pokazywać palcem, ale w tym samym momencie uświadomiła sobie, że chyba nie bardzo wypada. Skrzywiła się więc tylko niechętnie. Jadwiga za to zasznurowała usta i wbiła wzrok w swój gips, starając się wyglądać tak niewinnie, jak to tylko było możliwe.

– Kolega chciał o coś zapytać panią Emilię – wyjaśniła Magda, uśmiechając się chytrze.

– Ja? – spłoszył się Damian.

– Tak, ty. Sam mówiłeś, że pani Emilia powinna zobaczyć zdjęcie naszego NN. Może widziała go wcześniej...

– A tak, zdjęcie – wymamrotał zażenowany.

– Dobrze się pan czuje? – Emilia spojrzała na niego uważnie.

– Ja? – Czuł, że się czerwieni, co ostatnio zdarzyło mu się w początkach szkoły średniej, gdy zaczęła się mutacja. Cholerna Magda, pomyślał ze złością. Przez te jej głupie pomysły zachowuję się jak uczniak.

– Tak, dziękuję. Może spojrzy pani na zdjęcie? – Próbował otworzyć teczkę, ale jak na złość gumka się ześlizgnęła i strzeliła mu prosto w palce. – Auć! – syknął, ale nie udało mu się zatuszować wrażenia własnej nieudolności, co potwierdził złośliwy chichot Kropki.

– Głupota jest jedną z dwóch rzeczy, które najlepiej widzimy z perspektywy czasu. Drugą są stracone okazje* – oświadczyła głośno, podchodząc do lodówki. Odpowiedzi na pytanie o obiad nie uzyskała, zatem to ona musi coś ugotować.

– Ależ Kropka! Jak możesz! – zaprotestowała głośno jej matka. – Co takiego?

– Jestem głodna! – Nastolatka rozłożyła dłonie w geście bezradności, odsuwając się od lodówki.

– Obraziłaś pana strażaka! To znaczy policjanta!

– Ja? – zdziwiła się dziewczyna. – Niby w jaki sposób? Otwierając lodówkę?

– Głupota jest jedną... Już nie pamiętasz, co powiedziałaś? – zirytowała się Emilia. – Nie tak cię wychowałam. Przeproś natychmiast!

---

* Stephen King, *Dallas '63*.

140

– Za Kinga? Nigdy w życiu – oburzyła się jej córka.

– Stephen ma dobre zdanie na każdą okazję. Nie będę przepraszać za jego talent!

– Nie masz przepraszać za jego talent, tylko za nadużywanie jego twórczości!

– Nie miałam na myśli nic obraźliwego, a pan policjant doskonale o tym wie, prawda, panie komisarzu? – Kropka zwróciła się do Żurkowskiego.

– E... – zająknął się.

– Kolega nie czuje się urażony, lecz wdzięczny za tę filozoficzną uwagę, gdyż nie była skierowana przeciwko niemu. Otrzymał bardzo dobrą radę, czyż nie? – Z powagą wtrąciła się komisarz Rzepka.

– E... tak... Będę miał to na względzie. – Damian spróbował spojrzeć ostro na Kropkę, jak na policjanta przystało, ale znów coś mu nie wyszło. Nastolatka śmiała mu się w nos. Zmarszczył gniewnie brwi, ale i tym razem coś było nie tak, bo dziewczyna oświadczyła przekornie:

– Jak kitować, to dużą szpachlą*.

Magda zachichotała jak nastolatka. O rany, uwielbiała to. Damian nie był gejem i lubił kobiety, on był po prostu cholernie nieśmiały, co stanowiło tajemnicę poliszynela. Jednak nikt w komisariacie nie wierzył, że to może być prawda.

– Zdjęcie! – Damianowi w końcu udało się je wydostać. – Proszę, będzie pani uprzejma zerknąć?

– Przecież ja widziałam tylko nogi – oświadczyła z westchnieniem Emilia, zezując podejrzliwie to na niego, to na Kropkę. Chyba ten człowiek nie interesuje się jej niepełnoletnią córką? Niemożliwe!

---

* Stephen King, *Dallas '63*.

– Mamy nadzieję, że może widziała go pani wcześniej.

– Nie wydaje nam się, by Emilia mogła być pomocna – wtrąciła desperacko Adela.

– O tak, już mówiłyśmy, że Emilka jest bardzo kreatywna, ale spostrzegawczości nie ma za grosz – poparła ją żarliwie Jadwiga.

– Wciąż przedstawia się tym samym ludziom.

– I rzadko pamięta aktualną datę. No, powiedz państwu, Emilko, jaki mamy dziś dzień?

– Ten pan nie pyta o datę, tylko o trupa. – Emilia starała się za wszelką cenę ukryć zażenowanie.

– A nie mówiłam? Nie wie! – wykrzyknęła triumfalnie Adela.

– Mamy maj – burknęła pisarka, czym wywołała chichot Kropki.

– Dwudziesty. – Szept dobiegał tak jakby od strony policjantki. Emilia spojrzała na nią niepewnie. Komisarz Rzepka patrzyła na nią z niewinną miną.

– Niech pan mi pokaże to zdjęcie i miejmy to za sobą – warknęła rozzłoszczona pisarka. Czy one zawsze muszą ją zawstydzać przed ludźmi? I to przystojnymi?

Twarz, poza tym, że martwa, nie wyróżniała się niczym szczególnym. Zdaniem Emilii mogła należeć do każdego, poczynając od pracownika stacji benzynowej, który pompował jej koła, po sprzedawcę ze sklepu spożywczego.

– Nie mam pojęcia, kto to – stwierdziła. – Co nie znaczy, że go nie widziałam. Ja naprawdę tak jakoś nie mam pamięci do twarzy...

– Hej! Ja go znam! – zawołała Wieśka, która przejęła zdjęcie z rąk Emilii. – Ale numer! On naprawdę nie żyje? – zwróciła się do policjantów.

– Nasz patolog twierdzi, że nie – poinformowała ją zgryźliwie Magda, zarazem nie wierząc własnemu szczęściu. Wreszcie ustalą tożsamość ofiary!

– O Boże – jęknęła Adela.

– Chyba mi słabo… – Jadwiga zaczęła gwałtownie wachlować się dłonią, ale nikt nie zwracał na nie uwagi.

– Jest pani pewna, że go rozpoznaje? – Damian błyskawicznie odzyskał pewność siebie, przemieniając się z zakłopotanego mężczyzny w funkcjonariusza organów ścigania na służbie.

– Panie kochany, ona spała z tyloma mężczyznami, że już ma déjà vu! – Adela za wszelką cenę starała się zwrócić na siebie uwagę, co jej się całkiem udało.

Wszyscy spojrzeli na nią ze zdumieniem, łącznie z Kropką, która jako jedyna nie straciła refleksu.

– Skoro ja miałam przepraszać, to babcia chyba powinna błagać na kolanach o wybaczenie – powiedziała.

– A więc o to wam chodziło! – Wieśka pierwsza poskładała wszystko w całość. – Myślałyście, że go zabiłam? – zapytała z tak niebotycznym zdumieniem, że obie starsze panie natychmiast uwierzyły w jej niewinność.

– No cóż… modliszki i tym podobne stworzenia… – zaczęła nieudolnie Adela.

– Modliszki pożerają swoich partnerów. Pajęczyce też – szepnęła niepewnie Jadwiga. – To nie jest dobre porównanie. Zwłoki nie są nawet nadgryzione.

– Nie wierzę własnym uszom. – Emilia zamknęła oczy i przycisnęła palcami nasadę nosa, by opanować natłok myśli. – Odstawiłyście tę szopkę z nieprzyzwoitością Wieśki, bo podejrzewałyście ją o te martwe nogi?!

– Na szczęście nie podejrzewają Wieśki o kanibalizm. Przynajmniej babcia Jadwiga, bo babcia Adela ma wątpliwości – poinformowała wszystkich Kropka.

– Uprzejmie informuję, że kiedy wychodził z mojego łóżka, to żył. Ledwo, ledwo, ale dychał. – Wieśka mrugnęła kpiąco do staruszek.

Jadwiga zaniemówiła z oburzenia, za to Adela oznajmiła z godnością:

– To niewiarygodne, ile ta pozbawiona przyzwoitości osoba ma tupetu. Nie dość, że się niemoralnie prowadzi, to jeszcze się tym szczyci. I to przy dziecku!

– Mamo, jestem dorosła! – zaprotestowała Emilia.

– Mówię o Kropce, Emilko!

– Aha... – stropiło się dorosłe dziecko Adeli.

– Nie wierzę, że próbowałyśmy pomóc takiej osobie. – Na ogół Jadwiga szybko odzyskiwała zdolność mówienia. – Jesteś pewna, że go nie zabiłaś? – zapytała Wieśkę z cieniem zawodu w głosie, jakby brnięcie w kłamstwa bez wyższego celu, jakim była ochrona Emilki, stanowiło jedynie stratę czasu.

– Nic podobnego sobie nie przypominam, a nie jest to coś, co człowiekowi wylatuje z głowy – odparła z ironią agentka.

– Dlaczego panie w ogóle kłamały? – zapytała Magda. – Z tego, co widzę, nie przepadają panie za panią Paluch.

– Zaraz tam nie przepadamy...

– Kto powiedział, że kłamałyśmy?

– W moim wieku to ja mogę różnych rzeczy nie pamiętać.

– Moje oczy nie są już takie jak kiedyś.

– Jak Wieśka go rozpoznała, to ja sobie przypomniałam, że już go widziałam, i zaraz bym o tym powiedziała.

– Twarz jakby znajoma, ale wiedzą państwo, wskazać na kogoś palcem, nie mając pewności, to gorsze niż kłamstwo.

– Zdecydowanie gorsze.

– Można wyrządzić krzywdę uczciwemu człowiekowi.

– Lepiej mieć czyste sumienie niż ręce.

– Co mają do tego ręce?

– Nie mam pojęcia. Tak mi się powiedziało.

– Co nie znaczy, że kłamałyśmy.

– Właśnie. Wcale nie znaczy, że kłamałyśmy.

– To była pomyłka.

– O tak, zwykła pomyłka pamięciowa.

– Aha. – Magda prychnęła lekko, dając do zrozumienia, że nie wierzy im ani za grosz. – No dobrze, pani Paluch – zwróciła się do agentki – cieszę się, że rozpoznała pani naszego NN. Proszę o dane personalne.

– Wiesława Paluch.

– Nie pani dane, tylko jego.

– Kogo? – zdumiała się Wieśka.

– Jak się nazywał mężczyzna ze zdjęcia? – Damian uznał, że kobieta ma prawo być skołowana, dodatkowe pytanie mogło zatem pomóc.

– Pojęcia nie mam – wyznała z lekkim zakłopotaniem.

– Jak to, pani nie wie? – zdumiała się Magda.

– A pani sprawdza dowody osobiste wszystkim kochankom? – odparowała Wieśka, czując się tak jakby trochę na przesłuchaniu.

– Nie mówimy o mnie. Nie zna pani jego personaliów?

– Nie było mi potrzebne jego nazwisko, tylko jego… hm… zainteresowanie. – Umknęła wzrokiem w bok.

Teraz to już naprawdę zaczynała się czuć nieszczególnie. Emilia przyglądała jej się z zażenowaniem. Kropka chichotała bez opamiętania. Jadwiga i Adela próbowały zabić ją wzrokiem. Ten przystojny policjant – na szczęście gej – lekko osłupiał, a może zawsze miał taki wyraz twarzy, trudno powiedzieć. Za to jego partnerka świdrowała ją spojrzeniem, jakby usiłowała przeniknąć przez pokład brudu, który oblepiał jej duszę.

– No dajcie spokój – powiedziała proszącym tonem. – Przecież każdemu zdarza się coś takiego raz czy dwa... To jeszcze o niczym nie świadczy.

– W łóżku chyba nie mówiłaś do niego: „Hej, ty tam, pode mną..."? – zapytała zjadliwie Adela.

– Albo na mnie – dodała równie zjadliwie Jadwiga.

– Nie – warknęła. – Mówiłam do niego... Daniel – dokończyła.

Emilia odniosła wrażenie, że jej przyjaciółka niekoniecznie używała imienia mężczyzny, sądząc po chwili namysłu, potrzebnej, by sobie je przypomniała.

– No dobrze – westchnęła Magda. – Cokolwiek pani o nim wie?

– O tak, całkiem sporo – rozpromieniła się Wieśka. – Na przykład... Nie, to się państwu nie przyda. Albo... Właściwie to też bez znaczenia... No czy ja wiem...

– Gdzie pracuje? – zapytał Damian.

– Chyba w reklamie. Albo w marketingu... Może jakieś radio...? Nie, w radiu pracuje Marian. Daniel... Daniel... Zaraz, zaraz, to jednak nie był Daniel. Daniel jest operatorem kamery. On miał na imię... miał na imię... No kurczę, ludzie, na pewno coś na D.

– Do dupy takie zeznanie – zirytowała się Magda.

– Daj spokój – mitygował ją Damian. – Pani Wiesławo, może wolałaby pani porozmawiać na osobności?

– Dlaczego na osobności? Ta kobieta publicznie się obściskiwała.

– Tak, to prawda, nie ma wstydu.

– Sama widziałam.

– Widziałyśmy, Adelo.

– Tak, Jadziu, masz rację. Widziałyśmy.

– Niby co takiego widziałyście? – zapytała z ironią Wieśka.

– Jak afiszowałaś się z tym trupem na parkingu.

– Wtedy nie był jeszcze trupem, Jadziu.

– Tak, masz rację, Adelo, wtedy był bardzo żywotny. Jego ręce na pewno.

– I język.

– Gdzie wy widziałyście jego język? – zapytała zaskoczona Emilia.

– W jej uchu. – Adela wskazała palcem Wieśkę.

– Szpiegujecie mnie? – zdumiała się agentka.

– Tak sobie tylko patrzyłyśmy przez okno.

– Piękna pogoda była, to sobie wyglądałyśmy.

– My nie szpiegujemy.

– Nie możesz mieć pretensji o to, że interesujemy się tym, co się dzieje na świecie.

– Na litość boską, pocałowałam go na pożegnanie – warknęła zawstydzona Wieśka.

– To było długie pożegnanie – zauważyła kąśliwie Adela.

– Ostatnie pożegnanie zawsze jest długie – dodała Jadwiga.

– Przecież nie wiedziałam, że więcej go nie zobaczę!

– A kiedy to było? – wtrącił się Zurkowski.

– Kiedy? Kiedy ja go widziałam? – zastanawiała się głośno Wieśka.

– To było dwa dni przed tym, jak Emilia znalazła martwe nogi w piwnicy – wyjaśniła Adela.

– To babcie musiały go bardzo dokładnie widzieć. Jakim więc cudem nie rozpoznały go na zdjęciu? – Kropka doskonale wiedziała dlaczego, ale dawno tak dobrze się nie bawiła.

– No wiesz, dziecko… Już mówiłyśmy, że pamięć nie ta i wzrok szwankuje – ze skargą w głosie powiedziała Jadwiga.

– Przecież babcia nosi okulary.

– Widocznie akurat musiałam je gdzieś zawieruszyć.

– A wtedy to on nie wyglądał tak blado jak na tym zdjęciu – dodała jeszcze Adela.

– Wolelibyśmy porozmawiać na osobności. W tym galimatiasie do niczego nie dojdziemy. – Żurkowski ponownie spróbował zapanować nad sytuacją.

– Chce mnie pan przesłuchać? W komisariacie? Ja nie mam czasu na takie rzeczy! – wystraszyła się Wieśka.

– Tak chyba byłoby najrozsądniej – poparła go Magda.

– Ale ja nic więcej nie wiem! Spotkałam się z nim tylko raz!

– Pamięta pani chociaż, gdzie go pani poznała? – zapytał Damian.

– A to akurat pamiętam doskonale. Poszłam do agencji turystycznej wykupić wakacje do jakiegoś fajnego kraju, a on też tam był i przeglądał foldery.

– Był klientem?

– Yhy! – Wieśka kiwała entuzjastycznie głową. – Tak, pytał o wycieczkę do Tajlandii. Powiedziałam mu wtedy, że nie trzeba jechać do Tajlandii, żeby się dobrze zabawić, i… Jakoś tak wyszło, że wyszliśmy razem… – dokończyła niepewnie, właściwie interpretując niedowierzające spojrzenie policjanta.

– Mężczyźni lecą na takie teksty? – zdumiała się Emilia.

– Mamo, mężczyźni lecą na każdy tekst, jeśli mogą zaliczyć – poinformowała ją Kropka.

– Chyba nie wszyscy – zaprotestowała jej matka.

– Nie wszyscy, pani Emilio – oświadczył zdecydowanie Damian. – Pani Paluch, będzie pani uprzejma pofatygować się z nami do komisariatu. Musimy spisać oficjalny protokół.

– Zwariował pan? – zdumiała się Wieśka. – Ja nic nie zrobiłam!

– Nikt nie twierdzi, że pani cokolwiek zrobiła, ale prowadzimy dochodzenie, a pani jest świadkiem w sprawie.

– Na razie – dodała złowróżbnym tonem Magda Rzepka.

– Jak to, na razie? – wystraszyła się agentka.

– Możesz awansować na podejrzaną – wyjaśniła ze współczuciem Kropka.

– Ale jak to tak?

– Jedyne, co go łączy z naszym blokiem, to twoja osoba. Znałaś go, spałaś z nim, ktoś go zabił w budynku, w którym często bywasz. Znasz kod wejściowy do bramy i domofonu. Nie wiem, czy masz klucze do piwnicy, ale to podejrzane. – Kropka głośno powiedziała to, co myśleli funkcjonariusze.

– Czy wyście powariowali?!

– Masz alibi na noc zabójstwa? – zapytała dziewczyna.

– Zaraz, zaraz, Emilka znalazła go dwa dni temu, skoro zginął w nocy… – Sięgnęła do torebki po telefon i spojrzała w terminarz. – Mam. Do dwudziestej byłam w radiu. Pilnowałam tego kretyna od… Nieważne którego. Nie mogę

149

źle mówić o klientach przy innych ludziach, zwłaszcza przy innych klientach. Potem pojechaliśmy na kolację i...

– No widzi pan? Ma alibi. Zawiozła go do domu i wypuściła rano. – Emilia uśmiechnęła się promiennie.

– No wiesz co?! – oburzyła się Wieśka. – Nie sypiam z klientami. To nieetyczne!

– Aha... – bąknęła autorka. – To z kim wtedy spałaś?

– Nie jestem nimfomanką! Byłam w domu!

W kuchni zapadła cisza.

– Sama? – Kropka pierwsza przerwała milczenie.

– Oczywiście, że nie. Byłam z... jak mu na imię... – Wieśka czuła, że zaczyna ją ogarniać panika.

Przecież dobrze wiedziała, z kim spędziła noc. Był to jej długoletni przyjaciel, z którym widywała się dość często, gdy bywał w kraju. Jak mogła zapomnieć, jak mu na imię?!

– Pani pozwoli z nami. – Żurkowski miał dość tego publicznego przesłuchania. Najwyższa pora przejąć kontrolę nad sytuacją.

– Ale ja... – Wieśka mrugała doklejonymi rzęsami, za wszelką cenę próbując powstrzymać łzy.

– Nie jest pani aresztowana. Po prostu porozmawiamy sobie w spokojniejszym miejscu. – Magda starała się mówić łagodnie i uspokajająco, ale Emilia – mimo że umykało jej sporo z realnego świata – dostrzegła spojrzenia, które wymienili między sobą oboje śledczy. Jej agentka była jedyną podejrzaną, jaką znaleźli, i nie zamierzali z niej rezygnować, dopóki nie znajdą kogoś lepszego. Kropka miała rację. To dziwne, że jednorazówka przyjaciółki została znaleziona martwa w ich piwnicy.

– Wybaczam wam – powiedziała głośno do staruszek, gdy Wieśka wraz z towarzyszącymi jej policjantami opuściła mieszkanie.

– Co takiego nam wybaczasz? – zdumiała się Adela, nadal oszołomiona kierunkiem, w którym potoczyła się rozmowa.

– Wasze kłamstwa. Miałyście rację, chroniąc Wieśkę.

– Nie chroniłyśmy jej, tylko ciebie – powiadomiła ją z godnością Jadwiga. – Nie wiedziałyśmy, jak może się to odbić na twojej karierze, gdyby aresztowano twoją agentkę.

– Dajcie spokój. – Kropka usiadła przy stole z talerzem kanapek, które zdążyła tymczasem przygotować. Do afer była przyzwyczajona, więc dzisiejsza nie stanowiła żadnej przeszkody. Uwagę miała podzielną, a uczucia głodu nie lubiła. – Przesłuchają ją i wypuszczą. Chyba nie wierzycie, że Wieśka kogoś zabiła, i to w taki sposób?

– Oczywiście, że nie. – Emilia nie miała wątpliwości. Starsze panie nie powiedziały ani słowa.

– To, że wam się nie podoba tryb życia Wieśki, to jedno. Najwyżej możecie jej wytatuować szkarłatną literę na tyłku, ale robienie z niej morderczyni to prawdziwe świństwo. – Kropka powiedziała to bardzo dorośle. Spojrzała z wyrzutem na babcie, doskonale interpretując ich pełne potępienia milczenie.

– Ależ, Krystynko… – zaczęła płaczliwie Jadwiga.

– Tylko nie „Krystynko", babciu. Jestem Kropka. Nikt nie nazywa mnie Krystynką! – zirytowała się dziewczyna.

– Oczywiście, że nie podejrzewamy Wieśki. Chodziło nam jedynie o to, że czasami wystarczy podejrzenie, by zniszczyć komuś życie – wyjaśniła Adela, właściwie przecząc samej sobie, bo obydwie jak najbardziej uważały, że Wieśka byłaby zdolna do popełnienia morderstwa.

– Ja tam ją podejrzewam. Jak ktoś nie prowadzi się jak należy, to nie wiadomo, jak bardzo może zbłądzić. – Jadwiga upierała się przy swoim. – Mimo to chciałyśmy ją chronić własną niekaralnością, i okłamałyśmy policję. Ktoś powinien to docenić. – Nie kryła urazy. Za to z radością odkryła, że może już swobodnie kręcić głową w lewo i prawo, co było miłą odmianą. – Trzeba jej jakoś pomóc. Zawiadomię Jana – oświadczyła z tak nagłym zadowoleniem w głosie, że Adela zapytała troskliwie:

– Dobrze się czujesz, Jadziu?

– Doskonale, Adelo, dziękuję, że pytasz. Czy ktoś przyniesie mi telefon?

Jan był kiedyś mężem Jadwigi i jak na siedemdziesięcioparoletniego mężczyznę wyglądał zdecydowanie za dobrze. Jego zainteresowanie pochlebiało eksżonie, chociaż za nic by się do tego nie przyznała. Nie głośno. Jan był również emerytowanym adwokatem i dlatego zdecydowała się zawiadomić go o tym, co się stało.

– No cóż, sytuacja nie wygląda zbyt dobrze – poinformował siedzące przy kuchennym stole kobiety. I Kropeczka, który dołączył do zgromadzenia na polecenie siostry.

Dziewczyna uznała, że to sprawa rodzinna, zatem cała rodzina powinna brać udział w naradzie.

– To oczywiste, inaczej bym po ciebie nie dzwoniła – oświadczyła jadowicie była żona, przypominając mu, dlaczego się z nią rozwiódł.

Jan uśmiechnął się szeroko.

– Biorąc pod uwagę okoliczności, na chwilę obecną pani Paluch jest doskonałą podejrzaną.

– Aresztują ją? – wystraszyła się Emilia.

– Bynajmniej – odparł. – Nie mają dowodów. Obawiam się raczej, że jeśli się skoncentrują na niej, przestaną szukać prawdziwego zabójcy, a to może źle się skończyć. Jeśli alibi pani Paluch się nie potwierdzi, to cóż... Może być problem. Żaden sąd jej nie skaże tylko na tej podstawie, ale policja utrudni jej życie.

– Co możemy zrobić? – zapytała Kropka.

Jan z uśmiechem spojrzał na wnuczkę. Żałował, że stracił kontakt z synem i zaprzepaścił tyle lat życia swoich wnuków. Dziewczyna była rezolutna, chłopak raczej przypominał swoją roztargnioną matkę.

– Może sami znajdziemy zabójcę? – zaproponował niepewnie Kropeczek. – To musi być ktoś z dostępem do naszego budynku.

– Chcesz się przejść po sąsiadach i popytać w nadziei, że ktoś się przyzna? Policja już to zrobiła i nic im nie wyszło – zgasiła go siostra.

– Czasami bardziej przypominasz swoją babkę niż matkę, dziecko – powiedział Jan z rozbawieniem.

Kropka rzuciła mu wyniosłe spojrzenie. Już ona dobrze wiedziała, którą z babć miał na myśli.

– Trzeba podsunąć im innego sprawcę – oznajmiła. – Zamiast skupiać się na Wieśce, będą zmuszeni prowadzić dochodzenia w różnych kierunkach,

– Nie możesz kierować policji na fałszywy trop. Utrudnianie śledztwa jest karalne – poinformował ją surowo Jan.

– Kropka ma rację. Musimy odwrócić ich uwagę od Wieśki. – Emilia poparła córkę.

– Czy ktoś słyszał, co powiedziałem? – Jan zwrócił się do wnuka, oczekując męskiej solidarności.

– To jest myśl – uznał Kropeczek. – Może wyślemy do wszystkich anonimy z hasłem „Wiem, co zrobiłeś" i będziemy obserwować reakcję? – zaproponował.

– Dziadku, nie chodzi o fałszywe tropy. Musimy zdobyć informacje, które oczyszczą Wieśkę, i skierują dochodzenie na właściwy tor – wyjaśniła mu Kropka. – I nie, nie będziemy wysyłać żadnych anonimów – zganiła brata.

– Dlaczego? – Był zawiedziony.

– Właśnie, dlaczego nie? – Adela również nie kryła zawodu.

– Bo tak się nie robi – stwierdziła kategorycznie jej wnuczka.

– Moja krew – ucieszył się Jan.

– To co zrobimy? – zapytała Emilia.

– Na razie nic – odrzekł Jan. – Poczekamy, aż twoja przyjaciółka wróci z komisariatu. Na razie nie mamy pełnego obrazu sytuacji.

– Nicnierobienie nie jest pomysłem. Co z ciebie za prawnik? – Adela ironicznie wykrzywiła usta.

– Emerytowany.

– Zastanawiam się, co ten facet właściwie tu robił? – Kropka myślała głośno. – Nikt się do niego nie przyznał. Ktoś go okradł, no bo kto chodzi bez dokumentów. I to był ktoś z naszego bloku. Nie macie wrażenia, że to jakiś chory zbieg okoliczności?

– Uważasz, że zginął przez przypadek? – Jan nie rozumiał, do czego zmierza dziewczyna.

– Przez przypadek to można zginąć, jak cegła z budowy spadnie człowiekowi na głowę, dziadku – odparła.

– Albo jak mandragora wyskoczy zza krzaków, gdy walczysz z orkiem – dodał Kropeczek.

– Nic nie rozumiem – poskarżyła się Adela.

– Babciu, tu są tylko dwa budynki. Ogrodzone płotem, z kodem wejściowym na bramie, kodami wejściowymi na domofonach. Wątpię, żeby NN padł ofiarą pospolitej napaści i rabunku. Został zamordowany z jakiegoś powodu. Musiał też jakoś wejść na teren, a potem dostać się do klatki i piwnicy. Ktoś go tu wpuścił, babciu – wyjaśniała Kropka. – I to ten ktoś go zabił.

– Wieśka. – Jadwiga nie miała cienia wątpliwości. – Zna kody. I mogła dorobić klucze.

– Tylko nie mów tego policji, babciu. – Kropeczek się wystraszył.

– To bez sensu. Cokolwiek powiemy, wszystko wskazuje na Wieśkę. – Emilia była zniechęcona. – Ktoś ma jakiś rozsądny pomysł? Przecież ona tego nie zrobiła. Niby po co miałaby go zabijać?

– Mówiłam. Modliszka – wymamrotała pod nosem Adela.

Teraz podejrzewała Wieśkę bardziej niż wcześniej. Sposób, w jaki Kropka przedstawiła sprawę, nie pozostawiał wiele miejsca dla innych podejrzanych. Tylko inna matka potrafi zrozumieć, jak bardzo kobieta jest w stanie się poświęcić dla własnego dziecka. Oby udało jej się przekonać Jadwigę do swojego pomysłu.

Wiesława Paluch z trudem przełykała ślinę. Nie poznawała samej siebie. Przebojowa. Energiczna. Przedsiębiorcza. Bezczelna. Wszystkie te określenia doskonale oddawały jej charakter. Teraz była przestraszona. Niepewna. Płaczliwa. To nie ona.

Na szczęście nie zamknęli jej w żadnym obskurnym pomieszczeniu. Siedzieli w ładnym pokoju z cytrynowymi ścianami i trochę wytartym linoleum na podłodze. Meble były zwykłe, biurowe, funkcjonalne. Biurka policjantów połączono w taki sposób, że siedzieli twarzami do siebie. Żurkowski coś zapisywał w notesie, policjantka w komputerze.

Wieśka siedziała na całkiem wygodnym krześle pod ścianą, a ci dwoje zadawali jej na zmianę pytania.

Powiedziała im wszystko, co pamiętała. Nazwę agencji turystycznej, datę i godzinę, kiedy tam była. Wskazała hotel, w którym spędziła kilka godzin z NN. Teraz samo wspomnienie o seksie z tym mężczyzną ją mierziło. Czuła się jak nekrofilka, chociaż wówczas był bardzo żywy.

Na szczęście przypomniała sobie, z kim spędziła feralny wieczór. Adam Michałowski, dziennikarz. Wystarczyło, że wzięła do ręki telefon i przejrzała listę kontaktów.

– Ostatni raz widziałam go na parkingu przed apartamentowcem Emilii. Nie spotkałam się z nim więcej – mówiła drżącym głosem o NN. Policjantka zapisywała każde jej słowo. Chyba. Musi pamiętać, by wszystko dokładnie przeczytać, zanim podpisze. – Nie przyznałabym się przecież do znajomości z nim, gdybym go zabiła, prawda?

– Nie wymieniliście numerów telefonów? – Damian starał się panować nad głosem, by nie było słychać niedowierzania czy niesmaku.

– Po co? Nie zamierzałam się z nim więcej spotykać. Magda Rzepka przyglądała jej się badawczo.

– Jestem wolna. Nikogo nie oszukuję. Mogę żyć, jak mi się podoba – broniła się agentka.

– Oczywiście, nikt pani tego nie zabrania – odpowiedziała z westchnieniem policjantka. – Szkoda tylko, że nie jest pani bardziej pomocna.

Ta kobieta byłaby doskonałą podejrzaną. Może brakowało motywu, ale sposobność miała. Rzecz w tym, że żadne z nich jej nie podejrzewało. Nie tak na poważnie. Sprawdzić wszystko muszą, ale może dzięki niej uda się jakoś namierzyć NN.

– Może pamięta pani, jaki miał samochód? – zapytał Żurkowski, odczytując wiadomość, którą otrzymał na telefon komórkowy.

– Niestety, nie. Pojechaliśmy moim.

– W jakim celu przyjechał z panią do miejsca zamieszkania pani Przecinek? – zapytała Rzepka.

– W żadnym. To było w połowie drogi między hotelem a agencją turystyczną. Zaproponowałam, że go podwiozę, ale powiedział, że żaden problem. Dalej miał jechać taksówką.

– Dzwonił gdzieś?

– Nie. Po drodze mijaliśmy postój taksówek. Z parkingu przy domu Emilii można tam dojść w kilka minut. Nie mogłam się zatrzymać, bo nie było gdzie, ale dojście tam trwałoby tylko chwilę.

– Widziała pani, jak poszedł w tamtym kierunku?

– Czy ja wiem? – Wzruszyła ramionami. – Nie oglądałam się za nim. No wie pani, co z oczu, to z serca. Za stara jestem na miłość. Romanse i owszem, ale nie chcę spędzać wieczorów w domu z jakąś łamagą przylepioną do telewizora. Jeszcze mam na to czas. Nie możecie sprawdzić mojego alibi? Adam Michałowski. Nie wiem, jak mogłam zapomnieć, jak się nazywa. To chyba ze zdenerwowania. Znamy się ze dwadzieścia lat. Sporo podróżuje, ale kiedy jest w kraju, widujemy się czasami. Na pewno potwierdzi, że spotkaliśmy się u mnie około dwudziestej pierwszej. Wychodził przed siódmą rano. Był umówiony na spotkanie o ósmej, a nie miał ze sobą nic na przebranie. – Wieśka czuła, że paple bez sensu, ale nie mogła przestać. – Nie jest żonaty ani nic podobnego. Nie ma powodu, dla którego mógłby się wyprzeć znajomości ze mną.

– Niech się pani nie denerwuje, pani Paluch. – Damian zlitował się nad nią. – Ma pani alibi. Jeden z kolegów już je potwierdził. Potrzebujemy pani pomocy, żeby ustalić dane personalne ofiary.

– Naprawdę? – ucieszyła się Wieśka.

– Wygląda na to, że tak – westchnęła Magda. Mężczyzna mógł kłamać, by chronić przyjaciółkę, ale nie można podejrzewać wszystkich o wszystko. To czasem się kończy manią prześladowczą.

– Więc mogę już iść? – zapytała z nadzieją.

– Jeszcze nie. Musimy skończyć protokół. Może jeszcze coś się pani przypomni... – powiedziała komisarz Rzepka.

– Kto płacił za hotel? – przerwał jej Żurkowski.

– On.

– Karta czy gotówka?

– Gotówka.

– Recepcjonistka zapisała wasze dane? – zapytała Magda.

– Nie wiem... Chyba nie... – Tego nie pamiętała. – Ode mnie nikt nie wołał dowodu osobistego...

– Zatrzymywaliście się gdzieś po drodze? Może w aptece?

– W aptece? Dlaczego akurat w aptece? – Spojrzała ze zdziwieniem na Żurkowskiego, który zadał to pytanie.

– Prezerwatywy? – Czuł, jak się czerwieni.

– Nie, miał swoje. Ja też noszę. W torebce. Wie pan, tak na wszelki wypadek.

Poczuła, że też się czerwieni. Nigdy się nie wstydziła swojego stylu życia, ale teraz zaczynała. Chciała być wolna i proszę, co ta wolność na nią sprowadziła. Może wszystkie ograniczenia, które ludzie sami na siebie nakładają, jednak mają jakiś sens.

– Rozumiem. – Starał się mówić oficjalnym tonem, ale nie do końca mu się to udało.

– Żel nawilżający też mam w torebce – dodała, spuszczając wzrok. – Rozumieją państwo, tak na...

– Wszelki wypadek – dokończyła za nią policjantka.

– Rozumiemy.

– Cieszę się – wymamrotała zażenowana Wieśka.

– Masz jeszcze jakieś pytania? – Magda zwróciła się do kolegi.

– Na razie nie – odparł z westchnieniem. Czeka ich sporo pracy, nim ustalą tożsamość NN, ale teraz przynajmniej mieli punkt zaczepienia.

– No dobrze, wydrukuję pani zeznania. Proszę dokładnie przeczytać, sprawdzić, czy się zgadza, podpisać. Rozumie pani?

– Tak, zrozumiałam też pouczenie o składaniu fałszywych zeznań. – Agentka nie mówiła już tak zaczepnym tonem jak wcześniej, choć próbowała. Uszła z niej cała energia. Czuła się zmęczona i stara.

– Świetnie. Nie będę musiała powtarzać – ucieszyła się komisarz Rzepka.

Wieśka rzuciła jej zbolałe spojrzenie.

– Właściwie to mam jeszcze jedno pytanie – odezwał się Żurkowski.

– No nie. Już wydrukowałam! – zirytowała się Magda.

– Może być poza protokołem. Tak tylko się zastanawiam... – Spojrzał na kobietę badawczo. – Czy NN wiedział, gdzie pani mieszka?

– Nie, skąd. Mówiłam panu, że to tylko taka mała przygoda...

– Tak, tak, tę część już zrozumiałem. Chodzi o to, pani Paluch, czy NN mógł pomyśleć, że miejsce, w którym się pożegnaliście, było pani miejscem zamieszkania?

– Moim miejscem zamieszkania? – powtórzyła bezwiednie, nie do końca pojmując, do czego zmierzał policjant.

– Tak, czy powiedziała mu pani, że ma spotkanie z klientem, czy że wraca do domu?

– Ach, o to panu chodzi. Nic mu nie mówiłam. Zapytałam, czy podrzucić go do centrum, bo jadę w tamtym kierunku i mogę go podwieźć. Powiedział, żebym go zostawiła gdzieś po drodze, to złapie taksówkę. Wiedziałam, że niedaleko Emilii jest postój, więc pojechałam prosto do niej, a on sobie poszedł. Już to mówiłam.

– Tak, rozumiem. Czyli nie wiedział, dlaczego pani się zatrzymała na tym, a nie innym parkingu?

– Przecież już odpowiedziałam...

– Zgadza się. Pani już odpowiedziała na to pytanie – burknęła Magda.

– To mam jeszcze jedno. Czy wspominał, że w pobliżu mieszka jakiś jego znajomy?

– Nie. Pożegnał się i odszedł, a ja pobiegłam prosto do Emilii.

– Skorzystała pani z domofonu przy bramie?

– Nie, po co? Znam kod. Jakie to ma znaczenie?

– Prawdopodobnie żadnego. Lubię szczegóły, bo pozwalają mi lepiej wizualizować sytuację.

– To prawie jak Emilia. Ona też lubi wizualizować sytuacje, ale głównie je wymyśla, a nie odtwarza.

– Dziękuję. To wszystko. – Damian uznał rozmowę za zakończoną. Podał agentce wydruk komputerowy, by mogła się zapoznać z protokołem. Ta przebiegła szybko wzrokiem poszczególne strony i złożyła wyraźne podpisy.

– Dziękuję. Jest pani wolna. – Magda wstała i otworzyła drzwi. – Ej, ty! – zawołała młodego funkcjonariusza, który właśnie trafił do nich na staż. – Odprowadź panią do wyjścia. – Nie czekając na odpowiedź, niemal wypchnęła Wieśkę na korytarz.

Z rozbawieniem zauważyła tylko ogromne oczy chłopaka, gdy zobaczył ich świadka. Ta kobieta robiła wrażenie. Wysoka, umięśniona, z mocnym makijażem i starannie ułożonymi wściekle czerwonymi włosami – aktualnie dobrze czuła się w tym kolorze – obcisłych różowych spodniach i dopasowanym białym żakiecie ze złotym paskiem dokoła, wyglądała zarówno zdzirowato, jak i elegancko, co stanowiło połączenie dla Magdy niedostępne.

– Jeśli facet myślał, że Paluch tam mieszka, mógł wrócić, by ją odszukać – powiedział do Magdy, gdy ta usiadła przy swoim biurku.

– Owszem. Nie jestem pewna, czy mimo alibi powinniśmy ją wykluczyć z grona podejrzanych.

– Nie mamy grona podejrzanych. Mamy tylko ją, a ona ma alibi, co oznacza, że nie mamy żadnych podejrzanych, ale z braku laku może warto się jej przyjrzeć – odparł Damian.

Cmoknęła lekko, zastanawiając się przez chwilę.

– Na razie nie ciągnęłabym tego wątku. Skoncentrujmy się na ustaleniu personaliów NN. Nic innego nie mamy. Poza miejscem znalezienia zwłok nie ma żadnych innych śladów, a i tam jest ich niewiele. Nie dostaliśmy zgody prokuratora na przeszukanie piwnic mieszkańców, bo nie mamy wystarczająco sensownej argumentacji. Nikt się do niego nie przyznaje poza Wiesławą Paluch, a szczerze mówiąc, mogła powiedzieć, że go nie zna, i nic byśmy nie mieli. Nie sądzę, żeby samą siebie wkopała.

– Jeśli nawet wrócił tam z jej powodu, to nadal nie znaczy, że miała coś wspólnego z zabójstwem – przyznał Damian.

– Tylko czemu miałby go zabijać ktoś inny? – Magda złapała się za głowę. – A dlaczego ona miałaby to zrobić? To błędne koło!

– No dobrze, może lepiej w pierwszej kolejności dowiedzmy się, kim był, a dopiero potem, co zrobił, że ktoś go zabił – zaproponował Żurkowski.

W tym tandemie to Rzepka była starsza stopniem. Ostateczna decyzja należała do niej, ale oboje doskonale wiedzieli, że priorytetem jest ustalenie danych personalnych NN.

Rada Jana, żeby poczekać, była całkiem sensowna, ale nawet oczekiwanie na poród nie dłużyło się Emilii tak, jak czekanie na Wieśkę. Najchętniej pojechałaby do komisariatu i warowała na parkingu, lecz Jan i to jej odradził. Kropeczek umknął do swojego pokoju, gdzie w celu wyciszenia emocji rozwalił kilka zombiaków, a potem wyruszył na polowanie na smoka. Potrzebował smoczej łuski do swojego pancerza, a czy ktoś zna smoka, który dobrowolnie pozwoliłby się obedrzeć ze skóry? Wziął miecz, łuk, sprawdził ekwipunek z czarami – głównie leczniczymi – i wyruszył w góry. Miał do pokonania kilka przełęczy. Oby nie natknął się na orków. Chociaż… Stado orków da się bezkarnie rozwalić, za babcie poszedłby siedzieć.

Kropka doszła do słusznego wniosku, że czekanie z założonymi rękami nie skróci czasu, a nauka i owszem. Zajmie się problemem, gdy nadejdzie właściwy czas. Nie poświęci swojej najbliższej przyszłości dla agentki matki. W ostateczności jest weekend, aby posprawdzać kilka tropów, a jeżeli Wieśkę zamkną, poświęci na to czas wakacji. To już niedługo. Półtora miesiąca w areszcie nie powinno stanowić takiej traumy, z którą tamta by sobie nie poradziła. Pomaszerowała więc do siebie, rzucając jeszcze na odchodnym:

– Dajcie znać, jak Wieśka wróci.

Potem Jan opuścił towarzystwo, wymawiając się partyjką brydża, a Emilia została w kuchni z matką i teściową.

– Nie wierzę – powiedziała, na wpół do siebie, na wpół do staruszek. – Moją agentkę mogą zamknąć za zabójstwo, którego nie popełniła, a...

– Tego nie wiemy – wtrąciła Jadwiga.

– My tak sobie bezmyślnie czekamy.

– Chyba tylko ty. – Tym razem odezwała się Adela.

– Co ja? – nie zrozumiała Emilia.

– Bezmyślnie czekasz. My się zastanawiamy, jak wybrnąć z sytuacji – wyjaśniła matka.

– I co wymyśliłaś?

– Potrzebujesz nowego agenta – obwieściła Jadwiga.

– Nowy nie znaczy lepszy. Wieśka jest najlepsza w fachu. Inni autorzy błagają, by ich reprezentowała.

– To zmienia postać rzeczy – uznała Adela. – Dobrego fachowca niełatwo znaleźć.

– Tak, Adelo, zdecydowanie masz rację. – Jadwiga udzieliła jej natychmiastowego poparcia. – Musimy zmienić plan działania.

– Chwila! – Emilia usiłowała pozbierać myśli. – Siedzimy tu same od kwadransa, żadna nie powiedziała ani słowa, a wy już zdążyłyście opracować plan, który teraz trzeba zmienić? Jakim cudem mnie to ominęło? Ogłuchłam?

– Wielkie umysły nie potrzebują słów, by dojść do porozumienia – oświadczyła wyniośle Adela.

Jadwiga tylko kiwała z powagą głową.

– To może wielkie umysły podzielą się swoimi przemyśleniami z poślednim umysłem? – Wskazała na swoją głowę.

– Nie ma takiej potrzeby. Ty, dziecko, idź i pisz, a my się wszystkim zajmiemy – zapewniła ją Adela.

– A co wy właściwie chcecie robić? Jan powiedział wyraźnie, że utrudnianie śledztwa jest karalne...

– A kto ci powiedział, że chcemy utrudniać?

– Właśnie, Jadziu, czy my cokolwiek utrudniamy?

– Nie wiem, skąd taki pomysł.

– Emilka nas nie docenia.

– Jak zwykle. – Jadwiga pociągnęła nosem.

– No już dobrze. – Emilia wystraszyła się, że któraś ze starszych pań zaraz się rozpłacze. Matka też miała jakiś taki zdławiony głos. – Bardzo doceniam. Doceniam tak bardzo, że martwię się, że z powodu Wieśki wpakujecie się w kłopoty.

– Nikt nie zamierza pakować się w kłopoty – oświadczyła jej matka. – Musimy tylko podjąć działania, które pomogą tym z policji znaleźć sprawcę.

– Rany boskie! – jęknęła autorka romansów.

– Przede wszystkim należy im wskazać właściwy kierunek.

– Jak chcecie to zrobić?

– Musimy się przyjrzeć naszym sąsiadom. Na pewno ktoś z nich miał coś wspólnego z tym zabójstwem, popytamy, dowiemy się, kto kłamie. – Adela ogłosiła program na najbliższe dni.

– Aha, a oni tak od razu się przyznają? – zakpiła Emilia.

164

– Wątpliwe. Jak ktoś nie ma skrupułów i zabija, to kłamstwo dla takiego to pryszcz.

– Kolejne zabójstwo też mu różnicy nie zrobi – wytknęła im błąd w rozumowaniu.

– Możliwe, dlatego nie zamierzamy z nikim zostawać sam na sam. A wieczorami będziemy siedzieć w domu. I pod żadnym pozorem nie zejdziemy do piwnicy – wyliczała wszystkie środki bezpieczeństwa Jadwiga.

– A w razie czego mam to! – Adela wyjęła z kieszeni spodni podłużny przedmiot i nacisnęła przycisk znajdujący się u jego nasady.

Emilia krzyknęła cicho, gdy jej oczom ukazało się ostrze, ukryte w trzonku noża.

– Prawdziwy sprężynowiec – wyjaśniła z dumą jej siedemdziesięciotrzyletnia matka.

– Obiecaj mi, że tego nie użyjesz. – Taki natłok zmiennych emocji jest naprawdę niezdrowy, pomyślała zdumiona pisarka. Jakim cudem jako córka takiej matki nie musiała uczęszczać na grupową terapię dla dorosłych dzieci ekscentrycznych rodziców.

– Oczywiście, że nie – odrzekła z niewinnym uśmiechem na ustach Adela. – To tylko na postrach. Ja wyciągam nóż, a Jadwiga wzywa pomocy! To pozwoli zyskać na czasie.

– A nie możecie zyskać na czasie, wydzierając się we dwie?

– Oj, Emilko – zganiła ją teściowa. – Pierwszym odruchem wobec krzyczących jest zatkanie im gęby. Na widok noża większość osób doznaje szoku, a jego częstym objawem jest odrętwienie. Te kilka sekund, zanim taki odrętwiały bandyta dojdzie do siebie, może uratować nam życie.

Emilia nie znalazła na to odpowiedzi. Po chwili namysłu uznała, że pierwotny plan, zakładający siedzenie w domu po zmroku, unikanie piwnic i odosobnionych miejsc, powinien wystarczyć, by żadna z panien Marple nie musiała wyciągać noża. Oby.

– Dzwonię do Wieśki. To czekanie mnie dobija – oznajmiła i wyszła z kuchni, by zatelefonować w samotności, z dala od gumowych uszu.

– To co robimy? – zapytała Jadwiga, gdy kroki synowej ucichły.

– Musimy znaleźć idealnego podejrzanego – powiadomiła ją partnerka od prywatnego dochodzenia.

– Idealnego, powiadasz... A idealny to jaki?

– Najlepiej, gdyby to był prawdziwy zabójca, ale na moje oko wystarczy ktokolwiek, byle się nadawał.

– Skąd mamy wiedzieć, że się nadaje?

– Nie może mieć alibi.

– Hm... A jak przez przypadek wsadzimy za kratki niewinnego człowieka? – zmartwiła się Jadwiga.

– Racja. Nie jestem pewna, czy mogłabym z tym żyć... – zadumała się dłuższą chwilę Adela, po czym nagle powiedziała: – A może znajdziemy kilku podejrzanych? Wszystkich chyba nie zamkną?

– Hm... Ale samo podejrzenie... Jak się rozniesie, to wiesz, jak to jest z łatkami. Kiedy już ci jakąś przylepią, to na całe życie. Tu mieszkają młodzi ludzie. To może potrwać.

– Też racja – westchnęła Adela. – Ale jakiegoś podejrzanego musimy mieć.

– Bo wiesz... – Jadwiga stukała palcami po stole. Nawyk irytujący, ale pozwalał jej zebrać myśli. – Bo gdyby to ktoś inny wskazał palcem niewinnego podejrzanego, to ten ktoś inny musiałby z tym żyć...

– Hm... To byłoby jakieś wyjście. Tylko jak to zrobić?

– Dziel i rządź? – zaproponowała zadowolona z siebie Jadwiga. Właśnie wymyśliła plan!

– A dokładniej? – zirytowała się Adela, nie rozumiejąc, o co chodzi.

– Sąsiedzi tworzyli społeczności...

– W innej epoce. Teraz ludzie nie znają się na tyle, by mówić sobie „dzień dobry" – przerwała Jadwidze, wykrzywiając wargi w wieloznacznym grymasie, którego tamtej nie udało się zidentyfikować.

Jej towarzyszka, w najmniejszym stopniu niezrażona, ciągnęła z entuzjazmem:

– Masz rację, Adelo. W innej epoce. Ludzie wiedzieli wszystko o swoich sąsiadach. Teraz nie wiedzą nic i to jest problem. Albo nie wiedzą, że wiedzą, i to jest jeszcze większy problem.

– Nic nie rozumiem... – poskarżyła się Adela.

– Musimy uświadomić ludzi, z kim mieszkają pod jednym dachem. Może przypomną sobie coś, co widzieli, a na co nie zwrócili uwagi, a co nam pomoże.

– Chcesz napuścić na siebie sąsiadów? – zapytała niepewnie Adela.

– Właściwie tak – przyznała Jadwiga.

– To dlaczego nie powiedziałaś od razu, tylko kluczysz?

– Powiedziałam! Po prostu nie zrozumiałaś mojej intencji!

– Doskonale zrozumiałam twoją intencję. Ta twoja świętoszkowatość nie pozwala ci nazywać rzeczy po imieniu! Kluczysz gdzieś, zamiast wyłożyć kawę na ławę! – wykrzyknęła zdenerwowana Adela.

– Nie jestem świętoszkowata! – wydarła się Jadwiga, zupełnie jak nie ona. Krzyczeć to i owszem, potrafiła, ale nie jak przekupa na targu.

– Największa zaraza stoi najbliżej ołtarza!

– Że jak? – zdumiała się Jadwiga.

– Wreszcie! – wykrzyknęła Emilia, gdy usłyszała głos przyjaciółki w telefonie komórkowym. – Co się dzieje?

– Na szczęście nic! – powiadomiła ją radośnie Wieśka. – Potraktowali mnie jak szmatę, przecisnęli przez wyżymaczkę, wytarli we mnie buty i pozwolili iść do domu. Cieszę się, że przy wyjściu nikt nie napluł mi w twarz.

– Ale to znaczy, że... Co to właściwie znaczy? Podejrzewają cię?

Emilia kompletnie nie rozumiała systemu prawnego w Polsce, zresztą podobnie jak i znaczna część Polaków. W życiu prywatnym posługiwała się zasadami moralnymi wyuczonymi przed laty na lekcjach religii: „nie kradnij", „nie zabijaj" – pozostałe jakoś przeleciały jej koło ucha – i kodeksem drogowym. Reszta była jej doskonale obojętna, przypominała sobie o nich w razie potrzeby jak o konieczności corocznego rozliczania się z podatku dochodowego.

– Teraz już chyba nie. Uratowała mnie rozwiązłość, w przeciwnym razie moim alibi byłby kot, którego nie mam.

– Dobrze się czujesz? – zaniepokoiła się Emilia.

– Doskonale. Podczas przesłuchania zaczęłam doceniać walory życia małżeńskiego.

– He? – Nieartykułowany dźwięk, który wyrwał się z ust pisarki, mógł być równie dobrze znakiem zapytania, jak i wykrzyknikiem. Emilia sama nie wiedziała, czym był, ale Wieśka zinterpretowała go doskonale.

– Rozumiem twoje zdziwienie, ale w razie konieczności posiadania alibi taki mąż jest jak znalazł!

– Chcesz wyjść za mąż, żeby mieć alibi? Przecież nie da się wyjść za mąż z datą wsteczną. Czy się da? Wieśka, ja nadal nic nie rozumiem!

– Ja nie mówię o wtedy, tylko o… przyszłym teraz!

– A jaki to ma związek z twoim alibi, które jest potrzebne na teraźniejsze teraz czy też przeszłe teraz… Czy ty rozumiesz, co ja mówię? – Emilia zaplątała się w czasie przeszłym, teraźniejszym i przyszłym, nie rozumiejąc, czy Wieśka potrzebuje alibi na czas dokonanego zabójstwa czy też jeszcze niedokonanego, lecz być może już zaplanowanego.

– Z tamtym nic, jednak kto wie, co może czekać człowieka w przyszłości? Na szczęście spędziłam noc morderstwa z przyjacielem. A co by było, gdybym spała sama? Udupiona jak nic przez brak faceta w łóżku! Muszę mieć faceta na stałe, który każdej nocy zapewni mi alibi. Muszę wyjść za mąż!

– Aha… – zaczęła niepewnie Emilia. – Ale małżeństwo jest z natury rzeczy tak jakby… monogamiczne…

– Nie wpadajmy w przesadę, dobrze? Człowiek ma takie małżeństwo, jakie sobie wymarzy.

– Tylko że tej drugiej osobie może być przykro…

– Niby dlaczego? – zdziwiła się agentka.

– Bo złamie mu to serce?

– Nie można złamać serca komuś, kto cię nie kocha, prawda?

– Chcesz wyjść za mąż bez miłości?! – zawołała autorka romansów.

– Oczywiście. Podstawą mojego małżeństwa będzie rozsądek i seks. To i tak więcej, niż ma większość ludzi.

– Ale jak to tak? – Sama słyszała bezradność i rozczarowanie we własnym głosie. Jak na zdradzaną mężatkę i aktualna rozwódkę, zachowała sporo wiary w miłość.

– Emilia, ty o takich rzeczach nawet nie powinnaś wiedzieć. Ty jesteś pisarka romantyczna i tego się trzymaj. Załatw tylko tę sprawę z seksem, bo teraz masz być romantyczna erotycznie! – Wieśka znów była Wieśką. odzyskała wigor, przedsiębiorczość i pewność siebie. – Wpadnę jutro po umowę! Pa!

– Pa! – powiedziała oszołomiona Emilia i odłożyła telefon na biurko.

Zawirowania emocjonalne, których doświadczała, przyprawiały ją o zawrót głowy. Tego dnia prawie aresztowano jej przyjaciółkę z powodu pana X, a teraz została wypuszczona i zamierzała wyjść za mąż za pana Y. Ona sama ma amnezję, za którą jest wdzięczna losowi, a w tej chwili kolejne zaćmienie umysłowe byłoby mile widziane.

Zaćmienie nie nadeszło, zatem postanowiła poinformować domowników o tym, że Wieśka jest cała, zdrowa, bezpieczna i ani trochę niearesztowana.

– Kropka? – zapukała do drzwi i czekała chwilę, aż córka zawoła: – Proszę!

Emilia szanowała prywatność swoich dzieci, pamiętając, jak się czuła, gdy jej własna matka nachodziła ją w nieoczekiwanych momentach. Raz została przyłapana z ustami przyciśniętymi do ściany, gdy całowała plakat ulubionego piosenkarza. Matka naśmiewała się z niej nawet wtedy, kiedy Emilia była już mężatką. Oby teraz jej się to nie przypomniało, wzdrygnęła się.

– Wieśka jest już w domu – powiadomiła córkę.

– Dziadek miał rację – ucieszyła się dziewczyna. – Co nie znaczy, że problemy się skończyły – dodała złowróżbnie.

– Pewnie nie… – przyznała Emilia. – Wychodzi za mąż.

– Jasne! – parsknęła nastolatka. – Niech mnie poprosi na druhnę.

– Nie żartuję. Powiedziała, że wyjdzie za mąż, by mieć alibi na te noce, które będzie spędzała w domu. To trochę chore, nie sądzisz? Wychodzić za mąż z zamiarem zdradzania męża.

– Hm… – Kropka zastanawiała się nad tym chwilę. – Czyli to byłoby otwarte małżeństwo?

– Jak to, otwarte?

– No takie, że małżonkowie nie ograniczają się tylko do siebie – wyjaśniła.

– Ale… – Emilia zdębiała.

– No co? Małżeństwo to umowa między dwojgiem ludzi…

– Nie chcę tego słuchać! – Zatkała uszy.

– Oj, mamo, nie możesz być taka zaściankowa. To, że ty się na to nie godzisz, nie oznacza, że innym masz zabraniać. Osobiście nie popieram takich związków, ale skoro komuś to pasuje, to nie mój problem. Żyjemy w wolnym kraju. Nie możemy być jak ci hipokryci, co to sami pozbawieni radości życia, odbierają ją innym.

– Mówisz o babciach?

– Nie, mamo, mówię o ludziach, którzy zmieniają nasz świat. Kiedyś dzieci były produktem ubocznym orgazmu, a teraz orgazm jest skutkiem ubocznym programu powszechnej reprodukcji. Szkoła uczyła nas myśleć, a teraz będzie uczyć, CO myśleć. *Rok 1984* zbliża się małymi kroczkami.

– Mamy rok dwa tysiące piętnasty – zdumiała się Emilia.

– George Orwell się kłania, mamo. George Orwell!

– Uchowaj Boże! – Emilia przeżegnała się szybko.

– Religia to teologiczny odpowiednik klasycznego przekrętu ubezpieczeniowego, polegającego na tym, że rok po roku wnosisz składki, po czym, kiedy chcesz ze swojej sumiennie opłacanej polisy skorzystać, dowiadujesz się, że firma, która brała od ciebie pieniądze, tak naprawdę nie istnieje* – zacytowała jej córka.

– Muszę ochłonąć. Idę porozmawiać z kimś mniej... Mniej... – Nie chciała powiedzieć: „mniej inteligentnym", bo Kropeczek wcale nie był mniej inteligentny niż Kropka. On po prostu wykorzystywał swoją inteligencję inaczej. Lub w mniejszym stopniu. Niewykluczone, że momentami nawet ją ukrywał.

– Kropeczek pewnie gra – westchnęła dziewczyna.
– Niech gra, póki może. Nigdy nie wiadomo, kto patrzy.

Emilia spojrzała na córkę podejrzliwie, ale wolała nie dociekać, co Kropka ma na myśli. Polityką interesowała się tyle o ile, tak jak przeciętny członek społeczeństwa. Później efekty są, jakie są, pomyślała. Dobrze, że rośnie nam młode pokolenie, które nie pozwoli sobie odebrać tego, co im się należy, i nie da sobie wciskać ciemnoty.

– Kropeczek! – zadudniła pięścią w drzwi syna. Otworzyły się niemal natychmiast.

– Nic nie zrobiłem – oznajmił z niepewną miną.

– Nie powiedziałam, że coś zrobiłeś...

– Babcie kazały mi przyjść.

– O rany. Coś kombinują. Siedź. Ja pójdę.

– Naprawdę? – Ucieszył się.

– I tak chciałam z nimi porozmawiać.

– Jesteś wielka! – Wysoki, choć chudy jak szczapa chłopak złapał Emilię w pasie i uniósł w powietrze.

---

* Stephen King, *Przebudzenie*.

– Puść mnie, synu, nim babcie to zauważą, i wpadną na pomysł, żebyś je wnosił po schodach – wysapała zaskoczona. Jęknęła głucho, gdy z impetem postawił ją na podłodze.

– Nic się nie wydarzyło. Jeśli coś zobaczyły, zwal to na zaćmę czy co też tam one mają! – zawołał wystraszony.

– Chciałam tylko powiedzieć, że Wieśkę puścili do domu, więc cokolwiek babcie zaplanowały, masz zakaz pomagania. Powiedz im, że powiedziałam to ja, Emilia Przecinek, twoja matka.

– Mogę to nagrać? – zapytał z nadzieją.

– Nie – odparła krótko, odwróciła się na pięcie i odeszła.

O planach małżeńskich Wieśki wolała syna nie informować. Kropeczek również mógłby okazać pełne zrozumienie. Mózg nastolatka w niczym nie przypomina mózgu dorosłego, pomyślała, schodząc. Oprócz mózgu Kropki. Ona zawsze była dorosła.

Staruszki debatowały szeptem, siedząc obok siebie, z głowami niemalże przyklejonymi jedna do drugiej. Na widok Emilii odsunęły się od siebie, jakby robiły coś złego i nie chciały, by je przyłapano.

– Cokolwiek robicie, macie przestać – oświadczyła im groźnie.

– Odmawiałyśmy różaniec! – zawołała zdumiona Jadwiga, pokazując jej dowód rzeczowy, który trzymała w ręku.

– Aha – bąknęła lekko zmieszana i mocno nieufna.

Teściowa z różańcem w ręku? Matka odmawiająca modlitwę? Adela kazała jej chodzić na religię, bo inne dzieci chodziły, i nie jęczeć, żeby ludzie jej nie obgadywali. Jadwiga w kościele nie postawiła nogi, odkąd ksiądz domagał się pieniędzy na nowy dach.

– Cokolwiek kombinujecie, macie o tym zapomnieć – powiedziała na wszelki wypadek. – Wieśka nie została aresztowana. Nic jej nie jest. Wróciła do domu i wychodzi za mąż. Resztą zajmie się policja.

– Jasne – zachichotała Adela.

– A kto ją zechce? – zawołała zdumiona Jadwiga.

– To jej sprawa. My będziemy ją wspierać – oświadczyła zdecydowanie Emilia, która nieoczekiwanie pojęła, że nie musi aprobować poglądów przyjaciółki, ale właśnie jako przyjaciółka powinna przy niej wiernie trwać, cokolwiek tamta postanowi, dopóki nie jest to niezgodne z prawem.

– Ty mówisz poważnie? – zdumiała się Adela. – Wieśka wychodzi za mąż? Co oni jej zrobili w tym więzieniu?

– Nie była w więzieniu, tylko w komisariacie.

– Myślisz, że tam torturują ludzi? Rażą prądem albo coś w tym rodzaju? – zaniepokoiła się Jadwiga.

– Ależ skąd! – wykrzyknęła Emilia zbulwersowana. – Skąd te pomysły?

– To nie my wychodzimy za mąż, tylko Wieśka. Co mamy myśleć? – Adela intensywnie się nad czymś zastanawiała. – Może to policja kazała jej się ustatkować?

– To nie jest policja religijna, mamo. – Emilia wzniosła oczy do sufitu, szukając tam pomocy. Po co w ogóle zaczynała ten temat? No po co?!

– A za kogo ona wychodzi za ten mąż? To znaczy, za mąż? – poprawiła się szybko teściowa.

– Na razie za nikogo. To tylko taki pomysł.

– Pomysł, żeby wyjść za mąż? A na co jej teraz mąż? – dziwiły się obie, mówiąc jedna przez drugą.

– Przez tę sprawę z przesłuchaniem Wieśka uroiła sobie, że gdyby morderstwo popełniono tej nocy, gdy była sama w domu, nie miałaby alibi. Więc na wszelki wypadek chce mieć męża. Czy to nie dziwne?

– Ach, małżeństwo z rozsądku! – zawołała Jadwiga.

– Dlaczego nie mówiłaś od razu?

– Bo co to za rozsądek? Hodować męża w domu dla seksu i ewentualnego alibi? Ona chyba jest w szoku.

– Przed chwilą kazałaś nam ją wspierać – wypomniała jej matka.

– Bo przed chwilą tak myślałam, a teraz myślę, że to szok!

– Nie jestem taka pewna. Osobiście uważam, że małżeństwo z rozsądku jest bardzo dobre. Ustala się rozsądne warunki takiego związku, jego cele, a następnie je realizuje. – Jadwiga całkiem poważnie rozważała pomysł agentki.

– Większość małżeństw opiera się na wspólnocie interesów i seksie.

– A co z miłością, mamo?

– Oj, Emilko, miłość miłością, a życie życiem. Ja przed twoim ojcem podkochiwałam się w takim chłopaczysku z przeciwka, ale nigdy bym za niego nie wyszła. Hultaj był jakich mało. Nie każdy mężczyzna nadaje się do małżeństwa.

– Mam dość. Idę pisać – oświadczyła Emilia. – Dobrze, że chociaż Agata wierzy w miłość! – wykrzyknęła jeszcze przez ramię. Chętnie trzasnęłaby drzwiami, jednak w kuchni ich nie było.

– Wiesz, że mam rację! – wrzasnęła Adela. – Sama tworzysz takich mężczyzn, za których kobiety chciałyby wychodzić za mąż, a małżeństw jest coraz mniej!

– Wcale nie! – Pokazała im język, którego nie mogły zobaczyć, jako że była już w połowie schodów.

Trochę to dziwne, przekrzykiwać się z matką, mając na karku niemal czterdzieści lat, ale cóż, w tym domu trudno być dorosłym.

Damian i Magda siedzieli na zapleczu i rozmawiali z właścicielką agencji turystycznej. Było to kolejne miejsce, które odwiedzili tego dnia. Mały hotelik, wskazany im przez agentkę Emilii jako miejsce schadzki, preferował obrót gotówkowo-bezparagonowy. Efekt był taki, że znaczna część klientów nie trafiała do książki meldunkowej. Żurkowski i Rzepka nie byli z tego zadowoleni, bo nie udało im się zdobyć danych NN, ale cała reszta to problem urzędu skarbowego, a nie wydziału kryminalnego. Liczyli na pomoc agencji turystycznej. Klient musiał podpisać jakąś umowę. Wysłać przelew. Zapłacić kartą.

– Jeśli umowa została zawarta, z pewnością będziemy mieć dane osoby, o którą państwo pytają. – Danuta Rogalska uśmiechnęła się ciepło do Żurkowskiego.

Magda tylko westchnęła, rozsiadła się wygodnie na krześle i pozostawiła prowadzenie rozmowy koledze.

– Będzie pani uprzejma sprawdzić? – poprosił, ignorując znaczący uśmieszek partnerki.

– Ależ oczywiście. – Szeroki uśmiech odsłaniał śnieżnobiałe zęby.

Jakim cudem taki facet może być nieśmiały? – zastanawiała się Magda. Woda sodowa powinna mu uderzyć do głowy. Może chodzi o to, że nie jest świadomy swojego uroku?

– Zobaczmy, co my tu mamy… – Właścicielka agencji sprawnie uderzała palcami w klawiaturę. – O! Jest! Ale zaraz… Zaraz… Mam tu trzy umowy z tego popołudnia. Wszyscy chcieli jechać do Tajlandii. To bardzo popularne miejsce.

– Z pewnością. Mogłaby pani udostępnić nam te dane? Ustalimy, o którą z tych osób nam chodzi – powiedział Damian.

– Nie jestem pewna, czy mi wolno… – zawahała się kobieta.

Magda już była gotowa interweniować, gdy Żurkowski oświadczył ostrym tonem:

– Jeden z pani klientów został zamordowany. Naprawdę chce pani czekać do dnia wycieczki, żeby sprawdzić, kto się nie stawi?

– Ależ skąd! – zaprotestowała zszokowana właścicielka.

– Proszę dane personalne i osobowe. Ma pani prawny i moralny obowiązek udzielania pomocy organom ścigania.

– Ależ oczywiście. Nigdy bym nie… – zająknęła się i szybko wydrukowawszy żądane dane, podała je Żurkowskiemu.

– Bardzo dziękujemy za pomoc – odezwała się niewidzialna do tej pory Magda, odbierając od niego wydruk. Widniały na nim trzy nazwiska i adresy: Bartosz Niecielski, Czesław Kupski, Mateusz Rogalik.

Imię żadnego z nich nie zaczynało się na D.

Oby ta Paluch wskazała nam właściwą agencję, pomyślała zirytowana policjantka. Gdyby choć jeden Daniel, Damian, Dominik widniał na liście lub był na niej jakikolwiek inny mężczyzna o imieniu rozpoczynającym się na literę D, mogliby od niego zacząć. Tymczasem żaden z nich nie miał D ani w imieniu, ani w nazwisku, i to nie tylko na początku, ale nawet w środku czy na końcu.

– Od kogo zaczniemy? – zapytał Damian. Trzej wycieczkowicze mieszkali w różnych częściach miasta. Obawiał się, że przy tych korkach on i Magda spędzą resztę dnia w samochodzie.

– Entliczek, pentliczek? – zaproponowała niezadowolona koleżanka.

Adela przyjrzała się jasnoniebieskiej bluzce Jadwigi, którą tego ranka prasowała. Sojusz uruchomił tkwiące w niej geny wspólnoty i opiekuńczości, które zanikły około dwunastego roku życia Emilki, gdy ta weszła w wiek nastoletni i całkowicie odpłynęła w świat fantazji. Gen opiekuńczości wrodzonej zamienił się wówczas w gen opiekuńczości nabytej, gdyż musiała przyjąć do wiadomości, że jak się palcem nie pokaże, to nie będzie zrobione. W wieku lat około osiemnastu Emilia wychynęła ze świata niebytu i zaczęła bardziej się interesować rzeczywistym, czyli głównie chłopcami, co Adela powitała z mieszanymi uczuciami.

Adela kochała wnuki, ale od opieki miały matkę. Babcia była od rozpieszczania, pouczania i wskazywania właściwej ścieżki, choć na Kropeczku położyła krzyżyk, a Kropce lepiej już nic nie wskazywać, bo pod jej krytycznym wzrokiem palec mógłby się skręcić, sczernieć i odpaść.

W kogo one się wdały? W Kropeczku widziała sporo cech Emilii, tylko że jakoś inaczej się one objawiały. A Kropka z tym swoim zdeterminowanym charakterkiem, zawsze mająca coś do powiedzenia i to w specyficzny sposób, ni to obraźliwy, ni to pouczający, nikogo z rodziny nie przypominała...

– Coś nie tak? – zaniepokoiła się Jadwiga, spoglądając na bluzkę z kołnierzykiem, którą Adela odprasowała jej dokładnie tak, jak lubiła.

– Nie, wszystko w porządku – westchnęła tamta. – Pomyślałam tylko, że dawno się nikim nie opiekowałam.

– Mną się opiekujesz? – Jadwiga zdębiała. – Tylko mi wyprasowałaś bluzkę!

– To mało? – zdumiała się Adela. – Dawno tego dla kogoś nie robiłam.

– Herbatę musiałam zaparzyć sama, bo tobie się nie chciało ruszyć z łóżka!

– Masz niesprawną nogę, a nie ręce! – zdenerwowała się Adela. – Gdybyś leżała w łóżku, tobym wstała, ale ty jeszcze się kręciłaś po pokoju w tym cholernym fotelu na kółkach! Jesteś niewdzięczna!

– Ja? Niewdzięczna? No teraz to mnie naprawdę uraziłaś, Adelo – powiedziała z wyrzutem Jadwiga. – Jak Anka z kółka emerytalnego nazwała cię starym puszczalskim próchnem, od razu wszystkim powiedziałam, że ktoś, kto wcisnął mężowi cudze dziecko, nie powinien wypowiadać się na temat puszczania, a jej córka ma dwójkę nieślubnych dzieci, i to każde z innym ojcem, więc widocznie jaka mać, taka nać, jak powiadał mój świętej pamięci dziadek.

– Naprawdę tak jej powiedziałaś? – zdumiała się Adela.

– Oczywiście, że tak. To, że nie zawsze cię lubię i nieustannie mnie irytujesz, nie znaczy, że nie jesteś moją rodziną. Nikt obcy nie będzie cię obrażał!

– Dziękuję, Jadwigo, chyba cię nie doceniałam. – Adela stropiła się na moment. – Ale, ale, przecież Anka nie ma córki – uprzytomniła sobie.

– Teraz już ma – oznajmiła stanowczym tonem Jadwiga. – Wszyscy myślą, że ze wstydu nie chciała się do niej przyznać, więc już w ogóle nie przychodzi na spotkania, bo im więcej zaprzeczała, tym mniej jej wszyscy wierzyli.

– Nigdy jej nie lubiłam – stwierdziła Adela.

– Jeździłyście razem do teatru – wypomniała jej Jadwiga.

– Wspólnota interesów a przyjaźń to dwie różne rzeczy, Jadwigo. Nas łączy jedno i drugie – oznajmiła na pozór obojętnie, by nie wydać się sentymentalną.

– Jak zwykle masz rację, Adelo – przyznała łaskawie tamta, nie rozwodząc się specjalnie nad jej słowami, by matka Emilii nie posądziła jej o tani sentymentalizm. Pociągnęła nosem, chcąc ukryć wzruszenie, i zapytała: – To kogo bierzemy na celownik?

– W mojej opinii to nie my powinnyśmy wybrać sprawcę. – Adela ukradkiem otarła łzę, która zakręciła jej się w oku. – Naszym zadaniem będzie rzucenie ziarna, a ono samo padnie na urodzajną glebę.

– Nie miałam na myśli sprawcy! Od kogo zaczniemy skłócanie sąsiadów? – zniecierpliwiła się jej sojuszniczka.

– Oni sami mają sobie znaleźć sprawcę lub sprawców. Im większe zamieszanie, tym Wieśka będzie bezpieczniejsza, a może dopisze nam szczęście i przy okazji ujawni się prawdziwy zabójca? Jak ludzie zaczną ze sobą rozmawiać, to może się okazać, że wiedzą więcej, niż nam się wydaje.

– No tak – stropiła się Adela. – Przecież właśnie o tym rozmawiałyśmy. Coś nakręciłam… No nieważne, przystępujemy do działania. Zacznijmy może od Nowaczykowej. Około dziewiątej trzydzieści rano wychodzi z dzieckiem na plac zabaw.

– Wpisałyśmy na listę jej męża. Przyprawia mu rogi.

– To dobry początek. Możemy napuścić ją na męża – ucieszyła się Adela.

– Czy to nie będzie zbyt oczywiste? – spytała Jadwiga.

– Będziemy improwizować – postanowiła tamta. – Wywiozę cię na dwór i zostawię przy jej ławce, a sama w tym czasie przejdę się do Storczykowej. Musimy działać szybko.

– Miałyśmy się nie rozdzielać – zaniepokoiła się wspólniczka.

– Jest biały dzień, nikt cię nie ukatrupi.

– Na wózku nie ucieknę – denerwowała się Jadwiga. – Przecież ktoś może mnie porwać. Złapie za uchwyty, wywiezie mnie na ulicę i wepchnie pod samochód.

– Wciśniesz hamulec w wózku i będziesz wrzeszczeć, ile sił w płucach – poradziła jej Adela.

– Może daj mi ten nóż? – poprosiła Jadwiga. – Ty masz kulę.

– Czy ja wiem... – Tamta się zawahała. – Może weź kuchenny?

– I gdzie go schowam?

– Racja... No dobrze, tylko go nie zgub. – Niechętnie podała jej swój sprężynowiec. Jadwiga po chwili zastanowienia włożyła go za pasek spódnicy.

– Wezmę sweter. Położę go sobie na kolanach, żeby nie było widać.

Kilka minut później Adela wraz z Jadwigą opuszczały mieszkanie Emilii. Pierwsza pchała na wózku tę drugą. Jadwiga trzymała nad głową kulę Adeli, bo ta nie miała trzech rąk, jak ją powiadomiła, a te dwie były jej potrzebne do obsługi wózka przyjaciółki.

Jadwiga wcisnęła przycisk windy i w milczeniu czekały na jej przyjazd. Na klatce schodowej panowała cisza. Obie starsze panie miały poważne miny. Myślały o tym, co zamierzają zrobić. Gdy winda znalazła się na ich piętrze, drzwi otworzyły się bezszelestnie i Adela, posapując lekko z wysiłku – Jadwiga nie była taka lekka – wepchnęła wózek do kabiny.

– Nie zapomniałeś czegoś?

– ...

– Gdzie się pchasz z tymi łapami?

– ...

– Czy ja mówiłam, żebyś mnie pocałował, baranie? Śmieci zabierz, półgłówku! Od wczoraj wieczorem pod drzwiami stoją! Myślisz, że po co je tam wystawiłam? Żeby zwabić karaluchy?!

– Zatrzymaj windę! – jęknęła Jadwiga, gwałtownie wciskając guzik swojego piętra w nadziei, że to pomoże. – To państwo X!

– Słyszałam tylko jazgot tej babki!

– Bo znowu go wyzywała! A niech to diabli! – zaklęła Jadwiga, gdy mimo jej starań drzwi się zamknęły i winda ruszyła z cichym szelestem. – Prawie go miałyśmy! Nieważne, dopadniemy faceta na dole!

W tym samym momencie Adela wyrwała jej kulę i z całej siły szturchnęła czerwony przycisk z napisem STOP na panelu windy. Ta zatrzymała się gwałtownie, światła zamigotały i przygasły, a przycisk odpadł, ukazując im wgniecioną do środka płytkę.

– Coś ty zrobiła?! – krzyczała zdenerwowana Jadwiga, próbując wciskać guziki z kolejnymi numerami pięter, ale żaden nie zadziałał.

– Chciałam zatrzymać windę!

– Przecież mówiłam, że złapiemy go na dole!

– To trzeba było mówić szybciej! – wydarła się Adela.

– Trzeba było myśleć!

– Nie zdążyłam!

– Czego nie zdążyłaś?!

– Pomyśleć!

– Mam klaustrofobię! – Jadwiga złapała się za serce i zaczęła gwałtownie chwytać powietrze.

– Nie masz klaustrofobii, tylko histerię!

– Nazwałaś mnie histeryczką?! – Oburzona Jadwiga nadal trzymała się za serce, ale jej oddech błyskawicznie wrócił do normy.

– Nie powiedziałam, że jesteś histeryczką, tylko że masz histerię! To nie to samo!

– A czym to się niby różni?!

– Jak będziesz miała rzeżączkę, to nie znaczy, że sama jesteś rzeżączką!

– Co to jest rzeżączka?

– Jakaś wstydliwa choroba.

– Skąd wiesz?

– Widziałam reklamę na TLC.

– Reklamowali rzeżączkę? Jest modna? – zdumiała się Jadwiga.

– Nie, reklamowali program o rzeżączce.

– Oglądałaś go?

– A po co mi informacje o chorobie, której nie mam? – zdziwiła się Adela.

– Czyli nie wiesz, co to jest?

– A jaka różnica?! Utknęłyśmy w windzie!

– Przez ciebie!

– Nieważne! Musimy się wydostać!

– Ty nas w to wpakowałaś, ty nas wyciągnij!

– Na pomoc!!!! – Adela zbliżyła się do drzwi windy i zaczęła uderzać w nie pięściami. – Ratunku!!!

183

Jadwiga oniemiała, ale tylko na chwilę. Podniosła kulę, którą Adela oparła o ścianę windy, i zaczęła nią walić w podłogę.

– Jak ja mam pracować w takich warunkach? – zdenerwowała się Emilia.

Nie miała zielonego pojęcia, czy można złamać żebra, upadając na plecy, ale postanowiła przyjąć to jako pewnik i poprowadzić akcję dalej. Agata właśnie odebrała Marka ze szpitala i zamierza wziąć go do siebie, by zaopiekować się ofiarą wypadku. Mieszkanie pod jednym dachem da im okazję, by poznali się lepiej, a jej pozwoli stworzyć kilka romantycznych scen.

Tymczasem wizja romantycznej kolacji we dwoje została zakłócona przez dobiegające z zewnątrz hałasy. Nie licząc zabitego NN i popijającego, niekiedy leżącego na schodach Olejniczaka – ale obaj zachowywali się niezwykle cicho – nikt nie zakłócał spokoju mieszkańcom. Dziś ktoś postanowił zrobić wyjątek, zakłócając jej proces twórczy.

Emilia nigdy nie kłóciła się z sąsiadami. Nigdy nie miała żadnych żądań ani zastrzeżeń. Nie może teraz pójść i zacząć walić pięścią w czyjeś drzwi. A jak ktoś otworzy, to co ona zrobi? Westchnęła ciężko. Najchętniej obgryzłaby paznokcie albo coś zjadła. Niestety, nie może. Ludzie patrzą jej na ręce i to dosłownie, a nie w przenośni. Odkąd pozbyła się brzucha, nie chciała do niego wracać, bo była to miłość nieodwzajemniona. Brzuch kochał Emilię, ale ona nie kochała swojego brzucha. Poklepała niewielką wypukłość, ciesząc się, że teraz są tam mięśnie, a nie trzęsąca się galareta.

Hałas narastał. Teraz do krzyków doszły odgłosy uderzeń czymś twardym. Remont? – zdziwiła się. Ale kto krzyczy przy remoncie? Dziwna sprawa. Może powinnam sprawdzić, czy coś się tam nie stało? Już miała wstać zza biurka, gdy przyszła jej do głowy pewna myśl. A dokładniej przyszły jej na myśl dwie osoby – Adela i Jadwiga. Gdyby działo się coś złego, wiedziałyby o tym pierwsze i alarmowały ją osobiście lub telefonicznie. Jeśli tego nie robią, to znaczy, że nic złego się nie wydarzyło albo zadziałały same.

– Na pewno zadzwoniły już na policję – uznała. – Lepiej, że to one niż ja.

Otworzyła szufladę i wyjęła słuchawki, które swego czasu sprezentował jej Kropeczek. Podłączyła kabelek do laptopa, słuchawki włożyła do uszu i włączyła Alvaro Soler, podkręcając głośność, by zagłuszyć dobiegające z zewnątrz hałasy.

Marek podpierał się kulą, by...

Zaraz, zaraz, jaką kulą? Przecież on ma złamane żebra, a nie nogę.

Marek, powstrzymując jęk bólu, powoli wchodził po schodach. Agata chętnie by mu pomogła, ale obawiała się, że może sprawić biedakowi dodatkowy ból.

Oj, to chyba nie będzie za romantycznie, jeśli ona się boi go dotknąć. Niedobrze. Chyba przesadziłam z tymi żebrami... Gdyby czytelnicy wiedzieli, jak trudny jest proces twórczy, może przestaliby wciąż pytać, kiedy będzie nowa książka, bo ostatnią pochłonęli w trzy godziny.

Przestań, Emilio, nie bądź niewdzięczna. Gdyby nie czytelnicy, pisałabyś do szuflady i pracowałabyś nie wiadomo gdzie, a już na pewno nie robiłabyś tego, co lubisz. Oczywiście nie wszyscy uważają twoje zajęcie za pracę, ale gdyby sami spróbowali coś napisać, sprostać wymaganiom wydawcy, czytelników i jeszcze czerpać z tego radość, dotarłoby do nich, jak bardzo jest to wyczerpujące emocjonalnie, gdy ma się ochotę kogoś zabić, a nie można, bo to romans, nie kryminał.

Skoro doznałam amnezji na widok obcego ciała, to zabijając kogoś, z kim jestem związana mentalnie, zapomniałabym chyba własnego imienia i nazwiska. Emilio, jesteś sadystką. Połamałaś Marka dla własnej wygody, a nie chcesz go zabić? Mogłabyś zrobić to humanitarnie i... Zaraz, zaraz, o czym ja myślę?

To wszystko przez to cholerne dudnienie, które słyszę nawet przez słuchawki! Ten łomot nastraja mnie agresywnie i wywołuje mordercze skojarzenia. Jakim cudem Adela z Jadwigą nie zrobiły jeszcze z tym porządku? Poszły gdzieś? Uparły się na to prywatne dochodzenie, chociaż kompletnie nic nie zdziałają. Doprowadzą tylko do tego, że wszyscy przyczepią się do mnie, a wtedy nie będę w stanie napisać ani słowa.

Sięgnęła po telefon i wybrała numer matki. Oczywiście, jak zwykle zajęty. Jadwiga? No tak, wyłączyła telefon! Ja je kiedyś zamorduję! Jedyne co jej pozostało to policja.

– Dzień dobry. Emilia Przecinek. Chciałam zgłosić zakłócanie spokoju.

– Zaraz się posiusiam! – oznajmiła z rozpaczą Adela.
– Nie możesz! – zawołała przerażona Jadwiga.

– Zaraz samo mi poleci!

– A mówiłam, żebyś nie piła tyle tej herbaty z pokrzywy ze skrzypem!

– Skąd miałam wiedzieć, że utknę w windzie?!

– Ja rozumiem, że macie ważniejsze sprawy – mówiła Emilia, gdy operator przełączył ją do miejscowego komisariatu. – Ale tu są takie wrzaski i walenie, jakby ktoś kogoś mordował i nie mógł, bo ofiara się reanimuje i zaczyna wrzeszczeć od nowa!

– Nie masz wkładek?

– Jakich wkładek?

– No wiesz... Tych antymoczowych...

– Ale one są dla osób, które popuszczają, a nie sikają w majtki!

– Może na wszelki wypadek powinnaś je nosić przy sobie.

– Na wypadek gdybym utknęła w windzie? Zwariowałaś?! Wobec tego ty powinnaś mieć amortyzatory, na wypadek gdybyś zleciała ze schodów!

– Chcesz powiedzieć, że to moja wina?!

– Gdyby nie twoja złamana noga, zeszłybyśmy po schodach!

– Nie, proszę pana, nie jestem wariatką. Staram się opisać hałas. Może robię to zbyt dosadnie, ale naprawdę coś się dzieje, a ja na pewno nie wyjdę z domu sprawdzić, co to, bo się boję – denerwowała się Emilia.

Tak naprawdę nie obawiała się, choć może powinna, ale nie powie mu, że chce pisać i nie ma czasu na żadne dyrdymały, którymi powinna się zająć policja.

– Ratunek! Ratunek! – wrzeszczała Jadwiga.
– Alarm! Alarm! – dołączyła do niej Adela, uderzając kulą w drzwi windy.
– Ratunek! Ratunek!
– Alarm! Alarm!

– Proszę pana, kilka dni temu w naszym bloku zamordowano obcego człowieka. Skąd mam wiedzieć, że znowu kogoś nie mordują? Jak tam pójdę, to sama mogę zostać ofiarą. Będzie pan odpowiadał, jeżeli ktoś umrze. Jeśli to będę ja, moje dzieci tego panu nie wybaczą, a moja matka i teściowa z premedytacją umrą, żeby móc pana straszyć po nocach.

– Nie mam siły – jęknęła Jadwiga.
– Chyba się posiusiałam – jęknęła Adela.

– Tak, Żurkowski i Rzepka. To oni prowadzą dochodzenie, więc proszę nie tracić czasu i przysłać patrol...
– ...
– Aaa, już jedzie? To dlaczego nie mówił pan od razu?
– ...
– Jak to, nie dopuściłam pana do słowa? Przecież cały czas rozmawiamy!

– Nie rozumiem dlaczego nikt nie reaguje… – jęczała Adela, ocierając łzy płynące jej po policzkach.

– Naprawdę się posiusiałaś?

– Nie, tylko mi się zdawało.

– Bogu dzięki.

– Twój delikatny węch nie jest naszym największym problemem!

– Jak umrzemy w tej windzie, to wolisz zostać znaleziona w suchych majtkach czy zasiusianych?! – warknęła Jadwiga.

– Dlaczego miałybyśmy tu umrzeć?! Kropeczek i Kropka po trzeciej powinni być w domu.

– Chcesz tu tkwić do trzeciej po południu?!

– Wcale nie chcę tu tkwić! Mówię tylko, że jeśli nikt wcześniej nas nie usłyszy, to wnuki nas znajdą!

– Do trzeciej to i ja się posiusiam!

– Alarm!!! – zaczęły wrzeszczeć równocześnie.

Radiowóz zatrzymał się tuż przy wejściu, parkując częściowo na chodniku. Dwóch umundurowanych funkcjonariuszy wysiadło z samochodu i podeszło do zewnętrznego domofonu. Jeden wycisnął dwie cyfry i czekał na połączenie z osobą, która wezwała patrol. Niejaka Emilia Przecinek. Oficer dyżurny, przyjmujący zgłoszenie, kazał w pierwszej kolejności sprawdzić trzeźwość tej kobiety.

– Tak, słucham? – Głos w domofonie wydawał się zniecierpliwiony.

– Policja – przedstawił się mundurowy.

– Super! – ucieszyła się Emilia. – Ale macie tempo!

– Możemy wejść?

– A tak, jasne! Już pana wpuszczam! – Zadowolona
z siebie włączyła czerwony przycisk przy słuchawce.

Usłyszała cichy brzęczyk i trzaśnięcie otwieranej bramy. Skinęła głową sama sobie i skierowała się na powrót
do sypialni, która pełniła zarazem funkcję gabinetu. Była
w połowie schodów, gdy domofon zadzwonił ponownie.
Tym razem sygnał pochodził z domofonu przy klatce
schodowej.

– No nie… – jęknęła, ale zawróciła. W końcu to ona
ich wezwała. – Proszę! – zawołała, otwierając bez pytania, kto zacz.

Nie zdążyła dotrzeć do połowy schodów, gdy rozległ
się dzwonek do drzwi.

– Jasna cholera! – zaklęła, ale cofnęła się, by otworzyć.

– Pani wzywała do zakłócania spokoju? – zapytał jeden
z dwóch mundurowych, którzy przyjechali na zgłoszenie.

– Tak, to ja – potwierdziła. – Tylko wiecie co? – Wy-
sunęła głowę na korytarz i chwilę nasłuchiwała. – Ledwo
przyjechaliście, a tu od razu cisza.

Policjanci spojrzeli na siebie, a potem na malutką ko-
bietkę w drzwiach. Ciemne krótkie włosy i duże oczy
nadawały jej wygląd chochlika. Bardzo podejrzanego
chochlika.

– Ma pani jakiś dokument? Dowód osobisty?

– Tak ogólnie to mam, ale na co on panu? – zdziwiła
się Emilia. – Przecież to nie ja zakłócałam spokój.

– Nieuzasadnione wezwanie stanowi wykroczenie.
Wie pani o tym?

– Domyślam się, że należy jakoś karać ludzi, którzy
wzywają policję bez powodu, ale przecież… Jak to,
wykroczenie? Przecież tu się działy straszne rzeczy.
Może ten ktoś zobaczył, że podjechaliście, i przestał

robić to, co robił? Jeśli to robił? – zwątpiła nagle. – Nie, na pewno robił, cokolwiek robił. Takiego hałasu nie mogłabym sobie wymyślić. A może? – Podrapała się po głowie zaaferowana. – Nie, nie potrafiłabym, bo nie mogłam pisać, rozumie pan? On mi przeszkadzał w procesie twórczym, a nie mogłam sobie wyobrazić jednocześnie akcji powieści i hałasu, bo on uniemożliwiał mi to wyobrażanie sobie. Wyobraźnia działa... Właściwie to nie wiem, jak działa, bo działa tak jakby niezależnie ode mnie i...

– Piła pani? – przerwał jej policjant.

– W sensie alkohol? Akurat dzisiaj nie.

– Często pani pije?

– Wcale.

– To dlaczego powiedziała pani, że akurat dziś nie? – dopytywał się podejrzliwie, wyciągając z kieszeni jakieś urządzenie z ustnikiem.

– Nie wiem, dlaczego tak powiedziałam. Mówię różne rzeczy, co nie znaczy, że zawsze wiem dlaczego. A pan zawsze wie, co mówi?

– Proszę dmuchnąć. – Wyciągnął ustnik aparatu w kierunku Emilii.

Otworzyła usta, by coś powiedzieć, a nie dmuchać. Nie była pewna, co chce powiedzieć, ale z pewnością chciała zaprotestować. Przeszkodziło jej gwałtowne walenie, które słyszała wcześniej, i krzyki.

– Alarm! Alarm! Ratunek! Ratunek!

– A-ha!!! – wykrzyknęła z triumfem, wojowniczo podpierając się pod boki. – A nie mówiłam?! Zaraz, zaraz... – zreflektowała się nagle, bo głosy wydały jej się tak jakby znajome i dochodziły z klatki schodowej. – Ja je chyba znam? Ale przecież... Nie, to niemożliwe. Jakim cudem?

– Ktoś utknął w windzie. – Policjanci od razu zorientowali się, w czym rzecz, gdy problem zdecydował się ujawnić. Podeszli do szybu i spojrzeli w dół. Przez przeszklone okno zobaczyli dach kabiny.

– Sprawdzę piętro niżej – powiedział jeden z nich – a ty wezwij strażaków. To chyba kobiety.

– O mój Boże! – Emilia przyłożyła dłoń do ust. – To Adela i Jadwiga! Co one tam, u licha, robią?!

Magda wraz z Damianem wysiedli przed jednym z domków w zabudowie szeregowej. Wszystkie wyglądały równie ładnie i jednakowo nudnie.

– Jestem pewna, że gdyby nie numery, ludzie trafialiby tylko do tych krańcowych domów. Te środkowe ustawicznie by mylili – skomentowała monotonną architekturę.

– Jesteś zazdrosna, że cię nie stać – skwitował ironicznie Damian.

– To też. – Uśmiechnęła się szeroko. – Możemy też przyjąć, że jestem wystarczająco inteligentna, by nie pakować się w kredyt, na który mnie nie stać.

– Dla niektórych to jedyna szansa na mieszkanie – zauważył.

– Czyżby? Weźmy taką Przecinkową. Ma większe mieszkanie, niż potrzebuje, a po rozstaniu z mężem sama musi spłacać kredyt. Mieszka tylko we własnym pokoju, korzysta z kuchni i łazienki. Na co jej cała reszta?

– Ma dzieci.

– I co z tego? Zwyczajne trzypokojowe mieszkanie też by jej wystarczyło, zamknięta enklawa wcale nie gwarantuje bezpieczeństwa.

– Jesteś zazdrosna i tyle – burknął.

– Pewnie. I to jak – przyznała, nie przestając się uśmiechać.

– Z czego tak się cieszysz? – spytał podejrzliwie Damian.

– Mateusz Rogalik. Jeśli to on jest NN, to znaczy, że zaliczyliśmy trafienie za pierwszym razem. A to znaczy, że mamy dziś szczęście. A kto ma szczęście, ten co?

Wzruszył ramionami, robiąc głupią minę.

– Ten wysyła dużego lotka!

– Jesteś kompletnie walnięta – uznał, nie mogąc powstrzymać uśmiechu.

– Dobra. Naciskam dzwonek. Przestań się szczerzyć, bo jeśli się okaże, że musimy zawiadomić rodzinę o śmierci NN, wolałabym to zrobić bez radosnego uśmiechu na twarzy. – Zrobiła odpowiednio poważną minę i czekała, aż ktoś otworzy.

Emilia zagryzała dolną wargę niemal do krwi. Straż przyjechała jeszcze szybciej niż policja. Emilia słyszała dobiegający z wnętrza windy szloch, ale nie potrafiła zidentyfikować osoby, dotąd bowiem nie zdarzyło jej się słyszeć, by któraś z harpii głośno łkała. Muszą być przerażone, pomyślała ze współczuciem.

– Dobrze się pani czuje? – zapytała jedna z sąsiadek, ta z małym dzieckiem.

Emilia nie pamiętała jej nazwiska. Chyba Nowaczyk. Czy to o niej Jadwiga z Adelą mówiły, że zdradza męża?

– Tak, dziękuję. Po prostu jestem oszołomiona – odparła, odsuwając od siebie plotki na temat Nowaczykowej.

– Rozumiem panią. Najpierw ta sprawa z trupem, teraz to – powiedziała współczująco tamta. – Myśli pani, że ktoś uszkodził windę?

– Uszkodził? To znaczy celowo? – zdziwiła się Emilia.

– Dlaczego ktoś miałby to robić?

– Nie wiem, ale przyzna pani, że jak na tak spokojne miejsce sporo się u nas dzieje. Podobno to pani znalazła ciało w piwnicy? – pytała zaciekawiona kobieta.

– Tak, ale na szczęście nic nie pamiętam. Mam amnezję – poinformowała ją Emilia.

– Amnezję? Ale jak... To znaczy... – plątała się tamta.

– Nic pani nie pamięta?

– Och, nie, siebie pamiętam. Tylko tego trupa nie.

– Rozumiem... – Nowaczykowa uśmiechnęła się uprzejmie. – Na mnie już pora. Do widzenia. – Pożegnała się szybko i nim Emilia zdążyła odpowiedzieć, przycisnęła dziecko mocniej do siebie i prawie biegiem ruszyła po schodach, jakby amnezja była zaraźliwa.

– Dziwna osoba – szepnęła do siebie pisarka, przyglądając się działaniom przybyłych.

Szkoda, że Żurkowski nie jest strażakiem, pomyślała. W takim mundurze wyglądałby wspaniale. Dokładnie tak, jak sobie to wymarzyła przy poprzedniej książce, gdy wymyślony przez nią bohater stanął w drzwiach jej mieszkania i nawet miał to samo imię, co książkowy. Problem w tym, że nie był męskim strażakiem, tylko męskim policjantem, szukającym jej wiarołomnego męża, a ją, Emilię, podejrzewał o zamordowanie kochanki wiarołomnego małżonka.

– Winda nie działa? – spytała kobieta o czerwonych włosach, dźwigająca wypchaną reklamówkę.

– Nie, nie działa. Utknęła między piętrami – poinformowała ją uczynnie Emilia.

Nie kryła też zaciekawienia nową sąsiadką. Chyba była nowa. Chociaż równie dobrze to któraś z wieloletnich sąsiadek mogła się przefarbować, a dla Emilii byłaby zupełną nowością.

– Kto tam jest? Strasznie się wydziera!

Stały kilka metrów od windy, a i tak doskonale słyszały dobiegające stamtąd kobiece zrzędzące głosy.

– Moja matka i teściowa. Nie zdziwię się, jeśli zamordują je zaraz po tym, jak je stamtąd wyciągną.

– O! – zawołała Storczykowa, która właśnie do nich podeszła. – Ja bynajmniej do pani nic nie mam, pani Przecinek, ale te dwie to mogłyby tam zostać na stałe.

– Obawiam się, że robią zbyt wiele hałasu, by je tam zostawić. – Emilia westchnęła. – Ale w gruncie rzeczy są całkiem nieszkodliwe – powiadomiła sąsiadkę.

– Podziwiam panią, że zdecydowała się je wziąć do siebie. Ma pani więcej serca niż rozumu.

– Dziękuję. Chyba... – Zmarszczyła nos. Druga część wypowiedzi dotarła do niej z pewnym opóźnieniem.

– Bogu dzięki, że to nie wieżowiec – powiedziała czerwonowłosa, do której właśnie dotarło, że się nie przedstawiła. – My się nie znamy. Amanda jestem.

Podała jej rękę ze starannym manikiurem. Paznokcie miała długie, karminowe, skórki starannie wycięte, a nie obgryzione jak u Emilii. Ta, lekko zażenowana, uścisnęła podaną dłoń i powiedziała:

– Emilia Przecinek. Miło mi. – Aha, jednak nowa sąsiadka, pomyślała z dumą.

– Tak myślałam, że to pani. Czytałam kilka pani książek. Całkiem fajne, ale przydałoby się trochę, wie pani... – mrugnęła porozumiewawczo – momentów. Mój mąż mógłby się trochę poduczyć. Może w końcu nie musiałabym mu mówić, co ma robić. Utrapienie i tyle.

Emilia uświadomiła sobie właśnie, że to musi być kobieta, o której wspominały Adela z Jadwigą.

– Pani mieszka z tymi dwiema wariatkami? Sąsiedzi mnie uprzedzili. Współczuję – powiedziała tamta pogodnie, odgarniając na bok sięgające podbródka czerwone włosy.

Emilia musiała przyznać, że w połączeniu z wyzywającym makijażem wyglądało to całkiem ładnie. Bez makijażu? – niekoniecznie. Przestań, syknęła do siebie w duchu. Zamieniasz się we własną matkę!

– Dziękuję, strażacy zaraz je wyciągną. Nic im nie będzie – odparła beztrosko.

– Nie o to mi chodziło. – Kobieta się roześmiała. – Ale nic, nieistotne. Na mnie już pora. Pa! – rzuciła krótko i kręcąc biodrami, zaczęła wchodzić po schodach.

– Jakbym miała taki chudy tyłek, to chybabym się załamała – powiedziała zjadliwie Storczykowa, nie spuszczając oczu – podobnie jak znaczna część męskiej ekipy pracującej przy windzie – z rzeczonej części ciała Amandy.

Czerwonowłosa była wysoka i szczupła, niemal pozbawiona piersi i bioder, ale niektórzy mężczyźni lubią takie chude. Emilia poczuła irracjonalną zazdrość. Wcale nie chciała być taka chuda, ale… Cóż, zainteresowanie mężczyzny inną budzi w kobiecie prastary gen rywalizacji. Emilia wprawdzie nie wiedziała, czy nasze protoplastki też używały niegdyś maczugi, biegając za mamutami, lecz w tym momencie mogłaby jej użyć. Na szczęście cywilizacja robi swoje i jedyne, na co mogła sobie pozwolić, to włożenie rąk do kieszeni i wyzywające wysunięcie podbródka.

– Pani teraz nieźle wygląda, pani Emilio – powiedziała łaskawie Storczykowa. – Rozumiem, że te jędze nieźle dają w kość. Oto, co nerwy robią z człowieka. Ja odwrotnie, wie pani? Nie tracę apetytu, tylko zajadam i potem takie skutki, że mąż coraz później wraca mi do domu, żebym do wyra go nie ciągnęła. Staramy się o dziecko, wie pani? Lekarz mówi, że wszystko w porządku i ze mną, i z nim, ale efekt taki, że ja siedzę w lodówce, a on w biurze.

– Współczuję – wymamrotała zniesmaczona swoimi myślami pisarka.

Ludzie mają poważne problemy, a ona wyżywa się w duchu na chudym tyłku nowej sąsiadki. Jak jej tam było? Adela Jakaśtam. Nie, nie Adela. Amanda. Czy ja nie mogłabym choć raz zapamiętać tego, co się do mnie mówi?

– To ja powinnam współczuć pani. Dwie wściekłe smoczyce wyjdą z klatki. – Wskazała palcem na windę. Strażakom udało się właśnie otworzyć drzwi do szybu i teraz jeden z nich próbował się dostać do windy wiszącej tuż nad jego głową. – Mam trochę relanium, jakby pani chciała.

– Nie, dziękuję, nie zażywam.

– Nie dla pani! Jeszcze tego brakowało, żeby pani brała psychotropy przez te koszmarne staruchy. Wrzuci im pani do herbatki, dobrze posłodzi i ma je pani do jutra z głowy. Dlaczego ich pani nie odda do domu opieki?

– I tak mi je odwiozą – westchnęła Emilia. Chętnie obroniłaby harpie przed złośliwą sąsiadką, ale cóż robić, Storczykowa miała rację.

– Ale może dopłacą, żeby je pani wzięła – zażartowała kobieta. – Jeszcze pani zarobi.

– Tak naprawdę są zupełnie nieszkodliwe – odpowiedziała, sama nie wierząc w swoje słowa.

– No ja tam nie wiem... Obsmarowały połowę sąsiadów przed policją. Mojego męża na pewno.

– Naprawdę? Przykro mi to słyszeć... Porozmawiam z nimi...

– Nie trzeba. – Tamta machnęła ręką. – Nic nie zrobił. Oboje byliśmy w domu. Tak samo mogliby go podejrzewać bez alibi. I kto powiedział, że tego umarlaka załatwił facet? Czy kobiety nie potrafią się posługiwać młotkiem?

– Skąd pani wie, że zabito go młotkiem?

– Czy ja wiem? – Storczykowa się zawahała. – Nie pamiętam, kto o tym mówił. Podobno ma pani amnezję? – zmieniła szybko temat.

– Skąd pani wie? Dopiero co powiedziałam pani Nowaczykowej – zdumiała się Emilia.

– Wie pani... Plotki krążą i bez czarownic. Pani to zawsze tak z boku. Niektórzy mówią, że zadziera pani nosa, bo pisarka i takie tam...

– Naprawdę? – zdziwiła się rzeczona pisarka. – Zadzieram nosa? Z moim wzrostem? To chyba niewykonalne!

– Ja tam mówię, że pilnuje pani własnego nosa i powinno się brać z pani przykład. Spokojna kobieta, żadnych libacji, jak przykładowo ten Olejniczak. Tor przeszkód czasami mam na schodach. Mój mąż nieraz pomagał Olejniczakowej wciągać go do domu. Takich dzieci jak pani to ze świecą szukać. Spokojne, kulturalne, zawsze „Dzień dobry" do człowieka powiedzą, a ten pani chłopak... Czemu on ma takie dziwne imię? Kropeczek?

– Klemens ma na imię, a Kropeczkiem zaczęła nazywać go Kropka, jak była mała, i tak zostało – wyjaśniła Emilia. Widząc zdezorientowaną minę kobiety, dodała szybko: – A Kropka to tak naprawdę Krystyna, ale samą siebie nazwała Kropką i też tak zostało.

– Wie pani, że ja się nawet zastanawiałam, jacy rodzice dają dziecku na imię Kropka i Kropeczek Przecinek? Teraz już rozumiem.

– Zaczęła coś pani mówić, że ten mój chłopak, i nie dokończyła pani. Coś zmalował? – spytała z niepokojem.

– A skąd! Zakupy mi kiedyś pomógł wnieść, to chciałam powiedzieć. Dobre dzieciaki pani ma.

– Dziękuję bardzo. – Emilia się rozpromieniła. – Nie zawsze rozumiem, co do mnie mówią, ale czasami może to i lepiej. Niewiedza potrafi być błogosławieństwem.

– Też racja. Powiem pani jeszcze, że ja nie wierzę, żeby ktoś z nas zabił tego umarlaka. Widziała coś pani w tej piwnicy?

– Muszę się przyznać, że w pierwszej chwili myślałam, że to pan Olejniczak tam leży, ale zeszłam ponownie, bo coś mnie tak tknęło – wolała nie mówić, że wysłały ją tam matka z teściową – i zemdlałam. Uderzyłam się solidnie w głowę i tyle z tego mam. Nie pamiętam, czy w ogóle widziałam te zwłoki.

– Jest pani pewna, że to było zemdlenie?

– A co innego miałoby być? – zdziwiła się Emilia.

– Może zabójca uderzył panią w głowę i uciekł.

– Niemożliwe – zaprotestowała. – Przecież lekarz rozpoznałby ślad uderzenia, prawda? Miałam tylko guza. A taki zabójca to raczej by mnie zabił... No, chyba że to jednak ktoś z sąsiadów i było mu mnie szkoda... – zastanawiała się głośno.

– Nie – zaprotestowała Storczykowa, ale w jej głosie brakowało pewności. – Tu raczej panią lubią...

– Tym bardziej miałby powód, by mnie ogłuszyć, a nie zabijać. – Emilia, ku własnemu zdziwieniu, nagle zaczęła brać pod uwagę możliwość, że stała się ofiarą napaści.

– A wie pani, że... Coś w tym może być... – Przez chwilę patrzyły na siebie w milczeniu, rozważając to przypuszczenie. – Tylko kto mógłby to być? – zapytała Storczykowa, jakby uznając za przesądzoną możliwość, że zabójstwa dokonał ktoś z sąsiadów.

– Policja mówiła, że ktoś musiał wpuścić tego NN, bo przecież nikt obcy nie wszedłby przez bramę ani do klatki – odrzekła Emilia, dzieląc się uzyskanymi informacjami.

Zamilkła na chwilę, bo nie była pewna, czy mówiła to policja, czy też one same doszły do takiego wniosku.

– Do piwnicy każdy ma swoje klucze. Raczej wątpliwe, żeby i zabójca, i denat wślizgnęli się niezauważeni – dokończyła.

Nieważne, kto tak myśli, ale właśnie tak musi być. W przeciwnym wypadku Wieśka będzie jedyną podejrzaną. Nie wolno do tego dopuścić. Musi się znaleźć prawdziwy zabójca.

– Więc to był jednak ktoś z nas... Ale kto? – Storczykowa zaczęła się nad tym poważnie zastanawiać.

– Nie zamierzam nikogo obrzucać błotem – zastrzegła się Emilia. – Nikogo nie widziałam, więc wie pani... Plotki mogą zaszkodzić niewinnym.

– Za kogo mnie pani ma?! – oburzyła się Storczykowa. – Ja tam nie bawię się w plotki! Do widzenia pani!

– Do widzenia... – odparła niepewnie.

Nie zamierzała obrażać sąsiadki. Czyżby straciła swoje umiejętności społecznych interakcji? Ludzie na ogół ją lubili, ale to było na spotkaniach autorskich. Czytelnicy lubili mnie, zanim mnie poznali, bo lubią moje książki, nie są więc obiektywni. Poza Wieśką nie mam przyjaciółek, większość czasu spędzam, pisząc albo pijąc, fuj, herbatki z pterodaktylami. Dzieci nie są moimi rówieśnikami, rozważała swoją sytuację.

Może powinnam spędzać więcej czasu z innymi ludźmi? – Odprowadziła sąsiadkę wzrokiem, gdy ta oddalała się, stąpając ciężko po schodach. Ale czy mam na to ochotę? I czy jest mi to do czegoś potrzebne?

Czy wszystko ze mną w porządku? – wystraszyła się nieoczekiwanie. Większość osób potrzebuje innych ludzi, a ona ma poczucie, że jest wokół niej tylu własnych, że cudzych już jej nie potrzeba.

Co ja plotę?! – Emilia uświadomiła sobie, że mamrocze pod nosem. Na szczęście stała dość daleko od ciężko pracujących strażaków, i nikt jej nie słyszał.

Chudy tyłek od razu zwrócił na siebie uwagę wszystkich mężczyzn, a ja jestem niewidzialna. Hm...

– To jednak nie jest mój dzień – powiedziała smętnie Magda, gdy drzwi otworzył im Mateusz Rogalik we własnej osobie, co udowodnił, okazując dowód osobisty, prawo jazdy, zaproponował im nawet obejrzenie karty kredytowej, ale ta nie była śledczym do niczego potrzebna. Dwa dokumenty ze zdjęciem wystarczyły aż nadto, by potwierdzić, że żyje, i – co najważniejsze – w niczym nie przypominał ich NN, który spoczywał sobie wygodnie w prosektorium.

– Następny na liście jest Bartosz Niecielski. Może zaliczymy trafienie – pocieszał koleżankę Damian.

– Mieliśmy trafić za pierwszym razem. A tak kumulacja przeszła mi koło nosa – narzekała Magda.

– Tego nie wiesz.

– Oczywiście, że wiem. Postanowiłam, że jeśli szczęście mi dopisze, to wysyłam kupon, a skoro mi nie dopisało, nie ma co ryzykować.

– Wiesz, że takie zaklinanie rzeczywistości nie jest racjonalne?

– Oczywiście, że nie jest! – wykrzyknęła wzburzona.

– I właśnie o to chodzi! Ludzie grają systemem, a i tak wygrywają ci, którzy spróbują na chybił trafił. Najważniejszą rolę odgrywa przypadek.

– Aha… – mruknął coś niezrozumiale, wyjmując telefon. Włączył terminarz i…

– Sprawdzasz, kiedy miałam okres? – zapytała groźnie Magda.

– Co? Oszalałaś? Myślisz, że prowadzę rejestr twojego cyklu miesiączkowego? Nie jestem zboczeńcem!

– No dobra… – Nadal patrzyła na niego podejrzliwie, ale przynajmniej wsiadła do auta zaparkowanego na chodniku.

Nie był zboczeńcem, tylko całkiem niezłym policjantem. Jego instynkt samozachowawczy działał bez zarzutu. Szybko rzucił okiem na daty ostatnich napięć. No tak, miał rację. Okres za trzy dni.

To będą ciężkie trzy dni, westchnął smętnie, zajmując miejsce obok partnerki. Miejsce pasażera, bo uparła się, że dziś ona będzie prowadzić. Damian zapiął pas i przymknął oczy. Z doświadczenia wiedział, że w ciągu dnia nerwowość Magdy będzie narastać. Na szczęście opatrzność zesłała komuś wizję poduszek powietrznych, a ktoś inny uznał to za superwynalazek i zaczął je instalować w autach.

Żurkowski nie wiedział, kto to był, ale powinien dostać specjalne miejsce w niebie.

Emilia skrzywiła się niechętnie, widząc, jak do sali, w której leżały Adela i Jadwiga, zbliża się doktor Perełka. To chyba jakieś fatum, pomyślała. Niemożliwe, żeby szpital zatrudniał tylko tego jednego lekarza. Na pewno są jacyś inni, uczynni i sympatyczni, jak ta pani neurolog i ten chirurg, którzy badali ją, gdy trafiła tu ze wstrząsem mózgu.

– Dzień dobry, panie doktorze. – Uśmiechnęła się miło, by nie uznał, że ona go nie lubi lub coś w tym stylu.

– Moja mama i teściowa…

– Tak, wiem, te dwie z windy. Po jaką cholerę je tu przywieźli? Z tego, co wiem, winda nie spadła z dwudziestego piętra i nie rozbiła się na parterze, tylko utknęła między piętrami – warknął.

– Owszem, ale moja matka i teściowa to starsze kobiety i mogły doznać szoku, obie cierpią na nadciśnienie i…

– Skoro żadna od razu nie zeszła na zawał czy wylew, trzeba było zapakować je do łóżek we własnym domu – burknął. – Jakbym nie miał nic innego do roboty. – Minął ją i wszedł do pomieszczenia na SOR-ze, gdzie leżały obie poszkodowane.

Zamknął drzwi przed nosem Emilii i powiedział coś do pielęgniarki, która kręciła się przy pacjentkach. Niezadowolona pisarka stanęła przy przeszklonej ścianie i zajrzała do środka.

Trwało to dosłownie moment.

Doktor Perełka zauważył ją i po prostu zasunął zasłonę.

– Palant. – Trochę po dziecięcemu pokazała mu język.

Oczywiście nie mógł jej widzieć, ale poczuła się nieco lepiej. Postanowiła, że nie ruszy się na krok od tych drzwi. Perełka w końcu wyjdzie, a wtedy już ona mu nagada. Powie mu... Powie mu, że... Na pewno mu powie, że nie powinien... Drzwi otworzyły się całkiem nieoczekiwanie i wyszła do niej pielęgniarka.

– Niech pani tu tak nie stoi – szepnęła. – On tego nie lubi.

– O rany – spłoszyła się Emilia. – Jest taki niemiły.

– A co ja mam powiedzieć? Pani nie musi z nim pracować. – Kobieta minęła ją i szybko skręciła w boczny korytarz.

Emilia popatrzyła niepewnie na zamknięte drzwi, ale nic nie dostrzegła. Adela i Jadwiga leżały za parawanami. Spod jednego z nich widziała tylko białe buty lekarza. W tym momencie buty zawróciły. Doktor Perełka zamierzał wyjść.

W ułamku sekundy znalazła się na krześle w poczekalni. Zawstydzona spojrzała na siedzącą w recepcji pielęgniarkę, która – na szczęście – nie zwracała na nią uwagi.

Konfrontacje nie są moją mocną stroną, pomyślała z poczuciem winy Emilia. Tylko po co miałabym się z nim konfrontować? Przecież Adeli i Jadwidze nic nie grozi. Nie ukatrupi ich tylko dlatego, że nie lubi swoich pacjentów. Może nawet nie lubi swojej pracy, ale na litość boską, dlaczego w takim razie został lekarzem?

Może pochodzi z rodziny lekarskiej. Takiej z tradycjami, gdzie dzieci już od urodzenia są uczone, gdzie jest śledziona i czym się różni obojczyk od żebra. Jedyne, o czym mogą zdecydować same, to pewnie specjalizacja, a może i to nie. Nigdy nie wiadomo, może jakaś głowa rodu rozdziela specjalizacje, tworząc prawdziwy lekarski klan.

Ich małżonkami są lekarze i pewnie także z rodzin lekarskich. Mezalians jest niedopuszczalny. Żona chyba wyszła za niego z powodu jego nazwiska i koneksji. Żyje z kobietą, która go nie kocha, o czym doskonale wie, bo tamta podkreśla to przy każdej okazji.

Kto wie, kim chciał zostać doktor Perełka. O czym marzył jako chłopiec. Może chciał być pilotem albo seryjnym mordercą? Emilia poczuła łzy wzruszenia. Wyjęła chusteczkę, by otrzeć kąciki oczu. Jeszcze pomyślą, że jest jakaś nienormalna czy coś w tym stylu. Pociągnęła nosem. Nie pomogło. Wydmuchała go mocno.

Kobieta, która otworzyła drzwi, trzymała na ręku małe dziecko.

– Tak, słucham? – zapytała, kołysząc malucha.

– Policja. – Magda pokazała odznakę. – Szukamy pana Bartosza Niecielskiego.

– Mąż jest w pracy – odpowiedziała, lecz jej oczy straciły obojętny wyraz, pojawił się w nich niepokój, słyszalny także w głosie, gdy zapytała: – Coś się stało?

– Proszę się nie denerwować – odezwał się łagodnie Damian. Niecielska przeniosła na niego spojrzenie. – Kiedy mąż wyszedł do pracy?

– Rano. Pracuje na budowie. Czy miał wypadek?

– Proszę się nie obawiać, mężowi nic nie jest.

– To dlaczego państwo o niego pytają?

– Szukamy kogoś – powiedział spokojnie Żurkowski, uśmiechając się. – Dziewczynka? – Wskazał na dziecko.

– Tak, Amelka, ma pół roku. Jest pan pewien, że Bartek...

– Tak – zapewnił kobietę. – Próbujemy zidentyfikować osobę, która zginęła tragicznie w ubiegłym
tygodniu. Udało nam się ustalić, gdzie ten człowiek
przebywał przed śmiercią, i akurat tak się złożyło,
że agencja, w której był nasz denat, podała nam trzy
nazwiska i adresy osób, które znalazły się tam w tym
samym czasie.

– Agencja? Jaka agencja? – Niecielska mocniej przycisnęła dziecko do siebie, a mała zaczęła płakać. – Cicho,
cicho… – zaczęła kołysać córeczkę.

– Proszę się nie denerwować. To była agencja turystyczna.

– A co on tam robił? – zdziwiła się kobieta, sądząc po
jej minie, bynajmniej nie uspokojona.

– Zdaje się, że wykupił jakąś wycieczkę dla państwa
– odparł Damian, zdając sobie sprawę, że prawdopodobnie
zepsuł jakąś niespodziankę.

– Odwaliło mu kompletnie? A co ja z dzieckiem zrobię?
Nie ma na co pieniędzy wydawać?!

– Czy możemy zobaczyć zdjęcie męża? – zapytała komisarz Rzepka.

– Po co? Przecież mówiłam, że mąż rano poszedł
do pracy…

– Rozumiem, ale musimy mieć pewność – nalegała
Magda. Ich rozmówczyni mogła kłamać. Macierzyństwo
nie jest żadnym alibi.

– Proszę zaczekać – powiedziała z niechęcią tamta.
Cofnęła się w głąb mieszkania, zostawiając uchylone
drzwi.

– Chyba niepotrzebnie chlapnąłem o tej agencji. – Damian się zmieszał. – Nie pomyślałem, że może to źle
odebrać.

– To pal licho, ale albo zepsułeś niespodziankę, albo mąż ją zdradza i wybiera się na wycieczkę z kochanką.

– Czy zawsze musisz wszystko widzieć w czarnych barwach? – Żurkowski się skrzywił.

– Nie zostałam milionerką. Z czego mam się cieszyć?

Westchnął, ale nie zdążył nic odpowiedzieć, bo drzwi otworzyły się na oścież. Kobieta podała im zdjęcie ślubne.

Niewysoki blondyn, zdecydowanie nie w typie Wiesławy Paluch. Z pewnością nie podrywałaby go nawet na bezludnej wyspie. Mężczyzna zupełnie nie przypominał denata. Biedne dziecko, oby nie wdało się w ojca.

– Dziękujemy pani uprzejmie. – Magda oddała zdjęcie Niecielskiej.

Kobieta odebrała je i z trzaskiem zamknęła drzwi.

– No to zostało nam ostatnie trafienie. Przynajmniej możemy liczyć na pewniaka.

– Oby. Facet pani Paluch mógł nie podpisać umowy, a danych klientów, którzy przyszli zapytać, nie zapisują.

– Twierdziła, że tamten miał jechać do Tajlandii. Nie powiedziała, że chciał. Powiedziała – jedzie. To na pewno Czesław Kupski – upierał się Żurkowski.

– Facet o imieniu zaczynającym się na literę D? D jak Damian, Daniel. Dominik?

– Jakbym miał na imię Czesław, też bym sobie zmienił.

– Cóż, gdyby podała rozmiar jego członka, miałabym pewność, że się nie myli. Co do reszty… Wybacz, ale uwierzę, jak zobaczę – odparła z ironią Magda.

Nie było jeszcze południa, a robiła się coraz bardziej wredna. A on też miał pistolet. Boże, spraw, żebym jej nie zastrzelił.

Wieśka wpadła jak burza do szpitala. Znowu. Może powinnam przenieść tu biuro, zżymała się w duchu. Emilia siedziała w poczekalni pod ścianą, nieopodal wejścia.

– Nie mogę uwierzyć, że winda wam padła! – zawołała agentka, siadając na krześle obok niej.

– Dzięki, nic mi nie jest – odpowiedziała jej przyjaciółka.

– Wiem, że nic ci nie jest, bo pojechałam do ciebie i sąsiedzi mnie powiadomili, co się stało. Jakaś Olejkowa.

– Olejniczakowa – poprawiła ją Emilia.

– Wszystko jedno – zbagatelizowała Wieśka. Sąsiadka Emilii nie była jej do niczego potrzebna. – Te dwie harpie przeżyją nas wszystkich. Na pewno nic im nie będzie.

– Wiem o tym, ale jak je wyciągnęli z windy, to moja matka zasłabła, a teściowa wpadła w histerię i krzyczała, że ktoś chciał je zabić, bo po bloku grasuje morderca. Nie wiem, co im dali ci z pogotowia, jednak Jadwiga odpłynęła prawie natychmiast, a Adela odzyskała świadomość, ale zaniemówiła – relacjonowała Emilia.

– Myślisz, że zostawią je na obserwacji?

– Nigdy w życiu. Nie doznały żadnych obrażeń, a lekarzem dyżurnym jest doktor Perełka, więc wykopie je stąd od razu, gdy tylko będzie to możliwe. Uważa, że ma ważniejsze sprawy niż leczenie pacjentów. Szkoda mi go – powiedziała Emilia.

– Tego chama? Niby dlaczego? – zdumiała się Wieśka.

– Mógł zostać kimś.

– Jest lekarzem. Lekarz to jest nikt? Nic nie rozumiem.

– A co tu rozumieć? Tu trzeba współczuć.

– Ale komu?

– Jemu. Doktorowi Perełce. Żona go nie kocha, rodzina nie rozumie, a jego prawdziwe powołanie odeszło w siną dal – wyjaśniła z żalem, a łzy znów napłynęły jej do oczu.

– Zwariowałaś? – rzuciła niepewnie Wieśka.

– Nie mam pojęcia. Myślisz, że to możliwe?

– Też nie mam pojęcia. Nie znam żadnych wariatek poza harpiami, a one wydają się całkiem rozgarnięte jak na obłąkane, więc może są tylko opętane.

– Przecież jesteś ateistką, więc nie wierzysz w demony.

– Od czasu jak poznałam Adelę i Jadwigę, zaczynam wierzyć, a jak raz uwierzysz w piekło, to do wiary w niebo jest już tylko krok.

– Wychodzisz za mąż. Prawie się nawróciłaś. – Emilia wyliczała na palcach. – Jeśli do tego zmienisz orientację polityczną, zwolnię cię – zagroziła.

– Oszalałaś? Ja wiem, kiedy wciska mi się kit, i potrafię liczyć, że nie stać nas na to, by być państwem socjalnym, cokolwiek sądzi ekipa rządząca. Już obdzierają mnie ze skóry, a za chwilę dobiorą się do ciebie. Cenzura zapuka do drzwi. Będziesz mogła pisać wyłącznie o prokreacji, bo seks dla przyjemności umrze śmiercią naturalną, kiedy odbiorą nam antykoncepcję.

– Ździebko się pogubiłam – przyznała Emilia. – Co doktor Perełka ma wspólnego z antykoncepcją?

– Pewnie nic, bo uważa swoje plemniki za żyjące istoty, które zaczną mówić, gdy tylko wypłyną z dziurki na końcu jego członka.

– Jesteś wulgarna – stwierdziła Emilia, czując, jak się rumieni. Dlaczego rozmawiają o penisie doktora Perełki? Teraz nie będzie mogła spojrzeć mu w oczy!

– Nieważne. – Wieśka machnęła ręką. – Wywiad masz.

– Gdzie? – zapytała ze strachem pisarka.

– W radiu.

– Super! – ucieszyła się. – Nikt mnie nie zobaczy! Wieśka tylko przewróciła oczami.

– Zaprosili cię też do jednego z wieczornych programów, ale ty nie masz poglądów, więc odmówiłam.

– Oczywiście, że mam poglądy! – zaprotestowała Emilia.

– Polityczne?

– Miewam!

– Kto jest prezydentem?

– No... Ten... Taki... – Pstrykała palcami, próbując przypomnieć sobie twarz, by dodać do niej nazwisko. Problem polegał na tym, że nie miała pamięci ani do twarzy, ani do nazwisk.

– A kanclerzem?

– No dobra, nie wiem, ale...

– Polska nie ma kanclerza. Nie ten system. Gratuluję. A teraz powiedz ładnie: „dziękuję", i skup się na wywiadzie w radiu.

Emilia wiedziała, kiedy została pokonana.

– O co ja się właściwie wykłócam? – zdumiała się nagle. – Przecież boję się kamer jak diabeł święconej wody i nie mam zielonego pojęcia o polityce.

– Więc się ciesz, że twoja agentka nie ma parcia na szkło i myśli o tobie jak o żywym, czującym człowieku, który...

– Co to za radio? – zapytała podejrzliwie Emilia. Coś zaczęło jej tu śmierdzieć. W normalnych okolicznościach Wieśka wcisnęłaby ją nawet na antenę telewizji katolickiej, chociaż sama też jest ateistką. – Nie mów tylko, że Radio Maryja – wystraszyła się.

– Oszalałaś?! Myślisz, że kazałabym ci pisać o seksie przedmałżeńskim, a potem promować to w Radiu Maryja?! Halo! Czy jest ktoś w domu? – Poklepała swoją ulubioną klientkę po głowie.

– Zabawne. – Tamta zdecydowanie odsunęła jej rękę.

– Nie bardzo. Posiedzieć z tobą?

– A mogłabyś? – ucieszyła się Emilia.

– Nie. Mam spotkanie.

– To po co proponowałaś?!

– Liczyłam na to, że odmówisz – odparła cynicznie Wieśka, zrywając się z krzesła.

Przesłuchanie jej nie zaszkodziło, pomyślała Emilia. Właśnie, przesłuchanie! Jak mogłam o tym zapomnieć?

– Hej! A przesłuchanie? – zawołała za przyjaciółką.

– Co ma z nim być?

– Jak to co? Wczoraj byłaś podejrzana o morderstwo, a dziś fruwasz jak skowronek, niczym się nie przejmując!

– Może i byłam, ale już nie jestem. Teraz jestem ważnym świadkiem, dzięki któremu śledczy dowiedzą się, kim był NN, a potem pewnie znowu mnie przesłuchają, ale mam to gdzieś, bo mam super ekstra niepodważalne alibi! – wykrzyknęła agentka, wybiegając przez drzwi.

– Ładna dzielnica – powiedział Damian, gdy wjechali w osiedle domków jednorodzinnych nieopodal parku.

Domy stały w równych odległościach, każdy z nich na całkiem sporej działce. Na niektórych posesjach rosły drzewka owocowe, na innych właściciele stawiali wyłącznie na cień bez dodatkowych korzyści.

– Co się komu podoba – odparła naburmuszona partnerka.

– Wolisz blokowiska bez drzew i bez trawy?

– Jestem głodna.

– Dopiero zjadłaś swoją kanapkę. Moją też – uściślił Żurkowski.

– I co z tego? Regularnie ćwiczę, biegam, moje zapotrzebowanie kaloryczne jest większe niż przeciętnej jednostki, która...

– Nie kończ, proszę – przerwał jej, nie mając ochoty słuchać złośliwości pod adresem kobiet, które wstawały od telewizora tylko po to, by pójść do lodówki.

Osobiście nie sądził, by takie w ogóle istniały, ale Magda w czasie tuż przed okresem często tworzyła tego typu teorie, a nawet zdawała się w nie wierzyć.

– Bo wiesz, że mam rację – odparła z wyższością. – To tutaj. – Zaparkowała częściowo na chodniku, przy okazji zastawiając autem bramę.

– Zablokowałaś bramę – powiedział Damian.

– I co z tego? Skoro Czesław jest w prosektorium, to podjazd nie będzie mu już potrzebny.

– Niech ktoś mnie uratuje – jęknął, wysiadając z samochodu.

Kiedy szedł do furtki, ścigał go złośliwy chichot partnerki.

Gdy jechały do domu, pterodaktyle milczały jak zaklęte. Siedziały sobie grzecznie na tylnym siedzeniu, przypięte, jak kodeks drogowy przykazał, i Emilia musiała przyznać, że zaniepokoiło ją to bardziej niż wcześniejsze zasłabnięcie Adeli i histeria Jadwigi.

– Wszystko w porządku? – Nie wytrzymała w końcu i przerwała milczenie.

– Jak może być w porządku? – odrzekła teściowa głosem równie zbolałym, jak oszołomionym. – Ktoś próbował nas zabić.

– Nikt nie próbował nas zabić, kretynko, utknęłyśmy w windzie.

– Tak, to racja. To nie był ktoś obcy. To Adela próbowała nas zabić – poprawiła się spokojnie Jadwiga.

– Nie słuchaj jej, Emilko. Jest na prochach. Wcale nie próbowałam jej zabić.

– A zatem kogo? – zapytała Jadwiga.

– Nikogo nie próbowałam zabić – zaprzeczyła stanowczo matka Emilii. – Jadwigo, jak możesz mówić takie rzeczy? Przecież byłyśmy tam razem i wszystko widziałaś.

– Nie wiem, co widziałam, bo mam klaustrofobię.

– Histerię masz, a nie klaustrofobię. – Adela chętnie by się rozzłościła, ale była naszpikowana środkami uspokajającymi tak samo jak tamta.

Nie powinna mówić temu doktorowi, że kiedyś od lekarzy wymagało się nie tylko empatii, ale i dobrych manier, a jemu brakuje zarówno jednego, jak i drugiego. Zaraz potem powiedział coś do pielęgniarki, ta podłączyła jakiś lek do kroplówki i kilka minut później wszystko im się poplątało.

– A ty masz niewyparzoną gębę – odparowała Jadwiga, próbując walczyć z otępiającym wpływem tego czegoś, co kazał zaaplikować im lekarz, mówiąc coś o zamilknięciu na zawsze. Chyba ich nie uśmiercił?

– Strażacy powiedzieli, że ktoś celowo uszkodził panel sterowania w windzie. Macie z tym coś wspólnego?

– A dlaczego pytasz? – Jej matka nie była na tyle otumaniona, by nie zdawać sobie sprawy z ewentualnych reperkusji.

– To Adela – pogodnie powiadomiła Emilię Jadwiga.
– Uderzyła laską, bo chciałyśmy zobaczyć, jak wyglądają
ci nowi sąsiedzi, ale prawie by nas zabiła.

– Zróbcie coś dla mnie i jak ktoś będzie pytał, co się
stało, mówcie, że macie demencję – poprosiła Emilia.

– To nawet bliskie prawdy – powiedziała z zadumą
Jadwiga. – Adela zapomniała się wysikać, a jeszcze dostała
kroplówkę. Nie wiem, jak jej pęcherz to wytrzymuje.

– Musiałaś mi przypomnieć? – jęknęła jej towarzyszka
niedoli.

– Kto się posika, ten idzie pieszo – poinformowała
je Emilia, jednocześnie zerkając we wsteczne lusterko.

Teściowa robiła zeza, matka kręciła na koniuszku palca
tlenione włosy, co nie było łatwe, bo sięgały jej ledwo
za uszy. Efekt był taki, jakby wykonywała gest powszechnie interpretowany jako objaw zaburzeń umysłowych.

– Gdzie masz okulary? – zapytała Emilia teściową.

– Nie wiem. Może w torebce? – odpowiedziała Adela.

– Mamo, przecież ty nie nosisz okularów. Pytam Jadwigę.

– Nie wiem kochanie, ale doskonale widzę bez nich
– zapewniła starsza Przecinkowa.

– Na pewno. Tak przy okazji, poznałam nową sąsiadkę.
Ma na imię Amanda. Myślę, że jej nie polubię. Mamo,
czy ja jestem jakaś aspołeczna?

– Nie wiem, dziecko, nie znam tych wszystkich chorób.
A co cię boli?

– O matko! – jęknęła Emilia.

– Przecież jestem – zdziwiła się Adela.

– Nie mówiłam do ciebie.

– Jak nie do mnie, to do kogo? Masz inną matkę? Nic
mi nie mówiłaś.

– Cholera jasna, co oni wam dali? LSD?

– Nie przeklinaj. Kobiecie nie wypada – zganiła ją Jadwiga.

– Rany boskie...

Komisarz Rzepka nacisnęła domofon. Chwilę później rozległo się brzęczenie i mogli wejść. Nikt nie zapytał, kto tam i w jakiej sprawie. Ludzie zupełnie nie dbają o bezpieczeństwo, pomyślała Magda.

Zanim po wyłożonym kostką brukową chodniku doszli do drzwi wejściowych, te otworzyły się gwałtownie i stanęła w nich młoda, jasnowłosa kobieta.

– Widziałam, jak podjechaliście. Jesteście z policji? – zawołała, zbiegając ze schodków.

– Zgadza się, proszę pani – odparł grzecznie Żurkowski. – Aspirant Żurkowski, a to moja koleżanka, komisarz Magdalena Rzepka.

– Nie powinna pani wpuszczać nieznajomych na posesję – pouczyła ją Magda. – To niebezpieczne.

– Widziałam, jak pani poprawia pas z bronią – powiedziała ich rozmówczyni. – Jestem Salomea Kupska. Wiecie już coś?

– O czym? – zapytała zaskoczona policjantka.

– O moim bracie. Od kilku dni nie ma go w domu. Nie mogę się do niego dodzwonić – tłumaczyła tamta. – Dziś rano zgłosiłam zaginięcie. To państwo nie w tej sprawie?

– Możliwe, że właśnie w tej. Możemy wejść? – zapytał łagodnie Żurkowski.

Wreszcie trafili. Prawdopodobnie już za chwilę będą zmuszeni powiedzieć tej dziewczynie coś, co odmieni jej świat na zawsze.

– Oczywiście, przepraszam. – Wprowadziła ich do pokoju, gdzie z jednej strony stał długi stół i osiem krzeseł, a po drugiej stronie sofa, dwa fotele i ława.

– Proszę usiąść. – Wskazała im sofę. Sama usiadła w fotelu.

– Kiedy widziała pani brata po raz ostatni? – zapytała Magda, jednocześnie trącając Damiana kolanem.

Dyskretnie wskazała mu brodą kominek. Na marmurowym gzymsie stały rzędem fotografie rodzinne. Z tej odległości trudno było rozpoznać twarze, ale Żurkowski wstał i podszedł bliżej, by im się przyjrzeć.

– W ubiegły czwartek. Rano wyszedł, jak zawsze, do pracy. Wtedy widziałam go po raz ostatni.

– Od tej pory minął niemal tydzień. Dlaczego dopiero dziś zgłosiła pani zaginięcie brata? – spytała komisarz Rzepka.

– Czesław jest rozrywkowy. Lubi kobiety. Czasami nie wraca na noc, a weekendy spędza w domu tak rzadko, że nie potrafię sobie przypomnieć konkretnej daty – wyjaśniała. – W tygodniu też wraca późno, a czasami nocuje w biurze, jak mają duży projekt. Wczoraj dzwonili z firmy, żeby zapytać, kiedy się pokaże albo dostarczy zwolnienie lekarskie. Próbowałam się do niego dodzwonić, lecz nie odbiera.

– Rozumiem. – Magda spojrzała na Damiana, który uważnie przyglądał się jednemu ze zdjęć. trzymając ramkę w ręku. Pochwyciwszy wzrok partnerki, potwierdzająco skinął głową. – Czy na tym zdjęciu jest pani brat? – zapytała, podczas gdy Damian podszedł bliżej, by pokazać zdjęcie, o którym mowa.

– Tak, to Czesław, ale ja już dałam zdjęcie tamtemu policjantowi, co przyjmował zgłoszenie – powiedziała lekko zagubiona.

– Pani Salomeo – Damian pochylił się nad dziewczyną i delikatnie ujął ją za rękę – obawiam się, że nie mamy dla pani dobrych wieści...

Emilia podjechała pod samą furtkę. Z bagażnika samochodu wyjęła wózek inwalidzki i go rozłożyła. Podjechała nim do tylnych drzwi auta. I na tym zakończyła się jej pomysłowość. W jaki niby sposób ma przesadzić Jadwigę z jej złamaną nogą na wózek, nie łamiąc teściowej drugiej nogi ani żadnej innej części ciała, a następnie przetransportować staruszkę na drugie piętro, skoro nie działa winda?

– Niech mnie ktoś zastrzeli! – zawołała głośno do siebie. Powinna nalegać na odwiezienie Jadwigi karetką do domu. Przecież pacjentka sama nie wejdzie po schodach. Oczywiście, wiedziała, dlaczego tego nie zrobiła. Proszenie o cokolwiek doktora Perełkę przekraczało granice jej możliwości. Super, Emilia, kto nie ma siły przebicia, musi mieć twardy tyłek i mięśnie. Kolejny kopniak od losu, a dupa regeneruje się szybciej niż wątroba.

– Co ty wyprawiasz?! – krzyknęła do matki, która właśnie próbowała wygramolić się z samochodu.

– Zaraz się posiusiam! – wyjęczała tamta. – Muszę do domu!

– To idź. – Emilia machnęła ręką. Miała nadzieję, że Adela nie jest na tyle naćpana, by nie trafić do mieszkania. – Masz klucze?

– W torebce – odparła, podchodząc do domofonu przy furtce, by wbić kod.

Według Emilii matka maszerowała całkiem pewnie, podpierając się kulą, powinna zatem samodzielnie dotrzeć do mieszkania. Pozostała kwestia, co zrobić z Jadwigą. Przecież nie można jej tu zostawić, aż Kropeczek wróci ze szkoły.

– Co robisz? – zapytała matkę, która już dawno powinna wejść do środka.

– Brama się popsuła – poinformowała ją Adela.

– Wbiłaś kod?

– Cztery razy!

– A numer mieszkania?

– O, a tak mi się wydawało, że cyferek jest za mało! – ucieszyła się starsza pani.

Emilia dawno nie widziała matki tak absurdalnie szczęśliwej. Właściwie to nigdy.

– I kluczyk – dodała jeszcze, widząc, że matka wbiła szereg cyfr, ale nie przycisnęła rysunku kluczyka, znajdującego się na panelu.

– Gdybym miała kluczyk, nie musiałabym wbijać kodu.

– Mamo, ten kluczyk, który masz na... Jadwiga, nie waż się wysiadać z auta! Który masz narysowany na jednym z przycisków. Należy go wcisnąć po numerze mieszkania, a przed kodem, zrozumiałaś?

– Jasne, a jaki mamy numer mieszkania? Bo myli mi się z moim...

Boże, przysięgam, że w takich momentach jestem skłonna do nawrócenia. Jeśli karzesz mnie za ateizm, to trudno, ale nie karz mojej matki taką córką! Niech za moje grzechy nie cierpią najbliższe mi osoby!

– O! Udało się! – zawołała triumfalnym tonem Adela. – Może jednak się nie posiusiam!

– Siusiała na podsuwacz – szepnęła Jadwiga. – Widziałam.

– To dlaczego powiedziałaś, że nie siusiała?

– Nie wiem, dlaczego tak powiedziałam, a ty nigdy nie powiedziałaś czegoś, nie wiedząc czemu? – zapytała zdziwiona tonem synowej Jadwiga.

– Udało mi się! – krzyknęła Adela tuż nad głową Emilii, pochylonej ku Jadwidze. Wystraszona autorka podskoczyła nerwowo.

– Dlaczego nie weszłaś?

– Gdzie?

– Tam!!!! – Emilia dźgała powietrze palcem, wskazując kierunek.

– A po co? Przecież wy jesteście tutaj?

– Miałaś iść siusiu. Pamiętasz?

– To dlaczego od razu mi nie powiedziałaś?! Kropeczek! – wykrzyknęła radośnie na widok wnuka, który usiłował się ukryć za jednym z samochodów, ale zrobił to wyjątkowo nieudolnie.

– Kropeczek?! – Emilia odwróciła się, szukając wzrokiem syna, który wraz z jakimś chłopcem tkwił za nieznanym jej autem zgięty w paragraf.

– Dziecko moje kochane! – Sama nie wiedziała, że potrafi tak szybko biegać. Znalazła się przy nich w takim tempie, że niejeden sprinter by jej pozazdrościł. – Uciekłeś ze szkoły? Znowu?

– E, wiesz mamo, ja...

– Tak się cieszę! – Poklepała go po ramieniu.

– He?

– Ale masz zajebistą matkę! Moja już by mnie zawrzeszczała na śmierć! – szepnął z zachwytem jego kolega.

– Ty też uciekłeś z lekcji? – zwróciła się do chłopaka, który miał włosy równie niesforne, co jej syn.

– Lekcje wcześniej się skończyły, proszę pani.

– Jasne. Chyba tylko dla was – zakpiła łagodnie, ale nie zamierzała wygłaszać żadnego kazania. Nie dziś.

– Chodźcie, chodźcie, zamówimy jakąś pizzę. Pewnie jesteście głodni.

– Tak, proszę pani. – Chłopak uśmiechał się szeroko.

– Mamo, dobrze się czujesz? – zaniepokoił się Kropeczek.

Przecież matka nie tolerowała wagarowania. Nigdy.

– Doskonale – odparła krótko. – Jak ci na imię? – zapytała nieznajomego chłopca.

– Maciek, proszę pani.

– Świetnie, Maciek. Chodź, poznasz pterodaktyle. Jeden jakoś dojdzie, ale drugiego trzeba zanieść na samą górę, bo winda nie działa!

– O czym mówi twoja matka?

– Nie mam pojęcia!

– Chyba nie miała na myśli prawdziwych pterodaktyli?

– Niestety, nie – odparł z grobową miną Kropeczek, gdy dostrzegł machającą do niego z samochodu babcię Jadwigę.

Babcia Adela, szeroko uśmiechnięta, stała oparta o bramkę prowadzącą do wnętrza enklawy. Niepewnie odmachał obu.

– Wiesz co, ja spadam… – Maciek odwrócił się, by odejść, ale Kropeczek złapał go za łokieć.

– Spróbuj mnie teraz zostawić, a jutro będziesz się szykował na mój pogrzeb. Jesteś kumpel czy nie?

– Kuźwa, jestem, jestem – zapewnił go markotnie Maciek. – To o co chodzi?

– Trzeba zanieść babcię Jadwigę do domu, bo ma złamaną nogę, a winda nie działa – poinformowała ich radośnie Emilia.

Katolicy chyba mają rację, mówiąc, że Bóg krąży różnymi ścieżkami. Albo niezbadane są jego ścieżki. Cokolwiek z tego jest prawdą, Bóg wysłał jej syna i jego kolegę na wagary i kazał im się zadekować w domu, a nie w centrum handlowym, a dzięki temu problem się rozwiązał.

– Która to? – zapytał Maciek.

– Ta z gipsem na nodze, debilu – warknął Kropeczek, ciągnąc go za sobą. Nie był taki głupi, by uwierzyć tamtemu na słowo. Jak tylko puści Maćka, kumpel zwieje.

– Adelo, pójdziemy do domu, dobrze? – Emilia podeszła do matki.

– Dlaczego mówisz do mnie „Adela"?

– Bo to twoje imię.

– Ale dla obcych. Ty masz mówić do mnie „mamo" – zażądała.

– Okej, mamo, ale puść bramę, bo musimy iść do domu.

– A Jadwiga? – Obejrzała się na samochód.

– Kropeczek i jego przyjaciel posadzą ją na wózku, a potem wniosą po schodach – wyjaśniła.

– Kropeczek ma przyjaciela? – rozczuliła się Adela. – Jak miło.

– Bardzo. A teraz chodźmy.

– Przecież idę.

– Wcale nie. Ruszasz nogami w miejscu, ale się nie posuwasz naprzód.

– Naprawdę? – zdziwiła się Adela. – Jak to możliwe?

– Jest narąbana? Ale odjazd! – zawołał Maciek. – Moja babcia to tylko zdrowaśki klepie i wciąż każe mi się spowiadać.

– Mamo, czy babcia jest narąbana? – zawołał Kropeczek do matki, usiłującej oderwać Adelę od furtki, której ta się przytrzymywała.

– Nie! – wysapała. – Dali jej coś w szpitalu i ma głupawkę!

– To jest to samo co rzeżączka? – zawołała Jadwiga z wnętrza auta.

– Nie! – wrzasnęła Emilia.

– Twoja babcia wie, co to rzeżączka?! – zdumiał się Maciek.

– Młody człowieku, trzeba się interesować wszystkim, co dzieje się w świecie – oznajmiła Jadwiga, którą Kropeczkowi udało się przenieść na wózek.

– Tak, proszę pani – odparł Maciek, robiąc wielkie oczy. Gdyby nie okulary, które miał na nosie, gałki chyba by mu wypadły.

– Kto to jest, Kropeczku?

– To przyjaciel Kropeczka, Jadwigo! Bądź dla niego miła, bo może będziemy rodziną! – zawołała Adela, którą Emilia siłą oderwała od furtki i zaczęła ciągnąć do domu.

– Ja cię kręcę… – mruknął chłopak.

– Ooo, dlaczego nie powiedziałeś od razu, Kropeczku?

– Ale o czym? – zdumiał się, pchając wózek w kierunku wejścia do klatki.

– Proszę pani, my jesteśmy tylko kolegami – zaprotestował Maciek.

– Nie ma się czego wstydzić, chłopcze, nie jesteśmy fobami – zapewniła go uroczyście Jadwiga. – Możesz mówić do mnie babciu.

– Homo! – krzyknęła Adela.

– Nie rozumiem, dlaczego zawsze mnie poprawiasz. Tym też nie jesteśmy! – zirytowała się Jadwiga.

– Mamo, co babcie robiły w szpitalu? – zapytał Kropeczek.

– Morderca jest wśród nas i chciał nas zabić, bo za dużo wiemy! – oświadczyła z powagą Jadwiga.

– Ale czad. One tak zawsze?

– Mamo, nikt nie chciał was zabić! – krzyknęła Emilia. Poza mną, dodała w myślach. – Dzień dobry, pani Storczyk – przywitała się z sąsiadką, która uprzejmie przytrzymała im drzwi.

Za nią stała Amanda, ze zdumieniem przyglądając się zamieszaniu.

– Pomóc pani, pani Emilio? – zapytała Storczykowa, niepomna, że kilka godzin wcześniej obraziła się na pisarkę.

– Dziękuję, chłopcy mi pomogą – odrzekła zasapana Emilia.

– Wygląda pani tak, jakby potrzebowała pomocy!

– Dziękuję, poradzę sobie.

– Zobacz, prawie jak Wieśka! – Adela wyrwała się córce i palcem wskazała na kobietę o czerwonych włosach.

– Co ty opowiadasz, mamo! Bardzo przepraszam, pani Amando.

– Dwa chude patyki, kościsty tyłek! Zupełnie jak Wieśka! – upierała się Adela.

– Mamo! Idziemy!

– Co ty mówisz? Wcale nie jest do niej podobna! – oświadczyła zdecydowanie Jadwiga, wychylając się z wózka, by lepiej widzieć. – Przecież Wieśka ma piersi, a ta wcale! – Wycelowała palec w czerwonowłosą sąsiadkę.

– No wiecie państwo! – oburzyła się Amanda.

Pani Storczykowa uśmiechała się z satysfakcją, mrugając wesoło do Adeli, którą w tym momencie nawet zaczęła lubić.

– Bardzo panią przepraszam. Ten konował miał im dać coś na uspokojenie, a zamiast tego je naćpał. I pomyśleć, że przez moment było mi go żal! – zdenerwowała się Emilia.

– Jaki konował? – zapytała Storczykowa.

– Doktor Perełka – opowiadała wzburzona. – Jak tylko jestem na pogotowiu, to na niego trafiam. Prawdziwy pech. Mamo, błagam cię, chodźmy. Kropeczek, idźcie przodem! – poleciła synowi, a sama usiłowała teraz odczepić matkę od barierki.

– Doktor Perełka, powiada pani? – powtórzyła Storczykowa, nie wiedzieć czemu bardzo rozbawiona.

– Tak, zna go pani?

– Osobiście nie – odparła sąsiadka.

– Niech się pani cieszy. Nie wiem, jaką ma specjalizację, ale do mnie mógłby się zbliżyć, tylko gdyby był patologiem! Mamo, przestań kopać schody! Po prostu podnieś nogę do góry! Świetnie! Teraz zrób to samo jeszcze pięćdziesiąt razy!

Oficjalna identyfikacja ciała była tylko formalnością. Magda i Damian zyskali pewność w chwili, gdy zobaczyli zdjęcie. Wprawdzie NN miał zasinienia na twarzy, jednak nie zniekształcały one jego rysów. Nieboszczyk z piwnicy to Czesław Kupski, lat trzydzieści pięć, kawaler, dzieci brak, architekt. Według siostry z nikim nie był związany. Interesowała go wyłącznie praca oraz kobiety. Niekoniecznie w tej kolejności.

– On był od niej młodszy o piętnaście lat. Dasz wiarę?

– Co takiego? – Damian odpłynął gdzieś myślami.

– Kupski. Od Wiesławy Paluch. W trzy sekundy wyrwała faceta o piętnaście lat młodszego, właściwie od piętnastu do dwudziestu lat młodszego – mówiła Magda.

– Jakim cudem dokonałaś tych obliczeń? – zdumiał się Żurkowski. Widział datę urodzenia agentki. Kobiecie wieku się nie liczy, ale była starsza od Kupskiego o piętnaście lat, no, może brakowało kilku miesięcy. Skąd więc te dodatkowe pięć? I dlaczego od do?

– Większość facetów umawia się z kobietami w swoim wieku albo młodszymi, na ogół nie więcej niż pięć lat. To optymalna różnica wieku, zatem Paluch przebiła babki młodsze od niej nawet o dwadzieścia lat. Co ze mną jest nie tak?!

– W jakim sensie? – zapytał ostrożnie.

– Nikt nie proponuje mi randki!

– Masz męża!

– W pracy nie noszę obrączki. Ktoś powinien chociaż spróbować mnie zaprosić.

– Twoi koledzy wiedzą, że jesteś mężatką – tłumaczył.

– Ale ludzie, których spotykamy w naszej pracy, nie.

– Część z nich to przestępcy, grozisz im bronią, a reszta trzęsie portkami przed odznaką.

– Hm… Więc mówisz, że mój problem to nie to, jaka jestem, tylko to, kim jestem?

– Co mam na to odpowiedzieć? – zapytał z rozpaczą.

Zostały mu jeszcze dwa dni łącznie z dzisiejszym. Trzeciego Magda zacznie umierać i nie będzie miała siły, by robić komuś piekło, wystarczy jej własne.

– Wiesz, że cenię sobie prawdę – powiedziała groźnie.

– Problem nie leży w odpowiedzi, tylko w pytaniu. Sformułowałaś je w taki sposób, że cokolwiek powiem, zrobisz mi krzywdę. Czy chcesz mi zrobić krzywdę?

– Ja? Zgłupiałeś? Tylko zapytałam!

– To zapytaj inaczej – zirytował się. – Albo nie, nie pytaj, nie zamierzam odpowiadać na żadne pytania. Mamy robotę do wykonania. Znamy tożsamość NN. Sprawdźmy, z kim miał na pieńku. Nie wierzę, że padł ofiarą rabunku, chociaż ktoś bardzo dokładnie wyczyścił mu kieszenie.

– Już przyjęliśmy założenie, że nie był przypadkową ofiarą – przypomniała mu Magda. – Powtarzasz się.

– Głośno myślę. Zastanawiam się, czy nie warto jeszcze raz, z nowym zdjęciem, przepytać osoby mieszkające w miejscu zdarzenia. Może ktoś rozpozna denata.

– Dlaczego nie. Dziś mamy drugą zmianę, więc możemy to zrobić wieczorem. Jest szansa, że zastaniemy wszystkich w mieszkaniach. Na razie jedźmy do jego biura. Pogadamy ze współpracownikami. Może ktoś coś wie.

– Świetny pomysł – uznał.

– Gdyby nie to, że razem pracujemy, jestem mężatką, starszą stopniem i wiekiem, umówiłbyś się ze mną? – zapytała jeszcze, gdy wychodzili z biura.

– Nie. Nie lubię kobiet, które grożą mi bronią – odparł z irytacją.

– Nigdy nie groziłam ci bronią! – zdumiała się Magda.

– Sam fakt, że ją masz, sprawia, że czuję się zagrożony!

Zamykając drzwi sypialni, Emilia prawie płakała. Były to łzy ulgi. Harpie wreszcie trafiły do łóżek. Nie zaprzątała sobie głowy rozbieraniem staruszek, zdjęła im tylko buty, przykryła obie kołdrami i przez chwilę walczyła ze sobą, by nie przygnieść poduszką ich twarzy. Uratowało je to, że nie mogła się zdecydować, którą udusić najpierw.

I dobre serce. Emilia nie była socjopatką, chociaż w tamtej chwili bardzo tego żałowała.

– Śpią? – zapytał Kropeczek, gdy matka weszła do kuchni.

Obaj chłopcy siedzieli przy kuchennym stole i zajadali się pizzą, dostarczoną kilka minut wcześniej.

– Nie wiem, może straciły przytomność. Niewykluczone, że je otrułam, bo po tych psychotropach ze szpitala dałam im jeszcze po jednej tabletce nasennej, ale będę się tym martwić jutro, jak się nie obudzą.

– Co się właściwie stało? – spytał jej syn.

Jego kolega był zbyt zajęty przeżuwaniem, by się tym kłopotać. Wiedział, że matka Kropeczka to pisarka, ale babka jest zupełnie odjechana. Zupełnie inna niż jego matka. Ta to dopiero dałaby mu popalić za wagary!

– Jeśli dobrze zrozumiałam, Adela rozwaliła panel w windzie, bo próbowały ją zatrzymać, żeby wysiąść i obejrzeć nowych sąsiadów. Winda stanęła między piętrami i spędziły w niej może z godzinę. Trochę im odwaliło, w szpitalu załatwili je kompletnie, a teraz zaliczyły zgon, jak ty byś pewnie powiedział, dziecko moje kochane, któremu wybaczę wagary, bo byłam bliska samobójstwa. Uratowałeś życie własnej matce – powiedziała, zaciągając się cudowną wonią. Kochała ten zapach pieczonego ciasta, sosu czosnkowego, pieczarek, szynki i pomidorów.

– Ta babka z czerwonymi włosami to niezła laska – odezwał się z pełnymi ustami Maciek. – Wygląda jak elfka. I jeszcze te zajebiste szpile!

– Zamknij się – szturchnął go Kropeczek. – Moja matka nie jest aż tak wyluzowana, żebyś się przy niej ślinił.

– Powinniście rozglądać się za dziewczynami w swoim wieku – odruchowo pouczyła ich Emilia. – Dobra? – zapytała, wskazując palcem na pokrojoną pizzę w kartonie na środku stołu.

– Bardzo! – zapewnił Maciek, sięgając po kolejny kawałek. – Pani nie je?

– Nie mogę – jęknęła, pociągając żałośnie nosem. – Jak pomyślę o tym pocie, który już wylałam, o zakwasach i tekturze, którą kazała mi jeść Kropka, to mam odruch wymiotny na samą myśl, że miałabym przełknąć coś, co jest na liście dań zakazanych.

– Aaa, odchudza się pani. Moja matka też, ale ona musi, a pani to laska.

– Zaraz cię walnę! – zdenerwował się Kropeczek. – To nie jest laska, tylko moja matka, gamoniu!

– Dzięki, synu, za obronę mojej czci, ale wolałabym, żebyś robił to w taki sposób, by moja godność osobista na tym nie cierpiała.

– Pizza?! – zawołała ze zgrozą Kropka, która w tym momencie zmaterializowała się w kuchni.

– Nie tknęłam! – zawołała przerażona Emilia. – Tylko się zaciągam zapachem! Przysięgam!

– Wierzę ci – odpowiedziała tamta łaskawie, siadając obok nich i biorąc kawałek pizzy z pudełka. – Mmmm – mruknęła. – Z sosem czosnkowym. Uwielbiam taką.

– Ależ, Kropka! – zaprotestowała oburzona Emilia.

– Co?

– Ty jesz!

– Mam przemianę materii młodszą od twojej o dwadzieścia dwa lata. Od czasu do czasu mogę zgrzeszyć – poinformowała matkę.

– Jesteś okrutna – powiedziała z wyrzutem Emilia.

– Czasem kobieta musi być bezduszną jędzą, żeby dać sobie radę w życiu, ale wierzcie mi, bycie jędzą to też ciężka praca[*] – powiedziała z pełnymi ustami dziewczyna.

– Ale czad! To twoja siostra?

– Kto to? – zapytała bezceremonialnie Kropka, dopiero teraz zwracając uwagę na nieznajomego chłopaka, siedzącego obok jej brata.

– Maciek. Uciekli z lekcji – odezwała się Emilia, z zazdrością przyglądając się przeżuwającym dzieciakom.

– Mówisz to tak spokojnie? – zdziwiła się dziewczyna.

– Wyjątkowe okoliczności. Niech Kropeczek ci opowie. Ja mam dość! – uznała. Podeszła do lodówki, wyjęła stamtąd sałatkę ze szpinaku i tuńczyka, karton soku pomidorowego i postanowiła, że resztę dnia spędzi, pisząc. Niestety, dotarła zaledwie do podestu schodów, gdy ktoś zadzwonił do drzwi.

– Och, no jasne, kogo to diabli niosą. Teraz mam zapłacić za pomoc? – Spojrzała na sufit, ale jak zwykle nie otrzymała żadnej odpowiedzi.

– Pani Storczykowa? – zdziwiła się, widząc sąsiadkę, która przestępowała z nogi na nogę na wycieraczce.

– Ma pani chwilę? To ważne – odezwała się niepewnie tamta.

– Oczywiście, niech pani wejdzie.

– Wolałabym porozmawiać na osobności.

– Możemy porozmawiać w moim pokoju – zaproponowała Emilia. – Matka i teściowa śpią – dodała, pojmując z małym opóźnieniem, co kobieta miała na myśli.

---

[*] Stephen King, *Dolores Claiborne*.

– Nic im nie jest? – Storczykowa chętnie weszła do mieszkania.

Tylko to jedno było dwupoziomowe, połączone z innym, które wcześniej było zwyczajnym lokalem na trzecim piętrze. Poprzedni właściciele przeliczyli się jednak ze spłatą tak dużego kredytu i mieszkanie trafiło pod młotek, a następnie prosto do Przecinków. Nigdy nie była w środku, nic dziwnego zatem, że ciekawość zjadała ją ogromnymi kęsami.

– Nie. Wyśpią się i od jutra będą zatruwać mi życie od nowa – wyznała Emilia, podnosząc ze schodów salaterkę z sałatką i sok. – Poczęstuje się pani? – zaproponowała. – Bo jeśli tak, to wezmę szklanki i talerzyki.

– Nie, dziękuję. Ja tylko na kilka minut – odrzekła tamta.

– W takim razie zapraszam na górę – powiedziała Emilia, prowadząc ją do swojej sypialni.

– Niezłe zamieszanie miała pani z nimi na dole – mówiła Storczykowa. – Z boku wyglądało to komicznie, zwłaszcza jak pomstowała pani na tego lekarza, z drugiej strony, podziwiam panią, że nie zepchnęła pani matki ze schodów. Moja też jest trudna, ale powiem pani, że od czasu, gdy poznałam panią Adelę i panią Jadwigę, to zaczęłam się lepiej z nią dogadywać.

– Gratuluję – powiedziała sucho Emilia, nie mając ani siły, ani ochoty na obronę harpii.

Storczykowa miała rację, nazywając tamte dwie pterodaktylami. Gatunek wymarły, a znalazł swoich przedstawicieli w dwudziestym pierwszym wieku. To prawda, że w przyrodzie nic nie ginie, karma zawsze wraca i tak dalej. Może to nie Bóg, tylko jakaś kosmiczna siła wszystkim kieruje? – zastanawiała się Emilia, lekko zaskoczona kierunkiem, w którym podążyły jej myśli.

– Wie pani, co Kropka mówi o pisarzach? Że pisarz to człowiek, który nauczył swój umysł nieposłuszeństwa[*] – poinformowała swoją rozmówczynię.

– Naprawdę? – zapytała sąsiadka, zdziwiona nagłą zmianą tematu.

– Tak, i chyba ma rację – westchnęła, nie wyjaśniając przybyłej sensu swojej uwagi. – Proszę, niech pani usiądzie. – Wskazała na zasłane łóżko. Sama usiadła przy biurku. – Tu nikt nie będzie nam przeszkadzał – zapewniła. – Przynajmniej nie bardziej niż zwykle – dodała, gdy rozległo się pukanie do drzwi, a chwilę potem ukazała się kędzierzawa głowa Kropeczka.

– O co chodzi, synu? I lepiej, żeby to było coś ważnego, na przykład postanowienie, żeby zrobić coś wartościowego ze swoim życiem tu, na miejscu, a nie polecieć w kosmos i zostać prezydentem gwiezdnej floty.

– Eee, nie, Kropka kazała mi zobaczyć, kto przyszedł.

– To dlaczego sama nie przyszła?

– Bo powiedziała, że jej nie wypada, a mnie i tak wszystko jedno.

– Cudownie. – Uśmiechnęła się krzywo. – Skoro już wiesz, kto przyszedł, to zamknij drzwi z drugiej strony, i za nic nie wracaj, żeby się dowiedzieć, po co ten ktoś przyszedł, rozumiemy się, synu?

– Jasne, mamo. Żaden problem. – Drzwi zatrzasnęły się z hukiem.

– Jak pani widzi, gumowe uszy to nie tylko domena seniorów. To przechodzi z pokolenia na pokolenie. A więc, pani Storczyk, co mogę dla pani zrobić?

---

[*] Stephen King, *Worek kości*.

– Bo ja dużo myślałam o tym, co pani powiedziała. O tym, że to ktoś z nas. I wie pani co? Ja chyba wiem, kto zabił tego faceta.

– Naprawdę? – zdumiała się Emilia. – Widziała pani zabójcę?

– Nie, nie, chodzi mi o to, że mam informacje, które mogą wskazywać na mordercę, rozumie pani? I teraz się boję, bo z jednej strony to ja nie mam dowodu, a z drugiej zaczynam się bać, rozumie pani?

– Nie.

– Bo ja rozmawiałam dziś z Nowaczykową, kiedy pani była w szpitalu ze starszymi paniami, i jakoś tak dziwnie się porobiło. Bo ja do niej mówię, że pani powiedziała, że policja podejrzewa, że to na pewno ktoś z mieszkańców. I powiedziałam jej, dlaczego tak myślą. Ona na to, że niby dlaczego ktoś miałby zabijać tego NN?

– No i? – ponaglała ją Emilia, która wbrew sobie zaczęła czuć zainteresowanie tematem. Co więcej, poprzez zaciekawienie zaczęła odczuwać więź sąsiedzką.

To ona znalazła NN, mimo to zupełnie nie zainteresowała jej ta sprawa, tak była pochłonięta nową powieścią. Na moment obawa o aresztowanie Wieśki zmusiła ją do podjęcia decyzji o prywatnym dochodzeniu, ale był to w gruncie rzeczy słomiany zapał, i gdy okazało się, że przyjaciółka ma niepodważalne alibi, na powrót straciła zainteresowanie tematem. A teraz, no proszę, jednak drzemią w niej uczucia właściwe zwyczajnym ludziom, którzy nie bujają w obłokach jak ona.

– A ja na to mówię, że przyczyn może być sporo, jak choćby zdrada małżeńska.

– No to nie dziwię się, że ją pani wystraszyła – powiedziała Emilia. – Zdradza męża z monterem.

– Ona też?! – zawołała Storczykowa.

– To ktoś jeszcze zdradza męża z monterem? – zapytała zaskoczona Emilia.

– Z monterem nie, ale Olejniczakowa miała romans z szefem i dlatego Olejniczak tak się rozpił. Mógł chłop nie wytrzymać. Patrz pani, ja mówiłam o Olejniczakowej, a Nowaczykowa myślała, że o niej. A jednak te stare powiedzenia mówią prawdę. Uderz w stół, a nożyce się odezwą.

– Przecież monter żyje, bo widziałam go wczoraj, a Olejniczakowa chyba rozpoznałaby martwego szefa na zdjęciu – zauważyła Emilia.

– Mogła się nie przyznać, że go zna, żeby nie wydać męża, a Nowaczyk mógł nie wiedzieć, że rogi przyprawia mu monter, i przez przypadek zabił nie tego, co trzeba. Wiesz pani, jak nie wiesz?

Emilia nie była pewna, jak brzmi odpowiedź na tak postawione pytanie.

– I do tego ten zamach na starsze panie. Kto wie, do czego taki zabójca jest jeszcze zdolny? – powiedziała ze zgrozą sąsiadka.

– Żaden zamach. To tylko… awaria – odparła pisarka.

Za nic się nie przyzna, że to jej matka rozwaliła panel, bo ją obciążą naprawą windy, a kto wie, ile to może kosztować. Mało ma problemów?

– Przyzna pani, że to jednak podejrzane?

– Yhm… – Emilia mruknęła coś pod nosem, czując się tak jakby podle.

Jeśli się nie przyzna do tej windy, to koszt naprawy zostanie podzielony między lokatorów. Oczywiście to niesprawiedliwe. Z drugiej strony, jest przecież fundusz remontowy, na który przeznacza się część czynszu, więc zarząd wspólnoty powinien wykorzystać te pieniądze, zatem owa niesprawiedliwość nie jest tak wielka, jak by się mogło wydawać.

– Słucha mnie pani? – Storczykowa podniosła głos, widząc, że jej rozmówczyni przestała mrugać powiekami i wbiła spojrzenie w coś hen, w dal za jej głową.

– Tak, przepraszam, rozważałam właśnie to wszystko, o czym pani mówiła.

– Czyli załatwi to pani?

– Oczywiście – przytaknęła machinalnie, ale widząc, że tamta podnosi się z łóżka, zapytała szybko: – Ale mogłaby pani uściślić?

– Porozmawia pani z policją w naszym imieniu? Nie chcę, żeby to wyszło ode mnie. Mąż nie byłby zadowolony, że roznoszę plotki. Jak mu powiedziałam, że zabić mógł ten Koperek, bo już kiedyś siedział za pobicie człowieka – podobno kalekę z niego zrobił – to kazał mi się trzymać od tego z daleka i nie mącić.

– Pan Koperek kogoś pobił? Taki spokojny człowiek? – zdziwiła się Emilia.

– Spokojny? Nie słyszała pani, jak się darł kiedyś na parkingu na faceta, który mu miejsce zajął? Myślałam, że wyciągnie tamtego z samochodu i pobije!

– Oj, to chyba z kimś go pomyliłam… – odrzekła zakłopotana pisarka.

– Może z Pancerkiem?

Emilia wzruszyła ramionami. Nie miała pojęcia, o kim mowa.

– To taki spokojny człowiek. Trochę wyższy od pani, koło pięćdziesiątki, okulary z grubymi szkłami, zakola. Chyba pracuje w bibliotece. A może w księgarni…

– O seryjnych mordercach też sąsiedzi zawsze mówili, że to był taki miły, cichy, spokojny człowiek. Nie, niech pani mnie nie słucha! – zawołała, widząc zaaferowaną minę sąsiadki. – To ta moja przeklęta wyobraźnia! Nie znam pana Pancerka – zapewniła Storczykową. – Oczywiście jest tak, jak pani mówi, to bardzo spokojny człowiek.

Tamta przyglądała jej się podejrzliwie, bynajmniej nieprzekonana.

– To jak? Porozmawia pani z policją? – zapytała jeszcze raz.

– Oczywiście. Bardzo chętnie. Tylko co właściwie mam im powiedzieć? Nie mamy nic konkretnego poza podejrzeniami.

– Niby tak – przyznała Storczykowa. – Ale powinni sprawdzić, co i jak. Jak pterodaktyle na mojego męża nagadały, to od razu przyszli, że niby fałszywe alibi mu daję, a jemu naprawdę auto się zepsuło. Świadków miał. W warsztacie był. Za taksówkę kartą płacił. Jak to tak, niewinny człowiek musi się tłumaczyć, a winien w kułak się śmieje, bo nikt go nie podejrzewa? Ja pani mówię, pani Przecinek, że nie czuję się tu bezpiecznie. Pani ma rację, że to ktoś z nas, i teraz jeszcze ten wypadek z windą! Tu się coś dzieje. Nikt z nas nie jest pewien dnia ani godziny – powiedziała z taką zgrozą, że Emilii aż ciarki przeszły po plecach.

Właścicieli było dwóch. Małżeństwo. Bożena i Jakub Domagalscy. Siedzieli teraz we czwórkę w pokoju konferencyjnym, gdzie – jak wyjaśnili Domagalscy – odbywają się prezentacje i spotkania z klientami. Oboje wyglądali na wstrząśniętych informacjami, z którymi przyszli policjanci.

– Jak to, nie żyje? – Bożena Domagalska miała pięćdziesiąt kilka lat i zaledwie kilka zmarszczek na twarzy.

Magdzie trudno było stwierdzić, czy siwe włosy kobiety są naturalne, czy też wzorem niektórych kobiet tamta dobrze się czuje w platynowym blondzie, czy jak też się nazywa ten kolor.

– Pan Kupski zginął w ubiegłym tygodniu. Został zamordowany. – Komisarz Rzepka nie siliła się na współczucie, chociaż przedtem okazała je siostrze denata. Dla tych ludzi została jej wyłącznie uprzejmość.

– Dlaczego dopiero dziś się o tym dowiadujemy? A rodzina? Jeszcze wczoraj nic nie wiedzieli o jego śmierci. Jak to możliwe? – Mężczyzna był kilka lat starszy od żony. Wyglądał na równie wstrząśniętego co ona.

– Pan Kupski nie miał przy sobie żadnych dokumentów, kluczy ani telefonu – wyjaśnił Żurkowski. – Nie był również notowany, dlatego nie mogliśmy go zidentyfikować po odciskach palców.

– Szukaliśmy świadków, którzy mogli coś widzieć albo pomóc w identyfikacji. Liczyliśmy również na zgłoszenie zaginięcia, ale zdaje się, że... – Magda zawahała się, nie wiedząc, czy określenie „męski kurwiszon" zostanie dobrze przyjęte przez pracodawców i niewykluczone, że przyjaciół zmarłego – jego tryb życia sprawił, że przez kilka dni nikt się nie niepokoił jego zniknięciem – dokończyła w końcu.

– Tak, no cóż... – Domagalska wydawała się zakłopotana. – Mówiłam mu kiedyś, że powinien się ustatkować, bo przez kobiety trafi do piekła. I proszę... Pewnie jedna z nich go okradła i zamordowała. – Głos jej zadrżał.

236

– Bożenko, był młodym mężczyzną. Może trochę za bardzo szumiał, ale twoja babka zawsze powtarzała, że z nawróconego hulaki często jest najlepszy mąż. – Jakub Domagalski uśmiechnął się smutno i poklepał żonę po ręce.

– To prawda. – Odwzajemniła jego uśmiech. – Z męża za młodu też był ananas – powiedziała do policjantów.

– Rozumiem, ale interesuje nas pan Kupski. Miał z kimś jakiś zatarg? – zapytała Magda.

– Nie sądzę. Był powszechnie lubiany. Owszem, mógł komuś podpaść, ale na pewno nie był to nikt z biura. Zatrudniamy około trzydziestu osób. Architektów, sekretarki, księgowość, kadry, sprzątaczki, pana „złotą rączkę", informatyka, jako że mamy sporo pracy. Czesław nie wdawał się w żadne prywatne relacje z kobietami, które tu spotykał. Był singlem, często chodził po klubach, jednak z tego, co wiem, nie interesowały go mężatki. Trudno mi powiedzieć, czy prywatnie w jego życiu działo się coś złego – opowiadał Domagalski.

– Sporo pan wie o jego trybie życia – zauważył Damian.

– Wie pan... Lubił pożartować z kobietami, zwłaszcza stażystki robiły do niego maślane oczy. Po kilku tygodniach pracy wezwałem go na rozmowę na temat relacji interpersonalnych w firmie. Zarzekał się, że oddziela te sfery i na pewno nie przekroczy granicy. Zaczął u nas pracować zaraz po studiach i nigdy nic nagannego się nie wydarzyło.

– Był bardzo zdolny i chętnie pomagał kolegom czy koleżankom. Proszę sobie wyobrazić, że kiedyś został po pracy, by zrobić ksero za stażystę, bo ten następnego dnia miał egzamin – dodała pani Domagalska.

– Może ktoś mu zazdrościł? – podsunął Damian.

– Możliwe, ale nie tolerujemy żadnych niesnasek w pracy. Tworzymy zespół. Jeżeli ktoś nie potrafi się dopasować, odchodzi – odparł jej mąż.

– Trudno mi uwierzyć w tak życzliwą, rodzinną atmosferę – oświadczyła sceptycznie Magda.

– Nie jest rodzinna. Oczekujemy profesjonalizmu, a kłótnie to strata czasu, demotywują zespół i odbijają się na naszej pracy, dlatego zatrudniamy osoby, które potrafią i chcą grać razem. Konstruktywna krytyka jak najbardziej. Burza mózgów chętnie widziana. Ale ma to dotyczyć projektu, a nie wycieczek personalnych – powiedział Domagalski.

– Ludzie muszą być zadowoleni. Czasami ktoś rezygnował po kilku tygodniach, bo nie potrafił się dopasować, albo my byliśmy zmuszeni podziękować za pracę. Pierwsza umowa zawsze jest zawierana na trzy miesiące. To okres próbny. Aż nadto czasu, by wykazać się umiejętnościami, a dla nas to czas na zdobycie pewności, że pracownik dobrze się u nas czuje i potrafi współdziałać z innymi. Proszę sobie wyobrazić, że zatrudniamy tych samych ludzi od lat. Nikt nie odchodzi do konkurencji – wyjaśniła jego żona.

Żurkowski spojrzał pytająco na partnerkę. Sądząc z jej miny, powątpiewała w tę idyllę, ale chyba nie miała już więcej pytań.

– Pozwolą państwo, że porozmawiamy z pracownikami? – zapytał Żurkowski.

– Oczywiście, nie widzę przeszkód. Proszę tylko, żeby państwo nie kręcili się po firmie, ale korzystali z naszej sali konferencyjnej... – powiedział Domagalski.

– Jeszcze jedno... – Przerwała mu Magda. – Czy pan Kupski miał powody, żeby bywać na ulicy Konwaliowej?

Macie tam państwo jakiś projekt, może odwiedzał kogoś prywatnie?

– Konwaliowa? – Domagalska sięgnęła po tablet leżący na stole. Uruchomiła jakąś aplikację i przeglądała ją chwilę, po czym przecząco pokręciła głową. – Nie, nie mamy nic na Konwaliowej ani w pobliżu.

– Może miał tam kogoś znajomego, ale nie potrafimy odpowiedzieć na to pytanie. Powinien pan o to zapytać kogoś z rodziny – dodał jej mąż.

– Ostatnie pytanie – wtrącił się Damian. – Czy pan Kupski utrzymywał z kimś w firmie bliższe relacje?

– Już państwu mówiłem, że tego typu relacje...

– Nie mam na myśli kobiet. Czy pan Kupski przyjaźnił się z kimś? Jakiś kolega z pracy, z którym chodził na piwo?

– Ach, oczywiście. Proszę wybaczyć, nie pomyślałem o tym. Rzeczywiście, jest ktoś taki, nazywa się Roman Kwiatkowski. Zaczęli pracę niemal w tym samym czasie i chyba się zaprzyjaźnili, w każdym razie na pewno znali się dobrze – powiedział Domagalski.

– Chcielibyśmy z nim najpierw porozmawiać – powiedziała Magda.

– Oczywiście, zaraz go poproszę – odrzekła właścicielka.

Emilia zamknęła drzwi za Storczykową i oparła się o nie czołem. Była zmęczona. Miała ciężki dzień. Obiecała sąsiadce, że porozmawia z policją, tylko właściwie dlaczego ona? Jest emisariuszem mieszkańców?

Dlaczego nie odmówiłam, zastanawiała się na głos, nie wiedząc, że młodzież przygląda jej się ze zdziwieniem.

– Co jej się stało? – szepnął Maciek. – Ma lumbago?

– Co to jest lumbago? – zapytał Kropeczek.

– Ból pleców w okolicy lędźwiowej – wyjaśniła Kropka, przyglądając się uważnie zgiętej wpół matce, a dokładniej mówiąc – jej wypiętej pupie.

– Gdzie są lędźwie? – chciał wiedzieć młody Przecinek.

– Moja babcia na bóle krzyża mówiła lumbago – wtrącił się Maciek – ale trzymała się wtedy za plecy. Nie przyciskała głowy do drzwi.

– Mama nie ma lumbago, a ty jesteś idiotą – poinformowała go Kropeczka. – Jest psychicznie wykończona i dlatego chłodzi głowę o drzwi. Spadajcie stąd. Idźcie zabić paru zombiaków, czy co tam robicie. Zajmę się nią.

– Wiesz, Kropka, jakby co, to możesz na mnie liczyć. – Maciek uśmiechnął się do niej szeroko.

– Czy ty uderzasz do mojej siostry? – zapytał z niedowierzaniem Kropeczek.

– Nie, no co ty – spłoszył się tamten. – No może trochę… – przyznał, niepewnie spoglądając na kumpla.

– Zgłupiałeś?! – zdenerwował się Kropeczek.

– Nie, no co ty, stary… Nie myślałem, że będziesz miał coś przeciwko… – bąkał Maciek, zerkając z zawstydzeniem na przyglądającą mu się Kropkę. Dziewczyna miała dziwną minę, a jej spojrzenie było takie jakieś… złowróżbne?

– Znikniesz, jak tylko palcem pomacham, nauczyłam się od Stukostracha*. – Ton Kropki wywołał ciarki nawet u Emilii, która tylko jednym uchem przysłuchiwała się tej rozmowie.

– Co? – bąknął zaskoczony chłopak.

– W nocy, gdy cały dom już śpi, Stukostrachy, Stukostrachy stukają do drzwi. Chciałbym stąd uciec, lecz boję

_____
* Stephen King, *Stukostrachy*.

240

się, że Stukostrach zabierze mnie[*] – recytowała dziewczyna, idąc ku niemu.

– Hej, co jest grane? – Maciek zaczął się cofać, widząc ją tuż przed sobą. Jego oczy ukryte za okularami stawały się coraz większe, w miarę jak zbliżała się do niego.

– Pamiętasz, Bobbi? Byliśmy przyjaciółmi i kochaliśmy się. Być może zapomniałeś. Mogłam umrzeć za ciebie. I umarłabym bez ciebie[**] – zapiszczała cienkim głosem, dziwacznie poruszając głową w prawo i lewo.

Oniemiały Kropeczek przykleił się do ściany. Maciek potknął się o schody i niemal na nich usiadł.

– Pamiętasz? Pamiętasz nas?[***] – piszczała nadal, stając naprzeciw niego. Chłopak pognał w górę i zniknął w pokoju Kropeczka, zatrzaskując za sobą drzwi.

– Trzymaj tego analfabetę z dala ode mnie, bo pożałujesz! – syknęła do brata już zupełnie normalnym tonem.

– Ehe – bąknął Kropeczek i biorąc przykład z Maćka, pobiegł do siebie. Kropka zawsze go przerażała, ale teraz bardziej niż zwykle. Co to w ogóle miało być?

– Dziecko kochane, dobrze się czujesz? – spytała zaniepokojona Emilia, która obserwowała ostatnią scenę zaintrygowana, opierając się plecami o drzwi.

– Teraz już tak. – Dziewczyna uśmiechnęła się radośnie: – Ale cykor, nie?

– Hm... Czy jest coś, co chciałabyś mi powiedzieć, zanim zniknę w swoim pokoju na zawsze? – zapytała córkę.

– Niekoniecznie. Chyba że jest coś, o czym ty chciałabyś porozmawiać ze mną.

---

[*]   Stephen King, *Stukostrachy*.
[**] Stephen King, *Stukostrachy*.
[***] Stephen King, *Stukostrachy*.

Po minie matki Kropka widziała, że coś się stało. Nie była pewna, czy chce wiedzieć co, ale obawiała się, że ta wiedza może być konieczna, by przeciwdziałać ewentualnym reperkusjom, gdyby mama zdążyła się dopuścić czegoś nieodpowiedzialnego.

– Niewykluczone, że powiedziałam coś, czego nie powinnam była, i w naszym bloku zaczęło się robić dziwnie – wyznała zduszonym głosem Emilia. – Niewykluczone, że zasugerowałam, że ktoś z nas jest mordercą.

– Sami na to nie wpadli? – zdziwiła się dziewczyna.

– Przecież to oczywiste, że ktoś z mieszkańców zabił tego NN.

– Chyba żyli w nieświadomości, a ja im to przerwałam.

– I co z tego?

– Storczykowa przyszła ze swoimi podejrzeniami wobec Olejniczaka. Żona zdradza go z szefem, on się dowiedział i zaczął pić. Z tego, co wiem, ona już chyba przestała go zdradzać, mimo to on nie przestał pić. W każdym razie teoria była taka, że Olejniczakowa nie przyznała się, że rozpoznała trupa, żeby nie wsypać męża, bo czuła się współwinna. Niechcący chlapnęłam, że Nowaczykowa też zdradza męża, z monterem, a Nowaczyk mógł się pomylić i zabić nie tego, co trzeba. Właściwie nie pamiętam, jak to wyszło, ale teraz już wiem, że Pancerek siedział za pobicie, a ja go pomyliłam z niejakim Koperkiem i chyba zasugerowałam zupełnie niechcący, że może być seryjnym mordercą.

– Koperek?

– Nie Koperek, tylko Pancerek. Koperek siedział za pobicie, a Pancerek jest księgarzem.

– Coś kręcisz, mamo.

– Możliwe. Pancerek, Koperek, nie powinni się rymować, wtedy by mi się nie myliło. Do tego wszyscy myślą, że ta sprawa z windą to zamach na Adelę i Jadwigę, bo coś widziały, albo dlatego, że węszą i mogą coś odkryć. – Spojrzała żałośnie na córkę. Nie powinna obciążać dziecka swoimi problemami, ale Kropka była jedyną rozsądną osobą w tym domu. Chyba nie rujnuje jej dzieciństwa, dzieląc się z nią swoimi problemami.

– Powiedziałaś sąsiadom, że to one same zepsuły windę? – zapytała spokojnie Kropka.

– Tak, to znaczy tak jakby. Właściwie niezupełnie – plątała się Emilia. – Powiedziałam, że to awaria, jednak Storczykowa chyba nie uwierzyła.

– Więc teraz ludzie nie tylko myślą, że wśród nas jest morderca, ale także uważają, że on wciąż tu grasuje i czyha na kolejną ofiarę? – Kropka upewniła się, że wszelkie niuanse zostały ujawnione.

– To możliwe – przyznała Emilia. – A jeszcze Storczykowa chce, żebym to ja opowiedziała wszystko policji i…
– Przerwało jej pukanie do drzwi wejściowych, o które nadal się opierała.

– Najpierw sprawdź, kto to – poleciła jej stanowczo Kropka.

– Pani Nowaczyk. – Emilia odsunęła się od wizjera i otworzyła drzwi.

– Dzień dobry, pani Emilio. Chciałam przeprosić za dzisiejszy ranek. Nerwy mnie trochę poniosły, wie pani, ta sytuacja, a ja mam małe dziecko…

– Nic się nie stało. – Jaka sytuacja, u licha? – zastanawiała się szybko.

– Możemy porozmawiać? Na osobności? – zapytała tamta ściszonym głosem, zerkając na Kropkę, która z zaciekawieniem wyglądała zza ramienia matki.

– Oczywiście, zapraszam. – Emilia cofnęła się, by tamta mogła przejść. – A gdzie pani córeczka?

– Pójdę się pouczyć, a wy możecie spokojnie usiąść sobie w kuchni. Napijecie się herbaty – zaproponowała dziewczyna i zniknęła w salonie.

– Tak, to dobry pomysł – zgodziła się Emilia świadoma, że Kropka będzie podsłuchiwać.

Skoro już wciągnęła w to swoją młodszą latorośl, licząc na jej rozsądną ocenę sytuacji, to przynajmniej nie będzie musiała się powtarzać.

– Malutka jest u mojej mamy, a ja też zaraz do nich wracam. Przyjechałam tylko spakować kilka rzeczy – powiedziała Nowaczykowa, siadając na krześle.

– Rumianek? – zaproponowała Emilia, widząc, że sąsiadka jest podenerwowana.

– Dziękuję, ja tylko na chwilę. Bo chodzi o to, że ja chyba wiem, kto uszkodził tę windę – wyznała.

– Naprawdę? – wystraszyła się Emilia.

– Tak, bo rzecz w tym, że ja... No cóż... Mogę liczyć na pani dyskrecję? – Nowaczykowa złapała ją za rękę. – Muszę z kimś porozmawiać. I muszę panią ostrzec!

– Mnie? – zdziwiła się pisarka.

– Tak, chodzi o to, że... Ta winda... Bo ja... Widzi pani, z mężem ostatnio mi się nie układa i kilka razy, no wie pani, ja... Spotkałam się z kimś innym i...

– Z monterem – podpowiedziała jej usłużnie Emilia.

– Tak, ja... – Dopiero po chwili dotarły do niej słowa pisarki. – Skąd pani wie?! O Boże! Co ja narobiłam?!

– Niech się pani uspokoi. O monterze wszyscy wiedzą. – Jeśli Emilia próbowała ją pocieszyć, to osiągnęła efekt zupełnie odwrotny. Nowaczykowa wybuchnęła płaczem.

– Proszę, niech pani nie płacze. W końcu to nic takiego…

– Nic takiego?! Zdradzam męża, monter chciał zabić pani matkę i teściową, a pani mówi, że to nic takiego?!

– To tylko awaria… Co też pani opowiada…

– Wszyscy wiedzą, że pani matka i teściowa węszą dokoła. On wie, że w końcu dojdą, że to on, i starał się je usunąć! – łkała. – Ja do tego nie przyłożę ręki!

– Ale do czego dojdą?

– Że to on zabił tego mężczyznę!

– Dlaczego pani mąż miałby to zrobić? – spytała zaskoczona Emilia.

– Mój mąż? Mój mąż jest mordercą?! – zawołała zszokowana sąsiadka.

– Nie wiem, czy jest mordercą. Pani zna go lepiej. Ale tak sobie myślę, że gdyby chciał zabić pani kochanka, to zabiłby montera. Po co miałby zabijać kogoś obcego… – Emilia urwała zaniepokojona, bo Nowaczykowa gapiła się na nią jak cielę na malowane wrota. – A! Miała pani na myśli swojego kochanka! – zrozumiała w końcu. – Że to monter jest mordercą… Więc tym bardziej nie rozumiem, dlaczego miałby zabić kogoś obcego. Gdyby to miało być morderstwo z zazdrości, to powinien zabić pani męża, nie sądzi pani?

– O Boże… Coś mi się przypomniało! – zawołała Nowaczykowa. – Tego wieczoru, kiedy zginął ten człowiek, ktoś zadzwonił do drzwi, ale kąpałam się i nie otworzyłam. Słyszałam tylko potem jakąś kłótnię na półpiętrze, a kiedy popatrzyłam przez wizjer, nikogo nie dostrzegłam. Mój mąż wrócił do domu dziesięć minut później i od razu poszedł pod prysznic. O mój Boże, a jeśli on myślał, że ten mężczyzna wychodził ode mnie? Co ja narobiłam? Co ja narobiłam? – lamentowała.

245

– Więc mówi pani, że to jednak nie monter? – zapytała bezradnie Emilia.

Chyba znowu chlapnęła coś, czego nie powinna. Czy właśnie rozbiła małżeństwo? Czy Nowaczykowa ma rację i to jej mąż jest mordercą, a ona sama rozbiła małżeństwo?

– Monter? Co mnie obchodzi monter? Nie wiedziałam, że mąż tak mnie kocha, że byłby zdolny zabić z zazdrości... Proszę nikomu o tym nie mówić! Nikomu! Rozumie pani? Nikt nie może się dowiedzieć!

– Rozumiem... – bąknęła, próbując uwolnić rękę, którą tamta coraz mocniej ściskała. – Co pani zamierza zrobić?

– Nie mogę z nim zostać, rozumie pani? Nie mogę. Nie wiem, do czego może być zdolny...

– Powinna pani zawiadomić policję.

– Nie mogę. To mój mąż, rozumie mnie pani? Nie mogę na niego donieść, bo to moja wina, że zabił.

– Ale przecież wcale nie wiadomo, czy to naprawdę pani mąż dokonał zabójstwa.

– A kto inny? Kto? Wszystko się zgadza, pani Emilio. Wszystko. Kto jeszcze mógłby mieć motyw?

– Choćby pan Olejniczak.

– Olejniczak? – zdziwiła się Nowaczykowa, lecz przynajmniej przestała płakać.

– No ona też... Tak jak pani... No wie pani...

– Ona też spała z monterem?! – zdenerwowała się sąsiadka.

– Nie, nie, nie z monterem! Ze swoim szefem. Jej mąż się dowiedział i dlatego zaczął pić.

– Myśli pani, że ten mężczyzna w piwnicy to jej szef?

– Nie wiem, proszę pani. Mówiłam już, że zemdlałam i w ogóle nie pamiętam, jak znalazłam ciało. Pamiętam tylko spodnie od garnituru i skórzane buty.

– Dziwne.

– Owszem, ale tylko tyle pamiętam. Może to i lepiej, wie pani? On podobno został zabity młotkiem, więc kto wie, co mogłam tam zobaczyć? Krew? Rozpryśnięty mózg? Cieszę się, że tego nie pamiętam. Nie wiem, jak by to się mogło odbić na mojej psychice, rozumie pani?

– Chyba tak… Więc myśli pani, że to wcale nie musiał być mój mąż?

– Tak właśnie myślę. To mógł być zupełnie cudzy mąż – zapewniła ją Emilia.

– Jednak nie wyklucza pani, że mój też mógł być?

– Nie znam pani męża, więc nie wiem, czy mógł – odparła szczerze Emilia. – A pani jak sądzi? Mógł?

– Nie wiem. Kiedyś powiedziałabym, że by nie mógł, ale jak się dowiedział, to może i mógł… Ja jednak wyprowadzę się do matki i nie wrócę, dopóki nie znajdą mordercy – oświadczyła Nowaczykowa.

– Niech się pani tak nie zamartwia. Na razie nie ma powodu, a powiem pani, że w tym bloku jest więcej podejrzanych osób. Proszę sobie wyobrazić, że podobno pan Pancerek siedział w więzieniu za pobicie człowieka. Uwierzy pani?

– Pancerek? – zdziwiła się. – Taki spokojny człowiek?

– Prawda? Zawsze tak się mówi o mordercach. Że to taki spokojny człowiek.

– Prędzej stawiałabym na Kopidłowskiego. On ma taką twarz, że strach byłoby się na niego natknąć w ciemnej alejce. Do tego pluje, gdzie popadnie. Kto by pomyślał, że urzędnik państwowy może się tak zachowywać?

– Naprawdę? – zdziwiła się Emilia.

Adela i Jadwiga kilkakrotnie o nim wspominały i zawsze nazywały go „patologia". Może jednak nie o nim mówiły?

– Tak. Dziękuję, że mnie pani wysłuchała. Już mi lepiej. – Nowaczykowa wstała z krzesła i wreszcie puściła rękę Emilii. – Pójdę już.

– Oczywiście. Dobrej drogi.

– Dobrej drogi?

– Tak, przecież jedzie pani do matki. Życzę bezpiecznej podróży.

– Myśli pani, że mąż uszkodził hamulce w samochodzie?!

– A skąd! – żachnęła się Emilia. – Nigdy bym się nie ośmieliła podejrzewać czegoś takiego.

– Ale nie wyklucza pani?

– Pani Nowaczyk, nie wiem, co mam pani powiedzieć. – Emilia się poddała.

– Rozumiem. Pojadę autobusem – zdecydowała sąsiadka. – Tak na wszelki wypadek.

Do sali konferencyjnej wszedł mężczyzna po trzydziestce. Nie czekając na zaproszenie, zajął miejsce przy stole i zapytał wprost:

– Czesław nie żyje?

– Przykro mi – odpowiedział automatycznie Damian. – Pan Roman Kwiatkowski?

– Tak, to ja, przepraszam, nie przedstawiłem się. Co się stało Czesławowi?

– Kiedy pan go widział po raz ostatni? – zapytała Magda, ignorując pytanie mężczyzny.

– W ubiegłym tygodniu. Chyba w czwartek. Wyszedł wcześniej, bo miał coś do załatwienia na mieście.

– Nie niepokoił się pan, że nie wrócił?

– Nie, część pracy możemy wykonywać w domu. Często się zdarza, że na przykład trzy dni spędzamy w biurze, a dwa w domu, zależy od roboty. Czesław miał wprowadzać poprawki do projektu, więc nie musiał tego robić na miejscu. Potrzebny był mu tylko komputer z odpowiednim oprogramowaniem i internet – wyjaśniał Kwiatkowski.

– Poza pracą spędzali panowie ze sobą sporo czasu?

– Przyjaźniliśmy się, jeśli to ma pan na myśli, ale jestem żonaty. – Pomachał im ręką przed nosem. Na palcu błysnęła złota obrączka. – Czasami wyskoczyliśmy na piwo, raz, może dwa razy w tygodniu. Ktoś mi w końcu powie, co się stało Czesławowi?

– Został zamordowany – powiedział Żurkowski, uważnie obserwując reakcję mężczyzny. Kwiatkowski wydawał się wstrząśnięty.

– Zamordowany? Jak?

– Uderzenie w głowę tępym przedmiotem – poinformowała go Magda.

– Ktoś go… napadł?

– Możliwe. Do niedawna nie wiedzieliśmy, że znaleziony NN to pan Kupski. Nie miał przy sobie dokumentów ani telefonu.

– Niemożliwe – zaprotestował jego kolega. – Zawsze o wszystkim pamiętał.

– Tak – mruknęła Magda.

Damian wychwycił w jej głosie kpinę. Domyślił się, że jego partnerka nie miała na myśli dokumentów denata ani telefonu, lecz prezerwatywy, które nosił przy sobie, podobnie jak ich świadek, Wiesława Paluch.

– Nie znasz dnia ani godziny – powiedział półgłosem.

Magda pozwoliła sobie na uśmieszek.

– Czy pan Kupski pokłócił się z kimś? Może ktoś go nie lubił? Groził mu? – zapytała.

Damian oparł się wygodnie. Czuł, że to potrwa dłużej, do tego coś mu mówiło, że dzisiejsze przesłuchania nie wniosą nic nowego.

Pół godziny później nadal nic nie wiedzieli. Kupski nie miał wrogów, wszyscy go lubili. Był świetnym pracownikiem, superkumplem i na pewno doskonałym kochankiem. Tego ostatniego Żurkowski nie musiał wiedzieć, ale czuł to przez skórę.

– Czy pan Kupski miał powód, by wybrać się na ulicę Konwaliową?

– Na Konwaliową? Nie mam pojęcia. Może poznał kogoś, kto tam mieszka, nie wiem. Szczerze mówiąc, kiedyś się przyjaźniliśmy, ale teraz mam żonę i dziecko w drodze. Nasze drogi zaczęły się rozchodzić.

– A przyjaźnił się z kimś innym? Może miał jakiegoś kumpla na wspólne podrywy?

– Nie wiem, zresztą, jakie to ma znaczenie? Przecież został napadnięty i obrabowany.

– To właśnie staramy się ustalić – odparła chłodno Magda. – Proszę, by odpowiadał pan na pytania.

– Oczywiście, robię to od pół godziny. – Kwiatkowski nie był już uśmiechnięty ani zatroskany. Był wkurzony. Damian świetnie go rozumiał. On też nie lubił przesłuchań.

– Mamo – do kuchni weszła Kropka – czy ty wiesz, że właśnie oplotkowałaś połowę naszych sąsiadów?

– Nie wiem. Naprawdę to zrobiłam? – Emilia się stropiła.

– Tak sądzę.

– Nigdy mi się coś takiego nie zdarzyło, więc skąd miałam wiedzieć, że to właśnie robię? O rany! – Emilia podrapała się po głowie. – Bardzo narozrabiałam?

– Nie wiem. Okaże się. Co ci przyszło do głowy?

– Nie wiem. Naprawdę nie wiem! – zawołała. – Ale dziś rano dotarło do mnie, że nie mam żadnych relacji interpersonalnych z ludźmi, którzy od lat żyją obok mnie. Nie odróżniam Koperka od Pancerka! Chciałam się dostosować. Zaczęłam się zachowywać jak wszyscy. Czy wszyscy tak się nie zachowują? Plotkują o sąsiadach?

– Owszem, mamo, masz sporo racji, wolałam jednak, kiedy nie zachowywałaś się jak wszyscy – powiedziała Kropka, wzdychając. – Właśnie wmówiłaś tej kobiecie, że mąż próbuje ją zabić.

– Niemożliwe! – zawołała zdumiona Emilia. – Nic takiego nie powiedziałam!

– Dałaś jej do zrozumienia! Nie wolno robić takich rzeczy.

– I co teraz będzie? – spytała zmartwiona.

– A co ma być? Pani Nowaczyk musi sama rozwiązać swoje problemy małżeńskie. A ty przestaniesz mącić i nikomu nie będziesz niczego powtarzać.

– Storczykowa chciała, żebym zawiadomiła policję o naszych podejrzeniach – wyznała.

– Dlaczego nie zrobi tego sama? – W brązowych oczach Kropki, takich samych jak jej matki, pojawiła się podejrzliwość.

– Bo mąż zakazał jej plotkować.

– Aha! – wykrzyknęła triumfalnym tonem dziewczyna.

– Więc przyznajesz, że wszystko, co ci nagadano i co ty naklepałaś, to plotki?!

– No właśnie rzecz w tym, że nie wiem! Rozumiesz? Nie wiem, co naplotłam bez sensu, a co nie! Nowaczykowa naprawdę miała romans z monterem, więc mógł zabić mąż albo monter. Olejniczakowa też miała romans z szefem, chociaż to nie takie pewne, bo nie słyszałam tego od niej, a jej mąż może być zwykłym pijakiem, a nie pijakiem z depresją. Koperek podobno pobił jakiegoś człowieka i jest agresywny, więc też mógł...

– Myślałam, że Pancerek? – przerwała jej Kropka.

– A może być, że i Pancerek, sama już nie wiem, kto jest kim w tym dramacie!

– Mamo, ty zdajesz sobie sprawę, że to nie jest żaden dramat, tylko rzeczywistość?

– Tak jakby tak – przyznała pisarka. – Problem w tym, że ta moja przeklęta wyobraźnia mogła chlapnąć coś niepotrzebnie i co teraz mam zrobić? Iść i powiedzieć policji o Nowaczykowej, a o reszcie nie, czy też może powinnam się podzielić podejrzeniami, by tamci mogli sprawdzić, co i jak? Cokolwiek naplotłam, nie zmienia to sytuacji – ktoś z tego bloku zabił człowieka! W dodatku Storczykowa wie, że zabito go młotkiem! Rozumiesz? Skąd ona wie, że to był młotek?

– A skąd ty wiesz, że to był młotek?

– Nie wiem, skąd wiem. Może ktoś z tych policjantów wspomniał...

– Może jej też powiedzieli albo na przykład spytali, gdzie jest jej młotek. – Kropka zbagatelizowała sprawę narzędzia zbrodni. Były znacznie istotniejsze problemy i do nich właśnie zmierzała.

– Mamo, jeśli się rozniesie to, co nagadałaś, bo ani Nowaczykowa, ani Storczykowa nie przyznają się, że to one mówiły, to zostanie znaleziona następna zabita osoba, a będziesz nią ty! – Kropka była zła. Czy ona musi takie rzeczy tłumaczyć matce? Jakim cudem ta kobieta przeżyła tyle lat cała i zdrowa? – Nawet babcia Adela i babcia Jadwiga są subtelniejsze, mamo – dodała na koniec spokojniejszym tonem.

– Bo straciły przytomność – wymamrotała Emilia. – To one powinny zajmować się takimi rzeczami, nie ja.

Dziewczyna w milczeniu przyglądała się matce. To, że babcie zajmowały się takimi rzeczami, to fakt, co nie znaczy jednak, że ktokolwiek powinien się nimi zajmować. Ludzie powinni pilnować własnych spraw. Owszem, gdyby chodziło o Wieśkę, Kropka też byłaby gotowa działać, ale uczciwie. Matka była lepsza od obu babć; nie wychodząc z domu, prawdopodobnie skłóciła znaczną część sąsiadów i rozbiła przynajmniej jedno małżeństwo. Chociaż prawdę mówiąc, to małżeństwo było już rozbite, ale częściowo. Teraz rozleci się na amen.

– Zdementowanie nic nie da, bo im więcej będziesz zaprzeczać, tym bardziej wszyscy będą uważali to za podejrzane – zdecydowała nastolatka. – Musisz przestać się w to mieszać. Nic nikomu nie powtarzaj. Policja sama dojdzie, kto zabił.

– A jeśli nie?

– Mamo, nie możesz posądzać pana Nowaczyka tylko dlatego, że żona go zdradzała. Tak samo tego faceta, który siedział w więzieniu, o ile to prawda, a nie kolejna plotka. To go nie przekreśla. Pan Olejniczak pije, od kiedy pamiętam, więc nie sądzę, żeby szef jego żony miał z tym coś wspólnego, bo jak miałam pięć lat, to już musiałam przez niego przechodzić, żeby wejść do domu. Nie wolno wskazywać na kogoś palcem i wyszukiwać powodów, dla których ten ktoś miałby zabić, bo w ten sposób ty też możesz się stać podejrzaną. W końcu to ciebie znaleziono przy zwłokach. Mogłaś mieć amnezję, bo go zabiłaś, a nie dlatego, że go znalazłaś.

– Och, Kropka, ty naprawdę masz rację… I co ja mam teraz zrobić?

– Nic, mamo – odparła z naciskiem dziewczyna. – Ty masz zupełnie nic nie robić! Idź do swojego pokoju, zajmij się książką, umów się na randkę i przestań się wtrącać!

– No dobrze – mruknęła Emilia, czując się jak dziecko, które matka odesłała do pokoju. A tak bardzo chciała się dopasować do otoczenia.

Po drodze zajrzała do sypialni Jadwigi i Adeli. Obie starsze panie leżały w łóżkach, tak jak je zostawiła. Adela pochrapywała cicho, Jadwiga sapała, wypuszczając powietrze z dźwiękiem przypominającym „puff" i bańką śliny na zakończenie. Śpią, czyli nic im nie będzie, uznała. Gdyby dawka leków była za duża, straciłyby już przytomność, a nieprzytomni ludzie nie pufają i nie chrapią.

Kilka minut później usiadła do porzuconej sałatki i soku pomidorowego. Z tego wszystkiego zupełnie zapomniała, że była głodna. Włączyła plik tekstowy, wciąż jednak nie miała pomysłu na rozwiązanie sytuacji Marka i Agaty. Te połamane żebra wcale nie były takie romantyczne, jak jej się wydawało. Mam jeszcze dwa miesiące, pomyślała, ale co z tego. Problem sam się nie rozwiąże.

Zalogowała się na swoim profilu randkowym. Musiała odciągnąć myśli od powieści, bo więcej tam namota, niż potrzeba, od sąsiadów – bo tam już zdążyła namotać i nie wiadomo, czy jej nie zlinczują. Powinna zająć się sobą, co nigdy za dobrze jej nie wychodziło.

Tadeusz K. – ucieszyła się, widząc odpowiedź, choć jeszcze nie wiedziała jaką. Jednak było coś, co mogło odciągnąć jej myśli od wydarzeń tego dnia.

– „Proponuję małą czarną w Małej Czarnej. Zainteresowana?" – przeczytała na głos. Zaczęła odpisywać.

Jak najbardziej. Kiedy chcesz się spotkać?

Dziś wieczorem o 18?

Będę. Do zobaczenia.

– No, Emilio, masz godzinę, żeby się przebrać i dotrzeć na miejsce – powiedziała do siebie.

Przebranie zajmie jej tylko chwilę, ale najpierw musiała zdecydować, co na siebie włożyć. W szpitalu paradowała w szarych legginsach, wersja domowa, lekko poplamionych sokiem pomidorowym, do tego zwykła koszulka z krótkimi rękawami, a na wierzch dżinsowa kurtka, którą dostała od Kropki, gdyż córka z niej wyrosła. Nie pójdzie w takim stroju na randkę. Ale co się nosi w Małej Czarnej? Emilia nie miała pojęcia, co to za miejsce ani gdzie się znajduje, jednak od czego internet?

Chwilę później wyciągała z szafy dżinsy rozmiar trzydzieści osiem, lawendową koszulę w kratkę, zwężaną w talii i beżowy żakiet ze sztruksu. Do tego granatowe oksfordy ze wstawkami w brązie i granatowa torebka. Całość wyglądała bardzo ładnie, zgrabnie i pół swobodnie, pół elegancko. Kawiarnia była przyjemna, ale obrusiki leżały kolorowe, a nie śnieżnobiałe, na suficie wisiały kolorowe lampy, nie kandelabry, zatem strój wieczorowy zdecydowanie byłby nie na miejscu.

– A makijaż? – Wystraszyła się, gdy spojrzała w lustro. – Nie, nie mam czasu. Chodzę dwa razy w miesiącu na hennę, więc musi wystarczyć – zdecydowała.

– Mówisz sama do siebie, mamo? – zapytała Kropka, która bez zaproszenia weszła do pokoju. Na swoje usprawiedliwienie miała to, że pukała, tyle że bez odzewu.

– Owszem. W ten sposób nikomu nie zaszkodzę – oświadczyła Emilia.

– Wybierasz się gdzieś?

– Tak, mam randkę. W Małej Czarnej.

– Teraz?

– Teraz – potwierdziła radośnie jej matka.

– To nie jest dobry moment.

– To jest bardzo dobry moment – odparła. – Sama powiedziałaś, żebym przestała mącić, zajęła czymś myśli i poszła na randkę. Właśnie to robię i nie istnieje na tym świecie siła, która mogłaby mnie powstrzymać.

– Policja do ciebie przyszła, mamo. Dlatego mówię, że to nie jest dobry moment. Mają kilka pytań – poinformowała ją dziewczyna.

– Jakich? – zapytała przejęta Emilia.

– Nie wiem jakich. Przynieśli zdjęcie tego NN, ale lepsze, bo za życia, a to znaczy, że już wiedzą, kim on jest. Chcą się przejść po sąsiadach, ale najpierw zajrzeli do nas w nadziei, że wkopiemy Wieśkę.

– Tak powiedzieli?

– Nie, mamo, ja tak mówię. Oni mówią podejrzanym, że są podejrzanymi, dopiero kiedy już zatrzaskują im kajdanki na nadgarstkach.

– Dlaczego tak mówisz? – zdenerwowała się Emilia.

– Przecież Wieśka ma alibi!

256

– Owszem, ale dlaczego przyszli najpierw do nas? Nie sądzisz, że to dziwne? Powinni zacząć od parteru.

– A wiesz, że ty masz rację. Nie wiem tylko, czy masz rację, że to dziwne, czy że nadal podejrzewają Wieśkę.

– Może teraz podejrzewają ciebie? – zastanawiała się Kropka.

– Mnie? Dlaczego?

– Przecież to ciebie znaleziono nad zwłokami.

Emilia popatrzyła na zmartwioną córkę, po czym spytała łagodnie:

– Dziecko ty moje kochane, nie masz wrażenia, że znaczna część naszych problemów i rozstroju nerwowego jest spowodowana nie tyle wydarzeniami, ile ich nadinterpretacją?

Kropka zastanawiała się dłuższą chwilę.

– W takich chwilach przypomina mi się, że to jednak ty jesteś dorosła – powiedziała w końcu. – Idź i nie daj się złamać – poleciła matce i dziarskim krokiem wyszła z sypialni.

– Złamać? Dlaczego mieliby chcieć mnie złamać? Przecież ja nic nie zrobiłam i... Dlaczego znowu mówię do siebie? – Podrapała się po głowie. Paskudny nawyk, którego nie mogła się pozbyć od czasów peruki, chociaż nie nosiła jej od wielu miesięcy.

Komisarz Rzepka i aspirant Żurkowski czekali na nią w kuchni. Emilia zastanawiała się przez chwilę, po co jej takie duże mieszkanie, skoro i tak wszyscy na ogół siedzą właśnie tutaj. Przecież dzieci i pterodaktyle muszą mieć własne pokoje, ty też, kretynko, przywołała się do porządku.

– Witam, co państwa do mnie sprowadza... znowu? – dodała jeszcze z przekąsem.

– Ładnie pani wygląda. Wybiera się pani gdzieś? – zapytała policjantka, przyglądając jej się z uznaniem. Pierwszy raz widziała pisarkę w czymś eleganckim. Na ogół przyjmowała ich w spodniach od dresu albo legginsach i powyciąganej koszulce.

– Tak, mam randkę, więc proszę do brzegu, że tak powiem. – Usiadła naprzeciwko Żurkowskiego, który przyglądał jej się równie uważnie, jak partnerka.

– Czy pani córka nie wspominała kiedyś o straconych okazjach? – zapytała Magda, uśmiechając się złośliwie do Damiana.

– Możliwe, rzadko kiedy rozumiem, co mówi Kropka i czego to dotyczy – przyznała się Emilia.

– Nie szkodzi, kolega powinien pamiętać. – Szturchnęła go kolanem pod stołem.

– Pani Emilia wychodzi, więc proponuję przejść do rzeczy – odezwał się chłodno Żurkowski.

– Dokąd się pani wybiera? – chciała wiedzieć Magda.

– Do Małej Czarnej. Powinnam tam być za pół godziny, więc bardzo proszę, jeśli można... – Starała się popatrzyć na nich wymownie, ale jedyne, co osiągnęła – jak się obawiała – to rozbieżny zez i spojrzenie tonącej w bagnie krowy.

– Oczywiście. Nie będziemy pani zatrzymywać dłużej niż to konieczne – zapewniła ją policjantka. – Prawda? – zwróciła się do kolegi.

– Czy rozpoznaje pani tego mężczyznę? – Podał jej zdjęcie zabrane z domu Kupskich.

– Nie, pierwszy raz go widzę. Czy to on zabił NN? – zapytała z zaciekawieniem.

– Nie, proszę pani, to właśnie jest NN.

– Co pan powie? – zdziwiła się zupełnie szczerze Emilia.

– Wygląda zupełnie inaczej. Jakby młodziej...

– Może żywiej? – zasugerowała z ironią Magda.

– To też – przyznała Emilia bynajmniej niezbita z tropu tonem policjantki.

– Czy nazwisko Czesław Kupski coś pani mówi? – zapytał Damian, ignorując partnerkę.

– Zupełnie nic – odparła pogodnie pisarka. – Ale jak już państwu mówiłam, nie mam pamięci ani do twarzy, ani do nazwisk. Czy zabójcą jest ten Kupski? To dziwne, bo przysięgłabym, że nikt taki tu nie mieszka, chyba że tak się nazywa ta para spod... No, nie wiem, jaki to numer, ale chyba mieszkają nade mną. Ona ma dwa patyki wetknięte w kość ogonową, a jego jeszcze nie widziałam...

– Pani Emilio, nasz NN nazywa się Czesław Kupski – poinformował ją Damian. Zmarszczył brwi. Informacja o randce chyba mu zaszkodziła. Był poirytowany i... Ale właściwie co go to obchodzi?

– Też nie znam – odparła ni w pięć, ni w dziewięć, znów zerkając na zegarek.

– Jest architektem.

– Nigdy nie korzystałam.

– Nie jest pani zbyt pomocna – uznała Magda.

– Bo nic nie wiem, a na nikogo palcem nie będę wskazywać – oświadczyła zdecydowanie. – Kropka mi zabroniła.

– Córka pani zabroniła? A tak dokładnie, to czego pani zabroniła? – zainteresowała się Magda.

– Plotkowania. Plotki to nie fakty i można komuś zrobić krzywdę niesłusznym posądzeniem – wyrecytowała Emilia i znów spojrzała na zegarek.

Śledczy spojrzeli na siebie porozumiewawczo. Magda odrzuciła w tył jasne włosy i oparła się wygodniej o krzesło. Jej postawa jasno mówiła: ty to załatw, partnerze.

– Może byłaby pani skłonna podzielić się z nami tymi plotkami? – zaproponował Damian. – Nie będziemy ukrywać, że nasze dochodzenie stoi w miejscu. Potrzebujemy punktu zaczepienia, żeby móc wykluczyć część osób. To pozwoliłoby mi, to znaczy nam – poprawił się szybko – zawęzić obszar poszukiwań.

– Rozumiem... – Emilia zaczęła się zastanawiać.

To, co mówił Żurkowski, miało sens. To nie byłyby żadne plotki, ale... niewiarygodne źródło informacji?

– Tylko to nie są żadne wiarygodne informacje – zastrzegła się. – Czy to, kto z kim sypia, ma tu znaczenie?

– Niewykluczone, że tak – powiedział przystojny policjant, który za nic nie chciał być strażakiem. – Zazdrość jest częstym motywem zabójstwa.

– No tak, ale nikt nie zdradzał małżonka z panem Kupskim, bo nie zna go nikt poza Wieśką i... – Emilia zamilkła.

Co ona wygaduje? Pogrąża Wieśkę, żeby ratować sąsiadów?! Kto jest twoją przyjaciółką, Emilio? No kto?! Ci ludzie myślą, że zadzierasz nosa, połowa z nich się nie kłania, reszta obgaduje cię za plecami, a nagle zaczęłaś się z nimi utożsamiać? Po defraudacji dokonanej przez Cezarego aż wrzało. W korytarzu i na klatce widziała rozmawiających sąsiadów, którzy milkli lub rozchodzili się, gdy tylko zobaczyli Emilię lub jej dzieci. To nie są twoi przyjaciele, Emilio. Wieśka jest twoją przyjaciółką. A Kropka siedzi u siebie i nie dowie się, co wychlapałaś, chyba że sama jej się przyznasz.

– Olejniczakowa podobno miała romans ze swoim szefem, ale kiedy i czy to prawda, to nie mam pojęcia, bo jej mąż pije przynajmniej od dziesięciu lat. Nowaczykowa właśnie zostawiła męża, bo podejrzewa go o zabójstwo kochanka, chociaż jej kochankiem jest monter, ale mąż mógł nie wiedzieć, kto to, a powiedziała, że tego wieczoru, gdy zginął NN, ktoś zadzwonił do drzwi, ale nie zdążyła otworzyć, a mąż wszedł do mieszkania dziesięć minut później i poszedł prosto do łazienki pod prysznic, czego wcześniej nie robił. Monter też mógł próbować pozbyć się męża, czemu padło na NN, to nie wiem, ale motyw miał. Koperek albo Pancerek – nie wiem, który jest który – podobno siedział za pobicie i ma skłonności do agresji, a niewykluczone, że jeden z nich – ten, który nie siedział – jest seryjnym mordercą, bo o takich właśnie się mówi, że to miły, spokojny człowiek i kto by pomyślał... Do tego Kopidłowski. Podobno jest urzędnikiem, jednak przyznam się państwu, że w to nie wierzę. Storczykowa wie, że NN został zabity młotkiem. Pytanie brzmi, skąd wie? Może to był jej młotek, co nie znaczy, że jej ręka go trzymała. Moim zdaniem ten Kopidłowski tylko się podaje za urzędnika, bo wygląda jak kryminalista. Skąd wiem, jak wygląda kryminalista? Oglądam od czasu do czasu *W-11*. Sprawa z windą nie ma nic wspólnego z zabójstwem. Nic więcej nie mogę powiedzieć, bo nic nie wiem, ale to na pewno nie była Wieśka – wyrecytowała jednym tchem, na koniec próbując nieudolnie przywołać uśmiech.

– Wystarczy, dziękuję bardzo. – Damian czuł się lekko oszołomiony nadmiarem informacji. – Nie bardzo rozumiem, co ma z tym wszystkim wspólnego winda?

Jeden z techników sprawdził dokładnie lampą UV zarówno piwnicę, szukając rozbryzgów krwi, jak i klatkę schodową i windę, bo podejrzewali, że do zabójstwa doszło gdzie indziej, a ciało przewieziono windą. Bez skutku. Nigdzie nie znaleziono nawet plamki, zatem o co chodzi z tą windą?

– W tym rzecz, że o nic – oznajmiła stanowczo Emilia.

– W takim razie, dlaczego pani wspomniała o windzie? – dociekała Magda.

– Dziś rano mama i teściowa utknęły w windzie. Niektórzy sąsiedzi pomyśleli, że nie była to zwyczajna awaria.

– Tylko co? Zamach terrorystyczny? – zakpiła policjantka.

– Gdyby terrorysta podłożył bombę, żeby pozbyć się mojej matki i teściowej, jestem więcej niż pewna, że działałby w samoobronie – odpowiedziała Emilia. – Rzecz w tym, że to była awaria, a nie żaden zamach.

– Skąd ta pewność? – Damian zaczął się jednak zastanawiać, czy to naprawdę awaria.

– Bo same ją popsuły. Przez przypadek. – Emilia nie lubiła, jak przyciska się ją do muru.

– Jak można przypadkiem zepsuć windę? – zdziwił się policjant.

– Można – odparła zdecydowanie. – Niech mi pan wierzy. Znam je od lat i wiem, co mówię. One potrafią zepsuć wszystko. Jak komuś o tym powiecie, to się wyprę, bo wspólnota przyśle mi rachunek za naprawę i kto wie, czy jeszcze nie obciążą mnie za interwencję. A tak, to pójdzie z funduszu remontowego, który opłacam od lat wraz z czynszem, więc niech coś z tego mam.

– No dobrze, a wie pani coś konkretnego? Fałszywe alibi na przykład? Ktoś kogoś widział tam, gdzie tego kogoś nie powinno być? – Magda poczuła zniechęcenie.

– Przecież mówiłam, że tak naprawdę nic nie wiem. Chcieliście słyszeć plotki, to powtórzyłam. – Nie uściśliła, że część z nich mogła sama wymyślić, ewentualnie zasugerować sąsiadom. – Mogę już sobie iść? Proszę, jeśli natychmiast wyjdę, jeszcze zdążę.

– Niech pani idzie. – Magda wstała i dała znak partnerowi, że to wszystko.

– Dzięki. Zamknijcie za sobą drzwi, jak będziecie wychodzić. – Podekscytowana jak mała dziewczynka wybiegła z kuchni, pozostawiając tamtych dwoje w mieszkaniu. O jej niedawnej obecności świadczył tylko unoszący się w powietrzu delikatny zapach kwiatowych perfum i trzask zamykanych drzwi, który rozległ się echem po klatce schodowej.

– Ona jest totalnie zakręcona. Zaczynam się zastanawiać, czy sama nie popełniła tego morderstwa, żeby mieć materiał do książki, a potem o tym zapomniała.

– Jak powiedziałaś, jest zakręcona, a nie walnięta. Gdzie się mieści ta Mała Czarna? – zapytał Damian Magdę.

Partnerka zachichotała złośliwie, słysząc jego zgryźliwy ton.

– Jest kilka lat od ciebie starsza. Może lepiej zapomnij – poradziła mu.

– Nie muszę, bo nie mam o czym, a wiek jest bez znaczenia – odparł. – Skoro mnie nie przeszkadza, to jej tym bardziej nie powinien.

– Zbliża się do czterdziestki. Ja na jej miejscu w tym wieku już bym się nie rozmnożyła. Jak mi się przypomną te wszystkie kupy, pieluchy i wymiociny, to się zastanawiam, dlaczego właściwie kocham swoje dzieciaki.

– O czym my właściwie rozmawiamy? – Damian czuł narastającą irytację.

Cholerne śledztwo bez punktu zaczepienia, jako że punkt zaczepienia miał niepodważalne alibi, potwierdzone przez faceta, który spędził z nią noc, bo chodziło, rzecz jasna, o Wiesławę Paluch. Otrzymali nagranie z kamery zainstalowanej na lampie naprzeciwko parkingu przy bloku, w którym mieszkała Paluch, a ta kamera obejmowała swoim zasięgiem również wszystkie trzy klatki budynku. Jeśli agentka nie wyskoczyła przez okno z trzeciego piętra po przeciwnej stronie, mieli udokumentowane wejście i wyjście ich jedynej podejrzanej.

– Teraz jakoś łatwiej je kochać, gdy same podcierają sobie tyłki i nie noszę ich wymiocin na bluzce. – Magda wciąż dzieliła się z nim swoimi przemyśleniami na temat macierzyństwa.

– Nie chcę tego słuchać – oznajmił stanowczo. – Zabierajmy się do pracy.

– O – zdziwił się Kropeczek, który nie spodziewał się nikogo zastać w kuchni, a tym bardziej policjantów – a państwo do kogo?

– Właśnie wychodzimy – oświadczył Damian.

– Jak weszliście? – zapytał podejrzliwie.

– Wpuściła nas twoja siostra, rozmawialiśmy z matką. Właściwie ciebie też mogę zapytać o parę rzeczy – powiedziała Magda.

– Okej, a gdzie jest mama?

– Poszła na randkę.

– Ale czad! – W kuchni pojawił się drugi nastolatek. Równie wysoki i chudy, tylko bardziej pryszczaty i do tego w okularach. – Twoja matka chodzi na randki? Ale odjazd!

– Zamknij się, nie widzisz, że to policja? – uciszył go Kropeczek.

– Hej, oni nie mogą tak sobie wchodzić bez nakazu. Oglądam seriale policyjne, to wiem.

– Tu nie Ameryka, Maciek. U nas to tak nie działa – pouczył go Kropeczek. – Co chcecie wiedzieć? – zwrócił się do policjantów.

– Znasz go? – Damian podał mu fotografię Kupskiego.

– To nie jest ten sam facet, co na poprzednim zdjęciu?

– Ten sam. Czesław Kupski. Słyszałeś to nazwisko?

– Nie, pierwsze słyszę.

– Podejrzewasz kogoś? Może coś słyszałeś? Coś zauważyłeś?

– Czy ja wiem... – zastanawiał się chłopak. – Jak mówiłem, w piwnicy było ciemno i nikogo nie widziałem. Bardziej interesowała mnie matka niż trup.

– To wiemy, a potem? Nikt nic nie mówił? Nie komentował?

– W jakim sensie? – spytał ostrożnie.

– Sąsiedzi nie plotkowali? Może ktoś zachowywał się inaczej niż zwykle?

– O to chodzi! – zawołał z ulgą. Przestraszył się, że chodzi o jego rodzinę, a przecież nie będzie donosił o planowanych matactwach babć. – Pojęcia nie mam. Nie zwracam uwagi na sąsiadów. Niech pan lepiej zapyta pterodaktyli, one wiedzą wszystko – poradził.

– Kogo? – Magda zdębiała.

– No... babci i babci. Mama nazwała je dziś pterodaktylami, ale proszę nie powtarzać, że ja też tak powiedziałem... – Chłopak się zmieszał.

– Pani Emilia jest odjechana – oświadczył przysłuchujący się temu Maciek. – Szkoda, że Kropka nie jest taka fajna. Ona jest tego... No wiecie... – Narysował palcem kółeczko na skroni.

– Robiła sobie z ciebie jaja, idioto! – zdenerwował się Kropeczek.

– Naprawdę? Ale odjazd! Jest równie odjechana jak twoja matka, tylko inaczej!

Kwadrans po osiemnastej Emilia weszła do kawiarni. Jej wzrok padł na samotnie siedzącego mężczyznę nieopodal drzwi. Nabrała powietrza, by się uspokoić, i wypuściła je z siebie z głośnym: Hu! Raz się żyje, pomyślała, ale za to jak! Bierz się w garść, kobieto, i do dzieła. Zapomnij o sąsiadach, trupie i o całej reszcie swojej niedoli, i bądź sobą!

Dziarsko podeszła do stolika.

– Cześć, jestem Emilia. Cieszę się, że zaczekałeś. – Uśmiechnęła się szeroko, zajmując wolne krzesło naprzeciwko siedzącego przy stoliku mężczyzny.

– Słucham? – zdziwił się nieznajomy.

– Wybacz spóźnienie, ale miałam małe perypetie przed wyjściem z domu. Mam nadzieję, że się nie gniewasz.

– Nie, ale…

– Jak kawa? Widzę, że już zamówiłeś. I słusznie.

– Przepraszam, ale…

– Wiesz, Tadeusz, wyglądasz zupełnie inaczej niż na zdjęciu. Jesteś…

– Nie nazywam się Tadeusz – poinformował ją mężczyzna.

– Słucham? – zdziwiła się Emilia.

– Nie jestem Tadeuszem.

– Nie jesteś Tadeuszem?

– Nie.

– Nie nazywasz się Tadeusz K.?

– Nie.

– I nie umówiłeś się ze mną na randkę?

– Zdecydowanie nie.

– Zdecydowanie nie, bo nie jestem w twoim typie, czy zdecydowanie nie, bo to nie z tobą rozmawiałam na portalu randkowym?

– To drugie.

– Dobre i to. To znaczy, wolę to, że nie jestem z tobą umówiona, niż usłyszeć, że ci się nie podobam. Boże, co ja plotę? Przepraszam, to mój pierwszy raz. Właściwie nie pierwszy, tylko drugi, za pierwszym razem uciekłam przez kuchnię, bo okno w toalecie było za małe. Chyba będzie lepiej, jak już sobie pójdę. Przepraszam cię bardzo. Nie przeszkadzam. – Zawstydzona wstała od stolika.

– Emilia?

– Tak? – Spojrzała na niego z taką nadzieją, jakby właśnie chciał się przyznać, że jednak jest Tadeuszem K.

– Dwa stoliki dalej siedzi jakiś mężczyzna. Przygląda ci się. Może to z nim jesteś umówiona – poinformował ją rozbawiony.

Emilia spojrzała we wskazanym kierunku.

– Możliwe, tamten bardziej wygląda jak Tadeusz niż ty – przyznała z zakłopotaniem. – Dzięki i przepraszam.

– Proszę i nie ma za co. – Uśmiechnął się do niej życzliwie.

Emilia odwzajemniła uśmiech i podeszła do stolika, przy którym siedziała jej właściwa randka. Oby.

– Tadeusz? – zapytała, tym razem postanawiając się upewnić, że zaczepia właściwego mężczyznę.

– Emilia? – Wstał, gdy podeszła.

– Tak, to ja – ucieszyła się, wyciągając rękę, by się przywitać.

Mężczyzna niepewnie uścisnął jej dłoń. Gdy siadał z powrotem, wyglądał na zakłopotanego.

– Wybacz spóźnienie, małe problemy z policją. Mam nadzieję, że nie czekasz zbyt długo?

– Nic się nie stało. Wszystko w porządku? – zapytał zaintrygowany.

– Tak, wszystko gra. To jedno wielkie nieporozumienie. Gdy weszłam, od razu rzucił mi się w oczy siedzący samotnie przy stoliku mężczyzna i ze zdenerwowania nie przyjrzałam mu się uważnie, stąd ta pomyłka. – Machnęła ręką w kierunku nieznajomego, który przyglądał im się z rozbawieniem.

– Pytałem o policję...

– Co z nią? Przyjechali za mną? Niemożliwe! – Odwróciła się zdumiona, by spojrzeć na drzwi kawiarni.

– Nie wiem, ale to ty wspomniałaś, że spóźniłaś się przez problemy z policją. Miałaś kontrolę drogową? Dostałaś mandat? – zażartował niepewnie.

– Nie, przyszli, żeby mnie przesłuchać, ale chyba już sobie poszli – powiadomiła go pogodnie. – Zamówimy coś?

– Co to znaczy, że chyba sobie poszli? Uciekłaś im?

– Nie, skąd! – zaprotestowała. – Mieli tylko parę pytań w sprawie morderstwa. Nic ważnego. Byłeś już tu kiedyś? Możesz mi coś polecić?

– W sprawie morderstwa? Jak możesz mówić, że to nic ważnego? – zdziwił się.

– Miałam na myśli, że nic nie wiem w tej sprawie, więc nie mogłam im pomóc. Trochę nieprecyzyjnie się wyraziłam. Kawę chyba sobie daruję, i tak jestem podminowana. Może herbatę jaśminową? – Przeglądała menu.

– Dlaczego chcieli cię przesłuchać, skoro nic nie wiesz?

– Bo sądzą, że mogę coś wiedzieć, chociaż nie wiem. Myślą, że mogła to zrobić moja przyjaciółka, ale Wieśka go nie zabiła, bo w tym czasie była z innym mężczyzną.

– A kim jest ofiara? – spytał zaciekawiony.

– Jej kochanek, nie pamiętam nazwiska. I może sałatkę owocową. Nie powinnam jej jeść o tej godzinie, bo jest po osiemnastej, a owoce mają dużo fruktozy, ale co tam. Raz się żyje!

– Twoja przyjaciółka była z mężem, gdy zamordowano jej kochanka?

– No co ty? Wieśka nie ma męża. Właśnie, mam pytanie. Co sądzisz o otwartym małżeństwie zawartym wyłącznie dla seksu? Myślisz, że taki związek może być udany? – Z niecierpliwością czekała na odpowiedź.

Zaraz się okaże, czy jej pokolenie jest tak konserwatywne, jak uważa Kropka, czy może ona sama jest tak zaściankowa, że chciałaby mieć męża wyłącznie dla siebie, a innym kobietom od niego wara!

– Wiesz co, Emilio, bardzo cię przepraszam, ale nic z tego nie będzie.

– No widzisz! – wykrzyknęła triumfalnie. – Ja też jestem tego zdania!

– W takim razie nie będziesz miała mi za złe, jak wyjdę?

– Wyjdziesz? – zdziwiła się. O czym on mówi?

– Życzę ci wszystkiego dobrego, jednak szukam kogoś innego. Cześć – powiedział i prawie staranował krzesło, pośpiesznie oddalając się od stolika.

– Cholercia, co poszło nie tak? – zapytała półgłosem samą siebie.

Przecież zgodził się z nią, że z takiego małżeństwa nic nie będzie. A może chodziło mu o to, że ze spotkania nic nie będzie, a ona nie zrozumiała? Te randki są strasznie skomplikowane!

– Pozwolisz? – Przy stoliku stanął mężczyzna, którego przez pomyłkę wzięła za Tadeusza.

– Słucham?

– Mogę się dosiąść? Powinienem pewnie udawać, że nic nie widziałem, ale…

– Widziałeś, jak moja randka uciekła? – zapytała wprost, czując, jak oblewa ją gorący rumieniec.

Wzruszył ramionami. Miał ładne, równe zęby i niebieskie oczy. Ciemny blondyn, niezbyt wysoki, lecz i tak wyższy od niej, co nie było dziwne. Wszyscy byli od niej wyżsi.

– Owszem – potwierdził z lekkim uśmiechem.

– Jeśli nie śmiejesz się ze mnie, tylko do mnie, to możesz się dosiąść – zgodziła się łaskawie Emilia.

– Marek. – Podał jej rękę.

– Naprawdę? Zupełnie go nie przypominasz. Emilia. – Odwzajemniła uścisk.

– A jak powinien wyglądać Marek? – Roześmiał się.

– Och, wybacz… – Zawahała się. – Jak ci odpowiem, wyjdę na wariatkę.

– Używajmy określenia „ekscentryczka", co ty na to? – zaproponował.

– No dobrze… Jak zwał, tak zwał, problem jest dokładnie ten sam. Marek tak naprawdę nie istnieje. Wymyśliłam go – przyznała się zakłopotana.

– Po co to zrobiłaś? – Uśmiechał się, jednak widać było, że jest zaskoczony.

– Wymyśliłam też Agatę, a wcześniej Damiana i babcię Pelagię i całą rzeszę innych osób, których już nawet nie pamiętam.

– Po co wymyślać ludzi? Nie lepiej poznawać prawdziwych?

– Piszę powieści dla kobiet – wyznała zażenowana.

Nie potrafiła pojąć, dlaczego tak było, ale zawsze, gdy mówiła, że jest pisarką, czuła się tak, jakby ktoś miał zaraz zawołać: „Samochwała w kącie stała!". To chyba przez zaniżone poczucie własnej wartości.

– Naprawdę? To ciekawe. Wydałaś coś? – Marek wydawał się zaintrygowany.

– Tak, piszę właśnie dziewiątą powieść.

– Rany, jestem pod wrażeniem! – powiedział. – Pierwszy raz rozmawiam z prawdziwą pisarką! Mogę wiedzieć, jak się nazywasz?

– Emilia Przecinek.

– Emilia Przecinek… – powtórzył z zastanowieniem, jakby próbował umiejscowić jej dane we właściwej szufladce w głowie. – Wybacz, ale nie słyszałem – wyznał.

– Jeśli nie czytasz babskich czytadeł, to nie mam ci za złe – odparła beztrosko.

– Nie, zdecydowanie wolę kryminały. Zamówimy coś? Moja kawa jest na ukończeniu, chętnie napiję się herbaty. A ty?

– Jaśminową poproszę i sałatkę owocową. I dwa rachunki – uściśliła.

– Osobno na herbatę i na sałatkę? – zażartował, dając znak kelnerce, by do nich podeszła.

– Chciałam powiedzieć, że zapłacę za siebie – uściśliła.

– To ja zabieram ci czas. Potraktuj to jako rekompensatę za nieudaną randkę – zaproponował.

– Nie mogę. Córka mówiła, że zawsze mam za siebie płacić. To zaoszczędzi mi nieporozumień… – Urwała, gdy dziewczyna w białym fartuszku podeszła do ich stolika.

Marek błyskawicznie złożył zamówienie, prosząc o rozdzielenie rachunków, tak jak sobie tego życzyła Emilia.

– Bystra ta twoja córka – powiedział, gdy kelnerka odeszła. – Ile ma lat?

– Siedemnaście.

– Żartujesz? Trudno uwierzyć, że możesz mieć niemal pełnoletnią córką.

– Mam już pełnoletniego syna – wyznała.

– Super, ja mam trójkę. Małoletnich, nie nastolatków. Mieszkają z moją żoną.

– Rozwiedziony?

– Tak jakby. W separacji.

– Aha... Wiesz, nigdy nie rozumiałam, jaki sens ma separacja.

– Moim zdaniem żadnego, ale żona się uparła, że musi sobie przemyśleć nasze małżeństwo, i wyniosła się do matki.

– Nie nazywasz się aby Nowaczyk? – zapytała podejrzliwie, próbując sobie zarazem przypomnieć, czy Nowaczykowa ma więcej niż jedno dziecko.

– Nie, Zimkowski.

– Bogu dzięki – odetchnęła.

– Nie wyglądam jak Marek, ale wyglądam jak Nowaczyk? – zażartował.

– Nie, jeszcze gorzej, obawiałam się, że możesz być Nowaczykiem. To moja sąsiadka. Właśnie dziś mnie poinformowała, że wyjeżdża z dzieckiem do matki i zostawia męża, a ja za nic nie mogę sobie przypomnieć, jak on wygląda.

– Okej, przysięgam, że to nie ja.

– Wierzę ci – uśmiechnęła się z ulgą. – A dlaczego twoja żona chce sobie przemyśleć wasze małżeństwo? Co zmalowałeś?

– Teoretycznie nic. A praktycznie wszystko. Po prostu uznałem, że mam dość pracy w firmie jej ojca i chcę spróbować czegoś na własny rachunek. Cała jej rodzina śmiertelnie się na mnie obraziła – wyjaśnił Marek.

– Hm... Nie lubisz tej pracy?

– Nie lubię teścia. A co z tobą? Zakładam, że nie jesteś już mężatką, skoro chodzisz na randki?

– Nie. Rozwódka.

– Co zmalował?

– Kryzys wieku średniego.

– Romans?

– Właśnie – potwierdziła. O reszcie nie zamierzała go informować.

– Kretyn. Zdradzać taką kobietę.

– Dzięki, jeszcze dwa lata temu było mnie znacznie więcej.

– Uczciwiej byłoby odejść, a nie kombinować na boku.

– Prawda? Przynajmniej mogłabym go szanować. – Emilia westchnęła. – I miałabym większe poczucie własnej wartości.

– Rozumiem zachwiane poczucie własnej wartości, ale zapewniam, że jest zupełnie niepotrzebne. Doszedłem do tego wniosku po dziesięciu latach harówki dla teścia. Nie dość, że wypruwam sobie żyły, to jeszcze muszę go całować w cztery litery z wdzięczności za każdy ochłap. Jestem dobrym fachowcem, znam się na swojej robocie.

– Czym się zajmujesz?

– Projekty reklamowe. Zakładam własną agencję, a wszyscy moi klienci przechodzą do mnie.

– Teraz rozumiem, dlaczego jesteś w separacji – powiedziała Emilia. – A twojemu teściowi zostanie jakiś klient?

– Kilku kumpli, jednak prawda jest taka, że gdyby stary nie zbijał bąków, wysługując się mną, i doceniał moją pracę, to nikt by nawet na mnie nie popatrzył.

– Pewnie masz rację, tylko potrzeba czasu, aż emocje opadną i wszyscy spojrzą na to inaczej.

– Mój teść już struga na mnie osinowy kołek.

– Ale żona ochłonie i wróci – pocieszyła go Emilia.

– Oby. Kocham ją, chociaż gdy widzę, że z biegiem lat upodabnia się do własnej matki, zaczynam się bać. – Mrugnął do niej kpiąco.

– Szkoda, że to nie randka. – Emilia poczuła się zaskoczona swoją odwagą, która może właśnie stąd się wzięła, że nie była to żadna randka, tylko przypadkowe spotkanie.

– Też żałuję – zapewnił ją zupełnie poważnie, lecz zaraz w jego oczach pojawił się figlarny błysk: – Mogę wiedzieć, dlaczego twoja randka uciekła? – zapytał.
– Facet był prawie zielony na twarzy. Gdyby miał więcej nóg niż te dwie, które mu się poplątały, kiepsko by się to zakończyło.

– Mogłam chlapnąć coś, co opacznie zrozumiał. – Zarumieniła się lekko.

– A dokładnie? Wybacz, ale jestem zaciekawiony.

– Długa historia.

– Mamy czas. Chyba że chcesz wrócić do domu i powiedzieć dzieciakom, że facet ci zwiał od stolika – zażartował.

– To było wredne. – Emilia zachichotała jak nastolatka.

– Wiem, ale prawdziwe. No dalej, nie daj się prosić. Opowiadaj – zachęcał ją.

– No niech ci będzie. Zapytałam go, co sądzi o otwartym małżeństwie zawartym wyłącznie dla seksu – wyznała.

– To bardzo krótka historia. Jestem pewien, że nie dlatego zwiał. Znam mężczyzn, których takie pytanie zachęciłoby do kontynuowania znajomości – powiedział Marek. – Tadeusz robił dziwne miny przez całe pięć minut, które spędziliście razem. To nie mogła być jedyna przyczyna.

– Gapiłeś się?

– No pewnie.

– Jesteś okropny.

– Szczery.

– Zadufany w sobie.

– Pewny siebie.

– Samochwała.

– Umiem się sprzedać.

– Niech będzie. – Roześmiała się. – To moja najlepsza nierandka w życiu.

– Moja też. Dzięki tobie mój dzień zrobił się jaśniejszy.

– Dlaczego mam wrażenie, że potrafisz sprzedać wszystko, co tylko zechcesz?

– Bo właśnie tak jest, ale mówiłem poważnie. Siedziałem przy stoliku, popijając czwartą kawę, sam jak palec, rozmyślając, jak to się, u licha, stało, że po dziesięciu latach dobrego, szczęśliwego małżeństwa moja żona wystawia mnie za drzwi na jedno słowo cholernego tatusia, a tu nagle zjawia się gwiazda filmowa, zawraca mi w głowie, rzuca dla innego faceta i…

Głośny wybuch śmiechu przerwał dalszy ciąg wypowiedzi Marka. Emilia nie pamiętała, kiedy ostatnio tak dobrze się bawiła.

Damian nie krył zniechęcenia. Dochodzenie nie posunęło się ani o krok do przodu. Usiłowali wykorzystać informacje uzyskane od Emilii Przecinek, starając się zarazem nie ujawniać ich źródła. Rozmawiali już ze wszystkimi mieszkańcami pierwszej klatki. Nowe zdjęcie żywego denata nic nie dało. Nikt sobie nie przypominał, by widział Kupskiego, nikt też nie zareagował na jego imię i nazwisko. Wszyscy zgodnie zapewniali, że jest im on zupełnie obcy. Magda i Damian w pierwszej kolejności rozmawiali z osobami wskazanymi przez Emilię. Pan Koperek wyglądał na wystraszonego, gdy ich zobaczył, lecz reszta jego rodziny – żona i pełnoletnia córka – potwierdziła, że po osiemnastej był w domu i nie wychodził.

Pancerek mieszkał sam, a wyglądał tak niepozornie i nieszkodliwie, że Damian natychmiast wpisał go na czarną listę. Facet nie miał alibi, nie patrzył im w oczy. I miał młotek. To ostatnie akurat nie stanowiło okoliczności obciążającej, bo w większości domów znajdowało się to przydatne narzędzie, a przecież nie przez wszystkich było wykorzystywane do popełnienia przestępstwa. Młotek Pancerka wyglądał zupełnie zwyczajnie, a nawet wydawał się lekko zakurzony. Z pewnością nie używano go w ostatnim czasie.

Damian wpisał tego człowieka na listę podejrzanych, bo cała reszta mieszkańców miała alibi, a on jeden nie. Żurkowski zdawał sobie jednak sprawę, że nie jest to podstawa do aresztowania. W całym mieście znajdowało się sporo osób, które spały samotnie we własnych łóżkach i nikt tego nie mógł poświadczyć. Choćby on sam. W wieczór morderstwa siedział sam we własnym domu i mógł być potencjalnym sprawcą.

Kopidłowski rzeczywiście wyglądał jak przestępca poszukiwany listem gończym, jednak za to nie można nikogo aresztować. Gdyby mieli zamykać ludzi za wyraz twarzy, bramy więzienia by się nie zamykały.

Wrócili do klatki, w której mieszkała Emilia Przecinek, by ponownie porozmawiać z jej sąsiadami. Zgodnie postanowili zacząć od osób, które wskazała im autorka romansów.

– Dzień dobry. Policja – powiedziała automatycznie Magda, machając odznaką przed nosem Nowaczyka. – Możemy porozmawiać?

– Znowu? – zirytował się mężczyzna. – Przecież mówiłem, że nic nie widziałem.

– Mamy nowe informacje – powiedział twardo Damian Żurkowski. – Możemy rozmawiać na korytarzu, jeśli pan sobie tego życzy, albo wejść do środka i nie niepokoić sąsiadów.

– Proszę – mruknął, wpuszczając ich do środka. – Tylko że to nie jest najlepszy moment.

Weszli do pokoju, który można uznać za stołowy. Szafa była otwarta, zobaczyli puste wieszaki. Nowaczyk zamknął ją szybko.

– O co chodzi? – zapytał wrogo, jakby to oni stanowili powód, dla którego szafa została częściowo opróżniona.

– Co się dzieje, panie Nowaczyk? – Magda starała się okazać współczucie, lecz była zbyt zmęczona i poirytowana, by osiągnąć zamierzony efekt.

– Co ma się dziać? Żona wyjechała na kilka dni do matki – odpowiedział niechętnie.

– Czyżby? Wygląda pan na zmartwionego – zauważył Żurkowski.

– Skąd, po prostu… – Mężczyzna usiadł na kanapie i ukrył twarz w dłoniach. – Zostawiła mnie. Dowiedziała się i mnie zostawiła – powiedział.

– Dowiedziała się o czym? – zapytała czujnie Magda, rzucając szybkie spojrzenie na swojego kolegę.

– O tym, co zrobiłem – odparł Nowaczyk. – Wie, że to zrobiłem. Nigdy mi nie wybaczy. Jakżeby mogła? Sam sobie nie wybaczę. I moja córeczka... Myśli pan, że pozwoli mi ją widywać?

– Jest pan ojcem. Będzie miał pan do tego prawo – powiedział Żurkowski, powoli przesuwając się w kierunku drzwi, by zagrodzić mężczyźnie drogę, jeśliby spróbował uciec.

– Proszę nam opowiedzieć, co się wydarzyło. – Magda przybrała łagodny ton.

Tamten wyraźnie był na skraju załamania. Jeśli ona teraz odpuści, Nowaczyk nic nie powie. Jeśli będzie naciskała, może się załamać do końca, albo wręcz przeciwnie – pozbiera się i odmówi odpowiedzi, a oni zostaną z wielkim nic.

– Przyznanie się zawsze jest okolicznością łagodzącą – zauważył spokojnie Damian.

Nowaczyk dłuższą chwilę siedział bez ruchu, po czym powoli wyprostował się i spojrzał na nich z udręką.

– To była moja koleżanka z pracy... – zaczął cicho.

– Słucham? – Magda spojrzała ze zdumieniem na Damiana, jakby chciała się upewnić, że usłyszał to samo, co ona.

Żurkowski tylko wzruszył ramionami. On też nie wiedział, o co chodzi.

– Zostaliśmy dłużej i jakoś tak wyszło. Nie wiem, jak to się stało. Wstydzę się jak wszyscy diabli, ale co z tego? Nie cofnę czasu. Wślizgnąłem się do domu jak złodziej i zaraz wszedłem pod prysznic. Jakby gorąca woda mogła zmyć zdradę. Nigdy mi nie wybaczy, prawda? – zapytał żałośnie.

– Więc żona zostawiła pana z powodu zdrady? – zapytał Damian, upewniając się, że właściwie zrozumiał słowa mężczyzny.

– A z jakiego innego? Sami zobaczcie. – Nowaczyk wyjął z kieszeni kartkę i podał ją stojącej bliżej Magdzie.

– „Jadę do mamy. Nie wiem, czy będę potrafiła Ci wybaczyć to, co zrobiłeś, ale wiedz, że jest w tym dużo mojej winy. Muszę przemyśleć nasze małżeństwo. Nie chcę, żeby nasze dziecko wychowywało się z takim piętnem" – przeczytała głośno policjantka.

– Nie wiem, o co chodzi z tym piętnem, ale Anka zawsze robiła z igły widły. Musiała być w kiepskiej formie, jak to pisała. Nie rozumiem też, dlaczego czuje się winna... – powiedział mężczyzna.

– Panie Nowaczyk, czy żona ma powody, by podejrzewać pana o zabójstwo? – zapytała Magda.

Zabawa w podchody była bez sensu, lepiej po prostu powiedzieć mu, w czym rzecz, a facet niech naprawia swoje małżeństwo, jeśli będzie miał na to ochotę. Ale oboje mają zdradę na sumieniu, więc albo się rozstaną, albo się dogadają.

– Mnie? – zdziwił się. – Dlaczego miałbym zabić tamtego człowieka? Nigdy wcześniej go nie widziałem...

– Wrócił pan bardzo późno do domu. Może coś pan słyszał? – zapytał Żurkowski.

– Nie, nie wydaje mi się.

– Nie wydaje się panu, czy też nic pan nie słyszał? – naciskała Magda.

– Nic nie słyszałem – poprawił się. – Jak stawiałem samochód na parkingu, nie widziałem żywej duszy. Nie spotkałem nikogo na klatce. Chociaż... – Umilkł, zastanawiając się nad czymś usilnie.

– Co takiego? – ponaglał go Damian. Nowaczyk najwyraźniej próbował coś sobie przypomnieć.

– Wydaje mi się, że kiedy wchodziłem do klatki, słyszałem trzaśnięcie furtki. Ktoś przyszedł, ale się nie odwróciłem. Nie mógł to być nikt obcy, więc nie interesowałem się, kto to. Chciałem jak najszybciej wejść do mieszkania. Czy to ma jakieś znaczenie?

– Możliwe. Okaże się – odrzekła zdawkowo Magda.

– Panie Nowaczyk, proszę się przespać, ochłonąć i porozmawiać z żoną – poradził mu ze współczuciem Damian. – Chyba się obawiała, że mógł pan mieć coś wspólnego z tym zabójstwem.

– Ja?! – spytał zdumiony. – Jakim cudem wpadła na ten idiotyczny pomysł?

– Z tego, co wiemy, tamtego wieczoru wrócił pan niemal ostatni. Zeznała, że był pan w domu po dwudziestej drugiej, a mniej więcej o tej godzinie doszło do zabójstwa. Pański późny powrót, z tego, co zrozumiałem, był czymś niecodziennym. Może dodała dwa do dwóch i wyszło jej siedem – wyjaśniał mu spokojnie Żurkowski.

– Nie wierzę – zdenerwował się Nowaczyk. – W tym bloku zaczyna się jakaś paranoja. Podobno to ktoś z nas zabił tego faceta.

– Nie wykluczamy żadnej możliwości – odpowiedziała enigmatycznie komisarz Rzepka. – Może spojrzy pan na zdjęcie? Ustaliliśmy, że zabity nazywał się Czesław Kupski. Mówi panu coś to nazwisko?

– Zupełnie nic – odrzekł. Spojrzał na fotografię, którą policjantka trzymała mu przed oczami, i zaraz pokręcił przecząco głową.

– Poda nam pan adres, pod którym przebywa żona? – poprosiła Magda.

– Oczywiście… Tylko po co?

– Chcemy jeszcze raz pokazać jej zdjęcie denata. Na razie dziękujemy panu za pomoc.

– Nie ma za co – rzucił zdawkowo.

Nie sądził, by był pomocny, ale przecież nie będzie zmyślał. Zapisał adres teściowej i podał kartkę policjantce.

– Kto następny? – zapytał Damian, gdy wyszli z mieszkania Nowaczyków.

– Nie mam pojęcia – przyznała Magda. – Chodzimy od Annasza do Kajfasza i nic z tego nie wynika. Storczykowa? Nie wydaje mi się, żeby miała coś do dodania. Olejniczak? – Wyjęła z kieszeni notes i kartkowała go przez chwilę. – Każdy z mieszkańców ma alibi.

– Alibi zawsze dawał współmałżonek – zaznaczył Damian. – Takie alibi to nie alibi, a my kręcimy się w kółko. Chcesz skłócić wszystkie małżeństwa, żeby wreszcie ktoś coś chlapnął? Wiesz, że dla kogoś sprytnego wtargnięcie na zamknięty teren to żaden problem?

– Wiem, Damian, ale nie mam nikogo, kto by widział Kupskiego, nie mamy nikogo, kto by go nie lubił, nie mamy nic. Jutro porozmawiamy z Nowaczykową. Jeśli nie zmieni zdania co do godziny powrotu męża... Szczerze mówiąc, zamierzam odwalić papierkową robotę. Skończymy przesłuchiwać mieszkańców, spiszemy protokoły i odłożymy akta na półkę. Jeśli wkrótce nie wydarzy się nic nowego, nie ruszymy z tą sprawą.

– Sprawdźmy osoby, które wróciły do domu w czasie, gdy popełniono zabójstwo. Ktoś, kto wrócił z drugiej zmiany, mógł coś widzieć albo sam mógł być sprawcą – powiedział Damian.

– No dobrze – zgodziła się niechętnie Magda, jeszcze raz przeglądając notes. – Spójrz, poza Nowaczykiem mam tu zeznanie Amandy Kasprzyk. Zeznała, że jej mąż skończył zmianę o dwudziestej drugiej. W domu był tak jak zawsze – około dwudziestej drugiej trzydzieści. Nie mam jednak zeznania męża.

– Bo go nie zastaliśmy – przypomniało się Damianowi. Wyjął własny notatnik i powiedział po chwili: – Mam, mąż ma na imię Adam. Gdy rozmawialiśmy z sąsiadami, był w pracy. To lekarz internista.

– No to spróbujmy z Kasprzykami. Może dziś nam się uda – zaproponowała Magda.

Emilia zaśmiewała się do łez. Dawno tak dobrze się nie bawiła. Siedzieli na wygodnych fotelach, czekając na rozpoczęcie filmu. Wybrali komedię romantyczną. Emilia miała ochotę na coś lekkiego, Marek postanowił dotrzymać jej towarzystwa. Nie chciał wracać do pustego domu.

– Jeśli ten film skończy się happy endem, zastrzelę się – oświadczył.

– Mogliśmy wybrać dramat. Może poczułbyś się lepiej, mając świadomość, że innym jest gorzej – powiedziała, wkładając do ust całą garść popcornu.

– Nie, mam w sobie za dużo empatii. Utożsamiałbym się z nieszczęśliwymi bohaterami. – Puścił do niej oko, więc nie wiedziała, żartował czy też nie.

– Tak, depresja murowana – przyznała. – Dzięki, że ze mną przyszedłeś.

– Szczerze mówiąc, mam takiego doła, że chętnie bym się nachlał – wyznał zupełnie poważnie.

– Nie polecam – odpowiedziała. – Wypiłam mężowi całą whisky. Miałam takiego kaca, że chciałam umrzeć.

– Kac był gorszy niż koniec małżeństwa?

– Żebyś wiedział, że tak – odparła, uśmiechając się smutno.

– Co teraz robi twój mąż? – zapytał.

– Były mąż – poprawiła go.

– Co robi twój były mąż? – powtórzył.

– Trudno powiedzieć.

– Zgadnij.

– Po co? – zdziwiła się.

– No zgadnij.

– Niech ci będzie. Może sprząta...

Celę, dokończyła w myślach.

– Albo bierze prysznic?

Należy mu się dwa razy w tygodniu, oby nie schylał się po mydło.

– Może słucha radia?

Chyba mają tam radiowęzeł.

– Albo ogląda film?

Podobno dostał zgodę na posiadanie telewizora w celi.

– Może gra z kolegami w karty?

O papierosy.

– Po co ci to? – zapytała, gdy już skończyła wymieniać ewentualne zajęcia eksmałżonka.

– Po nic. Zastanawiam się, czy moja żona też wykonuje tak prozaiczne czynności. Kładzie dzieci spać. Czyta książkę. Wypłakuje się matce.

– Nie potrafię powiedzieć... Dawno się rozstaliście?

– Tydzień temu.

– Może zadzwoń do niej? – zaproponowała.

– Nie odbiera.

– To jedź do niej.

– Teść groził mi strzelbą.

– Aha... – Spojrzała na niego, nie wiedząc, czy Marek mówi poważnie, czy znów żartuje. – Jest w kółku myśliwskim?

– No. I nie tylko pije, ale i strzela. W dodatku trafia. Nie zamierzam się wystawić na cel.

– Włóż coś jaskrawego. Nie będzie miał wymówki, gdy cię postrzeli – zażartowała.

– Myślisz? – Uśmiechnął się.

– Pewnie.

– O, zaczyna się – powiedział, prostując się w fotelu, gdy światła zaczęły przygasać. – Zjemy kolację, jak skończy się film?

– Jasne. – Chętnie się zgodziła. Jak na nierandkę, bardzo miło spędzała czas.

Damian nacisnął dzwonek i czekał, aż ktoś im otworzy drzwi. Magda stała tuż obok ze znudzoną miną i oglądała paznokcie. W tym momencie w otwartych drzwiach stanął wysoki barczysty mężczyzna.

– Doktor Perełka? – zdumiał się Damian.

– Tak, to ja.

– Widzieliśmy się w szpitalu. – Aspirant Żurkowski wyjął odznakę i pokazał lekarzowi.

– Komisarz Rzepka. – Magda przedstawiła się chłodno. Miała z Perełką kilkakrotnie do czynienia. Nie lubiła tego człowieka.

– Co państwa sprowadza? – zapytał lekarz.

– Mamy kilka pytań do… Co pan tu robi? – zapytał Damian.

– Mieszkam – odparł zdziwiony.

– Chcieliśmy rozmawiać z państwem Amandą i Adamem Kasprzykami – poinformowała go komisarz Rzepka.

– Amanda to moja żona. Została przy swoim nazwisku – wyjaśnił.

– Adam! Kto przyszedł?! – Z pokoju rozległo się wołanie małżonki.

– Policja! – odpowiedział podniesionym głosem, starając się nie krzyczeć, by nie rozniosło się po klatce schodowej.

– Możemy wejść? – zapytał Żurkowski.

Perełka wahał się chwilę, nim cofnął się o krok w głąb mieszkania, by ich wpuścić.

– Pytałam, kto przyszedł, ty gamoniu! Masz odpowiadać, jak pytam! – W przedpokoju pojawiła się zdenerwowana Amanda.

– Mówiłem, że policja, kochanie – odpowiedział potulnie doktor Perełka.

Kobieta ujęła się pod boki i spiorunowała go wzrokiem.

– Gdybyś mówił, tobym usłyszała! Chcesz powiedzieć, że jestem głucha?!

– Nie, ja nigdy...

– I co tam mamroczesz pod nosem?! Jak ja mam słyszeć, że ty cokolwiek mówisz? Dlaczego trzymasz państwa pod drzwiami? Zaproś ich do pokoju!

– Oczywiście, zaraz to zrobię, kochanie.

– Proszę, niech państwo wejdą. – Amanda wskazała im kierunek. – Jeśli mój mąż jest taką samą niezgułą w pracy jak w domu, to nic dziwnego, że Przecinkowa nazywa go konowałem! Słyszysz, Adam?! Ta zakręcona pisarka z dołu nazwała cię konowałem! Prosto w oczy mi to powiedziała, Adam. Prosto w oczy! Czy ty wiesz, jak ja się czułam?

– Ależ kochanie, ja...

– Jakby mnie ktoś w pysk walnął!

– Proszę państwa! – Magda uznała, że czas wkroczyć, choć z przyjemnością mogłaby obserwować, jak Perełka obrywa raz za razem od żony. Niestety, obowiązki służ-

285

bowe nie pozwalają na wiele przyjemności. – Pozwolą państwo, że zadamy im kilka pytań.

– Ależ oczywiście. – Amanda uśmiechnęła się uprzejmie. – Proszę usiąść. – Wskazała im kanapę.

Damianowi trudno było się zdobyć na współczucie dla doktora Perełki, ale jako mężczyzna bardziej identyfikował się z lekarzem, więc w przeciwieństwie do partnerki nie odczuwał złośliwej satysfakcji. Ulokowali się na kanapie, a Magda wyjęła notes.

Amanda usiadła w fotelu i poklepała szeroki podłokietnik, na którym posłusznie przycupnął jej małżonek.

– W czym możemy państwu pomóc? – zapytała, splatając przed sobą długie, smukłe palce, zakończone karminowymi paznokciami, niemal w tym samym odcieniu, co jej fryzura. – Podobają się panu? – zapytała kokieteryjnie, unosząc rękę do włosów, gdy uchwyciła wlepione w nie spojrzenie policjanta.

– To dość niecodzienny kolor – przyznał.

– Amanda bardzo lubi… – zaczął Perełka.

– Zamknij się, Adam. Pan mówi do mnie, nie do ciebie. Będziesz mówił, jak przyjdzie twoja kolej – syknęła, nie przestając się uśmiechać.

– Właściwie to chciałem o coś zapytać doktora Perełkę. Żona zeznała, że wrócił pan do domu około dwudziestej drugiej trzydzieści – powiedział Damian.

– Zgadza się – potwierdził, rzucając niepewne spojrzenie na małżonkę.

– Skończył pan dyżur o dwudziestej drugiej, tak?

– Zgadza się – odparł, ponownie spoglądając na Amandę, która w milczeniu przysłuchiwała się rozmowie.

– Widział pan kogoś w pobliżu posesji? A może na parkingu?

– Nie sądzę... – odparł ostrożnie.

– Nie sądzi pan? – zapytała Magda. – Co to dokładnie znaczy?

– Odpowiadaj, jak należy! – warknęła Amanda.

– Nikogo nie widziałem – powiedział szybko.

– Pan Nowaczyk zeznał, że kiedy wracał po dwudziestej drugiej usłyszał, że ktoś za nim wchodzi...

– To nie byłem ja. Jak powiedziała żona, wróciłem do domu o dwudziestej drugiej trzydzieści – oświadczył zdecydowanie Perełka.

– Dokładnie tak powiedziałam – potwierdziła z zadowoleniem, poklepując go po kolanie.

– I nikogo pan nie widział?

– Nie.

– Nie słyszał pan niczego podejrzanego? Żadnego hałasu?

– Nie, była zupełna cisza. To spokojne miejsce. Dlatego tu zamieszkaliśmy.

– Rozumiem.

– Czy nazwisko Czesław Kupski coś państwu mówi? – zapytała Magda, obserwując uważnie ich reakcje.

Perełkowa, a właściwie pani Kasprzyk, bez zastanowienia pokręciła głową. Perełka spojrzał na żonę z wyczekiwaniem.

– Nie – powiedziała. – Nie znam. Mam pamięć do nazwisk i twarzy, więc na pewno bym skojarzyła nazwisko – zapewniła.

– A pan? – Komisarz Rzepka spojrzała na lekarza.

– Nie sądzę, ale w pracy spotykam tyle osób, że nie jestem w stanie wszystkich zapamiętać. Nie mogę wykluczyć, chociaż nie przypominam sobie takiego nazwiska.

– Może będą państwo uprzejmi spojrzeć. – Magda pochyliła się i podała zdjęcie Amandzie.

Ta przyjrzała się uważnie mężczyźnie na fotografii.

– Przystojny – stwierdziła z uznaniem. – Ale zaraz, zaraz, czy to nie jest ten martwy mężczyzna?

– Owszem. Udało nam się ustalić tożsamość ofiary – powiedziała Magda. – Postanowiliśmy jeszcze raz porozmawiać z ewentualnymi świadkami, pokazać zdjęcie, w nadziei, że może ktoś jednak go rozpozna.

– Niestety, nie widziałam go, a zapewniam panią, że takiego przystojniaka bym nie zapomniała.

Amanda nie zwracała najmniejszej uwagi na męża, który zbladł, poczerwieniał, a potem spuścił wzrok i zacisnął zęby. Zmiana na twarzy doktora Perełki nie uszła uwagi Żurkowskiego.

– A pan? – Komisarz Rzepka podała zdjęcie lekarzowi.

Ten tylko rzucił okiem i od razu oddał je policjantce.

– Nie, nie znam go – oświadczył krótko.

– Macie państwo jakieś podejrzenia? Może ktoś coś mówił? Ktoś coś zauważył? – dopytywała się Magda.

– Jak już pani o tym wspomina, to owszem… – odezwała się Amanda. – Dziś rano winda omal nie zabiła tych dwóch starszych pań, które mieszkają z panią Emilią. Jedna z nich, jak ją wyciągali, krzyczała, że ktoś chciał je zabić. Może coś widziały i teraz morderca na nie poluje.

– Ależ kochanie – zaprotestował jej mąż. – Nie powinnaś rzucać takich oskarżeń.

– Ktoś ciebie o coś pytał? Nie? Więc trzymaj buzię na kłódkę! Jak ktoś będzie chciał poznać twoją opinię, to cię zapyta! Widzisz tu kogoś, kogo interesowałoby twoje zdanie na temat zdarzenia, przy którym nie byłeś, bo byłeś w pracy? Bo ja nie! Więc naucz się wreszcie, że jak ja mówię, to ty milczysz!

– Oczywiście, tylko…

– Patrzcie państwo, jeszcze dyskutuje. Masz szczęście, że nie jesteśmy sami, Adam, ogromne szczęście. I lepiej zadbaj, żeby to szczęście cię nie opuściło, jak państwo wyjdą!

– Pani Kasprzyk… – Damian starał się ratować doktora Perełkę.

– Tak, panie komisarzu? – Uśmiechnęła się, ale teraz dostrzegł, że wygląda to tak, jakby rekin ludojad szczerzył do niego zęby.

– Mówiła pani, że tamte starsze panie coś widziały?

– Nie wiem, czy coś widziały. Tylko tak podejrzewam i chyba nie ja jedna. Jedna z naszych sąsiadek, nie pamiętam nazwiska, ma małe dziecko… Jeśli dobrze zrozumiałam, uciekła od męża, bo się go boi.

– Nowaczyk? – podpowiedziała Magda.

– O, tak, o nią chodzi. Właśnie wsiadała do taksówki.

– Rozmawiała z nią pani?

– Nie, ale ona rozmawiała ze Storczykową. Mówiła, że jedzie do matki, bo nie wie, do czego może być zdolny jej mąż.

– Rozumiem. Czy macie państwo coś jeszcze do dodania?

– Nie – powiedziała stanowczo Amanda.

Doktor Perełka milczał jak zaklęty.

– No dobrze, dziękujemy państwu. – Magda wstała pierwsza, Damian zaraz po niej.

Drzwi jeszcze się nie zatrzasnęły, gdy usłyszeli podniesiony głos żony doktora Perełki. Jego nie słyszeli wcale.

– Myślisz to, co ja? – zapytał Żurkowski.

– Że ma, na co zasłużył?

– Nie, że ta kobieta ma czerwone włosy.

– Owszem. – Magda prychnęła ironicznie. – Trudno nie zauważyć.

– Wiesława Paluch też ma czerwone włosy. Rozumiesz?

– Nie do końca – przyznała.

– Wiemy, że Kupski przyszedł tutaj, ale nie wiemy dlaczego. Pamiętasz, jak wypytywałem tę Paluch, czy NN widział, jak wbiła kod do furtki, czy wiedział, po co tu przyjechała?

– Owszem, ale nie jestem pewna, do czego zmierzasz...

– Początkowo zakładaliśmy, że wrócił tu z jej powodu, jednak ta babka ma alibi, więc odrzuciliśmy ten pomysł, a niepotrzebnie. Kupski mógł wrócić z jej powodu.

– Paluchowej tu nie było.

– Nie, lecz skoro ona nie zapamiętała jego nazwiska, pytanie brzmi, czy on zapamiętał jej. Jeśli myślał, że ona tu mieszka, mógł wrócić, żeby jej poszukać.

– A jej cechy charakterystyczne to chudy tyłek i czerwone włosy? – domyśliła się Magda.

– Nie wiem, co z tyłkami, ale obie mają czerwone włosy.

– Wiesz, że to nie jest identyczna czerwień?

– Słuchaj, jestem facetem. Dla mnie czerwony to po prostu czerwony. Jeśli Kupski tu wrócił i pytał o kobietę z czerwonymi włosami, to w tym budynku mieszka tylko jedna taka.

– Okej, niech będzie. Załóżmy, że ktoś pomyślał, że szuka Amandy, a nie Paluchowej. Czy to ma być motyw?

– Jak na jej oko było to grubymi nićmi szyte.

– Nie wiem, ale jaki motyw miałaby Wiesława Paluch, by zabić?

– Więc co? Zabójcą jest Amanda Kasprzyk? Nie zapominaj, że Kupskiego ktoś przed śmiercią pobił.

– Pobicie nie musi mieć nic wspólnego z jego śmiercią, a co do tej Kasprzyk... Owszem, uważam, że byłaby do tego zdolna. Do zadania ciosu młotkiem nie potrzeba wielkiej siły – tłumaczył Damian.

– Amanda Kasprzyk ma alibi.

– Które jej daje zastraszony mąż.

– Powiedz to jeszcze raz – poprosiła, uśmiechając się pod nosem.

– Amanda ma alibi – powtórzył.

– Nie, nie to. To drugie. Podoba mi się to określenie w odniesieniu do doktora Perełki.

– Jesteś wredna – powiedział z wyrzutem Damian.

– Wiem, ale nie mogę się powstrzymać. Wiesz, że ze dwa lata temu przyjmował na SOR-ze moją córkę? Spadła z konia. Powiedział, że jazda konna to głupota i trzeba mieć pusto w głowie, żeby uprawiać taki sport, o ile to w ogóle można nazwać sportem. Zapamiętałam go sobie, więc powiedz to jeszcze raz i obiecuję się skoncentrować na sprawie. – Spojrzała na niego prosząco.

– Okej, niech ci będzie, ale naprawdę uważam, że to podłe. Adam Perełka to zastraszany mąż – wyrecytował posłusznie.

– Pantoflarz?

– Niech będzie – zgodził się niechętnie, choć musiał przyznać, że lekarz sam jest sobie winien. Jeśli naśladował doktora House'a, robił to wyjątkowo nieudolnie. – A teraz skup się, proszę.

– Już. Jestem gotowa – oświadczyła Magda.

Jej niebieskie oczy tak złośliwie błyszczały, że Damian już wiedział, jak wygląda diabeł. Dlaczego na obrazach przedstawia się anioły jako istoty jasnowłose i jasnookie? Czyżby to był jakiś diabelski przekręt?

– Jak chcesz go przekonać, żeby wycofał alibi dla żony? – zapytała.

– Musimy go dorwać bez niej. Najlepiej w szpitalu – zdecydował Damian. – Może i wrócił do domu o dwudziestej drugiej trzydzieści, ale pytanie brzmi, czy ona rzeczywiście tam była. Wtedy pozostawienie ciała w piwnicy miałoby swoje wyjaśnienie. Zabójczyni nie dała rady go wynieść. Jestem pewien, że ta kobieta byłaby zdolna do popełnienia zbrodni.

– Niech będzie. Ja też jej nie lubię.

– Nie o to chodzi, że jej nie lubię.

– Chodzi o to, że cię przeraża? – pokpiwała Magda, gdy szli po schodach.

– Nie, no może trochę, ale nie w tym rzecz.

– To w czym? Uważasz, że dostała szału, bo Kupski pomylił ją z inną kobietą? Pięćdziesięcioletnią? Muszę przyznać, że jeśli to ona, to jest doskonałą aktorką.

– To socjopatka. Tacy ludzie kochają zabawy z policją.

– Założymy się? – spytała komisarz Rzepka.

– O co i w jakiej sprawie?

– Jeśli to ona jest morderczynią, tuż przed okresem będę szła na chorobowe. Jeśli to mąż jest sprawcą, umówisz się z Emilią na randkę.

– Oszalałaś?

– W moim stanie? Możliwe – przyznała pogodnie. – No co, boisz się Emilii? Jest nieszkodliwa. Na twoim miejscu bałabym się reszty jej rodziny, jeśli przypadniecie sobie do gustu. Będziesz ją musiał wziąć z całym inwentarzem – drażniła się z Damianem. – A zdradzony mąż?

– Masz na myśli Nowaczyka?

– Niekoniecznie, właściwie obstawiałabym Perełkę.

– On? – Żurkowski prychnął z pogardą. – Dlaczego on? Ona ma większe jaja od niego.

– Może i ma, ale jak zakład, to zakład. No co, zakładamy się?

– A jeśli żadne z nas nie ma racji?

Magda wzruszyła ramionami.

– I tak bywa – powiedziała.

– Okej, niech będzie. – Wyciągnął do niej rękę, a partnerka uścisnęła mocno jego dłoń. Damian przysiągłby, że czuje zapach siarki.

Adela miała kaca. To było jedyne wytłumaczenie tej suchości w ustach i szumu w głowie. Problem polegał na tym, że nie pamiętała, by cokolwiek piła.

– Chyba mam amnezję, Jadziu – powiedziała do siedzącej tuż obok przyjaciółki, która wyglądała równie kiepsko.

– W naszym wieku to się nazywa demencja, Adelo – poprawiła ją automatycznie Jadwiga.

– Wiem, co mówię. To nie jest żadna demencja, tylko amnezja. Mam potwornego kaca, ale nie przypominam sobie, żebym cokolwiek piła! – irytowała się matka Emilii.

Jadwiga zastanawiała się chwilę. Poprawiła kok, opadający na lewą stronę, i powiedziała:

– A wiesz, Adelo, że ty możesz mieć rację? Ja też się tak czuję i też nie pamiętam, żebym cokolwiek piła. Może ta amnezja jest zaraźliwa?

– Co ty opowiadasz?! Czyż amnezja może być zaraźliwa?

– To jak to wytłumaczysz? – Spojrzała na przyjaciółkę bezradnie zza szkieł ogromnych okularów.

– Nie potrafię tego wytłumaczyć. W tym właśnie rzecz, Jadziu. Nie potrafię. Ta sytuacja jest naprawdę nieznośna!

– Może to opóźniona reakcja psychomotoryczna na szok? – zastanawiała się Jadwiga, poprawiając kok, przechylający się teraz na prawo. Uczesanie dzisiejszego dnia jej nie wyszło, ale jak można należycie wpiąć wsuwkę, jeśli komuś trzęsą się ręce jak u alkoholika?

– Przecież nie jestem w szoku! – zaprotestowała Adela.

– Wczoraj byłyśmy obie. Może dopiero dziś nam się objawia?

Tamta przez chwilę przetrawiała słowa matki Cezarego.

– Zapytajmy Emilkę – zaproponowała w końcu.

– Mama jeszcze śpi – poinformowała je Kropka, wchodząca do kuchni. – A o co chodzi? Może ja wiem?

– Przecież już prawie dziewiąta! – zawołała zbulwersowana Adela.

– Miała randkę. Wróciła o trzeciej rano – wyjaśniła wnuczka.

– No wiecie państwo! Kto to widział, żeby wracać do domu o tej godzinie. Żadna szanująca się dziewczyna...

– Babciu Adelo, mama ma prawie czterdzieści lat i już dawno nie jest dziewczyną. Może wracać do domu, o której chce, i nam nic do tego. Niech śpi. Kto zje omlet? – zapytała babcie.

– Kochanie, to może ty wiesz, co się stało? Obudziłyśmy się w ubraniach i...

– Mamy kaca – dokończyła zjadliwie Adela.

Jadwiga rzuciła jej złe spojrzenie. Już sam fakt, że obudziła się we wczorajszych rzeczach, był wystarczająco żenujący. Przyznawać się do kaca przy wnuczce? Adela nie ma wstydu!

– Nie macie kaca, tylko nafaszerowali was nie wiadomo czym w szpitalu, jak was uratowali z tej windy. Nic nie pamiętacie? – zdziwiła się Kropka.

– Nie, nie, windę pamiętam doskonale. – Jadwiga z niezadowoleniem wykrzywiła usta. – Pamiętam też, kto ją uszkodził!

– Och, na litość boską, jak długo jeszcze zamierzasz to wałkować? – zirytowała się Adela.

– Mama kazała wam powiedzieć, że macie do niczego się nie przyznawać, bo będzie musiała zapłacić za naprawę uszkodzeń. Skoro nikt nie chce omletu, to robię tylko dla siebie – ogłosiła i wyciągnęła z lodówki dwa jajka, kefir, maliny. Z szafki wyjęła mąkę i sól.

– To był silny wstrząs. Mamy prawo nie pamiętać, co się wydarzyło – oświadczyła Adela, nalewając sobie drugą filiżankę rumianku, który zaparzyła w dzbanku, kiedy Jadwiga usiłowała się umyć przy umywalce. Bez asysty nie mogła wejść pod prysznic, bo mogłaby tam zostać na zawsze wraz ze swoją złamaną nogą. Adela prędzej sama doznałaby jakiegoś uszczerbku na zdrowiu, niż wyciągnęła Jadwigę, nie robiąc jej krzywdy. Korzystanie z pomocy przyjaciółki było proszeniem się o kłopoty.

– To prawda. Wszystko jest jak za mgłą – poparła ją Jadwiga. – A tego kaca, moja droga, to też mamy nie pamiętać? Bo wiesz, Kropko, głowa mnie boli…

– Trzeba wziąć aspirynę – poradziła dziewczyna. – Kaca już możecie pamiętać. Perełka was czymś nafaszerował, nie wiemy dokładnie czym, ale podobno strasznie rozrabiałyście i mama musiała wam dołożyć jeszcze coś na spanie – wyjaśniła. – Niewykluczone, że to połączenie leków może być przyczyną waszego dzisiejszego samopoczucia.

– Perełka? Ten konował? – Adela się zirytowała. – Co on nam dał?

– Nie wiem, ale podobno byłyście tak narąbane, że babcia Adela nie mogła wejść po schodach, a babcia Jadwiga śpiewała *Czerwone maki na Monte Cassino*, kiedy Kropeczek i jego kolega ją wnosili. Nieźle narozrabiałyście.

– Narozrabiałyśmy? A tak dokładnie, to co masz na myśli? – zapytała niepewnie Jadwiga.

– *Czerwone maki na Monte Cassino* to mało? – zapytała zjadliwym tonem Adela.

– Ja mam złamaną nogę, ale dlaczego ty nie mogłaś wejść po schodach, co? – zapytała wojowniczo Jadwiga.

– Patrzcie ją, będzie przyganiać garnek kotłowi!

– Mówi się przyganiał kocioł garnkowi, a nie garnek kotłowi – poprawiła ją Adela.

– Zdaje się, że powiedziałyście nowej sąsiadce, że ma dwa patyki wciśnięte w tyłek i nie ma piersi.

Kropka zaczęła ubijać jajka w miseczce. Jeśli zamierzała doprowadzić do przerwania kłótni, jej słowa podziałały znakomicie. Obie starsze panie zaniemówiły.

Ale tylko na moment.

– Niemożliwe! – zaprotestowała Adela.

– Oj, dziecko, co ty opowiadasz? – zdenerwowała się Jadwiga.

– Mówię, jak było, babciu. I babciu.

– Owszem, mówię różne rzeczy na temat różnych ludzi, jednak nie publicznie! – oświadczyła Adela.

– I nie prosto w oczy! – poparła ją Jadwiga. Kok opadł jej na ucho, a jedna ze wsuwek sterczała pionowo w górę. – Jesteś pewna, że to byłyśmy my?!

– Zdecydowanie tak. Ale zawsze możecie zapytać mamę. I Kropeczka. A także jego kolegę. – Kropka zaczęła wyliczać wszystkie osoby, które widziały omawiane zajście.

– Zdaje się, że poza nową sąsiadką była przy tym jeszcze pani Storczyk.

– Nie mogę uwierzyć, że tego nie pamiętam! – Adela była zbulwersowana.

– Ty? A co ja mam powiedzieć? Po tym wszystkim, przez co musiałam przejść?! I w dodatku ta złamana noga?

– Tyle zamieszania i nadal nie wiem, jak wygląda nowa sąsiadka, bo nic nie pamiętam?! – Adela miała łzy w oczach.

– Nie mogę w to uwierzyć. – Jadwiga wydmuchała nos. – Jak mogłam o niej zapomnieć? Adelo, a jeśli to nie przez leki? Jeśli TO już się zaczyna?

– TO?

– TO, Adelo. Właśnie TO. Może niedługo zaczniemy zapominać, jak wyglądają nasze wnuki? – rozpaczała.

– Wjeżdżam ekspresem Alzheimera do Królestwa Demencji* – zacytowała Kropka, wylewając ciasto na rozgrzaną patelnię. – Przestańcie histeryzować, nic wam nie jest. Nie zapominacie bardziej niż zwykle, a muszę przyznać, że macie wyjątkowo dobrą pamięć, jeśli chodzi o wszystkie żenujące rzeczy, które nam się przydarzyły, i wypominanie wszystkich wpadek.

– To prawda – zgodziła się z nią łaskawie Jadwiga, odrobinę uspokojona.

– No i owszem, ale wiesz, dziecko, że z wiekiem zmienia się sposób zapamiętywania – powiedziała zdławionym głosem Adela.

– Zaczniecie pamiętać tylko dobre rzeczy?

– Nie będziemy pamiętać, jaki dziś dzień, ale będę pamiętała, jaka była pogoda, kiedy Niemcy napadli na Polskę.

---

* Stephen King, *Mercedes*.

– Oj, babciu, nawet w planach jeszcze cię wtedy nie było. W żaden sposób nie uda ci się aż tak cofnąć pamięcią – zapewniła ją Kropka, przewracając omlet na drugą stronę.

– Jak wygląda ta nowa sąsiadka? – zapytała Jadwiga.

– Wysoka, chuda, płaska, włosy równie czerwone jak paznokcie, wysokie obcasy. Ogólnie rzecz ujmując, mało kobieca i wyjątkowo drapieżna, ale zdaje się, że Kropeczkowi się spodobała. Uważa ją za elfa.

– Z tego chłopca nic nie będzie – zawyrokowała Adela.

– Trzeba się nim zająć – poparła ją Jadwiga. – Z takim nastawieniem to wprowadzi nam do rodziny jakieś czupiradło.

– Ale to będzie jego czupiradło, babciu, i to on będzie z nim żyć.

– Ale prawnuki będą moje! – Zdenerwowana babcia Jadwiga uderzyła w stół dłonią tak mocno, że kok rozpadł się całkiem.

– Nasze, Jadziu, nasze!

– Tak, masz rację, Adelo, prawnuki będą nasze. Chyba nie chcesz, żeby na spacerze mówili do nas: – O, jaka śliczna małpka. A jaka podobna do prababci!

– Wiesz, Jadziu, nie sądziłam, że możesz być aż tak podła – powiedziała z wyrzutem jej przyjaciółka.

– Przecież nie powiedziałam, że nie będę kochać tej małpki, ale łatwiej byłoby mi ją kochać, gdyby nie była taka owłosiona!

Kropka nałożyła malin na omlet, zastanawiając się, jakim cudem ta rozmowa potoczyła się w takim kierunku. Usiadła przy stole, gotowa do interwencji, gdyby miało

298

dojść do rękoczynów. Niech mama śpi. Wyglądała na całkiem zadowoloną, kiedy wróciła do domu.

– A może i masz rację – zgodziła się Adela. – Z tym
Kropeczkiem to jeszcze będą problemy. Taki niewidoczny
w tym swoim pokoiku, że aż się nie chce wierzyć, że może
sprawić tyle kłopotów.

– Jakich kłopotów? – Emilia ziewnęła szeroko, wchodząc do kuchni. Słyszała tylko ostatnie zdanie. – I kto
jest niewidoczny?

– Nikt, mamo – odrzekła Kropka, uznając, że lepiej, aby
matka nie wiedziała, o czym mowa. Babcie i tak zaraz znajdą
sobie temat zastępczy i zostawią Kropeczka w spokoju.
Może sama powinna im go podsunąć? – Właśnie mówiłam
babciom, że poznały nową sąsiadkę.

– Nie chcę tego pamiętać – oświadczyła zdecydowanie
Emilia, wyjmując z lodówki mleko.

Płatki owsiane z otrębami i banan będą doskonałe
na śniadanie, uznała, zalewając je mlekiem i wstawiając
do mikrofalówki. Za minutę jedzenie będzie gotowe,
akurat jak zaparzy się kawa.

Jadwiga wbiła spojrzenie w swój rumianek, Adela zaczęła oglądać różowe paznokcie. Kropka uśmiechnęła
się do siebie.

– Niestety, nie da się o tym zapomnieć, bo nowa sąsiadka wyglądała na bardzo urażoną. Trzeba będzie ją
przeprosić – uznała Emilia.

– Ależ, Emilko, to nie nasza wina… – zaczęła płaczliwym tonem Jadwiga.

– Zdecydowanie nie. Byłyśmy niepoczytalne. Żaden
sąd by nas nie skazał.

– Tak, to wina doktora Perełki. To on nam coś dał.

– Myślę, że chciał nas uśmiercić.

– To raczej zbyt daleko posunięte stwierdzenie, ale chyba nas podtruł.

– Wciąż nie najlepiej się czujemy.

– O tak, z naszym zdrowiem różnie mogłoby się to skończyć.

– Macie ją przeprosić i już – oświadczyła Emilia. – Mam dość problemów z sąsiadami i bez was. Wszyscy myślą, że padłyście ofiarą zamachu!

– No... Taka możliwość...

– Żadna możliwość – przerwała im Emilia. – Same popsułyście windę!

– To ona!

– To przez nią!

– Cisza – warknęła, gdy zaczęły mówić jedna przez drugą.

Nawet Kropka spojrzała na nią ze zdumieniem. Z kim matka była na tej randce? I co tam się wydarzyło?

– Przez was Nowaczykowa zostawiła męża, Storczykowa podejrzewa Koperka, że jest seryjnym mordercą, Pancerek zaraz zostanie aresztowany nie wiadomo za co, a niektórzy wskazują palcem na Olejniczaka!

Kropka zakrztusiła się omletem. To akurat była sprawka jej matki, nie żadnej z babć. Jakim cudem powstała nowa wersja zdarzeń?!

– Mamo...

– Dziecko ty moje kochane, ja muszę pracować, nie mam czasu na dywagacje. Najlepiej będzie, jak babcie posiedzą dziś w domu i przestaną się rzucać w oczy sąsiadom. – Emilia mrugnęła do niej porozumiewawczo, po czym wyjęła płatki z mikrofali, wzięła kawę i wyszła z kuchni. Zje u siebie i przy okazji może sama przejrzy parę profili, zamiast czekać, aż ktoś się do niej odezwie.

Kropka nie zamierzała jednak odpuszczać. Wpadła do pokoju matki jak burza, zatrzasnęła za sobą drzwi, oparła się o nie całym ciałem i powiedziała:

– Zwalenie winy na babcie było podłe.

– Wiem – odparła spokojnie Emilia, siadając przy biurku.

– I bardzo pomysłowe – przyznała dziewczyna.

– Owszem. – Była bardzo z siebie zadowolona. – To powinno utrzymać je z dala od kłopotów, dopóki nie wymyślę, jak je rozwiązać. Nie chcę, żeby namąciły jeszcze bardziej, niż ja to zrobiłam do tej pory.

– Tak jak ty namąciłaś, mamo, to nawet one nie dałyby rady – stwierdziła Kropka, siadając na łóżku.

– Wiem, dziecko, wiem, ale na razie nie mam pojęcia, co z tym zrobić, więc zajmę się czymś innym, a rozwiązanie przyjdzie samo! – Emilia piła spory łyk kawy. Obsztorcowanie Adeli i Jadwigi kosztowało ją tyle nerwów, że zapomniała dolać mleka.

– Mamo, w życiu to nie działa tak jak w książce.

– Jest szansa, że wszystko samo się rozwiąże.

– To też nie działa. Z nicnierobienia tylko kłopoty robią się same, nie rozwiązania – pouczyła ją córka.

– Dziecko moje kochane, zanim poszłam na randkę, opowiedziałam wszystko policji.

– Rany boskie! – jęknęła Kropka. – Napuściłaś policję na tych wszystkich biednych ludzi?!

– Przecież i tak ich podejrzewali, więc teraz podejrzewają trochę bardziej. Ale nie o to chodzi. Teraz policjanci to wszystko posprawdzają i jeśli nic nie znajdą, to będzie tak, jakby ci wszyscy przez cały czas byli niewinni. Nowaczykowa wróci do męża, bo przecież to nie on zabił, jeśli on ją zechce, gdy się wyda, że go zdradzała z monterem. Olejniczak i tak nie będzie wiedział, o co chodzi, bo jest

301

pijany. A tamci Koperek, Pancerek i ten z listu gończego, nazwisko wyleciało mi z głowy, jeśli są niewinni, to nie mają się czego obawiać.

– A jak się wyda, że to przez ciebie?

– Może się nie wyda – odrzekła z nadzieją w głosie Emilia. – Poza tym rozmawiałam tylko z Nowaczykową i Storczykową. Nikt nie wie, że rozmawiałam też z policją. Po sąsiadach nie gadałam, więc co miałoby się wydać?

Kropka westchnęła, bynajmniej nieprzekonana. Nie wierzyła, że Nowaczykowa czegoś nie chlapnęła, a Storczykowa to na sto procent wszystko rozgadała, gdzie tylko mogła. Dziewczyna czuła przez skórę, że to jeszcze nie koniec problemów. Zabójca nadal gdzieś tu krążył.

– Jak tam randka? – zmieniła temat.

Emilia oderwała się od laptopa.

– Nie było randki – powiedziała, z zażenowaniem drapiąc się po głowie.

– Wróciłaś o trzeciej nad ranem – stwierdziła nastolatka. – Nie kituj, mamo. Wiesz, że możesz mi powiedzieć wszystko. Zrozumiem i nie będę krytykować. No dobrze, może i nie zrozumiem, ale obiecuję, że nie będę krytykować – zarzekała się, coraz bardziej zaciekawiona nocnymi ekscesami matki.

Emilia z wahaniem przygryzła wargę. Ostatecznie dlaczego nie? Nic złego nie zrobiła. Nie ma czego się wstydzić. Chyba nie ma czego, bo w końcu ilu kobietom randka ucieka sprzed nosa?

– Dziecko ty moje kochane – zaczęła niepewnie. – Są w życiu kobiety rzeczy, które nie napawają jej dumą…

– Daj spokój, mamo. – Kropka przewróciła oczami.

– Seks na pierwszej randce to nie zbrodnia, pod warunkiem

że nie odbywa się za każdym razem na pierwszej randce, bo wtedy to jest pospolite puszczalstwo.

– No wiesz co? – oburzyła się Emilia. – Może twoje pokolenie tak postępuje, ale nie moje!

– Jasne, Kropeczek prawie był na świecie, jak wychodziłaś za mąż, i zanim zwalisz winę na babcie, uprzedzam, że potrafię liczyć. Nie wmówisz mi, że był wcześniakiem, bo musiałby się urodzić w trzecim miesiącu twojej ciąży, a to niemożliwe. Wiem, że cuda się zdarzają, ale nie aż takie.

– Czasami się zastanawiam, po kim ty jesteś taka rezolutna – mruknęła jej matka.

– Ktoś w tej rodzinie musi być. Więc? Nie zmieniaj tematu i wróćmy do twojej randki. Skoro seksu nie było, to co było? – pytała zaciekawiona.

– Tadeusz K. uciekł – wyznała Emilia, patrząc błagalnie na córkę. Nie śmiej się ze mnie, błagam, tylko się nie śmiej, zdawały się mówić jej czekoladowe oczy.

– Uciekł? – zdziwiła się Kropka. – A ty go szukałaś do trzeciej nad ranem?

– Nie jestem pewna, czy wolę, jak uważasz mnie za puszczalską czy za idiotkę… – powiedziała Emilia. Podejrzewała, że musi mieć dziwną minę, jednak bez lustra nie potrafiła tego stwierdzić.

– No dobrze. Lepiej sama opowiedz, już nie przerywam.

– Tadeusz uciekł… – zaczęła mówić, ale Kropka znów jej przerwała:

– Jak to uciekł? Co z nim jest nie tak?

– O! Dziękuję ci, moje dziecko drogie. Marek też tak powiedział!

– Jaki Marek?! Przecież umówiłaś się z Tadeuszem!!!

– Tadeusz uciekł, a Marek się do mnie dosiadł.

– Marek od Agaty? Spędziłaś cały wieczór i noc z wymyślonym facetem?!

– Kropka, ja wiem, że nie jestem taka jak inne matki. I czasami to ty jesteś matką lepszą ode mnie, ale nie przesadzaj! Nie jest jeszcze ze mną tak źle! I uprzedzam!

– Wycelowała w nią groźnie palec. – Jak będziesz mi przerywać, to nic nie powiem!

– Cześć wszystkim! – Do sypialni wbiegła Wieśka, zrzuciła czerwone szpilki i z rozłożonymi ramionami padła na łóżko. – Jestem wykończona, a jeszcze nie ma dziesiątej! Miałam już trzy spotkania, wypiłam cztery kawy. Klienci powinni całować mnie w dupę z wdzięczności, bo dla nich dorabiam się nadciśnienia i wieńcówki! Nie ty, rzecz jasna, bo ciebie kocham i robię to wszystko nie tylko dla pieniędzy, ale też z przyjaźni! Co jest? Przeszkodziłam w czymś? Macie rozmowę wychowawczą? Mów, Kropka, co Emilia zmalowała! – zażądała, siadając na łóżku.

– Właśnie próbuję się dowiedzieć.

– Aha, przeszkodziłam w czymś? Nie szkodzi, chętnie posłucham, a wy kontynuujcie. – Spoglądała wyczekująco to na jedną, to na drugą.

– Mama była na randce, z której wróciła o trzeciej nad ranem – poinformowała ją latorośl jej ulubionej autorki.

– Jednak istniejesz! – wykrzyknęła do sufitu.

– Z Tadeuszem. Ale Tadeusz zwiał.

– Zwiał? – zdumiała się agentka. – Co z nim jest nie tak?

– Właśnie to samo powiedziałam – oświadczyła z uśmiechem Kropka.

– Jesteś okrutny. – Wieśka znów spojrzała na sufit.

– Dlaczego rozmawiasz z moim sufitem? – zapytała podejrzliwie Emilia.

– Bo gdzieś tam jest Bóg.

– W moim suficie? – Emilia niepewnie spojrzała w górę.

– Podobno w niebie, ale sufit mi je zasłania, a przez okno głupio wyglądać.

– Może kwestię istnienia Boga w suficie przedyskutujecie później, dobrze? – zaproponowała Kropka.

– Mnie teraz bardziej obchodzi randka, bo skoro Tadeusz zwiał, a mama mówi, że nie szukała go do trzeciej nad ranem, to chcę wiedzieć, co robiła przez większą część nocy.

– Wiesz, Kropka, przedstawiłaś to w taki sposób, że ja też jestem bardzo zaintrygowana – powiedziała Wieśka, błyskawicznie porzucając sufitowe rozważania.

– To ja może zacznę od początku. Jak już miałam wychodzić...

– Co włożyłaś? – przerwała jej agentka.

– A jakie to ma znaczenie?

– Jeszcze nie wiem, ale może mieć.

– Dżinsy, bluzka w kratkę...

– Rany...

– Wyglądała ładnie – przerwała Wieśce Kropka.

– Nie mówię, że ma się ubierać zdzirowato, ale przecież nie szła na zebranie rodziców do szkoły!

– Mów dalej i wcale jej nie słuchaj – poleciła matce.

– Wtedy przyszli policjanci i żeby sobie poszli, to ja im opowiedziałam kilka ciekawostek, żeby przestali podejrzewać ciebie. – Emilia wolała nie dodawać, że chlapnęła także coś, przez co mogliby na powrót zacząć podejrzewać Wieśkę.

– Co to ma do rzeczy? – zapytała tamta.

– Staram się opisać mój stan emocjonalny, ponieważ byłam spóźniona, przejęta, zdenerwowana randką i przeżywałam całą gamę emocji, do tego przejechałam na czerwonym świetle na tym skrzyżowaniu, gdzie są kamery, więc na pewno jeszcze dostanę mandat!

– Dobrze, dobrze, już nie przerywam. – Wieśka uniosła ręce do góry. – Po prostu dopłyń do brzegu, zanim sama się utopię!

– Okej. Sytuacja wyglądała tak: wchodzę do kawiarni kwadrans spóźniona. Przy stoliku koło wejścia siedzi samotny facet w odpowiednim wieku, ma przed sobą filiżankę kawy. Podchodzę, przedstawiam się, wyrażam wdzięczność, że zaczekał, a on mówi, że to nie on.

– Jak to, nie on? – zdziwiła się Wieśka.

– Ja smerdolę! – jęknęła Kropka. – Tylko tobie mogło się coś takiego przytrafić.

– Z tym akurat się zgadzam. – Emilia potrafiła być samokrytyczna. – Scena druga. Podchodzę do stolika z właściwym facetem, a przynajmniej mam nadzieję, że tym razem facet jest właściwy. Pytam, czy Tadeusz, on odpowiada pytaniem, czy Emilia. Okej, tym razem trafiłam. Tak się ucieszyłam, że zaczęłam gadać jak nakręcona! Przeprosiłam go za spóźnienie, wyjaśniłam, że to wina policji, która mnie przesłuchiwała w sprawie morderstwa, które w mojej ocenie nie jest istotne, ale tylko dlatego, że nic nie wiem, a nie dlatego, że nie żal mi zabitego, kimkolwiek by był. Facet spytał, dlaczego to mnie przesłuchują, skoro nic nie wiem. Powiedziałam, że podejrzewają moją najlepszą przyjaciółkę, ale ona nie mogła zabić byłego kochanka, bo w tym czasie była z nowym kochankiem – mówiła szybko Emilka, starając się jak najdokładniej wszystko wyjaśnić, zanim znów któraś z tamtych jej przerwie.

– I w tym momencie przypomniał mi się pomysł Wieśki z wychodzeniem za mąż, więc zapytałam tego mężczyznę, co sądzi o otwartym małżeństwie zawartym tylko dla seksu i...

– Nie zrobiłaś tego! – wykrzyknęła ze zgrozą Kropka.

– Sama powiedziałaś, że są tacy, którym by to odpowiadało – odparła obronnym tonem Emilia.

– Mamo, masz zakaz spotykania się z mężczyznami, którym by się to spodobało – oświadczyła groźnie dziewczyna.

– Mnie też się to nie podoba, ale ja tylko zapytałam, choć nie mam pojęcia, dlaczego to zrobiłam, a on w tym momencie podziękował mi za przybycie i sobie poszedł. Nie jestem pewna, co go odstraszyło. Policja czy małżeństwo... – zastanawiała się Emilia.

– Na moje oko całokształt – odezwała się Wieśka. – Jednak mam wrażenie, że to jeszcze nie koniec. Ciąg dalszy poproszę.

– Właśnie. Scena trzecia. Zostaję sama przy stoliku bez herbaty jaśminowej, której nie zdążyłam zamówić, a w tym momencie podchodzi do mnie niewłaściwy facet, który mógłby być tym właściwym, gdyby nie był żonaty, i pyta, czy może się dosiąść.

– Chwila! – znów przerwała jej Kropka. – Spędziłaś noc z żonatym mężczyzną?!

– Emilio, nawet ja nie robię takich rzeczy. Żonaty oznacza kłopoty. Nie wiesz, kim jest jego żona i co może ci zrobić – powiedziała ostrzegawczo Wieśka.

– Ale to nie była randka – zarzekała się Emilia. – Dlaczego żona Marka miałaby być zła o naszą nierandkę, skoro sama go zostawiła?

– Tak ci powiedział? – rzuciła z ironią agentka.

– Mógł się nie przyznawać – odparowała. – Nawet nie trzymaliśmy się za ręce! Chcecie wiedzieć, co było dalej? Bo jak nie, to ja mogę zakończyć opowiadanie w tym właśnie momencie i zostaniecie pozbawione możliwości, by próbować mi odebrać szacunek do samej siebie!

Wieśka ze zdumieniem spojrzała na Kropkę. W odpowiedzi nastolatka uniosła brwi i wzruszyła ramionami. Ona też nie wiedziała, skąd się wziął ten buntowniczy duch łagodnej, ugodowej zazwyczaj matki.

Emilia uznała ich milczenie za zgodę na kontynuowanie opowieści.

– Wiecie co? To zadziwiające – powiedziała z zadumą. – Siedzą tu trzy różne pokolenia i jesteśmy najlepszymi przyjaciółkami. Niesamowite.

– Bardzo, ale bardziej interesuje mnie ciąg dalszy – ponaglała ją Wieśka, która na ogół nie grzeszyła sentymentalizmem.

– Mnie właściwie też – mruknęła Kropka, przyznając w myślach, że mogłaby być przyjaciółką swojej matki, bo ta naprawdę potrzebowała solidnych przyjaciół, ale Wieśki? Lubiła ją, bo czemu nie, ale zaraz przyjaźń? Hm, to chyba zbyt daleko idący wniosek na określenie łączących je relacji.

– W scenie trzeciej Marek podchodzi do mojego stolika i pyta, czy może się dosiąść, bo skoro uciekła mi randka, to może spędzimy ten wieczór razem.

– Tak powiedział? – zdumiała się dziewczyna.

– Nie dosłownie, jednak nie będę powtarzać całej naszej rozmowy. Skrót podaję. Konspekt taki robię. On przynajmniej nie uciekł, słysząc o trupie w piwnicy i mojej amnezji, nie uznał otwartego małżeństwa za dobry pomysł i zaimponowałam mu, że jestem pisarką, chociaż sam babskich powieści nie czyta. Do tego nie uznał mnie za wariatkę, jak mu powiedziałam, że wcale nie przypomina Marka, bo wyobrażałam go sobie zupełnie inaczej. Wydawał się rozbawiony i powiem wam szczerze, że jak na nierandkę bawiłam się doskonale. Od razu ustaliliśmy nasze stany cywilne i umówiliśmy się na wspólne spędzenie wieczoru. Ja zostałam uratowana przed dołkiem psychicznym, a Marek przed samotnym upijaniem się w domu. Wybraliśmy się do kina na komedię romantyczną, która była raczej absurdalna niż romantyczna, zjedliśmy kolację, a potem poszliśmy potańczyć do jakiegoś klubu, gdzie puszczali muzykę z lat siedemdziesiątych i osiemdziesiątych. I to wszystko.

– Scena czwarta. Powrót do domu – ogłosiła Kropka.

– Coś w tym stylu – przyznała Emilia, wspominając, jak wślizgiwała się cichaczem do mieszkania, starając się nikogo nie obudzić. Korciło ją, by zajrzeć do matki i teściowej, ale w końcu uznała, że jakaś siła musi nad nimi czuwać, skoro jeszcze nikt ich nie zamordował, zatem są bezpieczne.

– I to wszystko? – spytała zawiedziona Wieśka.

– Właściwie tak, bo przed zaśnięciem zastanawiałam się, jak to możliwe, że przy Tadeuszu K. zjadł mnie stres, a przy Marku nie. Doszłam do wniosku, że przy Marku mogłam być sobą, bo nie byłam na randce i to mi odpowiadało.

– A na randce nie powinnaś być sobą? – zapytała zdumiona Kropka.

– Pewnie powinnam, ale nie skończyło się to dobrze.

– Moim zdaniem bardzo dobrze – oświadczyła Wieśka. – Skoro ten facet nie wytrzymał ciebie samej, to wyobraź sobie, jak skacze przez okno z drugiego piętra prosto na główkę, żeby przypadkiem go nie odratowano, kiedy już poznał twoją rodzinę.

– Hej – zaprotestowała Kropka – ja jestem normalna!

– Powiedzmy. – Wieśka machnęła na nią ręką, żeby siedziała cicho. – Rzecz w tym, żebyś zawsze była sobą. Jeśli musisz przy mężczyźnie udawać kogoś, kim nie jesteś, to znaczy, że jemu nie chodzi o ciebie, tylko o to, co mu demonstrujesz, więc kij mu w... oko – zreflektowała się w ostatniej chwili, że obok siedzi dziecko. Może mądrzejsze od nich obu, jednak dziecko.

– Wiesz, Wieśka – przyznała Emilia – jak na ciebie, to naprawdę mądrze powiedziane.

– Wybaczam ci, bo wiem, że nie chciałaś mnie obrazić – odparła łaskawie agentka. – Czyli w naszym tekście nadal nie ma seksu i nie będzie, bo nie udało ci się zaliczyć ani jednej przyzwoitej randki?

– Raczej udało się mamie zaliczyć bardzo przyzwoitą nierandkę – skwitowała Kropka.

– Emilio, ja nie chcę wiedzieć, jak to ty zrobisz, ale masz czas do końca tygodnia, żeby zaliczyć nieprzyzwoicie przyzwoitą randkę. Czy ty mnie rozumiesz? – powiedziała stanowczo agentka.

– Do końca tygodnia? Przecież jest sobota! – wykrzyknęła pisarka.

– Jestem zaskoczona twoją pewnością co do dnia tygodnia, mamo – zakpiła córka.

– Mamy dziesiątą rano, a ty nie jesteś w szkole. Nie kichasz, nie prychasz, nie masz rozwolnienia, bo siedziałabyś w toalecie, a nie na moim dywanie, zatem nie jesteś chora. Musi więc być sobota – oświadczyła bardzo dumna z siebie Emilia.

– Okej, racja. Do końca przyszłego tygodnia – wyznaczyła kolejny realny w jej mniemaniu termin Wieśka.

– A nie mogę sobie po prostu wyobrazić tego całego seksu? Czy ja go muszę uprawiać? – zapytała żałośnie pisarka.

– Wiecie co? Na mnie już pora – uznała nastolatka. – To jest ta sfera życia rodziców, o której zupełnie nie chcę nic wiedzieć. – Zerwała się z dywanu i w dwóch krokach znalazła się przy drzwiach. – Tylko używaj prezerwatyw – poradziła matce, nim wyszła. – Chronią nie tylko przed kolejnymi Przecinkami, ale przede wszystkim przed chorobami.

– Młoda ma rację. Jak nie masz swoich, to mogę ci coś dać. – Wieśka otworzyła torebkę. – Wolisz truskawkowe czy malinowe?

Emilia milczała. Nikt tak nie potrafi człowiekowi odebrać radości życia, jak rodzina i przyjaciele. Do tego owsianka zamieniła się w bryłę, a kawa ostygła. W tej książce happy endu nie będzie. Może Marek powinien się zabić, ratując kotka? Wtedy ten cały seks byłby zupełnie nie na miejscu.

Adela skończyła upinać kok na głowie Jadwigi. Włożyła ostatnią wsuwkę na miejsce, zrobiła dwa kroki w tył, obejrzała dokładnie swoje dzieło i z zadowoleniem skinęła głową.

– Doskonale. Teraz nic nie powinno wypaść. Chcesz jeszcze lakier na włosy? – zapytała.

– Nie, jak wsuwki są tam, gdzie powinny, to nie ma takiej potrzeby.

Jadwiga kręciła głową w prawo i lewo, by lepiej zobaczyć efekt końcowy w postawionym na stole kuchennym lustrze.

– Może być – zgodziła się łaskawie.

Adela już otworzyła usta, by rozpocząć kłótnię, ale po chwili namysłu zrezygnowała. Widać aspiryna pomogła nie tylko na ból głowy, lecz i na zachowanie.

– Musimy się zastanowić, jak odkręcić to, co nakręciłyśmy – powiedziała.

– Wiem. – Jadwiga westchnęła. – Zastanawiam się tylko, jak to się stało, że tyle nakręciłyśmy, a ja nic z tego nie pamiętam!

– To wszystko przez tego konowała. Już ja bym mu nagadała, ale nie pojadę specjalnie do szpitala! – zawołała wojowniczo Adela.

– Może dowiedzmy się, gdzie mieszka? – zaproponowała tamta.

– Szkoda naszych talentów detektywistycznych na kogoś takiego. Lepiej wykorzystajmy je w zbożnym celu. Musimy odkręcić to, co nagadałyśmy – zadecydowała matka Emilii.

– Wiesz, Adelo, nie jestem pewna, czy ty masz rację – zaczęła powoli mówić Jadwiga. Widać było, że naprawdę się zastanawia. – Pamiętasz nasz plan, żeby jednych sąsiadów napuścić na drugich, a przez to zmotywować ich do szukania zabójcy?

– Pamiętam. I co?

– Jak to, co? Adelo, ten plan nam się chyba udał!

– Jak to się stało? – zdziwiła się Adela.

– Nie pamiętam, ale z tego, co mówiła Emilka, plan działa.

– Czy nie utknęłyśmy w windzie, zanim się zabrały-
śmy do jego realizacji? – myślała głośno Adela, czując,
że ma taką lukę w pamięci, że nawet tego nie może sobie
przypomnieć.

– Owszem, Adelo, ale rozważam możliwość, że być może
ta... khy khy... awaria windy dała ludziom do myślenia.
Nie wykluczam też, że mogłam powiedzieć coś, co zmusiło
mieszkańców, by pomyśleli o swoim poczuciu bezpieczeństwa – rozważała głośno swój udział Jadwiga.

– Dlaczego sądzisz, że to ty zwróciłaś uwagę ludzi
na tę sprawę? – zapytała zgryźliwie Adela.

– Bo ty nie odezwałaś się ani słowem, gdy strażacy
wyciągali nas z windy – odparowała Jadwiga, nie godząc
się, by odebrano jej zwycięstwo w batalii, o której nikt
poza nimi dwiema nie wiedział.

– Chcesz powiedzieć, że to twoje osiągnięcie, a ja nic
nie zrobiłam?! – zawołała zdenerwowana umniejszaniem
jej roli Adela.

– Właściwie można uznać, że to ty dałaś mi impuls
do działania, rozwalając ten panel w windzie. Gdybyśmy
tam nie utknęły, to ja bym nie krzyczała, że ktoś chciał nas
zamordować. Myślę, że to nasz wspólny sukces, Adelo
– oświadczyła pojednawczo jej wspólniczka.

– Myślę, że masz całkowitą rację, Jadwigo – łaskawie
zgodziła się mile połechtana Adela. – Ale skoro zrealizowa-
łyśmy nasz plan, to dlaczego mamy cokolwiek odkręcać?

– A wiesz, moja droga, że ty masz rację – zdumiała się
Jadwiga. – Myślę, że naszym celem powinno być dopil-
nowanie, by plan zakończył się pełnym sukcesem, czyli
ustaleniem, kim jest zabójca.

– Aż tak daleko nie zamierzałyśmy się posunąć... – zauważyła jej przyjaciółka, tracąc odrobinę pewności siebie.

– Owszem, ale sytuacja tak się rozwinęła, że byłoby grzechem z naszej strony, gdybyśmy zaniechały dochodzenia sprawiedliwości.

– Tak uważasz?

– A ty nie?

– Nie jestem pewna, co myślę na ten temat, bo od sprawiedliwości jest sąd.

– Ale do sądu trzeba najpierw jakoś tego sprawcę doprowadzić, nie uważasz?

– A czy od tego nie jest policja?

– Ależ, Adelo, czy chcesz się wycofać?

– W żadnym razie, Jadwigo! – odparła tamta. – Rozważam tylko możliwość realizacji tego przedsięwzięcia. Winda nie działa. Ty jesteś unieruchomiona. Nie jestem pewna, jaka miałaby być moja rola w tym wszystkim.

– Jak to, jaka? Musisz zebrać informacje. Z tego, co mówiła Emilka, wynika, że w bloku wrze jak w ulu! Musimy zebrać informacje, posegregować je, wyłowić z nich esencję i poinformować właściwe organy!

– Czyli kogo? – zdziwiła się Adela.

– No tego przystojnego policjanta! – wykrzyknęła Jadwiga.

– To dlaczego nie powiedziałaś tak od razu?!

– Powiedziałam, tylko ty nie zrozumiałaś!

– Jak miałam zrozumieć, skoro każde słowo owijasz w bawełnę, zamiast powiedzieć wprost!

– Już bardziej wprost się nie da!

– To znaczy, że jestem głupia?!

– Nigdy bym tak nie powiedziała!

– Ale tak uważasz?!

– Nigdy bym się nie ośmieliła!

– Nie mogłaś po prostu powiedzieć: NIE?!

– Przecież powiedziałam, tylko ty nie zrozumiałaś!

Kropeczek i Maciek zgodnie wycofali się na schody. Nie zamienili ze sobą ani słowa, nawet nie spojrzeli na siebie. Tyle razy grali w jednej drużynie, że byli jak bliźniaki syjamskie.

– Wasze pterodaktyle wczoraj były mniej straszne – szepnął chłopak.

– Wczoraj były naćpane. Dziś stały się sobą – wyznał szeptem przestraszony Kropeczek.

– Musimy komuś powiedzieć.

– Zwariowałeś? Ty wiesz, co one ze mną zrobią? – przeraził się Kropeczek.

– Zadziobią?

– Słuchaj, Maciek, ty tu nie mieszkasz. Przychodzisz i idziesz do domu, a ja tu zostaję. Rozumiesz, bracie?

– Rozumiem, stary. – Maciek poklepał go po ramieniu. – Ty tu musisz żyć.

– No właśnie. – Kropeczek odetchnął z ulgą.

– Ja to wszystko rozumiem, ale jestem głodny – pożalił się kolega.

– Powinienem mieć trochę kasy. Chodźmy na pizzę – zaproponował Kropeczek.

– Jest tu drugie wyjście? – zapytał Maciek, zerkając z niepokojem w stronę kuchni.

– Nie ma – odparł ponuro Kropeczek.

– To co robimy?

– Przebijamy się!

– Dobra. Jestem gotowy. Po prostu powiedz kiedy.

Kropeczek skinął głową. Nabrał powietrza, wypuścił je, uniósł rękę w górę i odliczył do trzech. Gdy potem zacisnął dłoń w pięść, Maciek wiedział, że to sygnał do działania. Obaj rzucili się biegiem w stronę drzwi wyjściowych.

– Słyszałaś coś? – Jadwiga spojrzała w stronę korytarza.

– Nie, ale odnoszę wrażenie, że coś przemknęło mi przed oczami – odparła niepewnie Adela.

– Co takiego?

– Nie wiem. Nie mam okularów.

– Przecież ty nie nosisz okularów!

– Może powinnam… – powiedziała z wahaniem.

– Nieważne – zbagatelizowała Jadwiga. – Winda nie działa, ja nie mogę wyjść z domu. Musisz to zrobić sama.

– Co takiego? – zdumiała się jej wspólniczka.

– Musimy się dowiedzieć, co się dzieje w bloku, a następnie umiejętnie tym pokierować.

Adela przyglądała jej się z namysłem. Jadwiga zachowywała się jak generał przed bitwą – z tą różnicą, że nie siedziała na siwym rumaku, tylko na wózku inwalidzkim. Zamiast uniesionej nad głową szabli trzymała w górze zagipsowaną nogę.

– Nie mogę chodzić od drzwi do drzwi – powiedziała w końcu Adela.

– Jest sobota. Ludzie będą robić zakupy. Usiądź na ławeczce na placu zabaw. Wszyscy koło niego przechodzą – doradziła jej Jadwiga.

– To jest pomysł – przyznała tamta ośmielona. Jest jasny dzień. Na placu zabaw zawsze ktoś się znajdzie. Nowaczykowa wychodzi codziennie z tą uroczą małą dziewczynką. Zaczniemy od niej.

Pancerek powoli szedł po schodach, niosąc torbę z zakupami. Wprawdzie w ich klatce winda działała, ale traktował to jako rodzaj codziennego ćwiczenia. Na korytarzu pojawiła się Kopidłowska z najmłodszym z dzieci.

– Dzień dobry pani. – Ukłonił się uprzejmie.

Kobieta spojrzała na niego jak na potwora, po czym cofnęła się szybko do mieszkania i zatrzasnęła drzwi. Zaskoczony zachowaniem sąsiadki stał chwilę pod jej drzwiami. Zdaje się, że o chwilę za długo, bo drzwi się otworzyły i stanął w nich sam Kopidłowski.

– Dzień dobry, panie Kopidłowski – powiedział równie uprzejmie jak wcześniej Pancerek.

– Zaczepiasz pan moją żonę, Pancerek? – zapytał groźnie sąsiad, wychodząc na korytarz.

– Ależ skąd. – Księgarz poczuł, jak na jego twarzy pojawia się rumieniec wstydu, a czoło pokrywa pot.

– Pancerek, ja się znam na ludziach. Mnie nie oszukasz tą swoją uprzejmością. Zapamiętaj sobie, że mam cię na oku – oświadczył groźnie tamten.

– Ależ to pomyłka... Ja... Nie jestem pewien czy... – jąkał się wystraszony mężczyzna.

Kopidłowski podwinął rękawy koszuli i zbliżył się do wystraszonego księgarza. Górował nad nim nie tylko wzrostem, ale i siłą.

– Trzymaj się z dala od mojej rodziny! – warknął ostrzegawczo.

Pancerek potulnie skinął głową, bo cóż innego mógł uczynić, po czym przemknął szybko obok rozzłoszczonego sąsiada i najszybciej, jak tylko mógł, zniknął w swoim mieszkaniu.

Na widok Nowaczyka pani Storczykowa zaniemówiła.

– Dzień dobry – powiedział znużony.

Przez całą noc nie zmrużył oka. Chciał jechać do żony, jednak miała wyłączony telefon, a teściowa, do której zadzwonił, zagroziła mu policją, jeśli zbliży się do jej domu.

– Pan tutaj? – Drżący głos sąsiadki przypominał skrzek.

– A gdzie miałbym być? – zdziwił się. – Jest sobota. Mam wolne.

– No tak, ale wczoraj była u pana policja. Myślałam, że pana... no tego... aresztowali – wyjaśniła zmieszana.

– A za co? – spytał zaczepnym tonem.

– Panie Nowaczyk, ja tam zawsze pana lubiłam – oświadczyła zdenerwowana kobieta, cofając się w stronę drzwi od mieszkania. – Co inni gadają, to mnie nie obchodzi.

– Nie rozumiem...

– Żona pana zostawiła i...

– Pani Storczyk! – Nowaczyk nie wiedział, że jest zdolny do takiego gniewu. – Niech się pani nie miesza w nie swoje sprawy!

– Ja? – pisnęła wystraszona.

– To sprawa między moją żoną a mną!

– To tylko pan tak uważa! – Aż się zdziwiła, skąd u niej tyle odwagi.

– Pani Storczyk... – Zrobił krok w jej stronę, ale w tej samej chwili sąsiadka wrzasnęła przeraźliwie i uciekła do swojego mieszkania.

Nowaczyk zatrzymał się zaskoczony zarówno jej wrzaskiem, jak i całym zachowaniem, po czym wzruszył ramionami i odszedł.

– Adam! – krzyknęła Amanda tak okropnym głosem, że doktor Perełka wyskoczył z łazienki, nie zawracając sobie głowy pianką do golenia na twarzy.

– Co się stało, ptaszku? – spytał przestraszony.

– Na naszej klatce krzyczała kobieta!

– I? – Spojrzał pytająco na żonę.

– Jak to co, ty żałosna namiastko mężczyzny! Sprawdź, co się dzieje! Może ktoś potrzebuje pomocy!

– Oczywiście, kochanie – przytaknął i tak jak stał, z ręcznikiem owiniętym wokół bioder, wyszedł na klatkę schodową. Amanda dreptała tuż za nim.

– I co? – zapytała.

– Nikogo nie ma. – Wzruszył nagimi ramionami. W tej samej chwili usłyszeli głośny krzyk.

Adela właśnie wyszła z mieszkania, by pomaszerować na plac, gdy na klatce rozległ się przeraźliwy krzyk, a chwilę później zobaczyła zbiegającego po schodach Nowaczyka. Sąsiad minął ją bez słowa i pognał na dół. Adela bez zastanowienia pośpieszyła na górę, by sprawdzić, co się stało. Weszła na półpiętro, gdy jej oczom ukazał się nagi mężczyzna.

– Ratunku! Ratunku! – zaczęła krzyczeć, łapiąc się za serce.

– Zaraz pani pomogę! – powiedział doktor Perełka, biegnąc ku niej. Uruchomił się w nim instynkt lekarza, niestety, zupełnie nie w porę.

– AAAAAAAAAAAAAA! Zboczeniec!!!! – rozwrzeszczała się na dobre starsza kobieta, sięgając do kieszeni po nóż sprężynowy. – AAAAAAAAAAAA! – krzyczała, machając nim jak szalona w kierunku zbliżającego się napastnika. Osiągnęłaby efekt lepszy od zamierzonego, gdyby nacisnęła mechanizm uwalniający ostrze.

Wieśka, wychodząca z mieszkania Emilii, usłyszała nad sobą przerażony głos Adeli. W ułamku sekundy zrzuciła dwunastocentymetrowe szpilki i wbiegła na schody. W kącie na półpiętrze zobaczyła przyciśniętą plecami do ściany spanikowaną staruszkę w neonowym dresie, nad którą stał półnagi mężczyzna, unosząc ręce w górę. Wieśka nie dociekała, co się dzieje. Sama nie wiedząc kiedy, znalazła się przed Adelą i wymierzyła kopniaka prosto w osłonięte ręcznikiem krocze mężczyzny, który bez słowa, nie wydawszy z siebie jęku, zgiął się wpół i padł na kolana. Wieśka nie zwykła brać jeńców. Wyjęła z torebki pojemnik z gazem i prysnęła nim w oczy napastnika, po czym uderzyła go jeszcze pięścią w twarz. Perełka zwalił się bezwładnie na podłogę i tylko cicho jęczał.

– Co robisz, wariatko! – Z góry biegła kobieta o czerwonych włosach. – To mój mąż! On tylko chciał pomóc!!!

– Mordują! Mordują! – Jadwiga, słysząc krzyki przyjaciółki, wyjechała wózkiem na korytarz i zaczęła walić pięścią w drzwi sąsiadów. – Na pomoc!

– Co tu się, do diabła, dzieje?! – Na korytarzu pojawiły się Emilia z Kropką.

– Już wezwałam policję! – Z mieszkania, do którego dobijała się Jadwiga, wyszła Olejniczakowa, trzymając w ręku teflonową patelnię.

– Mąż czy nie mąż, ale ten zboczeniec napadł na Adelę! – krzyknęła wojowniczo Wieśka, kierując pojemnik z gazem prosto w twarz kobiety o czerwonych włosach. – Niech ktoś da pasek! Trzeba go czymś związać!

– Wieśka! Co tu się dzieje? – Emilia wbiegła na piętro, za nią podążała Kropka.

– Ten zboczeniec napadł na Adelę! – Agentka nadal trzymała gaz przed sobą, machając nim dokoła, by nikt się nie zbliżył.

320

– To mój mąż! – zawołała Amanda. – Pani Emilio, przecież pani go zna! On chciał tylko pomóc!

– Ależ pani Amando – powiedziała zdumiona Emilia, chwytając w ramiona roztrzęsioną matkę. – Ja nie znam pani męża!

– Jak to nie? Sama pani powiedziała, że to ten konował ze szpitala! – wrzeszczała tamta.

– Doktor Perełka? – zdumiona Emilia spojrzała na skulonego, pojękującego, nagiego teraz mężczyznę, bo przy upadku ręcznik się zsunął, odsłaniając zdecydowanie zbyt wiele. – Kropka, nie patrz! – poleciła.

– Oj, mamo, myślisz, że nie widziałam nagiego mężczyzny? – Dziewczyna komicznie przewróciła oczami. – Kto go tak załatwił?

– Ja! – oznajmiła z dumą Wieśka. – Napadł na Adelę!

– Na nikogo nie napadł! Na litość boską, mój mąż jest lekarzem! To jakaś koszmarna pomyłka!

– Co tam się dzieje?! – krzyczała unieruchomiona przez wózek Jadwiga.

– Niech się pani nie boi – powiedziała Olejniczakowa, stając obok staruszki. – Policja już tu jedzie. Damy radę! – Potrząsnęła wojowniczo patelnią.

– Ona kłamie, Emilko! On chciał mnie napastować! – łkała przerażona Adela.

– Ty stara wariatko! – wrzeszczała Amanda. – Myślał, że masz zawał!

– Nieprawda! – Adela błyskawicznie doszła do siebie. – Emilko, jak zobaczyłam, że ten nagi zboczeniec biegnie

321

na mnie po schodach... Oj, Emilko, jeszcze nigdy się tak nie bałam! Gdyby nie Wieśka, to strach pomyśleć, co mógłby mi zrobić!

– Usłyszał krzyk na klatce i wyszedł zobaczyć, czy ktoś nie potrzebuje pomocy! – broniła doktora żona.

– A Wieśka powaliła go jednym ciosem, a potem gazem mu po oczach, gazem! – opowiadała staruszka. – I potem jeszcze tak zrobiła! – Zwinęła drobną dłoń w piąstkę i wymierzyła cios w powietrze.

– Mamo, uspokój się. – Emilia starała się rozeznać w sytuacji. Na korytarzu gromadziło się coraz więcej ludzi.

– Kropka, idź do babci Jadwigi.

– To ten morderca? – zapytał Storczyk, stając w drzwiach. Miał mokre włosy, jakby właśnie wyskoczył spod prysznica. Zza niego wyglądała blada z przejęcia żona.

– Matko Boska... – wyjąkała Wieśka, z której zeszło całe napięcie i teraz zaczęła się trząść. – Powaliłam mordercę? Przecież on mógł mnie...

Emilia nigdy nie sądziła, że coś takiego jest możliwe, ale Wieśka spojrzała w górę, zatrzepotała powiekami, po czym zupełnie bez wdzięku zemdlała i upadła na zwiniętego w kłębek, pojękującego Perełkę.

Rzepka i Żurkowski z trudem zlikwidowali zbiegowisko na klatce schodowej. Gdy przybyli na miejsce, karetka właśnie odjechała, zabrawszy poszkodowanego lekarza. Na drugim i trzecim piętrze paru mieszkańców rozmawiało głośno ze spisującymi protokół funkcjonariuszami. Kilkoro ciekawskich sąsiadów z klatki obok, zaalarmowanych przyjazdem pogotowia i radiowozu, przybiegło sprawdzić, co się dzieje.

Kopidłowski z Koperkiem dyskutowali zawzięcie, gdy Żurkowski do nich podszedł.

– Panowie byli świadkami zdarzenia? Nie, to proszę wrócić do siebie – polecił, jako że obaj pokręcili przecząco głowami.

– To naprawdę ten morderca? – zapytał Koperek, stojąc w miejscu.

– Mamy prawo wiedzieć – poparł go Kopidłowski.

– Proszę panów, dopiero będziemy ustalać, co tu się wydarzyło, ale na chwilę obecną nie mam powodu, by podejrzewać doktora Perełkę o zabójstwo. Proszę iść do siebie.

– Więc to ten Pancerek – uznał Kopidłowski.

– Dysponuje pan informacjami w tym zakresie? – zapytał Żurkowski.

– O seryjnych mordercach zawsze się mówi, że byli zwyczajni i niewidoczni. Tacy są najgorsi – oświadczył Koperek.

– Moja żona też tak powiedziała – poparł go Kopidłowski. – Podobno kiedyś już był karany za przemoc, a jak go dziś pogoniłem, to prawie się zesrał.

– Pan Pancerek nie jest seryjnym mordercą. Proszę odejść, bo zatrzymam panów za utrudnianie.

Damian nie sprecyzował czego, ale chętnie aresztowałby ich za utrudnianie mu życia. Z tego, co widział, Magda radziła sobie trochę lepiej. Udało jej się odesłać do mieszkań panią Olejniczak i Storczykową.

– Dobra, jak pan chcesz – burknął z niechęcią Koperek, odchodząc.

– Do widzenia. – Kopidłowski, tracąc oparcie w sąsiedzie, podążył za nim.

Na klatce schodowej zostali wreszcie tylko oni i dwóch funkcjonariuszy z patrolu, którzy przyjechali do wezwania.

– Co tu się stało? – zapytała komisarz Rzepka.

– Kryminalna? – zdziwił się jeden z mundurowych.

– Nawet do trupa tak szybko nie przyjeżdżacie. Ktoś was zawiadomił?

– Inna sprawa – wyjaśnił Damian. – Co macie?

– Zgłaszająca nie była pewna, co się dzieje. Zgłosiła, że chyba napadnięto kobietę, bo słyszała wrzaski i wezwania pomocy.

– Z tego, co ustaliliśmy, ofiarą napaści była starsza kobieta, Adela Twardowska, matka Emilii Przecinek. Napastnik to Adam Perełka.

– Kto? – zdziwił się Damian.

– Adam Perełka. Lekarz. Jak dotarliśmy na miejsce, został już obezwładniony przez niejaką Wiesławę Paluch, która z nadmiaru wrażeń zemdlała, ale nie chciała jechać do szpitala. Twierdziła, że nic jej nie jest. Żona napastnika upierała się, że mąż chciał udzielić pierwszej pomocy, bo staruszka miała zawał, ta jednak zaprzecza. To tak w skrócie, bo wszyscy mówili jeden przez drugiego.

– Opowiedzcie mi o tym – poleciła Magda. Na jej twarzy widać było niebotyczną satysfakcję.

– Co mam powiedzieć? – zdziwił się policjant.

– Jak napastnik został obezwładniony – wyjaśniła rozmarzonym tonem.

Damian jęknął w duchu.

– Z zeznań wynika, że pani Paluch zobaczyła nagiego mężczyznę, wymachującego pięściami nad starszą panią. Kopnęła go w krocze. Następnie użyła gazu i na koniec uderzyła napastnika w twarz.

– Bardzo skutecznie. – Magda uśmiechnęła się szeroko.

– Wiesz, Damian – zwróciła się do partnera – wygląda mi

na to, że pani Paluch na wszelki wypadek nosi w torebce nie tylko prezerwatywy.

Zdenerwowana ofiara napaści, podparta poduchami, leżała na sofie w salonie, Jadwiga siedziała obok na wózku inwalidzkim i trzymała przyjaciółkę za rękę.

– Przecież ja mam siedemdziesiąt trzy lata – powiedziała Adela. – Czy nie powinnam być pod ochroną?

– Jaka ochroną? – zdziwiła się Jadwiga.

– Szczególną, Jadziu, szczególną. Czy to naturalne, żeby w moim wieku być napastowaną?

– Wiesz, Adelo, że ty masz rację. Gdy pomyślę, że ten człowiek dotykał mnie w szpitalu, ciarki mnie przechodzą.

– Jadwigo, on tylko badał ci puls!

– Jesteś tego pewna, Adelo? Nie pamiętamy wielu rzeczy z wczorajszego dnia...

– Och, mój Boże, myślisz, że to była tabletka gwałtu? Wiesz, ta, o której mówią w telewizji? Och, Jadwigo, nie mówili, że dają takie rzeczy w szpitalu!

– Przestańcie natychmiast – zażądała Emilia, wchodząc do salonu z tacą, na której niosła dzbanek ze świeżo zaparzoną melisą i filiżanki. – Nikt nie dostał tabletki gwałtu. Widziałam żonę doktora Perełki. Nie jesteście w jego typie!

– Czy to ta czerwonowłosa wydra? – zapytała Adela, która wprawdzie słyszała, jak ta kobieta nazwała doktora swoim mężem, ale przecież mogła go z kimś pomylić przez tę pianę na twarzy, bo jaka kobieta przyznałaby się do małżeństwa ze zboczeńcem?

– Hej! – oburzyła się Wieśka, usłyszawszy pytanie.

– Co? – zdziwiła się Jadwiga, widząc jej oburzenie.

– Co? To! – Agentka wskazała na swoją głowę i królującą tam czerwień.

– No wiesz, Wiesiu – oburzyła się Adela. – Nigdy nie wyraziłabym się o tobie w taki sposób.

– Nazywałaś mnie gorzej – wypomniała tamta.

– Ależ, Wiesiu, chyba potrafisz wybaczyć starszej kobiecie taką pomyłkę w ocenie twojego charakteru! – zawołała wzburzona Jadwiga.

– Wiesiu – zwróciła się z przekąsem Emilia do swojej agentki – posadź swoje cztery litery na fotelu.

– I tak. Żona doktora Perełki ma czerwone włosy. – Teraz zwracała się do pterodaktyli. – I nie, nie jest wydrą. Nie możecie obrażać ludzi, których nie znacie czy też nie lubicie, i ogólnie rzecz biorąc, macie zakaz obrażania kogokolwiek.

Kobiety zasznurowały zgodnie usta, łącznie z Wieśką, która wcale nie uważała wyrażania opinii o różnych osobach za ich obrażanie, jeżeli te osoby tego nie słyszały. Emilia nalała melisy do filiżanek i podała staruszkom.

– A teraz niech mi ktoś wreszcie opowie wszystko po kolei, bo trudno mi uwierzyć, że doktor Perełka napastował Adelę w środku dnia w publicznym miejscu.

– Mój Boże. – Wstrząśnięta Adela przyłożyła dłoń do ust. – Chcesz powiedzieć, że on chciał mnie zabić?!

– Mamo! – jęknęła Emilia, wznosząc wzrok ku sufitowi, jednak ten jak zwykle milczał. – Nikt nie chciał cię zabić.

– Dlaczego nie użyłaś tego noża sprężynowego? – zapytała Jadwiga, która aż zbladła na myśl, że jej towarzyszka omal nie padła ofiarą morderstwa.

– Wyjęłam go, ale ze zdenerwowania zapomniałam, jak się wysuwa ostrze – wyznała zmieszana Adela.

– To zupełnie zrozumiałe. – Przyjaciółka poklepała ją po ręce. – Nie co dzień kobieta staje się ofiarą tak brutalnej napaści.

– Czy ja jestem jedyną osobą, która dopuszcza możliwość, że to doktor Perełka stał się ofiarą brutalnej napaści? – zapytała z przekąsem Emilia.

Właściwie sama była zaskoczona swoim tokiem myślenia. W normalnych okolicznościach jej wyobraźnia pogalopowałaby przed siebie bez najmniejszych zahamowań, ale teraz siedziała cichutko jak myszka, pozostawiając sobie pole do popisu na lepsze czasy.

– Co ty mówisz? – oburzyła się Wieśka. – Gdybyś widziała biedną Adelę, sama byś go rozszarpała!

– O, Wiesia dobrze mówi! – poparła ją napadnięta.

– Była taka bezbronna, przerażona, malutka przy tym brutalu, że aż łza mi się kręci w oku na samo wspomnienie – powiedziała zdławionym głosem agentka, wyjmując chusteczkę z kieszeni spodni.

Adela prawie wkomponowała się w sofę, by wyglądać na jeszcze mniejszą i bardziej bezbronną.

– Słyszysz, Emilko? – Jadwiga pociągnęła nosem. – Gdyby nie Wiesia, zostałabyś sierotą.

– Na litość boską… – W tym momencie rozległ się dzwonek do drzwi. – To jeszcze nie koniec tej rozmowy – oświadczyła surowo Emilia.

Na korytarzu wpadła na Kropkę, która właśnie zbiegła ze schodów.

– Mamo, mam spore wątpliwości co do wersji zdarzeń opowiedzianej przez babcię Adelę – szepnęła.

– Ja też – odparła Emilia. – Mam nadzieję, że to nie żona doktora Perełki z pozwem sądowym.

Popatrzyła przez wizjer. Żurkowski i Rzepka. Jeszcze lepiej.

– Proszę, niech państwo wejdą – powiedziała, gdy otworzyła drzwi. – Policja bywa w tym domu częściej niż listonosz.

– Mamo! – jęknęła Kropka.

– Co?!

– Już nic – burknęła dziewczyna i poszła do salonu powiadomić domowników o przybyciu śledczych.

– Właściwie to panią rozumiem – powiedziała życzliwie Magda i korzystając z zaproszenia, weszła raźnym krokiem do mieszkania.

Damian mniej raźno podążał za nią. Zerknął na Emilię spod oka, ale od wczoraj coś się w niej zmieniło. Nie wyglądała na zagubioną. Wręcz przeciwnie – wydawała się zła, zdeterminowana i podminowana. Westchnął ciężko. No tak, to też kobieta. Czy gdyby się z nią umawiał, też musiałby prowadzić zapiski dotyczące jej cyklu miesięcznego, by wiedzieć, kiedy brać nadgodziny i nie bywać w tym domu?

– Czyżby? – Emilia spojrzała nieufnie na policjantkę.

– Ja też nie lubię, jak policja kręci mi się po mieszkaniu.

– Magda, przecież twój mąż też jest policjantem. – Damian był tak zdumiony, że chlapnął coś prywatnego, czego absolutnie nie powinien był powiedzieć.

– Dlatego wiem, o czym mówię. Możemy gdzieś spokojnie porozmawiać z panią Adelą? Zakładam, że pani Paluch nadal jest tutaj?

– Oczywiście, że jest. Bywa tu częściej niż u siebie. – Emilia nagle uprzytomniła sobie, że klepie trzy po trzy, a tak naprawdę wcale tego nie myśli. – Niech państwo wejdą. Jestem zbyt zdenerwowana, by pamiętać o uprzejmości.

– To też rozumiem – oświadczyła radośnie Magda.

– Uważaj, bo jeszcze zostaniecie najlepszymi psiapsiółkami – szepnął złośliwie Damian.

– Słucham? – Emilia spojrzała na niego podejrzliwie.

– Och, nic takiego. Kolega tylko się zastanawiał, co pani robi dziś wieczorem – poinformowała ją Magda, uśmiechając się niewinnie.

– Słucham?! – spytała pisarka takim tonem, że Damianowi zrzedła mina, a jego koleżanka zachichotała złośliwie.

– Możemy porozmawiać z panią Adelą? – zapytał spokojnie Żurkowski, wbijając wzrok we własne buty.

– Oczywiście – odparła, zerkając na niego niepewnie. Czy on nie jest od niej trochę młodszy? I… chyba jest gejem? Czy nie jest? Może to sobie wymyśliła? Cholerna wyobraźnia! Na co mi ona, skoro potem nie wiem, co sobie uroiłam, a co jest prawdą!

– Mamo, policja. Do ciebie. I do ciebie chyba też. – Popatrzyła na Wieśkę, która z dumą spojrzała na wchodzących funkcjonariuszy.

– Witam panie. Mamy kilka pytań – powiedziała komisarz Rzepka.

– Czy nie powinny być przesłuchane osobno? – zauważył kąśliwie Damian.

– Oczywiście. Najpierw poproszę panią Paluch. Możemy przejść do kuchni? – zaproponowała policjantka, uśmiechając się do Wieśki, która ze zdumienia przestała mrugać.

– A ja? – zapytała żałośnie Adela.

– A pani później – odrzekła Magda, nie zwracając najmniejszej uwagi na ofiarę napaści.

– Ty gamoniu! – syczała wściekle Amanda do leżącego na szpitalnym łóżku męża. Przemyte oczy nadal były zaczerwienione i piekły, ale przynajmniej odzyskał wzrok.

Widział zatem doskonale uśmieszki pielęgniarek. – Ty fajtłapo! Pobiła cię stara baba!

– Ciszej – poprosił, jednak skutek był odwrotny do zamierzonego. Wiedział, że jego żona nie lubi, gdy jej się rozkazuje.

– Jak śmiesz mnie uciszać! – rozdarła się na całe gardło.

– Mamusia miała rację co do ciebie!

– Kochanie, proszę, ja tu pracuję...

– Lekarz nie lekarz, ale żaden mężczyzna! I nawet nie lekarz, bo taka Przecinkowa „konował" na ciebie mówi! Konował! Ty nawet opinii dobrej nie masz!!! Dobrze, że posłuchałam tatusia, jak mówił, żeby nazwiska nie zmieniać! Jak będziesz szargał, to tylko swoje, tak mi powiedział! A nasze pozostanie nietknięte! I miał rację!

– Zamknij się wreszcie!!! – ryknął wściekle Perełka. – Zamknij się, bo przysięgam na Boga, że kiedyś cię uduszę, ty wywłoko!!!

– Co? Co takiego? – Amanda odskoczyła od łóżka. – Coś ty powiedział?

– Słyszałaś! – warknął. – Wynocha stąd!

– Ty się, Adam, zastanów, bo jak stąd wyjdę, to wrócę do mieszkania tylko po to, żeby się spakować – zagroziła.

– Krzyż na drogę. Już dawno powinienem cię pogonić – powiedział z taką rozpaczą w głosie, że Amanda zamilkła. – Ty nie wiesz... Ty nie masz pojęcia, co ja przez ciebie... Wynoś się! Wynoś! – zaczął krzyczeć, uderzając pięścią w łóżko.

Przestraszona kobieta wybiegła z pokoju. Nie oglądając się za siebie, ruszyła szybkim krokiem przez szpitalny korytarz. Już ona mu pokaże, pomyślała. Będzie prosił, żeby wróciła. Będzie ją błagał.

– Proszę, niech pani usiądzie. – Magda wskazała agentce jedno z krzeseł, a sama usiadła tuż obok. Damian stanął przy drzwiach, opierając się o futrynę.

– Proszę nam wszystko dokładnie opowiedzieć – poleciła.

– Właśnie podeszłam do drzwi wyjściowych, gdy wydało mi się, że słyszę kobiecy krzyk. Wybiegłam z mieszkania. Z góry schodził jakiś mężczyzna.

– Nagi?

– Nie, w dżinsach i koszulce z krótkimi rękawami.

– Aha... – zdziwiła się Magda.

– Myślałam, że się przesłyszałam, gdy nagle rozległ się tak potworny wrzask, że aż zimno mi się zrobiło. Pomyślałam, że tak może krzyczeć tylko ktoś, z kogo uchodzi życie. Krzyk dolatywał z góry, więc zrzuciłam buty – wskazała na szpilki – i wbiegłam na schody. Na półpiętrze zobaczyłam Adelę, jak kuli się w kącie, machając czymś na oślep. Stał nad nią jakiś mężczyzna.

– Nagi?

– Niezupełnie. Miał na biodrach ręcznik kąpielowy, a na twarzy piankę do golenia.

– Aha. Proszę dalej.

– I ten mężczyzna wymachiwał rękami nad Adelą, która była tak przerażona... – Wieśka urwała i dopiero po chwili ciągnęła zdławionym tonem: – Powiem pani, że ja myślałam, że jej nie lubię. Ale jak ją zobaczyłam, jak się tam kuli, taka drobna, bezbronna, te ogromne oczy... – Z niedowierzaniem pokręciła głową. – Powiem pani, że nie wiem, skąd mi się to wzięło, ale powaliłam go na ziemię i...

– Pani Paluch – przerwała jej Rzepka. – Prosiłam, żeby dokładnie.

Damian przewrócił oczami. Zapewne jego partnerka powiesi sobie nad łóżkiem protokół z tego przesłuchania.

– Wpadłam na to półpiętro. Zasłoniłam Adelę sobą i kopnęłam go w krocze, a potem gazem mu po oczach. – Machnęła ręką. – I wtedy on tak na mnie spojrzał... Z takim jadem, że aż mnie ciarki przeszły, więc ja go jeszcze pięścią, o tak! – Wieśka wymierzyła wyimaginowany cios.

– I co było dalej? – Magda uśmiechała się z satysfakcją.

– Dalej to nie wiem, bo zemdlałam. Chyba za dużo emocji było – wyznała zmieszana Wieśka.

– Czy pani wiedziała, kim jest napastnik? – zapytał Damian.

– Nie, dopiero jak ktoś powiedział, że to doktor Perełka, to... Chyba właśnie wtedy zemdlałam... Nie, nie, to nie wtedy, to było wtedy, jak ktoś powiedział, że to morderca, ale nie wiem, kto to powiedział. Tam było tyle osób, nie wiem, skąd się wzięły.

– No dobrze. Będziemy musieli spisać pani zeznanie w komisariacie – powiedziała komisarz Rzepka.

– Oczywiście, kiedy tylko państwo sobie życzą – zapewniła przejęta agentka.

– No dobrze. – Magda chętnie poprosiłaby, żeby Paluch opowiedziała jeszcze raz część tej historii, ale nie wypadało. Nie szkodzi. Sama sobie przeczyta, a potem jeszcze obejrzy zdjęcia. – To teraz porozmawiajmy z ofiarą.

– Wierzysz, że Perełka napadł na staruszkę? – zapytał Damian, gdy Wieśka wyszła z kuchni.

– Nie wiem – przyznała. – Mógł się wkurzyć o coś na panią Adelę, ta zaczęła wrzeszczeć, Paluchowa zobaczyła go nad nią i zaatakowała. Chyba nie sądzisz, że zawiązały sojusz, żeby pobić doktora Perełkę?

– Nie, tak daleko bym się nie posunął – odpowiedział, chociaż jakoś mu ta napaść nie pasowała do lekarza. – Może to żona mu kazała – podsunął partnerce.

– Pewnie – zachichotała, lecz zaraz ucichła, bo w drzwiach kuchni pojawiła się Adela.

Starsza pani szła powoli, podpierając się kulą, opatulona wełnianym szalem i w puchowych kapciach. Pierwszy raz wyglądała jak prawdziwa staruszka.

– Proszę usiąść, pani Adelo – powiedział Damian, ujmując ją pod łokieć i podprowadzając do krzesła.

– Dziękuję. – Uśmiechnęła się z wdzięcznością. – Trochę boli mnie biodro.

– Proszę opowiedzieć, co się stało – poleciła Magda.

– Ten degenerat… – zaczęła wzburzona, ale komisarz Rzepka jej przerwała: – Pani Adelo, proszę zacząć od początku. Co pani robiła na półpiętrze trzeciego piętra?

– Co ja tam robiłam? – powtórzyła pytanie. – A tak, już wiem, co tam robiłam. Wychodziłam z mieszkania i usłyszałam, że ktoś krzyczy, a potem minął mnie Nowaczyk. Wiecie, żona go zostawiła, bo się go boi. Podobno to on zabił tego biednego człowieka z piwnicy. Moim zdaniem to mógł być…

– Pani Adelo, do rzeczy proszę – polecił jej Żurkowski.

Właśnie wracali od pani Nowaczyk, która nie zmieniła zdania co do godziny powrotu męża do domu, a nie mieli żadnego dowodu, że to on zabił.

Staruszka spojrzała na niego z niezadowoleniem.

– Jak mówiłam – podjęła afektowanym tonem, pociągając lekko nosem, by zaakcentować swoje niezadowolenie – usłyszałam krzyk, a potem zobaczyłam zbiegającego Nowaczyka. Byłam ciekawa, kto krzyczał… No bo to był kobiecy krzyk, więc może ta kobieta po-

trzebowała pomocy, przecież z samej ciekawości nie wspinałabym się po schodach. Z moim biodrem? Dotarłam do półpiętra i wtedy pojawił się ten zboczeniec.
– Tu głos jej zadrżał.

– Zboczeniec? – powtórzyła Magda, coraz lepiej się bawiąc.

Wiedziała, że jest podła. Że nie tak powinien się zachowywać policjant na służbie. Ale była też kobietą, matką, kochającą swoje dziecko, które było bardziej wstrząśnięte po tym, co usłyszało od lekarza, niż po upadku z konia.

– A tak, żeby pani wiedziała! Zboczeniec! Leci na mnie nagi, jak go Pan Bóg stworzył. Ręce ma przed siebie wyciągnięte prosto w kierunku moich piersi! Powiem pani, że gdyby nie ten nóż, to on by mnie... No wie pani.
– Spojrzała znacząco na spory biust policjantki.

– Uważa pani, że chciał złapać panią za piersi?

– A po cóż innego wyciągał te ogromne owłosione łapska? – odparła ze zgrozą matka Emilii.

– Jaki nóż, pani Adelo? – zapytał Żurkowski.

– A ten! – Wyjęła z kieszeni spodni sprężynowiec i nacisnęła guzik. Ostrze wysunęło się z cichym trzaskiem.

– Pani Adelo, nie wolno nosić przy sobie takich rzeczy!

– Ale to na jogę – powiedziała, spoglądając na niego żałośnie.

– Na jogę? – Żurkowski zbaraniał.

– Tak, czasami, jak wracam, jest już ciemno – wyjaśniła.

– Tym zajmiemy się później. Wyciągnęła pani nóż i co dalej? – ponagliła ją Magda, by wreszcie przeszli do interesującego ją momentu.

– Najpierw to ja zaczęłam krzyczeć – opowiadała Adela. – Potem wyjęłam nóż, tylko ze zdenerwowania zapomniałam, jak go wyciągnąć.

– Bogu dzięki! – mruknął Damian tak cicho, że tylko Magda go usłyszała.

– I zaczęłam nim machać, bo ten zwyrodnialec był coraz bliżej, a ja wciąż krzyczałam.

– Co pani krzyczała?

– No, „ratunku", „zboczeniec" i tak w zasadzie to chyba tylko krzyczałam. Wtedy pojawiła się nasza Wiesia!

– Nasza Wiesia? – Damian był pewien, że się przesłyszał. Z tego, co ostatnio nagadały na agentkę, dałoby się sporządzić akt oskarżenia, gdyby ścigano ludzi za niemoralne prowadzenie się.

– Właśnie tak. Nasza Wiesia – powiedziała stanowczo Adela. – Nasza Wiesia zasłoniła mnie własnym ciałem i jak go nie kopnie prosto w... w... no wie pani, gdzie się kopie mężczyznę, jak chce mu się dokopać. – Gdy Magda skinęła głową na znak, że wie, starsza pani z entuzjazmem podjęła opowieść: – I gazem go po oczach! I gazem! – Zaczęła wymachiwać ręką na prawo i lewo. – A potem jeszcze trrrach go w pysk! O tak! – Drobną piąstką wymierzyła cios w kierunku Magdy. – Tak to było, pani komisarz Rzepka – zakończyła z zadowoleniem w głosie.

– Kto był świadkiem zdarzenia?

– Świadkiem... Oj, czy ja wiem... – zakłopotała się. – Tam zjawiło się tyle osób, że nie jestem pewna, kto przyszedł najpierw, a kto potem. Na pewno była taka kobieta z czerwonymi włosami, podobno to żona doktora Perełki, pani Storczyk i... chyba pan Storczyk. I... O, Jadwiga krzyczała na dole, i podobno pani Olejniczak z patelnią biegła na pomoc, ale została z Jadwigą na dole. Nikogo więcej nie pamiętam.

– A pani Emilia? – zapytał Damian.

– Emilka przybiegła już po wszystkim. Kropka też. Pomogły mi dojść do mieszkania, bo tak mi się nogi trzęsły, że nie mogłam kroku zrobić.

– Rozumiem. Bardzo pani współczuję z powodu tak traumatycznego przeżycia – powiedziała komisarz Rzepka.

– Poprosi pani panią Emilię?

– Oczywiście, przekażę córce, żeby przyszła.

Emilia bez słowa usiadła na krześle i zmęczonym wzrokiem spojrzała na policjantkę.

– Może pani opowiedzieć, jak wyglądało to zdarzenie?

– Mam powiedzieć to, co mi powiedziano, czy to, co widziałam? – zapytała.

– To drugie – poprosił Damian.

– Jasne. Byłam w sypialni, kiedy usłyszałam potworne krzyki. Wybiegłam z pokoju. Na schodach wpadłam na Kropkę, która też je słyszała. Wybiegłyśmy na korytarz i usłyszałam zamieszanie piętro wyżej. Wpadłam na półpiętro i zobaczyłam rozszlochaną Adelę, leżącego przed nią mężczyznę, Wieśkę i panią Amandę, od której się dowiedziałam, że jest żoną leżącego na podłodze doktora Perełki. Teraz przynajmniej wiem, dlaczego pani Storczyk tak głupkowato się uśmiechała, kiedy po powrocie ze szpitala z matką i teściową, po tym wypadku z windą, nazwałam go konowałem. I właściwie to wszystko... Chociaż nie, ktoś zasugerował, że Perełka chciał zabić Adelę, a wtedy Wieśka zemdlała. Sprowadziłyśmy moją matkę do mieszkania, bo ze zdenerwowania nie miała siły iść, i to byłoby wszystko – opowiadała policjantce, nie zwracając najmniejszej uwagi na Żurkowskiego.

Zdaje się, że wreszcie przestałam być niewidzialna, pomyślała rozbawiona Magda.

– Pani Emilio, czy pani też uważa, że doktor Perełka napastował panią Adelę? – zapytał Damian.

– Nie mam pojęcia – odpowiedziała, czując, jak ogarnia ją nagłe zmęczenie. – Nie lubię doktora Perełki, ale nie wierzę, że posunąłby się do czegoś takiego. Podejrzewam, że z jakiegoś powodu wyszedł na korytarz, matka się wystraszyła, narobiła rabanu, Wieśka zobaczyła, co zobaczyła, i efekt jest, jaki jest. Mogę tylko powiedzieć, że Wieśka działała w przeświadczeniu, że broni mojej matki, a matka… No cóż… Ma siedemdziesiąt trzy lata i wbrew temu, co opowiada, chyba od lat nie widziała nagiego mężczyzny, stąd też ten wrzask. Ale po jaką cholerę doktor Perełka nie odpuścił, tylko lazł na nią, to pojęcia nie mam. Chciał ją zakneblować?

– Myśli pani, że to możliwe? – wtrąciła Magda.

– Słyszała pani, jak moja matka wrzeszczy? Podobne dźwięki wydawałby kot, któremu podpalono ogon. Wierzę, że Perełka mógł chcieć ją uciszyć. Oj – stropiła się – teraz to zabrzmiało jak z filmu gangsterskiego. Nie to miałam na myśli.

– Ktoś zasugerował, że doktor Perełka chciał zabić pani matkę – przypomniało się Magdzie.

– Owszem, słyszałam coś takiego, ale tam był taki hałas, że nie wiem, kto to powiedział, jestem pewna, że to nie ja – oświadczyła stanowczo.

Wściekła jak osa Amanda ściągnęła z pawlacza walizkę i otworzyła szafę. Zgarnęła całe naręcze ubrań i rzuciła je na łóżko. Wyjmowała z nich tylko wieszaki, a rzeczy wrzucała do walizki jak popadnie. Powinna była posłuchać tatusia. Mamusi też się nie podobał. Co za gad! Co za niewdzięcznik! Mamusia i tatuś tyle im pomogli! Wyjęła całą szufladę z komody i przechyliła do góry dnem. Jej zawartość wysypała się do walizki.

Dzwonek do drzwi nie pozwolił jej opróżnić kolejnej szuflady. Amanda wyjrzała przez wizjer. Żurkowski i Rzepka.

– Witam. W czym mogę pomóc? – zapytała ostro, gdy otworzyła drzwi.

– Dzień dobry, możemy wejść? – zapytała stanowczym tonem policjantka.

– Proszę. – Amanda wzruszyła ramionami, cofając się do mieszkania. Poszła prosto do sypialni, gdzie zaczęła upychać rzeczy w walizce, by ją domknąć.

– Wyprowadza się pani? – zapytał Żurkowski.

– Tak – wysapała. – Ten niewdzięczny sukinsyn jest w szpitalu. Tam go znajdziecie. Ja wracam do domu.

– Mamy kilka pytań do pani... – zaczęła Magda, wyjmując notes. – Czy wie pani, co mąż robił na korytarzu?

– Oczywiście. Kazałam mu tam iść – odpowiedziała zgodnie z prawdą, wyjmując z szafy torbę turystyczną.

– Nago? – zdziwiła się Magda.

– Jakie nago? – Zdumiona Perełkowa wreszcie na nią spojrzała. – Ręcznik na sobie miał, a nie było czasu, żeby się ubierać.

– Nie było czasu, bo?

– Bo jakaś kobieta krzyczała na klatce, więc się wystraszyłam, że może ten Nowaczyk znowu kogoś napadł.

Kazałam mężowi iść i sprawdzić, co się dzieje. Akurat był w łazience. Golił się. Nie było czasu, więc wyszedł tak, jak stał, że tak powiem. Nie miałam pojęcia, że ta stara wariatka narobi rabanu. Zaczęła wrzeszczeć. „Zboczeniec" – krzyczała i takie tam inne rzeczy. Adam chciał ją uspokoić, ale wtedy wpadła ta karate baba, powaliła go, pobiła i... A, szkoda gadać. – Machnęła ręką. – Nie dość, że wstyd jak cholera, że podstarzała lafirynda go pobiła, to jeszcze kazał mi się wynosić ze szpitala. Wyobraża to pani sobie? Mnie?

– Pan Perełka chciał ratować kobietę, a przez przypadek stał się ofiarą napaści? – zapytał Damian, na moment solidaryzując się z poszkodowanym. Sam też miał jądra. To ich na chwilę połączyło.

– On ogólnie jest ofiarą losu – oświadczyła małżonka lekarza. – Coś jeszcze? Bo chcę się pakować.

– Co sądzisz? – zapytała Magda, gdy wyszli z mieszkania Perełki.

– Z jednej strony żal mi go, ale z drugiej też go nie lubię – przyznał się Damian.

– Zdaje się, że to jedna wielka komedia pomyłek – powiedziała.

– Owszem.

– Na upartego można by oskarżyć tę Paluch o pobicie – zauważyła.

– Nie sądzę. Brak obrażeń, które by to uzasadniały. Prędzej z oskarżenia prywatnego, ale na miejscu faceta nie maszerowałbym do sądu, żeby opowiadać, jak mężczyznę w kwiecie wieku pobiła starsza co najmniej o dziesięć lat kobieta, lżejsza o trzydzieści kilogramów.

– Masz ochotę go przesłuchać? – zapytała figlarnie Magda.

– Nie, ale z tego, co widzę, to ty masz – odparł Damian.

Emilia z ulgą wyciągnęła się na łóżku. Nie było jeszcze trzynastej, a czuła się tak zmordowana, jakby osobiście rozładowała z tonę węgla. Zamknęła oczy i zastanawiała się nad sensem istnienia Boga. W takich momentach odczuwała potrzebę wiary. Miałaby do kogo się pomodlić o święty spokój.

– Mamo – do pokoju zajrzał przejęty Kropeczek – co tu się stało?

– A gdzie ty w ogóle byłeś, dziecko ty moje kochane, kiedy to się działo?

– Poszedłem z Maćkiem na pizzę – wyjaśnił.

– No to sporo cię ominęło, mój pierworodny synu – powiedziała Emilia. – Babcia Adela była napastowana na schodach przez doktora Perełkę, a Wieśka go znokautowała.

– O rany! – zawołał podekscytowany, ale po chwili spojrzał na leżącą nieruchomo matkę i spytał sceptycznie:

– Ale naprawdę czy to jakaś scena z książki?

– Dziecko ty moje kochane, ja bym bardzo chciała, żeby to była scena z książki, bo został pobity Bogu ducha winny człowiek. Nie można kogoś bić tylko dlatego, że ma paskudny charakter.

– Więc babcia Adela nie była napastowana?

– Babcia Adela myśli, że była, i narobiła takiego rabanu, że Wieśka, która to zobaczyła, naprawdę myślała, że coś się dzieje. Tak uważam ja, Emilia Przecinek, i moja córka, Krystyna Przecinek. Tylko że to chyba bez znaczenia w całej tej sytuacji. Czy w czymś jeszcze mogę ci pomóc, dziecko ty moje kochane? Może w podjęciu życiowych decyzji, dotyczących zrobienia matury, żebyś mógł pójść na studia?

– Rany, mamo, ja tylko zapytałem, co się stało. – Przestraszony Kropeczek wycofywał się do wyjścia.

– Kto się nie uczy, ten idzie do pracy! – krzyknęła jeszcze, nim za chłopakiem zatrzasnęły się drzwi.

– Super, doktor Perełka w szpitalu. Jak mam się teraz dowiedzieć, czy można złamać sobie żebra, upadając na plecy? – powiedziała sama do siebie, wstając z łóżka. Cokolwiek by się działo, książka sama się nie napisze. Trzeba brać się do pracy. Najpierw zrobi powieść, a potem wciśnie gdzieś kilka scenek. Jedną. W epilogu. Najlepiej porodu. Inteligentny czytelnik domyśli się, że przedtem musiał być seks.

– Jasna cholera! – zaklęła głośno, gdy ktoś zapukał do drzwi sypialni.

– Mamo – Kropka wsunęła głowę do środka – jakiś pan do ciebie przyszedł.

– Marek? – zdziwiła się lekko, bo przecież nie podała mu adresu. Rozstali się po przyjacielsku i nawet nie wymienili numerów telefonów.

– Nie wiem, jak mu na imię, ale powiedział, że nazywa się Pancerek – powiadomiła ją córka.

Emilii zimny dreszcz przebiegł po plecach. To ten kryminalista czy seryjny morderca? Żaden z nich, kretynko, bo obu sama wymyśliłaś, wyjaśniła sobie w myślach.

– Kropka, zostaw uchylone drzwi i niech Kropeczek czeka na korytarzu – szepnęła spanikowana.

– Dlaczego? – Zaskoczona dziewczyna weszła do pokoju.

– To kryminalista.

– Naprawdę? – zdziwiła się córka.

341

– Albo jeszcze gorzej – jęknęła Emilia.

– Mam wezwać policję? – zapytała niepewnie Kropka.

Mimo całego wymądrzania się była tylko siedemnastolatką, która wydaje się dojrzalsza od własnej matki, ale jej potrzebuje.

– Nie, nie, co ja wygaduję. Kochanie, bo to jest ten pan, co wymyśliłam sobie, że jest seryjnym mordercą i chyba za bardzo się wczułam – wyznała zmieszana.

– Mamo – Kropka znów poczuła się dorosła – natychmiast zejdź na dół i to napraw!

– Ale jak? I dlaczego na dół?

– Bo czeka na ciebie w kuchni. W salonie siedzą pterodaktyle i chleją wino, które kupiła Wieśka.

– Dlaczego Wieśka kupiła wino?

– Bo świętują pokonanie doktora Perełki – wyjaśniła nastolatka.

– W moim domu jest alkohol, a ja nic nie wiem? – zdumiała się Emilia.

– Bo ty nie pijesz. Idziesz do niego czy nie?

– Idę, idę, tylko co ja mu powiem?

– Najpierw się dowiedz, czego chce, dobrze? – poradziła jej bardzo rozsądna córka.

Pan Pancerek siedział przy kuchennym stole, popijając herbatkę, której nalała mu Kropka, i wyglądał tak żałośnie, jakby sam był ofiarą seryjnego mordercy. Miał około pięćdziesięciu lat, wysokie zakola i okulary o soczewkach jak denka butelek. Zdaniem Emilii, jeśli kogoś mordował, to najwyżej motyle.

– Witam, panie Pancerek – powiedziała spokojnie.

– Pani Emilia. – Zerwał się z krzesła i ukłonił niezręcznie. – Proszę wybaczyć, że ośmielam się panią niepokoić, ale nie miałem do kogo się udać.

– Proszę, niech pan siada.

– Nie mogę – odpowiedział żałośnie.

– Dlaczego? – zdziwiła się Emilia. – Przecież przed chwilą pan siedział.

– Wtedy tu pani nie było.

– Jak sobie pójdę, to pan usiądzie?

– Słucham? – Mrugał oczami jak przebudzona w dzień sowa. – Nie jestem pewien, czy rozumiem...

– Dlaczego pan nie siada?

– Bo pani stoi – wyjaśnił zmieszany.

– Ach, tak...

Zawstydzona Emilia dopiero teraz zrozumiała, w czym rzecz. Z uśmiechem zajęła miejsce przy stole, a Pancerek usiadł z powrotem. Okej, to jedna sprawa już za nimi. Pan Pancerek ma dobre maniery. Może powiedzieć Kropeczkowi, by się do nich dosiadł i czegoś nauczył? E, nie wypada, przecież chciał rozmawiać ze mną, a nie z moim synem, uzmysłowiła sobie.

– Słucham. Co pana do mnie sprowadza? – Nie była pewna, czy nie powinni najpierw odbyć gry wstępnej, czyli pogawędki o pogodzie, nim przejdą do właściwego tematu.

– Nie miałem do kogo się udać – powtórzył swoje wcześniejsze słowa. – Mam problem ze stosunkami dobrosąsiedzkimi i pomyślałem, że może pani pomogłaby mi go rozwiązać.

– Ja? – pisnęła cieniutko. Obawiała się, że jeśli przyszedł z tym, o czym myślała, to trafił do źródła swoich kłopotów, a nie ich rozwiązania.

– Tak, pani. Wiem, że pani pisze. W mojej księgarni pani książki rozchodzą się w takim tempie, że nie nadążamy ich zamawiać. Pomyślałem sobie, że osoba o takiej wyobraźni na pewno znajdzie rozwiązanie.

– Yhm... – mruknęła coś niezobowiązująco. Może i dobrze, że przyszedł. Lecz się tym, czym się zatrułeś.

– W związku z tragicznym wydarzeniem, do którego doszło w ubiegłym tygodniu, moi sąsiedzi z jakiegoś powodu uważają, że jestem... hm... zabójcą. Mieszkam sam. Nie mam alibi. Nikt nie może potwierdzić, że cały wieczór spędziłem w domu.

– I dlatego myślą, że jest pan zabójcą? – zapytała ostrożnie Emilia.

– Tak sądzę. Pozostali mieszkańcy mają rodziny, a ja, cóż... Nie poszczęściło mi się w tym zakresie – przyznał zażenowany. – Mam tylko kota, a wieczory najczęściej spędzam, grając w internetowe scrabble.

– Ach, tak. – Cudownie, Emilio, zrobiłaś mordercę z zupełnie nieszkodliwego człowieka. I jak się z tym czujesz?

– Mam dwóch sąsiadów o raczej krewkim usposobieniu. W związku z tym żywię poważne obawy o swoje bezpieczeństwo – wyznał. – Jak mam przekonać tych ludzi, że nie zrobiłem nic złego?

– No cóż... A dlaczego pan zwraca się z tym do mnie? – Może wie, że to ja naplotłam trzy po trzy i chce mnie gdzieś zwabić, a potem ukatrupić?

– Jak powiedziałem, potrzebuję osoby z wyobraźnią, która pomogłaby mi znaleźć rozsądne rozwiązanie tego problemu. Zaprzeczanie nic nie da. Nikt mi nie uwierzy – dodał z żalem. – Najlepszym rozwiązaniem mojego problemu byłoby znalezienie zabójcy, niestety, to może potrwać.

Emilia spuściła wzrok. Wyrzuty sumienia nic nie pomogą, pomyślała. Napraw to, co popsułaś.

– Coś wymyślę – obiecała niepewnie.

– Naprawdę? – Spojrzał na nią z taką nadzieją w oczach, że jedyne, co mogła zrobić, to uśmiechnąć się pocieszająco.

Żurkowski wszedł do szpitalnej sali, w której leżał doktor Perełka. Uzgodnili z Magdą, że będzie lepiej, jeśli on sam porozmawia z poszkodowanym. To znaczy z napastnikiem. A właściwie poszkodowanym napastnikiem.

– Panie doktorze? – Damian podszedł do łóżka.

Perełka odwrócił głowę w jego kierunku. Spojówki miał jeszcze mocno zaczerwienione, na policzku widać było siniak.

– Jak się pan czuje? – zapytał współczująco Żurkowski.

– Dobrze – odparł enigmatycznie lekarz, odwracając wzrok.

– Jak obrażenia?

– Kpi pan sobie ze mnie? – zdenerwował się Perełka.

– Bynajmniej. Jestem świadom, że doszło do jakiegoś fatalnego splotu okoliczności. Pytam o oczy.

– Na razie dobrze. Zostanę do rana na obserwacji – odparł już spokojniej.

Damian przysunął krzesło bliżej łóżka.

– Jak doszło do tego zdarzenia?

– Miałem wziąć prysznic – zaczął z westchnieniem. – Najpierw chciałem się ogolić. Żona usłyszała krzyk kobiety i zaalarmowała mnie. Wyszedłem na korytarz tak, jak stałem. W ręczniku. Na mój widok ta stara wariatka złapała się za serce i zaczęła wrzeszczeć. Jak ostatni idiota poleciałem ją ratować, jakby ktoś kiedykolwiek widział wrzeszczącego zawałowca. Po prostu padają jak muchy. Wystraszyła się mnie, jak sądzę. – Ponownie westchnął.

– I?

– Żadne i. Tak wrzeszczała, że chciałem ją uspokoić, zanim zlecą się sąsiedzi i zobaczą mnie niemal gołego.

– I to się panu nie udało.

– No nie – przyznał Perełka. – Zaatakowało mnie to koszmarne babsko z piekła rodem.

– Proszę tego nie mówić przy pani Paluch – poradził mu Żurkowski.

– Nie zamierzam. Najchętniej załatwiłbym sobie zakaz zbliżania, ale domyślam się, jak to mogło z boku wyglądać. Nie mam do niej żalu.

– Naprawdę? – zdziwił się Damian.

– Naprawdę. A ta stara wiedźma lepiej niech mi się nie pokazuje na oczy, bo nie ręczę za siebie. Odmówię jej leczenia, choćby miało od tego zależeć jej życie – oświadczył zdecydowanie.

– Nawet pana rozumiem, jednak tego też nie radzę głośno powtarzać.

– No tak… Tak tylko gadam – burknął.

– Obawiam się, że będzie pan zmuszony pofatygować się do nas do komisariatu. Musimy spisać zeznanie. Na chwilę obecną prowadzimy śledztwo w sprawie napaści. Rozumie pan?

– Aż za dobrze – odrzekł. – Wszystko przez moją żonę…

– Słucham?

– Wszystkie złe rzeczy w życiu spotykają mnie przez Amandę – oświadczył ze złością doktor Perełka.

– No cóż…

– Powiedziała, że odchodzi. I dobrze. Niech idzie w cholerę i nie wraca! Mam dość tej wywłoki, która bez prochów nie zmruży oka. Nie mogę uwierzyć, że ja… Nieważne, niech pan idzie. Jestem zmęczony – powiedział ostrzej, niż zamierzał. Omal nie przyznał się temu policjantowi do tego, co zrobił. Omal.

– I co teraz? – Stała za nią Kropka.

– Chodzisz za mną jak zły duch – poskarżyła się Emilia. – Szpiegujesz mnie?

– Sama powiedziałaś, że mam zostawić drzwi otwarte – przypomniała jej córka.

– Fakt. Wyleciało mi z głowy – przyznała, opierając się o drzwi wejściowe, które dopiero co zamknęły się za panem Pancerkiem.

– Sama na niego nagadałaś. Jak zamierzasz to odkręcić? – zapytała dziewczyna. – Nie możesz go tak zostawić.

– Tak naprawdę nie wiemy, czy na pewno nie zabił. Może to tylko takie mydlenie oczu... – Urwała, widząc wzrok córki. – No dobra. Zajmę się tym!

– Yhm – powiedziała z niedowierzaniem dziewczyna. – Już widzę, jak maszerujesz na rozmowę z Koperkiem i Kopidłowskim.

– Skąd wiesz, że to o nich chodzi? – wystraszyła się Emilia.

– A znasz innych krewkich sąsiadów?

– Wcale nie znam naszych sąsiadów! – zawołała pisarka. – Stąd te wszystkie problemy!

– No to teraz ich poznasz, jak pójdziesz się tłumaczyć, że narobiłaś plotek.

– Wiem... – powiedziała żałośnie. – Pójdziesz ze mną? – poprosiła.

– Chcesz, żeby mnie też zabili?

– Liczę na to, że przy dziecku się powstrzymają. – Uśmiechnęła się prosząco do córki.

– No dobrze – zgodziła się Kropka. – Ale plan jest taki, że ty mówisz, ja żałośnie wyglądam. Stoi?

– Stoi! – zgodziła się Emilia.

Amanda wypchała torbę turystyczną do granic możliwości. Ledwo dopięła zamek. Jednak w szafie pozostała jeszcze niemal połowa rzeczy. Nie zamierzała tu wracać. Musi od razu zabrać, co się da. W piwnicy powinna być granatowa walizka na kółkach, Adam na pewno jeszcze jej nie wyrzucił.

Stukając obcasami, pomaszerowała na dół. Zawahała się, stając przed wejściem do piwnicy. Nie była tu ani razu od czasu tego zabójstwa. Dopiero teraz zaczęło do niej docierać, że w ich bloku zginął człowiek. Został zamordowany. Przez jednego z mieszkańców. Amanda zadrżała i cofnęła się od schodów.

– Cholera! – zaklęła wściekle. – Chcę moją walizkę! – Tupnęła nogą, jakby od tego walizka miała się zmaterializować u jej stóp.

– Wszystko gra? – zapytał Nowaczyk, wracający do domu po spotkaniu z żoną. Wyznał jej całą prawdę i, ku jego początkowej uldze, małżonka nie wpadła w szał. Chwilę później zrozumiał, że miała na sumieniu dokładnie to samo, co on. Efekt rozmowy był taki, że teraz to Nowaczyk wrócił do domu, żeby przemyśleć swoje małżeństwo.

– Tak, dziękuję. Ja… – Amanda urwała. Zaraz, zaraz, czy to nie o nim mówią, że żona go zostawiła, bo się boi? – Właśnie idę do domu – oznajmiła i zaczęła wchodzić po schodach.

– Wydawało mi się, że schodziła pani do piwnicy. – Dogonił ją na piętrze.

– Źle się panu wydawało.

– Jak pani się boi, to mogę pójść z panią – zaproponował, idąc obok niej.

Zdesperowana Perełkowa zatrzymała się przed drzwiami Emilii Przecinek.

– Dziękuję, nie trzeba. Ja... Muszę jeszcze zajrzeć do pani Emilii.

– Szła pani do domu – zdziwił się Nowaczyk.

– Ale właśnie mi się przypomniało, że jeszcze muszę do niej wpaść. – Amanda zapukała mocno do drzwi, które, na szczęście dla niej, uchyliły się niemalże w tym samym momencie. – Bogu dzięki! – Prawie wepchnęła Kropeczka w głąb mieszkania, gdy wpadła do środka.

– Pani Amanda? – zapytał zachwycony widokiem kobiety elfa.

– Tak, muszę tu chwilę zostać. – Za nic by się nie przyznała, że boi się teraz wracać do pustego mieszkania. Nie rozumiała, dlaczego policja jeszcze nie aresztowała sąsiada.

– W salonie są babcie i Wieśka. – Kropeczek podrapał się po kudłatej głowie, myśląc intensywnie. – Lepiej, żeby pani nie widziały.

– Mama w domu?

– Nie, przed chwilą wyszła z Kropką.

– Jest jakiś inny pokój, gdzie mogłabym chwilę posiedzieć? – poprosiła zdenerwowana Amanda. – Boję się wrócić do pustego mieszkania...

– Jasne, może pani zostać. – Kropeczek był zachwycony. Kobieta elf potrzebuje jego pomocy! – Może pani trochę posiedzieć w moim pokoju, jeśli pani chce, ale musimy się przemknąć na górę.

Amanda spojrzała na niego badawczo. Nie umknęło jej zachwycone spojrzenie chłopaka.

– Ile masz lat? – zapytała podejrzliwie.

– Osiemnaście.

– Na pewno?

– Mam dowód osobisty. Mogę pokazać – zaproponował.

– Dobra. Prowadź. – Nie miała wyjścia. Za nic nie wróci do pustego mieszkania, dopóki się nie upewni, że tamten nie czeka gdzieś na schodach.

– Musi pani zdjąć te buty. Są super, ale pterodaktyle mają słuch jak nietoperze. Usłyszą. – Wskazał na szpilki.

– Dobry pomysł – przyznała. – Pterodaktyle? – Dopiero teraz dotarło do niej to określenie.

– Babcie.

– Aha. – Ku swemu zdumieniu usłyszała, że z jej krtani wydobył się zduszony chichot.

Na pierwszy ogień poszedł Koperek. Może i był kryminalistą, ale przynajmniej na niego nie wyglądał. Jego tak się nie bała.

– Proszę państwa… – zaczęła z uśmiechem. Oboje Koperkowie patrzyli na nią wyczekująco, siedząc naprzeciwko na kanapie. Nie kryli zdziwienia tą wizytą. – Sprawa jest bardzo delikatna. Chodzi o to, że… – Nagadałam tyle głupot na pana i kilka innych osób, że nawet nie wiem od czego mam zacząć. – Chodzi o to, że... – Spojrzała na Kropkę, szukając u niej pomocy. Dziewczyna mrugnęła i uśmiechnęła się lekko, by dodać jej otuchy.

– Chodzi o to, że ja… – Znów spojrzała na córkę i dokończyła jednym tchem: – Chciałam państwa bardzo serdecznie przeprosić.

– Za co? – zdziwił się Koperek. Jego żona również wyglądała na zaskoczoną.

Spojrzała na Kropkę. Ta skinęła zachęcająco głową. Lekko uniesiony do góry kciuk zdawał się mówić: Dobra nasza. Tylko tak dalej.

– Za co, pyta pan? Za co? No cóż… – Nabrała głęboko powietrza i powiedziała: – Moja matka i teściowa nie są najmłodszymi osobami. Cierpią na pewne zaburzenia, w tym początki demencji. – W tym momencie udawała, że nie widzi zszokowanego spojrzenia Kropki. – Obawiam się, że to zabójstwo do tego stopnia wytrąciło je z kruchej równowagi, że plotły trzy po trzy i wszędzie widziały morderców.

– Nie jestem pewien, czy rozumiem… – Koperek nie wyglądał na wzburzonego.

– Mogły nieopatrznie rzucić podejrzenia na kilka Bogu ducha winnych osób. Jak tylko się dowiedziałam, przyszłam do państwa…

– Zaraz! – Koperek stanowczym ruchem uniósł rękę, przerywając Emilii. – Powiedziały, że to ja?!

– Nie, nie – zaprzeczała Emilia. – Ależ skąd!

– To po co pani przyszła? – zapytała Koperkowa.

– Chodzi o to, że oczerniły kilka osób, między innymi pana Kopidłowskiego i Pancerka. Nie wiem, na kogo jeszcze nagadały, ale pomyślałam, że dla spokoju sumienia i stosunków dobrosąsiedzkich przejdę się po wszystkich sąsiadach i wyjaśnię, co się dzieje. Nie możemy dopuścić, żeby przez moją matkę i teściową – westchnęła ciężko – w naszym bloku panowała taka atmosfera.

– Jasne – powiedział Koperek. – Więc mówi pani, że na Kopidłowskiego nagadały?

– Między innymi – wyznała dzielnie Emilia, unikając wzroku córki. – Obie są pod opieką specjalisty. Potrzebują spokoju, a to wydarzenie wytrąciło je z równowagi do tego stopnia, że... – Pokręciła głową, jakby nie mogła wykrztusić słowa. – Wiedzą państwo na pewno o awarii windy w naszej klatce? – Gdy oboje skinęli głowami, powiedziała: – Matka była w takim szoku, że przestała mówić, a teraz ta nieszczęsna historia z doktorem Perełką.

– No słyszeliśmy. Kto by pomyślał... Lekarz, a takie rzeczy...!

– Policja wyjaśnia sprawę, ale zdaje się, że incydent z doktorem Perełką to nieporozumienie. Bardzo nieszczęśliwy zbieg okoliczności – ciągnęła ze smutkiem. – Teściowa natomiast jest przekonana, że ktoś celowo uszkodził windę, gdyż chciał ją zabić. Na szczęście, dzięki lekom, powoli wracają do równowagi.

– To dobrze – odezwała się Koperkowa. – Nie wiedziałam, że z nimi tak źle.

– To by wiele wyjaśniało – powiedział Koperek. – Kiedyś widziałem, jak spisywały numery rejestracyjne samochodów.

– Nie wiem, co jeszcze miałabym państwu powiedzieć. – Emilia westchnęła jeszcze raz, udając, że nie widzi piorunującego wzroku Kropki.

– A co tu mówić? – odparł pan Koperek. – Wszystkich nas to czeka. Starość.

Amanda doznała lekkiego szoku na widok wyciętej z kartonu postaci wielkości człowieka, z mieczem w dłoni i blizną na twarzy.

– To Wiedźmin – wyjaśnił z dumą Kropeczek.

– Super – powiedziała z udanym podziwem.

Lekko przestraszona rozglądała się po zaciemnionym pokoju. Na biurku widziała sporych rozmiarów monitor. Ściany były oklejone wizerunkami jakichś postaci z koszmarów. Na podłodze walały się ciuchy.

– Chcesz zobaczyć elfa? – zapytał z nadzieją Kropeczek.

– Nie mogę uwierzyć, że to zrobiłaś! – Kropka maszerowała za Emilią jak żołnierz z plutonu egzekucyjnego, prowadzący ją pod ścianę śmierci.

– No wiem, ale zobacz, z jakim zrozumieniem wszyscy się odnieśli do naszego problemu z babciami. Kto by pomyślał, że babcia pana Kopidłowskiego cierpi na alzheimera?

– Mamo! Nie odwracaj kota ogonem!

– Uratowałam pana Pancerka!

– Pogrążyłaś babcie!

– A właśnie, że nie! – wykrzyknęła wojowniczo Emilia. – Wszyscy na nie gadali, że szpiegują, że to złośliwe babska, plotkary, a teraz uważają je za godne współczucia! To wyjdzie im na korzyść, zobaczysz – zapewniała córkę, zarazem próbując przekonać siebie, że nie musi ze wstydu ciągnąć nosem po ziemi.

– Jakim cudem? – Kropka nie wyglądała na przekonaną, ale przynajmniej przestała się dąsać.

– Nikt ich nie zabije za wsadzanie nosa w nie swoje sprawy. Dobrze wiesz, że wszyscy narzekali. Teraz będą się nad nimi litować. Ludzie nie chcą znać prawdy. Gdyby chcieli, pan Nowaczyk nie dałby się wodzić za nos. Wolą usłyszeć coś, co mogą przyjąć do wiadomości. Mnie by zlinczowali, nad nimi się litują. Koniec, kropka. Sprawa załatwiona.

– Niech ci będzie – zgodziła się w końcu Kropka. Trudno było odmówić mamie racji, choć nadal nie podobał jej się sposób, w jaki Emilia wybrnęła z tego, co sama narobiła.

– Przecież nie miałam złych intencji – powiedziała żałośnie. – Jakoś tak samo z siebie się narozrabiało.

– Dobra, niech ci będzie. – Kropka weszła do mieszkania, matka podążała za nią. – Jak babcie się dowiedzą, co zrobiłaś, wkurzeni sąsiedzi nie będą twoim największym problemem.

Amanda przykleiła się do ściany. Ledwo wyszła od Kropeczka, usłyszała głosy jego matki i siostry. Sprzeczały się o coś. Lepiej, żeby jej nie widziały. Jest za stara, żeby siedzieć w pokoju nastolatka, choćby nawet pełnoletniego. Elfa jeszcze przeżyła, ale gdy chciał jej pokazać swoje artefakty, uciekła. Nie miała pojęcia, co miał na myśli, i nie chciała wiedzieć. Chłopak albo jest nienormalny, albo zboczony.

Drzwi od mieszkania trzasnęły. Amanda zdecydowała się wrócić do piwnicy po walizkę. Gdy weszła do ciemnego korytarzyka na dole, gdzie znaleziono zwłoki, serce jej biło jak szalone. Tutaj mieściła się ich piwnica. Amanda szybko otworzyła drzwi i rozejrzała się, szukając walizki. Zobaczyła ją na samej górze. Wspięła się na dolną półkę, by dosięgnąć uchwytu. Na szczęście walizka była nieforemna, ale lekka. Już miała wyjść, gdy dostrzegła skrzynkę z narzędziami, którą małżonek dostał od jej tatusia na urodziny. Niestety, doktor Perełka nie odróżniał śrubokręta od dłuta.

– Prędzej szlag mnie trafi, niż cokolwiek mu zostawię! – oznajmiła pustej piwnicy Amanda, i zabrała również skrzynkę z narzędziami.

Emilia patrzyła na białą kartę na ekranie monitora. Skasowała cały tekst. Żadnego kota. Żadnych połamanych żeber. Musi stworzyć coś nowego, romantycznego, coś... zupełnie zaskakującego. Powoli zaczęła pisać.

Był kwadrans po osiemnastej, gdy Agata weszła do kawiarni. Jej wzrok padł na mężczyznę, siedzącego samotnie nieopodal drzwi. Energicznym krokiem podeszła do stolika.

– Cześć, jestem Agata. Cieszę się, że zaczekałeś. – Uśmiechnęła się przyjaźnie, zajmując wolne krzesło naprzeciwko nieznajomego.

– Słucham? – zdziwił się.

– Wybacz spóźnienie, ale miałam małe perypetie przed wyjściem z domu. Mam nadzieję, że się nie gniewasz.

– Nie, ale...

– Jak kawa? Widzę, że już zamówiłeś. I słusznie.

– Przepraszam, ale...

– Wiesz, Tadeusz, wyglądasz zupełnie inaczej niż na zdjęciu. Jesteś...

– Nie jestem Tadeusz – poinformował ją mężczyzna.

– Słucham? – Teraz to ona się zdziwiła.

– Nie jestem Tadeusz.

– Nie jesteś Tadeusz?

– Nie.

– Nie jesteś Tadeusz K.?

– Nie.

– To kim ty jesteś? – spytała zaskoczona.

Emilia uśmiechnęła się z zadowoleniem. Miała świetny pomysł na komedię romantyczną. Ludzie chyba lubią takie rzeczy; gdy wybrali się z Markiem na film tego właśnie rodzaju, sala była pełna.

Zadowolona z udanego początku poszła do salonu, sprawdzić, co porabia dobrana trójka, świętująca pokonanie zboczeńca.

Damian powtórzył Magdzie słowa Perełki.

– Właściwie potwierdził ich zeznania – powiedziała zawiedziona.

– Żałujesz, że nie jest zboczeńcem napastującym staruszki?

– Tylko trochę. – Uśmiechnęła się. – Ale powiem ci, że za to, jak traktuje ludzi, należało mu się. Może nabierze trochę pokory.

– Może. – Coś mu krążyło po głowie. Coś, co powiedział Perełka. Jakaś rzucona mimochodem uwaga.

– Naprawdę żona go zostawiła?

– Zdaje się, że to on kazał jej się wynosić, tyle że z pokoju, a nie z jego życia.

– Nie masz wrażenia, że ta kobieta jest toksyczna?

– Owszem.

– Zadzwonisz do Emilii?

– Nie.

– Dlaczego?

– Widziałaś jej oburzenie?

– Raczej zaskoczenie.

– Myśli, że jestem gejem.

– Dlatego zaskoczenie było większe.

– Jestem od niej młodszy.

– Mówiłeś, że to nie przeszkoda.

– Jedziesz czy nie? – zdenerwował się w końcu Damian.

– Silnik pracuje, samochód stoi, bo mamy czerwone światło – poinformowała go Magda.

– Aha.

– Wiesz, chętnie bym przydepnęła gaz, ale nie mamy wezwania, nie możemy korzystać ze statusu pojazdu uprzywilejowanego.

– Wiem o tym – burknął.

– Nie mamy też immunitetu.

– A co ma do tego immunitet? – zdziwił się Żurkowski.

– No widzisz? Całe społeczeństwo tego nie rozumie! – wykrzyknęła triumfalnie. – Zadzwonisz do niej?

– Daj mi pomyśleć – poprosił.

– Oho – ruszyła z miejsca – przynajmniej nie powiedziałeś NIE.

– O czymś innym muszę pomyśleć. Perełka powiedział coś o swojej żonie. Nazwał ją wywłoką.

– Brzydko. – Magda zrobiła zdegustowaną minę.

– Powiedział też, że bez prochów nie zmrużyłaby oka.

– Też brzydko, ale mniej – stwierdziła kpiącym tonem.

Milczał dłuższą chwilę, rozważając coś, co nagle przyszło mu do głowy.

– A jeśli on tak naprawdę nie ma alibi?

– Nie rozumiem… – Magda spojrzała pytająco.

– Skoro jego żona już spała, kiedy wrócił…?

– Ale ta sytuacja może dotyczyć jeszcze kilku osób z tego bloku.

– Pewnie masz rację. Ale rozważ taką teorię. Kupski jest przekonany, że Wieśka mieszka w bloku przy Konwaliowej. Nie zna jej nazwiska, więc pyta o kobietę o czerwonych włosach, uznając to za znak charakterystyczny. A jeśli Perełka jest zazdrosny?

– Dlaczego tak uważasz?

– Żona jeździła po nim jak po łysej kobyle, a ten ani warknął. Ma jakąś obsesję na jej punkcie, że pozwala tak się traktować.

– Załóżmy, że to, co mówisz, ma sens. I co dalej?

– Fatalnym zbiegiem okoliczności Kupski trafia na Perełkę. Pyta o kobietę z czerwonymi włosami, może rzuca jakąś uwagę. Perełka jest przekonany, że chodzi o Amandę. Każe facetowi spadać, bije go. Wraca z pracy, a Kupski znowu tam się kręci. Perełka zwabia go do piwnicy i zabija.

– Czy ja wiem? Myślisz, że ten facet miałby jaja? – powątpiewała Magda.

– Sprawdźmy to. Jedź na Konwaliową.

– Emilka! – wykrzyknęła Adela. Była na lekkim rauszu. – Napijesz się?

– Nie, dziękuję i ty też nie powinnaś – odparła potępiającym tonem, choć w jej głosie zabrakło przekonania.

– Daj spokój – powiedziała Wieśka. – Kupiłam tylko jedną butelkę. Gdyby babcie nie łyknęły jakichś prochów na uspokojenie, nawet by nie poczuły.

– Gdzie Jadwiga? – Emilia dopiero teraz zauważyła brak teściowej.

– Kropeczka odwiozła ją do pokoju. Zaczęła śpiewać jakąś pieśń patriotyczną.

– Boże – jęknęła pisarka. – Tylko nie maki…

– Żadnych maków – zapewniła ją agentka. – Coś o pąkach białych róż.

Emilia złapała się za głowę.

– Nie mam do nich siły. A może mnie też nalej, odrobinę – poprosiła.

Wieśka sięgnęła po butelkę.

– Hej! – Spojrzała na Adelę. – Gdzie się podziała reszta wina? Przed chwilą była jedna trzecia butelki!

– Wypiłam za twoje zdrowie, Wiesiu – obwieściła staruszka uroczyście, przykrywając się mocniej kocem. – Czy alkohol nie powinien działać rozgrzewająco?

– Może za mało wypiłaś, mamo – zauważyła złośliwie Emilia.

– Tak sądzisz? – wymamrotała tamta, ziewając potężnie.

– Chodźmy do kuchni. Zaraz zaśnie. – Wieśka mrugnęła kpiąco do przyjaciółki.

– Kocham cię, Wiesiu! – wymamrotała jeszcze Adela, nim głowa jej opadła na oparcie sofy.

– Dzięki, Wiesiu. Schlałaś pterodaktyle – zakpiła Emilia.

W kuchni Kropka gotowała obiad.

– Co jemy? – ucieszyła się Emilia.

– Makaron z mąki pełnoziarnistej, szpinak w liściach, suszone pomidory, ser typu bałkańskiego z uprażonym słonecznikiem – poinformowała je dziewczyna.

– Super – westchnęła pisarka. – Zjadłabym kurczaka z rożna – wyznała.

– Fuj! – zawołała oburzona Wieśka. – To zakazane!

– Świetnie. Co wy na to, żebyśmy sobie zrobiły popcorn i pooglądały filmy? – zaproponowała Emilia.

– Dziś nie mogę. Umówiłam się z Maćkiem – powiedziała Kropka.

– Z Maćkiem? – zdziwiła się Emilia. Czy ona już zupełnie nie rozumie własnej córki?

– Zaimponował mi. – Dziewczyna zarumieniła się lekko.

– Czym?! – zapytała, nie będąc pewną, czy chce znać odpowiedź.

– Wytrwałością.

– Ja też nie mogę. Umówiłam się z Adamem. Wyjeżdża na kilka tygodni, więc weekend spędzamy razem.

– Jest połowa soboty.

– Tym bardziej muszę spadać.

– Piłaś wino. Nie możesz prowadzić. – Wiedziała, że jest żałosna, jednak nie mogła się powstrzymać. Nie chciała zostać sama w domu. Pragnęła czyjegoś towarzystwa.

– Tylko pterodaktyle piły, moja droga. Tylko pterodaktyle – zapewniła ją Wieśka, zarzucając pasek od torebki na ramię.

– Super, zostanę sama w domu w sobotni wieczór. – Zabrzmiało to jeszcze żałośniej niż przedtem, ale cóż mogła poradzić?

– Zadzwoń do Żurkowskiego – poradziła jej Kropka.

– Nie mogę. To gej.

– Przynajmniej nie powiedziałaś, że ci się nie podoba – zachichotała. – Tym bardziej powinnaś zadzwonić. Masz już wprawę w nierandkach.

– Tak sądzisz? – Spojrzała nieufnie na córkę i machnęła ręką wybiegającej z kuchni Wieśce.

– Pewnie. Co ci szkodzi? – zachęcała ją dziewczyna. – Jeśli kogoś ma, to odmówi. Jeśli jest sam, to przynajmniej miło spędzicie czas. Bez zobowiązań.

– Hm… – Emilia zaczęła się zastanawiać. W tym mógł być jakiś sens.

Amanda z trudem domknęła przyniesioną z piwnicy walizkę. Zapakowała ją po brzegi, a nadal pozostało sporo rzeczy do zabrania. Była zła, zmęczona i zaczęła się zastanawiać, czy na pewno chce odejść od męża. Tatuś wcale się nie ucieszył, kiedy zadzwoniła, żeby powiedzieć, że wraca do domu. Nie zaproponował, że po nią przyjedzie, tylko kazał jej wziąć taksówkę.

– Pewnie taksówkarz – mruknęła do pustego pokoju, gdy rozległ się dzwonek do drzwi.

– To znowu państwo? – Zdziwiła się na widok pary policjantów. – Czy wy nie macie wolnego?

– Mamy. – Magda z irytacją spojrzała na Żurkowskiego.

– Pani Amando, czy pani przyjmuje leki nasenne? – spytał.

Kobieta zaczerwieniła się mocno.

– Lepiej niech państwo wejdą – powiedziała, wpuszczając śledczych do środka. Pod ścianą stały dwie walizki, jakaś skrzynka, torba turystyczna i plecak.

– Czy pani bierze środki nasenne? Pani mąż nam o tym wspomniał – dodał Damian, na wypadek gdyby zamierzała skłamać.

– Bez nich nie zasnę – przyznała się niechętnie.

– Pani Amando, a czy tego wieczoru, gdy zamordowano pana Kupskiego, brała pani środki nasenne?

– Przecież powiedziałam, że bez nich nie zasnę – burknęła.

– O której je pani połknęła?

– Czy ja wiem? Na ogół biorę je między dwudziestą pierwszą trzydzieści a dwudziestą drugą.

– Po jakim czasie zaczynają działać?

– Po kwadransie, czasami szybciej.

– Pani Amando, proszę się dobrze zastanowić, nim pani odpowie. Czy pani słyszała, jak mąż wraca do domu

361

o dwudziestej drugiej trzydzieści, czy tylko tak się pani wydaje?

– Mąż potrzebuje około pół godziny na powrót do domu...

– Pani Amando – przerwał jej Damian – proszę odpowiedzieć na pytanie.

– Nie, nie słyszałam, jak wrócił, bo już spałam, ale rano leżał obok mnie, a zawsze przychodzi o tej samej porze, więc założyłam, że wtedy też tak było! – odparła ze złością.

– Mają państwo młotek? – zapytała Magda.

– Tak, tutaj. – Trąciła noskiem buta skrzynkę. – Dostał komplet narzędzi od ojca i nigdy ich nie użył. Nawet ich nie otworzył.

– Pozwoli pani? – Rzepka przyklękła przy narzędziach. Amanda tylko mruknęła coś, co brzmiało jak:

– Wszystko mi jedno.

Rzepka otworzyła skrzynkę, po czym wstała i cofnęła się o krok. Zawartość była doskonale widoczna całej trójce.

– Gdzie jest młotek? – zapytała zaskoczona Amanda.

Sobota nie jest dobrym dniem dla aresztowanych. Zostaną przesłuchani dopiero w poniedziałek. Zanim weszli do pokoju, w którym leżał doktor Perełka, Damian najpierw porozmawiał z pielęgniarką, która tamtego wieczoru pełniła dyżur. Miał to szczęście, że była dziś w pracy i doskonale pamiętała, że doktor Perełka wyszedł pół godziny wcześniej.

Rozmowa z samym lekarzem była krótka. Damian po prostu wszedł do jego pokoju i zapytał:

– Dlaczego pan go zabił, doktorze…?

– Miałeś rację – powiedziała Magda, gdy wychodzili z komisariatu, załatwiwszy robotę papierkową. – Kupski wpadł na niego przypadkiem. Szukał Wiesławy Paluch.

– Owszem.

Sprawa była rozwiązana tylko dzięki temu, że Damian miał nosa. Mimo to nie było powodów do radości. Jedno życie odebrane, drugie zmarnowane. I to bez powodu.

– Wpadniesz do nas wieczorem? – zaproponowała Magda.

– Przestańcie mnie przygarniać na kolacje, to zacznę chodzić na randki – zażartował.

– Jasne. Sama znajdę ci jakąś randkę, jeśli nie zadzwonisz do Emilii. Widziałam, jak na nią patrzysz! – przekomarzała się z nim.

– Dobra, niech ci będzie. Patrz. – Wyjął telefon z kieszeni. – Dzwonię – oznajmił.

– Nie ty dzwonisz, tylko ktoś dzwoni do ciebie – odrzekła Magda, gdy telefon zawibrował w jego dłoni.

– To Emilia Przecinek – powiedział zdumiony.

– Odbierzesz? – spytała ze śmiechem.

– Tak, pani Emilio?

– …

– Z panią?

– …

– Rozumiem.

– …

– Będę za godzinę. Do zobaczenia.

– Coś się stało? – przestraszyła się, widząc zszokowaną minę partnera. Żurkowski przełknął ślinę.

– Zaprosiła mnie na kolację. U siebie w domu – powiedział oszołomiony.

– To ma być randka?

– Nie wiem. Zaprosiła mnie na kolację i wspólne oglądanie filmu.

– Wspólne?! Zgodziłeś się?! Trzeba było zaproponować kino!

– Dlaczego zaprosiła mnie, żebym spędził wieczór z jej rodziną? – zastanawiał się Damian.

– Dlaczego się zgodziłeś?

– Nie wiem. Zaskoczyła mnie. I co teraz?

– Zabij kogoś, żebym mogła cię aresztować, albo odetchnij głęboko i pędź.

Żurkowski był miło zaskoczony. Wieczór spędzili tylko we dwoje. Zjedli kolację w kuchni, potem przeszli do salonu.

– Mamy popcorn i colę. Prawie jak w kinie – cieszyła się Emilia, gdy usiedli przed ogromnym telewizorem.

– Co oglądamy? – Sięgnął po kolekcję filmów leżącą na stole.

– Nie wiem co, ale ma być w 3D. Kropeczek sam wybierał ten telewizor, więc na pewno mamy 3D. To gadżeciarz – wyjaśniła.

– Może być James Bond?

– Nie! – Aż zbladła na wspomnienie ubiegłotygodniowej rozmowy z matką i teściową na temat mężczyzn.

Od tamtej pory James Bond bardzo stracił w jej oczach.

– Okej, nie ma sprawy. Znajdźmy coś innego – powiedział z uśmiechem, przeglądając pozostałe płyty.

– Ale jak na kogoś, kto nie lubi Bonda, masz całą kolekcję.

– Wolałabym, żebyś się nad tym nie zastanawiał. – Czuła, że się rumieni, ale nic nie mogła na to poradzić, gdy spoglądał na nią z takim uśmiechem.

– To na co masz ochotę? – Ze zdziwieniem zobaczył, że twarz Emilii pokryła się szkarłatem. – Powiedziałem coś nie tak? – zapytał niepewnie.

– Wiesz co… Ja chyba… To jednak nie był dobry pomysł – wydukała w końcu.

– Co takiego? – Tego się obawiał. Odpowiadał monosylabami cały wieczór, ma go dość. – Wiem, że nie jestem duszą towarzystwa, ale…

– Nie o to chodzi – przerwała mu. – To moja wina, a nie twoja.

Oho, pomyślał, zaczyna się. Zaraz powie coś w stylu: „Myślałam, że randka z policjantem będzie bardziej ekscytująca".

– Pomyślałam sobie, że skoro jesteś samotny i ja też, to zamiast spędzać czas w samotności, możemy spędzić go razem i…

Co ja gadam?!

– Chodzi mi o to – zaczęła jeszcze raz, nie wiedząc, jak mu wytłumaczyć, że bardzo by się cieszyła, gdyby to potraktował jak randkę, ale skoro nie interesują go kobiety, to nie może od niego oczekiwać nic więcej – że bardzo bym chciała, żeby to była randka, jednak nie mam wobec ciebie takich wymagań.

– Rozumiem – odparł sucho, wstając z sofy. – Chociaż nie, właściwie nie rozumiem. Po co zaprosiłaś mnie na randkę, skoro nie chciałaś iść ze mną na randkę?

– Ty mnie wcale nie słuchasz! – odrzekła zirytowana.

– Nie powiedziałam, że nie chcę iść z tobą na randkę, tylko nie mam prawa oczekiwać od ciebie, żeby to była randka!

– Teraz jeszcze mniej rozumiem. – Usiadł z powrotem. – Dlaczego nie możesz oczekiwać ode mnie randki?

– Bo jesteś gejem. Po co miałbyś umawiać się ze mną na randkę? – zapytała zdziwiona Emilia.

– Skoro myślisz, że jestem gejem, to po co mnie zaprosiłaś?

– Bo pomyślałam, że możemy spędzić ten wieczór jak przyjaciele.

– Jesteśmy przyjaciółmi?

– Właściwie nie – przyznała zmieszana. – Ale często u nas bywasz!

– Kurier pewnie też, a go nie zaprosiłaś – zauważył.

– No nie… – Podrapała się po głowie.

– Zaprosiłaś mnie.

– No tak.

– Bo chcesz iść na randkę ze mną, a nie z kurierem? – zażartował.

Emilia wbiła wzrok w paznokcie, które chętnie by teraz obgryzła, ale nie mogła. Ludzie zawsze patrzą człowiekowi na ręce. Czy można umrzeć ze wstydu?

– Potraktuję to jako odpowiedź na tak – powiedział ze śmiechem.

Emilia spojrzała na niego podejrzliwie. Aspirant Żurkowski wydawał się bardzo zadowolony. Przyglądał jej się takim wzrokiem… Jakby mu się podobała?

– Nie jesteś gejem, prawda? – zapytała niepewnie.

– Nic mi o tym nie wiadomo – odpowiedział tym swoim ciepłym głosem.

– O Boże! – jęknęła Emilia, zamykając oczy. – A ja nawet nie umyłam włosów!

Głośny męski śmiech odbił się echem w całym mieszkaniu.

Kochani Czytelnicy!

Chciałabym powiedzieć Wam o miejscu, które spędza mi sen z powiek – to schronisko dla bezdomnych zwierząt w Gaju.

Przebywają tam porzucone, zaniedbane psy i koty. To ludzie zgotowali im ciężki los, ale dzięki takim ludziom jak Wy udaje się zebrać środki na leczenie, zabiegi czy zaspokojenie ich podstawowych potrzeb. To Wy dajecie im szansę na życie i dom.

W schronisku odbywa się dużo adopcji, jednak im więcej zwierzaków ubywa, tym więcej przychodzi nowych. Ja też mam małą znajdę w domu, psa o imieniu Karmelek, ale wszystkich przecież nie przygarnę. Zdaję sobie sprawę, że proszę o wiele, ale ktoś musi przemówić w imieniu tych, które same tego zrobić nie mogą. Jeżeli chcielibyście wspomóc mieszkańców schroniska, możecie przelać dowolną kwotę na konto nr 84 1240 6902 1111 0010 6705 8364 lub przekazać 1% na KRS: 0000289538.

Jeśli ktoś nie ma możliwości, aby dać psiakowi czy kotu dom, może to zrobić wirtualnie: http://schroniskogaj.pl/adopcjawirtualna.html

I teraz najważniejsze:

NIE KUPUJCIE, ADOPTUJCIE! Uwierzcie mi, te zwierzaki potrafią się odwdzięczyć.

Olga Rudnicka